Wolfgang Ahrensmeier

GEHASST UND GELIEBT

Wolfgang Ahrensmeier

GEHASST UND GELIEBT

Roman

Impressum

Bibliografische Information der Deutschen Nationalbibliothek:

Die Deutsche Nationalbibliothek verzeichnet diese Publikation in der Deutschen National-bibliografie; detaillierte bibliografische Daten sind im Internet über http://dnb.dnb.de ab-rufbar.

© 2020 Wolfgang Ahrensmeier

Umschlaggestaltung: Tobias Rettig

Korrektorat: Susan Ahrensmeier, Roland Wallenfang

Herstellung und Verlag: BoD - Books on Demand, Norderstedt

ISBN: 978-3-7557-5649-1

Inhalt

UNTER ESKIMOS

„Alicia-Rose, Alicia-Rose! …"

Der Schrei des erfolgreichen Jägers störte die Stille im ewigen Eis.

„Alicia-Rose, schau was ich Dir mitgebracht habe."

Die Frau erschien in der Eingangsluke des Iglus und rannte strahlend und mit ausgebreiteten Armen auf Laurenz zu. Wie alle Eskimos steckte sie in wärmenden Pelzklamotten. Nur ihr hübsches Gesicht war zu sehen. Laurenz stapfte auf seinen Schneeschuhen über die vom Wind ebengefegte Fläche. Er hatte sein Gewehr über die linke Schulter gehängt, und auf der rechten schleppte er eine erlegte Robbe.

„Großartig! Jetzt haben wir für ein paar Tage genug zu essen."

Die beiden umarmten sich und tanzten umeinander herum, bis sich ein kleines Mädchen zu ihnen gesellte. Ada-Reede bewegte sich noch etwas tollpatschig im Schnee und auf dem Eis, aber sie hatte mit ihren vier Jahren schon ein Gespür für die Freude der Eltern. Gemeinsam schleppten sie die Robbe zum Iglu, um sie zu zerlegen. Wenn die Jugendlichen alt genug und fähig waren, sich selbst zu ernähren, schieden sie aus der elterlichen Sippe aus und wurden selbständig. Laurenz hatte schon als Kind gerne mit Alicia-Rose von der benachbarten Sippe gespielt, und sie fanden als Jugendliche die gemeinsame Liebe zueinander. So wurde es selbstverständlich, dass sie mit ihm in das abenteuerliche Leben der Erwachsenen ging. Der Vater hatte Laurenz mit einem weiblichen und einem männlichen Rentier ausgestattet. Mit Werkzeugen und Jagdwaffen konnten die Jugendlichen schon sehr früh umgehen und hatten diese Geräte im eigenen Besitz. So machten sich die beiden jungen Leute mit ihren Rentieren auf den Weg. Im Sommer wanderten sie von einer Grünfläche zur nächsten. Sie mieden andere Sippen mit Herden und genossen ihre Freiheit in der Natur. Laurenz und Alicia-Rose nächtigten meist unter freiem Himmel, manchmal aber auch unter einem primitiven Zelt. Die domestizierten Rentiere vermehrten sich bald. Am Ende eines Sommers verkaufte Laurenz die kleine Herde. Dann zogen sie weiter nach Norden. Im Winter lebten sie in anderen Jagdgründen, nämlich im ewigen Eis und an der Küste des Meeres. Das Iglu wurde aus Schnee- und Eisbrocken zusammengesetzt. Es war meist Rund mit einem Durchmesser von mehreren Metern und hatte eine Luke als Eingang, die mit Fellen zugehängt wurde. Die Schlafstatt bestand aus mehreren Fellen und ein besonderer Luxus waren Kerzen und Öllampen, die als Heizung dienten. Wenn Laurenz auf der Jagd oder zum Fischen unterwegs war, fertigte Alicia-Rose Schneeschuhe oder reparierte die Pelzkleidung. Aus der Liebe der beiden jungen Leute wurde bald Ada-Reede geboren. Die kleine Familie lebte nicht weit von einem Iglu-Dorf entfernt. Dort konnte sie notwendige Kleinigkeiten kaufen oder Freundschaften pflegen. Ada-Reede spielte dort auch mit anderen Kindern. Die Eltern erzogen und unterrichteten die Kinder spärlich. Manchmal hatte sich auch ein Mann namens Tyler angesiedelt, der im Winter den Kindern notdürftig das Lesen, Schreiben und Rechnen beibrachte. Im Sommer zogen die Eskimos wieder in die unendlichen Grünflächen. Sie kauften sich ein paar Rentiere, oder sie fingen Tiere aus wilden Herden ein, zähmten sie und warteten darauf, dass die Tiere sich auf der Wanderschaft vermehrten. Die Menschen schützten die Tiere vor ihren natürlichen Feinden. Das waren meistens Wölfe und Luchse. Die grasfressenden Rentiere waren sehr genügsam. Als Paarhufer haben sie zwischen den Zehen eine Haut, die es ihnen ermöglicht, sich gut auf weichem Boden oder zwischen Felsbrocken fortzubewegen. So fanden sie auch Flechten und Sträucher in den Hügeln, wenn das Gras mal nicht zur Verfügung stand. Für die Eskimos waren die Rentiere das wichtigste Handelsgut. Fast alles, was ihr Körper bot, diente ihnen zum Leben: Das widerstandsfähige Fell, das Geweih, das Fleisch usw.

Gegen Ende der Sommerperiode trieben die Eskimos die Herden auf ihrem Weg nach Norden auf Märkte am Rand der Städte. Dort wurden die Herden verkauft, ehe sich die Eskimos in die Eisregionen zurückzogen. Im Laufe der Jahre konnten Laurenz und Alicia-Rose ihre Herde im Sommer vergrößern. Während des Viehhandels auf den Märkten besuchte Alicia-Rose Geschäfte in der Stadt, um notwendige Dinge einzukaufen. Das übrige Geld sparten sie für den Grundstock einer neuen Herde im Sommer. Ada-Reede begleitete ihre Mutter auf ihren Wegen in die ungewohnte Zivilisation und hatte immer wieder Fragen, die unbeantwortet blieben. Manchmal stand sie auch vor einem Reklameschild und setzte die im Iglu-Dorf gelernten Buchstaben aneinander, um ein Wort zu formulieren. Wenn dabei z.B. Bäcker herauskam, dann halfen oft nur die Auslagen im Schaufenster, um das Rätsel zu lösen. So tauchte ganz zufällig der Begriff Schule auf.

„Mama, was ist eine Schule?"

„Mein Kind, das weiß ich nicht."

„Dann frage ich einfach einen Mann auf der Straße." ... „Können Sie mir bitte sagen, was eine Schule ist?"

Der Mann blieb stehen und lächelte nicht unhöflich, jedoch etwas mitleidig das Kind an.

„Da gehen Kinder wie Du hin, um etwas zu lernen. Es gibt dort Lehrer, die den Kindern beibringen, was sie zum Leben brauchen, z.B. lesen, schreiben und rechnen."

„Lernen die auch, wie man auf einem Rentier reitet?"

„Das bestimmt nicht. Aber sie lernen z.B. Bücher zu lesen und Briefe zu schreiben."

„Aha. Und warum sind Sie so anders angezogen als ich?"

„Das ist ganz einfach: Du lebst in der Natur und brauchst wie die Triere das Fell zum Schutz vor Kälte, Regen und Schnee. Ich lebe hier in der Stadt in einem Haus, das beheizt ist."

Die Mutter wurde ungeduldig: „Ada-Reede! Es ist genug. Wir müssen zurück."

„Mama, in der Schule lernen die Kinder von Lehrern wichtige Dinge. Tyler bringt uns im Winter auch etwas bei. Also ist er ein Lehrer. Ich werde ihn fragen."

Laurenz war glücklich. Er hatte einen guten Preis für seine Herde erzielt. Nun trugen alle drei einen Rucksack auf den Schultern, in dem sie eingekaufte nützliche Dinge verbargen. Laurenz hatte auch an Munition für sein Jagdgewehr gedacht, und er brauchte ein neues Bowiemesser. Der Marsch in ihr Winterquartier dauerte drei Tage. In der Ferne erkannten sie schon die vereisten Berge. Bald würden sie das Meer erreichen. Sie konnten kaum damit rechnen, dass ihr Iglu noch dort stehen würde, wo sie es verlassen hatten, aber sie erkannten ungefähr die Stelle wieder. Viele Eskimos hatten sich schon im Dorf angesiedelt. Die kleine Familie brauchte nur wenige Stunden, bis sie es sich am Abend wieder im eigenen Iglu gemütlich machen konnte.

Am nächsten Morgen ging Laurenz sofort zum Angeln ans Meer. Der Fischreichtum in der Bucht versorgte die Menschen. Sie brauchten niemals zu hungern. Dabei hatten sie den Vorteil, dass sie auch rohes Fleisch genießen konnten. Wenn das Fleisch allerdings gefroren war, tauten sie es mit Hilfe ihrer Öllampen auf.

Ada-Reede rannte nach dem Frühstück gleich ins Dorf, um sich mit den anderen Kindern über die Sommerwanderung zu unterhalten. Tyler gesellte sich zu ihnen, um Fantasien richtigzustellen. Ada-Reede wandte sich gleich an Tyler.

„Ich habe in der Stadt eine Schule gesehen, wo Lehrer den Kindern etwas beibringen. Tyler, das machst Du doch auch. Also ist Dein Iglu oder der Dorfplatz eine Schule und Du bist unser Lehrer."

„Wenn Du es so siehst, hast Du recht. Die Schule in der Stadt wird das ganze Jahr über von den Kindern besucht. Lehrer ist ein Beruf. Ich bin zwar ein Eskimo, aber weder ein Jäger, noch ein Viehtreiber. Ich wollte Lehrer werden, aber das hat nicht geklappt. Trotzdem macht es mir Spaß, Euch Kinder in den Iglu-Dörfern zu unterrichten. Eure Eltern geben mir etwas Geld dafür. So kann ich den Sommer überleben, wenn Ihr weit weg bei den Herden lebt."

Eines Nachmittags kam Ada-Reede aufgeregt zu ihrem Iglu gerannt. Die Eltern saßen gemütlich beisammen. Das Kind war außer Atem und Laurenz musste es erst beruhigen, damit er in den verstümmelten Wortfetzen einen Zusammenhang erkennen konnte.

„Mein Kind, jetzt konzentrierst Du Dich erst einmal und erzählst, was Du erlebt hast."

„Tyler, unser Lehrer hat mit uns einen Spaziergang ans Meer gemacht. Wir blieben vom Wasser weit genug weg. Er erzählte uns etwas über das Eis und die Fische. Plötzlich stieg in der Bucht eine Wasserfontäne in den Himmel und ein Ungetüm mit einer riesigen Schwanzflosse wurde sichtbar. Tyler sagte, das sei ein Wal, der sich wegen der Fischschwärme in die Bucht verirrt hat."

„Euer Lehrer hatte recht. Für den Wal ist unsere Bucht nicht tief genug. Es kann sein, dass er den Rückweg nicht mehr findet."

„Dann muss der Wal eben bei uns in der Bucht bleiben."

„Der Wal braucht tiefes Wasser. Hier kann er nicht überleben. D.h. er wird immer schwächer und wird nach und nach vom Wasser ans Ufer gedrückt. Für uns ist das ein Glücksfall. Wir ziehen ihn an Land oder aufs Eis und können ihn schlachten."

Ada-Reede rannen Tränen über die Wangen, und der Vater musste dem Kind vorsichtig erklären, dass dieser natürliche Unglücksfall ein Geschenk für die Menschen bedeutete.

„Wir alle haben dann den ganzen Winter über genug zu essen und können Vorräte anlegen. Wir bekommen vom Wal auch frisches Öl für unsere Lampen."

Alle Männer beobachteten den aussichtslosen Kampf des Wals. Es dauerte noch einige Tage, bis sie ihn ans Ufer ziehen konnten. Auch von entfernteren Regionen kamen fremde Männer dazu und legten Hand an. Der Wal war tot, und die Menschen machten sich mit Messern, Äxten und Sägen daran, den Kadaver zu zerlegen. Für alle war genug da und die Vorräte stapelten sich in den Iglus.

Die Kinder waren traurig, und Tyler hatte große Mühe, ihnen mit Geduld klarzumachen, welchen Segen die Natur für die Menschen bereithielt. Mit dieser schmerzhaften Lektion lernten die Kinder bewusst, mit welcher Grausamkeit und gleichzeitig mit welchem Glück ihre natürliche Freiheit, in der sie leben, verbunden war.

„Mama, ich muss Dich mal etwas fragen. Bei Dir und Papa lerne ich schon so viele Dinge vom Leben hier, bei der Herde, von Blumen, Tieren, vom Wetter usw. Als wir neulich in der Stadt waren, habe ich Dich beobachtet, und es kam mir manchmal so vor, als wüsste ich mehr als Du. Kann das sein, wo ich doch so viel jünger bin als Du?"

„Ja mein Kind. Das ist so. Lesen und schreiben kann ich nicht, aber rechnen. Sonst könnte ich Papa nicht beim Einkaufen und beim Verkauf der Herde helfen."

Laurenz hatte aufmerksam zugehört, obwohl er mit dem Flicken seines Fischernetzes beschäftigt war. Jetzt mischte er sich in das Gespräch ein.

„Ada-Reede betrachte es doch einmal so. Du bist im Winter oft mit den anderen Kindern bei Tyler. Euer Lehrer weiß viele interessante Dinge. Sicher hat eine Menge davon nichts zu tun mit unserem Leben. Tyler lebt auch anders, denn er könnte in unserem Leben nicht existieren. Er bringt Euch Kindern etwas bei und bekommt von uns etwas Geld dafür. Er geht auch in andere Iglu-Dörfer, und er lebt in der Stadt. Wir dagegen wissen und können alles, was wir für unser Leben brauchen. Alles andere ist für uns Ballast. Wir brauchen es nicht, und es lenkt uns nur ab, weil wir uns jeden Tag mit der Natur auseinandersetzen müssen. Mama und ich sind deshalb nicht dümmer als Tyler, sondern wir konzentrieren uns auf das tägliche Leben."

„Papa, ich möchte aber mehr wissen und deshalb gehe ich gerne zu Tyler."

„Das darfst Du auch, solange Du bei uns lebst. Wenn Du mal einen Mann findest und Dich mit ihm selbständig machst, wirst Du das verstehen. Wenn Du keinen Mann findest, trotzdem alt genug bist und Dich von uns trennen willst, dann wirst Du sicher eine Entscheidung treffen, die zu Deinem Leben passt. So weit ist es aber noch lange nicht und Mama und ich hoffen, dass wir noch Jahre große Freude mit Dir haben."

Ada-Reede umarmte die Eltern und begann mit ihnen zu schmusen und zu scherzen.

Alicia-Rose kümmerte sich um den Haushalt im Iglu und ihre Tochter brauchte kaum Bitten oder Anweisungen der Mutter, um ihr helfend zur Seite zu stehen. Töpfe mussten gereinigt werden, die Lampen brauchten neues Öl, die Felle wurden ausgeschüttelt. Laurenz hatte Platz geschaffen für eine zweite Bettstatt.

„Laurenz, wir brauchen ein zusätzliches Fell für die neue Bettstatt. Unser Töchterchen soll doch nicht frieren."

„Ich gehe morgen auf die Jagd nach einem Eisbären. Das Wetter ist günstig, und die Bären kommen näher zu uns, weil sie beim Fischfang weniger Erfolg haben. Im Dorf hat man schon Wachen aufgestellt."

Schon sehr früh stapfte Laurenz mit seinen breiten Schneeschuhen über die glitzernde und teils gefrorene weiße Ebene in die Richtung der Eisberge, wo er die Bären vermutete. Er hatte sein Gewehr geschultert und zog einen Schlitten hinter sich her. Mit jedem Schritt suchten seine Augen aufmerksam die Umgebung ab. Er suchte Spuren der Bären, und er musste ständig auf der Hut sein, denn die Eisbären waren schnell und konnten ihn auch entdecken. Sie konnten ihn blitzschnell angreifen und dann blieb ihm nur wenig Zeit, das Gewehr in Anschlag zu bringen, einen Handschuh auszuziehen und zu schießen. Wenn er einen Bären erlegen konnte, hatte er gewonnen, weil die anderen von dem Knall verscheucht wurden.

Laurenz tastete sich schon durch Eisfelsen vorwärts. Dahinter konnten die Eisbären auf der Lauer liegen. Er musste vorsichtig sein, besonders dann, wenn er es mit einer Familie zu tun bekam. Wichtig war, dass er seine Beute zuerst sah.

Plötzlich stand er einem Prachtexemplar von einem ausgewachsenen Eisbären in einer Entfernung von fünfzig Metern gegenüber. Der Bär erkannte in Laurenz eine Beute und rannte auf ihn zu. Laurenz brachte das Gewehr in Anschlag und drückte ab. Der Schuss löste sich nicht. Er öffnete die Patronenkammer. Die Munition war in Ordnung. Er versuchte wieder zu schießen, aber es war zu spät. Der Bär stürzte sich auf ihn und zerfetzte seinen Pelz mit den scharfen Krallen seiner mächtigen Pranke. Laurenz konnte sich zur Seite wälzen. Der Bär stand über ihm, bereit seine Beute zu zerfleischen. Ein Schuss peitschte durch die Stille der ewigen Eislandschaft. Die Kugel schlug in das rechte Auge des Bären und explodierte in seinem Schädel. Er kippte zur Seite. Laurenz hätte keine Chance mehr gehabt, den Kampf mit der Urgewalt lebend zu überstehen.

„Warum hast Du nicht geschossen, mein Freund", wollte eine Stimme wissen.

„Mein Gewehr hat versagt!"

„Bist Du verletzt? Dein Pelz ist zerrissen."

„Ich glaube nicht. Ich komme mir vor, als wäre ich unter einen riesigen Eisbrocken geraten."

„Du hast noch einmal Glück gehabt. Ich komme von der Region hinter dem Eisberg und war dem Bären auch auf der Spur."

„Dann ist der Eisbär Deine Beute."

„Nein, nein! Du hast mit ihm gekämpft. Er gehört Dir."

„Ich danke Dir, mein Freund. Laden wir ihn auf den Schlitten. Und dann kommst Du mit mir. Du bist mein Gast in meinem Iglu. Du kannst sowieso nicht mehr nach Hause, denn es wird bald Nacht."

Erschöpft kamen die Männer vor dem Iglu von Laurenz an. Alicia-Rose und ihre Tochter empfingen die beiden erleichtert, denn eine solche Jagd war immer mit einem Risiko verbunden. Sie machten es sich im Iglu bequem und erzählten von der Jagd und dem Glück, das Laurenz zugutekam. Laurenz schilderte immer wieder seine Rettung und bewunderte die Treffsicherheit seines neugewonnenen Freundes. Auch Alicia-Rose war voll des Dankes darüber, dass der Gast ihren Mann gerettet hatte.

Sie aßen rohen Fisch und tranken Schnaps dazu bis spät in die Nacht.

„Laurenz, ich danke Dir, dass ich in Deinem Iglu übernachten darf."

„Und ich werde bei Dir liegen", ergänzte Alicia-Rose. „Wir schlafen dort, in der neuen Bettstatt. Ich werde gut zu Dir sein."

Ada-Reede hörte meist den Erwachsenen nur zu. Die letzte Bemerkung ihrer Mutter schien sie nicht in ihrer Tragweite verstanden zu haben, denn sie blickte nur von einem zum anderen. Laurenz bemerkte die Verwunderung seiner Tochter und forderte sie auf, mit ihm unter das wärmende Fell zu schlüpfen. Ada-Reede schlief nicht gleich ein. Unruhig wälzte sie sich von einer Seite auf die andere. Sie versuchte zu begreifen, was gerade geschah. Irgendwann hörten das Gestöhne und das leise Lachen in der anderen Bettstatt auf.

Mitten in der Nacht schreckte das Mädchen auf und weckte den Vater, um mit ihm zu flüstern:

„Papa, meine Mutter ist Deine Frau und sie liegt bei einem fremden Mann. Wie soll ich das verstehen?"

„Der fremde Mann ist mein Freund und Lebensretter. Außerdem ist er unser Gast. Es ist bei uns schon immer so Sitte, dass ein Gast das Beste bekommt. Das gehört zur Gastfreundschaft. Und das Beste, was wir anbieten können, ist die Mama!"

„Aber sie ist Deine Frau und meine Mama."

„Hab keine Sorge, mein Kind. Morgen wirst Du erkennen, dass sich daran nichts geändert hat."

Laurenz nahm seine Tochter liebevoll und tröstend in die Arme, bis sie endlich eingeschlafen war.

Am nächsten Morgen verabschiedete sich der Gast, dankte Laurenz für seine Gastfreundschaft und ging seiner Wege. Ada-Reede beobachtete die Mutter noch eine Zeit lang kritisch, konnte aber keine Veränderung bei ihr feststellen. Auch der liebevolle Umgang ihrer Eltern, den sie so sehr schätzte, hatte keinen Schaden benommen. Dennoch blieb ihr die Sitte, von der ihr Vater gesprochen hatte, unbegreiflich in Erinnerung. Als Ada-Reede etwa vierzehn Jahre alt war, bat sie ihren Lehrer Tyler um ein Gespräch. Sie gingen am Rand des Iglu-Dorfes spazieren und das Mädchen brauchte eine Zeit, bis es die richtigen Worte fand. Der Lehrer sprach über die hervorragende Auffassungsgabe und die Fortschritte seiner Schülerin, um eine vertraute Stimmung zu vermitteln. Dann brach es aus Ada-Reede heraus: „Tyler, ich will mehr lernen. Ich will eine Schule in der Stadt besuchen."

„Du hättest bestimmt die Fähigkeit dazu, aber Du lebst in der Gesellschaft Deiner Eltern und der anderen Eskimos. Außerdem haben die Kinder Deines Alters in der Stadt schon viel mehr gelernt, weil sie jeden Tag in die Schule gehen und unterrichtet werden."

„Kann ich nicht im Winter in die Schule gehen und im Sommer mit den Eltern bei der Herde bleiben?"

„Trotz Deines Leistungswillens wären Dir die Stadtkinder immer überlegen. Wenn Du das aufholen wolltest, müsstest Du das ganze Jahr über in der Stadt wohnen. Du hast keine Bekannten in der Stadt, also müsstest Du Dich selbst versorgen mit einer Unterkunft, mit Essen und Kleidung. Das ist teuer, und Geld hast Du nicht."

„Meinst Du nicht, Papa hätte so viel Geld?"

„Vielleicht. Er müsste sicher jedes Jahr eine große Herde verkaufen, um für Dich bezahlen zu können. Außerdem haben Deine Eltern sicher etwas dagegen, dass Du sie verlässt. Wenn Du erst im Heiratsalter bist, ist das etwas anderes. Aber dann hättest Du sicher andere Interessen und Pflichten, als die Schule zu besuchen."

„Kannst Du nicht mal mit meinen Eltern sprechen, um eine Lösung zu finden?"

„Das tue ich gerne, aber sie werden über ein solches Gespräch sicher nicht erfreut sein."

Tyler wusste, dass es auch für die Eltern schwer werden würde, sich mit diesen Gedanken auseinander zu setzen. Sie liebten ihre Tochter und würden sie auf gar keinen Fall hergeben wollen. Wenn er sie um dieses Gespräch bat, könnten sie es als Einmischung in ihre private Angelegenheit ansehen. Er wollte auch nicht die Freundschaft zu den Eltern aufs Spiel setzen. Andererseits ging es ausschließlich um den Wunsch ihrer Tochter, dem er sich als Lehrer nicht verschließen durfte. Also legte er sich eine Strategie zurecht, mit der er vorsichtig und geduldig seine Schülerin aus seinem Munde sprechen ließ. Wenn die Eltern dann geneigt waren, sich mit der Idee ihrer Tochter anzufreunden, hatte er Vorschläge für die Durchführung eines Plans parat.

Die Gelegenheit war günstig. Laurenz war bester Stimmung nach einer erfolgreichen Jagd. Er trommelte auf seiner Rahmentrommel Qila und sang dazu ein Lied, in das auch seine Frau einstimmte. Ada-Reede spielte mit den Kindern im Iglu-Dorf. Nach der Begrüßung sang Tyler in der lustigen Runde mit. Bald bereitete Alicia-Rose etwas zu trinken vor und Laurenz fragte den Lehrer: „Tyler, was verschafft uns die Ehre Deines leider seltenen Besuchs, mein Freund? Du willst bestimmt über unsere Tochter sprechen. Hat sie etwas ausgefressen?"

„Ganz im Gegenteil! Sie ist die beste Schülerin, die ich je unterrichten durfte. Sie ist aufmerksam, kapiert sofort, worum es geht. Sie löst manchmal Aufgaben, ohne viel zu üben. Und wenn andere Kinder spielend abgelenkt sind, fordert sie ihre Kameraden auf, mir zuzuhören. Es ist für mich eine Freude, ihr etwas beizubringen."

„Ich merke das auch. Sie überrascht meine Frau und mich immer wieder. Stell Dir vor: Im letzten Sommer hat das Kind alleine ein wildes Rentier eingefangen. Zugegeben sie hatte mir oft zugesehen, und sie half mir auch schon dabei bis auf die schwere Arbeit. Aber jetzt machte sie es ganz alleine, und sie brachte in kürzester Zeit das Ren dazu, ihr aus der Hand zu fressen. Alicia-Rose und ich trauten unseren Augen nicht."

„Laurenz, das bringt mich zu einem ganz schwierigen Thema, das Dir und Deiner Frau nicht gefallen wird. Ich spreche im Namen Eurer Tochter: Sie will die Schule in der Stadt besuchen!"

„Was? Hast Du Halunke ihr etwa einen Floh ins Ohr gesetzt?!"

„Gewiss nicht. Du weißt, dass ich es wegen unserer Freundschaft nie wagen würde, mich in Deine privaten Entscheidungen einzumischen. Ich bitte Dich nur, neben Deiner Situation auch die Wünsche von Deiner Tochter anzuhören. Ihre zukünftige Entwicklung und ihr zukünftiges Glück liegt Euch doch gewiss genauso am Herzen."

„Was heißt hier zukünftiges Glück?! Irgendwann kommt ein junger Bursche daher, heiratet sie und sie lebt dann mit ihm genauso glücklich wie mit uns. So ist es seit ewigen Zeiten."

„Du willst mir doch nicht weißmachen, dass Ihr Eure Tochter gerne hergebt für ein Leben in der Zukunft, das sie gar nicht will."

Die Mutter hatte bisher zugehört und mischte sich jetzt ein, weil sie merkte, dass der Ton des Gespräches schärfer wurde. Vielleicht waren es auch mütterliche Gedanken, die sie wie aus einem Schlaf erweckten: „Laurenz, ich bin Deine Frau und ich bin dankbar für das Glück, das ich mit Dir erlebe. Bedenke bitte, dass wir beide damals keine Entscheidung fällen konnten, als wir uns von unseren Sippen trennten. Wir sind einer uralten Tradition gefolgt."

„Ja, weil sie seit Urzeiten gut und richtig ist für den Fortbestand unseres Volkes und unser unbekümmertes Glück, in natürlicher Freiheit leben zu dürfen."

„Unser glückliches Leben in der natürlichen Freiheit darf aber doch nicht dem einzelnen Menschen das Recht auf eine persönliche Entscheidung verbieten. Das würde nämlich bedeuten, dass wir nicht in Freiheit leben, sondern in einer ewigen Diktatur. Wir würden das verherrlichen, was wir ablehnen wollen."

„Donnerwetter! Alicia-Rose ich kenne und liebe Dich schon ein Leben lang, aber ich habe nie gemerkt, dass Du so denken kannst."

Tyler grinste nur und unterdrückte sein Lachen und eine provozierende Bemerkung. Die Frau fuhr fort: „Hören wir doch erst einmal Tyler zu, bzw. unserer Tochter, die durch ihn spricht!"

„Aber das ist doch alles Blödsinn. Unsere Tochter lebt schon immer glücklich mit uns. Warum sollte sie jetzt auf einmal etwas anderes wollen?!"

„Ja, das stimmt. Unsere Tochter liebt uns. Allerdings ist sie auch offen für andere Dinge."

„Mag sein. Ich will erst einmal von ihr hören, was sie will!"

„Nein Laurenz. Ich weiß von einer möglichen Zukunft unserer Tochter viel zu wenig, um mir ein Urteil erlauben zu können. Und Dir geht es genauso. Tyler ist jetzt bei uns. Er soll uns alles über diese Situation sagen, was er weiß. Dann sind wir auf ein Gespräch mit Ada-Reede vorbereitet."

„Laurenz, Deine kluge Frau hat recht. Wenn man über etwas spricht, sollte man darüber Bescheid wissen."

„Also gut, Ihr habt mich überzeugt. Hören wir dem Herrn Lehrer zu."

Tyler holte tief Luft. Er hatte sich seine Worte so zurechtgelegt, dass er mit Geduld und lückenlos die Eltern vorbereiten konnte auf das, was möglicherweise auf sie zukommen könnte. Er wusste, dass die Zukunft seiner Schülerin auch das Leben der Eltern beeinflussen würde. Die beiden etablierten Erwachsenen würden die größeren Schwierigkeiten haben, etwas Neues zu akzeptieren.

„In den Städten und überall dort, wo Menschen nicht in freier Natur leben wie Ihr, ist es selbstverständlich, dass alle Kinder eine Schule besuchen. Es gibt private Schulen und solche, die per Gesetz vom Staat unterhalten werden. Das Letzte sind öffentliche Schulen, wo alle Eltern normalerweise ihre Kinder unterrichten lassen. Die Kinder leben im elterlichen Haushalt und sind mindestens einen halben Tag in der Schule. Nach einer Anzahl von Jahren legen sie eine Prüfung ab und können dann auf einen Beruf vorbereitet werden. Der Staat übernimmt meistens die Kosten für die Ausbildung, bis die Kinder eigenes Geld verdienen können. Die privaten Schulen sind teuer und meistens intensiver in der Ausbildung. Allerdings bieten sie oft die Möglichkeit, dass die Kinder in der Schule wohnen und leben. Sie werden Internate genannt, und ihr Ziel sind auch Prüfungen, die die Schüler auf das Berufsleben vorbereiten.

Ada-Reede hat bei mir viel gelernt, aber die Kinder in den Schulen werden ihr voraus sein. Ich persönlich habe keine Bedenken, aber die Lehrer werden erst feststellen, wie sie Eure Tochter einstufen.

Nun kommt der schwierigste Teil, der Euch betrifft: Die Finanzen! Käme Ada-Reede auf eine öffentliche Schule, müsste sie selbst - also Ihr - für eine Unterkunft, für Verpflegung, für Kleidung und eventuell für Lehrmittel sorgen. Würde sie aber ein Internat besuchen, brauchte sie sich um diese Dinge deshalb nicht zu kümmern, weil Ihr die Schule pauschal bezahlen würdet. Das heißt, in einem Internat könnte Ada-Reede sich intensiver auf das konzentrieren, was sie lernen will und soll."

„Also geht es doch letztlich darum, wieviel Geld wir aufbringen können."

„Ja. Ihr wisst, dass ich auch eine Zeit lang studiert habe. Viele Lehrer sind meine ehemaligen Mitschüler, zu denen ich immer noch Kontakt habe. Manchmal schreiben Schulen eine finanzielle Unterstützung in Form eines Stipendiums aus. Wenn Ihr Euch für einen dieser Wege entscheiden würdet, könnte ich Euch vielleicht mit meinen Verbindungen unterstützen."

„Wenn unsere Tochter eine Schule besuchen würde, würde sie damit sofort aus unserem Leben ausscheiden. Das wäre für Alicia-Rose und mich ein fürchterlicher Schlag!"

„Damit müsst Ihr doch auch rechnen, wenn sie ein junger Bursche heiratet. Außerdem werden die Kinder nicht dreihundertfünfundsechzig Tage im Jahr unterrichtet. Es gibt einige Wochen Ferien, in denen die Kinder bei ihren Eltern sind."

Die Mutter vergoss ein paar Tränen und der Vater schüttelte unwillig den Kopf. Dann nahm er sie in den Arm und versuchte sie zu trösten. Er erhob sich, drückte seinem Freund die Hand und sagte: „Tyler ich danke Dir für Deine ehrliche Aufklärung. Wir haben jetzt erst einmal eine Rechenaufgabe zu lösen, wie Du Dir denken kannst. Dann werden wir mit unserer Tochter diskutieren. Du hörst von uns."

Der Nachmittag verging. Die Eltern rechneten ihre Ersparnisse zusammen, den Erlös für die Herde im Sommer, aber sie kamen nicht auf eine Summe, die Tyler vorsichtig geschätzt hatte.

„Wir werden mehr wilde Rentiere fangen müssen als bisher, d.h. Du wirst häufiger alleine sein bei der Herde. Ich werde intensiver auf die Jagd gehen, damit wir Felle verkaufen können. Vielleicht ist auch mit Robben ein Geschäft zu machen", sinnierte Laurenz. „Wir könnten herausfinden, wo unsere Sippen im Winter wohnen. Vielleicht können die uns helfen."

„Du hast zwar recht, aber gerne tue ich das nicht."

„Es geht um unsere Tochter!"

„Gut, dann laden wir Proviant auf den Schlitten und wandern alle drei in die umliegenden Regionen. Aber heute am Abend reden wir erst mit Ada-Reede."

Die Tochter war erst hocherfreut, als sie hörte, wie intensiv die Erwachsenen über ihre Zukunft diskutiert hatten. Dann begriff sie aber, dass ihre Wünsche wegen des Geldes unerfüllt bleiben sollten. Sie hatte nie beabsichtigt, ihre Eltern in so große Schwierigkeiten zu bringen. Als sie aber hörte, dass sie alle drei die Großeltern aufsuchen würden, schöpfte sie neue Hoffnung.

„Papa, ich könnte doch auch arbeiten in der Stadt."

„Ja, mein Kind. So weit wollen wir es zunächst nicht kommen lassen. Wenn wir den Plan verfolgen, dann sollst Du lernen. Arbeiten kannst Du später."

Am nächsten Morgen bepackte Laurenz den Schlitten mit Proviant und zusätzlichen Fellen, die er im nächsten Iglu-Dorf verkaufen wollte. Alle drei hatten sich in ihre Fellklamotten gehüllt. Sie hatten auch Fellmasken dabei, um das Gesicht zu schützen, obwohl die sonst kaum gebraucht wurden. Mit ihren Schneeschuhen stapften sie Stunden lang über eine mit Schnee bedeckte Ebene, und sie hatten Spaß dabei, getrieben von der Hoffnung, die Sippen in der Nachbarregion zu finden. Bald standen sie vor einem Eisberg und machten eine kleine Pause.

„So meine Damen, bis hierher habe ich den Schlitten alleine gezogen. Wir gehen jetzt auf den Berg hoch. Dabei helft Ihr mir bitte beim Ziehen. Oben gibt es ein Hochplateau; das überqueren wir und auf der anderen Seite steigen wir wieder ab. Dort dürften wir ein Iglu-Dorf finden."

„Das sieht aber gefährlich aus. Kennst Du den Weg?"

„Ja. Ich habe hier schon gejagt. Ihr müsst keine Angst haben. Es gibt keine Spalten und keine abbrechenden Eisbrocken. Also los, meine Damen. Packen wir es an."

Der Aufstieg war zwar nicht steil, aber dennoch auf die Dauer anstrengend. Sie hatten die Schneeschuhe ausgezogen und bewegten sich auf ihren Fellstiefeln über das Eis vorwärts. Gegen Abend suchten sie eine geschützte Nische im Eis und richteten ihr Biwak ein. Der Schlitten wurde gesichert. Laurenz hatte sein Gewehr immer griffbereit, denn es hätte durchaus möglich sein können, dass sie von einem Eisbären überrascht würden. Sie rückten dicht zusammen und machten sich mit einer Öllampe etwas Warmes zu trinken. Sie fanden ein paar Stunden Schlaf und am Morgen hatten sie wieder Kraft gesammelt für den Rest des Aufstiegs.

Laurenz hatte für seine Familie auf dem Hochplateau eine Erleichterung für den Weitermarsch erwartet. Doch es kam anders. Ein eisiger Wind mit scharfen Schnee- und Eiskristallen schlug ihnen entgegen. Die Sicht war schwierig, weil die schmalen Schlitze in der Maske nur ein begrenztes Blickfeld ermöglichten. Laurenz hielt öfter an, um sich zu orientieren. Mit ihren Schneeschuhen fanden sie immer einen sicheren Tritt. Ihre Körper neigten sich dem Wind entgegen und der Schlitten wurde zu einer schweren Last. Nach Stunden waren sie erschöpft und mussten im Sturm biwakieren. Zum Schutz stellte Laurenz den Schlitten senkrecht und rammte ihn in den Schnee. Dahinter kauerten sich die drei eng zusammen und hängten sich die zusätzlichen Felle um. Für die Nahrungsaufnahme ließ der Sturm ihnen keine Gelegenheit. Nach und nach wurde der Schutz durch den Schlitten dichter, denn der Schnee formte sich wie ein Iglu um sie herum. Am anderen Morgen buddelten sie sich aus dem Schnee frei. Der Wind hatte sich verzogen und die Sicht war wieder klar. Alicia-Rose bereitete ein kleines Frühstück und Ada-Reede schaute sich um.

„Papa, siehst Du den Abgrund nicht weit von hier? Wenn wir weitergegangen wären, hätten wir abstürzen können."

„Ich wusste, dass da ein Abgrund ist und ich habe ihn auch gesehen. Man muss immer erkennen, wann die Natur stärker ist als der Mensch. Wer nicht darauf reagiert, wird zu Schaden kommen. Schau mal nach Westen, etwas näher als der Horizont."

„Das sieht aus wie das Meer."

„Ja. Da müssen wir hin. In etwa einer Stunde finden wir einen Weg für den Abstieg. Unten geht die Landschaft in eine Ebene über. Dort werden wir bald das erste Iglu-Dorf erreichen."

Abwärts rutschten sie mehr über den Schnee, weil ihre Füße keinen festen Tritt fanden. Aber es gab keine Gefahr, und sie erlebten sogar etwas Spaß dabei.

Bei den ersten Iglus wurden sie freudig begrüßt und sofort eingeladen, etwas zu trinken und zu essen. Dann wurden Nachrichten ausgetauscht und Laurenz sprach über den Grund der Wanderung.

„Wir suchen die Sippen meines Vaters und meines Schwiegervaters. Ich vermute sie hier in der Region."

„Laurenz, ich kenne die beiden großen Sippen. Sie sind nicht hier, sondern in der nächsten Bucht ziemlich nah am Meer. Sie haben dort ein Boot liegen und wollen fischen und angeln. Du gehst um diesen Eisberg dort herum und dann weiter nach Westen. Du kannst sie nicht verfehlen. Ihr habt einen Tagesmarsch vor Euch. Die Nacht solltet Ihr hier bei uns verbringen."

„Danke, die Einladung nehme ich gerne an. Hat der Sturm gestern hier auch gewütet?"

„Nein. Der kam vom Meer und wurde durch den Eisberg hochgedrückt."

„Wir haben ihn oben auf dem Berg heftig erlebt."

Als Ada-Reede von der Einladung hörte, erinnerte sie sich an den Gast in ihrem Iglu, der damals ihren Vater gerettet hatte. … Muss Vater heute auch bei einer fremden Frau liegen? …

Aber sie beruhigte sich bald, als sie erkannte, dass der Gastgeber keine Frau hatte.

Laurenz verkaufte noch zwei Felle im Dorf, dann führte er seine beiden Frauen auf den ihm beschriebenen Weg. Ohne Behinderung umrundeten sie den Eisberg und näherten sich der beschriebenen Bucht. Bald kamen sie zu einzelnstehenden Iglus. Menschen begegneten ihnen nicht. Die Bewohner waren sicher auf der Jagd oder gingen anderen Beschäftigungen nach. Näher an der Küste erreichten sie ein Iglu-Dorf. Plötzlich zerriss ein Schrei die Stille und eine Frau stürmte aus einem Iglu: „Laurenz, mein Sohn!"

Die beiden lagen sich in den Armen und die Mutter vergoss Tränen der Freude. Alicia-Rose und ihre Tochter umarmten die beiden und alle vier tanzten umeinander.

„Ich bin so froh Euch gesund zu sehen!"

Der Vater erschien im Eingang des Iglus: „Was gibt es hier für einen Lärm? Ah, wir haben Besuch. Kommt herein. Ihr habt sicher eine lange Reise gehabt."

Er streichelte seine Schwiegertochter zärtlich, nachdem er Laurenz begrüßt hatte. Dann setzte er sich Ada-Reede auf seinen Schoß.

„Du bist also unsere kleine Enkelin?!"

„Opa! Ich bin vierzehn Jahre alt. So klein bin ich nicht mehr. Außerdem habe ich schon bewiesen, dass ich alleine ein Rentier einfangen kann."

Der Opa staunte und alle lachten. Laurenz erzählte von der viertägigen Wanderung und von dem Eskimo, der ihm den Weg hierher beschrieben hatte.

„Ja. Den Nachbarn kenne ich gut. Wir waren schon einige Male zusammen auf der Jagd. Laurenz, es gibt doch einen Grund, warum Ihr den strapaziösen Weg auf Euch genommen habt."

„Ja, Vater. Den gibt es. Wenn Du erlaubst, begrüßen wir vorher erst noch die Eltern und Geschwister von Alicia-Rose. Sonst müssen wir alles mehrfach erzählen. Wo sind eigentlich meine Brüder?"

„Die sind mit dem Boot rausgefahren und bringen hoffentlich ein Netz voll Fische mit. Geht nur zu den anderen. Es ist der übernächste Iglu, etwa hundert Meter weiter. Sag meinem Freund, dass wir uns heute Abend vor den Iglus zu einem Umtrunk treffen. Er soll seinen guten Schnaps mitbringen. In der Zwischenzeit macht Mama sicher etwas zu essen für uns."

Als sie am Iglu der anderen Sippe ankamen, ertönte ein Lied aus der Eingangsluke, begleitet von der Rahmentrommel Qila. Alle drei stimmten mit ein und machten so auf sich aufmerksam. Ada-Reede steckte den Kopf in die Luke und lachte. Mutter und Vater brüllten: „Die Kinder sind da!"

Die erwachsenen Geschwister drängten sich nach draußen und begrüßten mit großer Freude ihren Bruder: „Kommt schnell herein, Mama und Papa werden begeistert sein."

So war es auch. Die Qila verstummte, denn jetzt gab es etwas Wichtigeres zu erleben.

„Laurenz, was machst Du mit meiner Tochter? Sie hat nichts von ihrer Schönheit eingebüßt."

Der Vater war glücklich und alle hatten einen Grund, sich zu freuen und zu lachen.

„Und Du bist also unsere kleine Enkelin Ada-Reede."

Das Kind spielte für einen Moment die Beleidigte, dann fiel sie ihrem zweiten Opa um den Hals. Die Schwester und der Bruder bestürmten Alicia-Rose sofort mit Fragen. Sie wollten alles wissen, was die große Schwester bisher erlebt hatte. Laurenz drückte seinem Schwiegervater die Hand und lächelte ihn an. Die Schiegermutter drückte ihn und stammelte: „Mein Junge ich sehe, dass Du meine Tochter glücklich gemacht hast."

Wenig später kehrten die beiden Brüder von Laurenz vom Fischen zurück und schleppten ein volles Netz zum elterlichen Iglu.

„Petri Heil, Jungs", empfing sie der Vater. „Das reicht ja für das ganze Dorf. Beeilt Euch. Nachher versammeln wir uns und feiern den Besuch von Laurenz."

„Wo ist unser großer Bruder? Hat er seine schöne Frau mitgebracht?"

„Und meine prächtige Enkelin! Sie sind noch bei den Schwiegereltern, aber sie kommen gleich wieder."

Die Jungs schauten sich an. Dann ließen sie alles fallen und rannten los. Der Vater schüttelte nur den Kopf, verstand aber die Freude seiner Jungs. Jetzt wurde es laut im Iglu der Schwiegereltern und das ganze Dorf bekam mit, dass etwas Erfreuliches geschehen war. Von allen Seiten strömten sie herbei und umringten den unerwarteten Besuch. In der Mitte des Platzes wurden ein paar Öllampen entzündet. Schnaps wurde herangeschafft, und dazu gab es Fisch. Die Feier dauerte bis spät in die Nacht so lange, bis einer nach dem anderen sich der Müdigkeit ergab.

Die beiden Opas suchten irgendwann das Gespräch mit Laurenz und verzogen sich in einen Iglu.

„So mein Junge, Du wolltest etwas dazu sagen, warum Ihr hierhergekommen seid."

„Vater, wir waren in all den Jahren fleißig. Die Herde im Sommer wurde immer größer. Wir haben gut gewirtschaftet und auf der Jagd im Winter hatte ich oft Erfolg. Trotzdem brauche ich jetzt Eure Hilfe."

„Laurenz, Du weißt, dass Du jeden Anspruch auf Geld oder Erbe mit Deiner Trennung von der Sippe verloren hast."

„Das weiß ich, und ich bin auch nicht hier, um einen Anspruch geltend zu machen. Nur verändert sich etwas in unserem Leben, das unsere Möglichkeiten übertrifft. Unsere geliebte Tochter, Eure Enkelin, will lernen. Sie wünscht in der Stadt eine Schule zu besuchen. Wir haben mit unserem Freund Tyler, dem Lehrer von Ada-Reede gesprochen. Er hat uns eine Summe genannt, die wir alleine nicht aufbringen können. Deshalb bitte ich Euch, unsere Tochter zu unterstützen. Ich würde es selbstverständlich auch akzeptieren, wenn Ihr keine Möglichkeit seht, aber ich will nichts unversucht lassen. Die Trennung von Ada-Reede fällt uns sehr schwer, wie Ihr Euch denken könnt, aber sie wünscht es sich, und vor allen Dingen hat sie das Zeug dazu."

„Laurenz, wir wollen sachlich und ehrlich bleiben: Wenn etwas nicht geht, dann geht es auch nicht mit Gewalt."

Die beiden Großväter schauten sich an und schwiegen einen Moment. Dann sprach der Vater von Laurenz weiter: „Meinem Sohn eine Bitte abzuschlagen, fällt mir genauso schwer. In unserem Leben ist es so, dass es in einem Jahr mit der Herde und der Jagd gut läuft und im nächsten wieder nicht. Das heißt, ich könnte Dich in einem Jahr unterstützen und im nächsten wieder nicht. Es gibt keine Garantie."

„Dein Vater hat recht. Andererseits hat Tyler sicher nicht zum Spaß Euch wegen der Fähigkeiten von Ada-Reede angesprochen. Er hat Euch sicher davon überzeugt, dass es eine Verschwendung wäre, wenn unsere Enkelin nicht in die Schule gehen würde."

„Nehmen wir einmal an, unsere beiden Sippen würden Euch das eine oder andere Jahr unterstützen, dann hätte das Kind Erfahrungen auf der Schule gemacht. Kommen aber schlechtere Zeiten, würde die junge Dame in die Familie und ihr ursprüngliches Leben zurückkehren müssen."

„Diese Konsequenz müsste stets offengehalten bleiben. Aber der Weg wäre denkbar."

„Dem stimme ich zu. Aber dann hätten wir es wenigstens versucht."

„Laurenz, ich schlage vor: Dein Schwiegervater und ich werden getrennt mit unseren Sippen über die Situation beraten und morgen zu einem Ergebnis kommen. Du wirst sicher verstehen, es geht in unseren Sippen um das Vermögen, ja um das Leben jedes Einzelnen von uns."

„Dann danke ich Euch erst einmal dafür, dass Ihr mir überhaupt zugehört habt."

Die beiden Chefs der Sippen riefen ihre Mitglieder in ihre Iglus und erklärten die Situation um Ada-Reede und die Bitte deren Eltern. Der Vater von Laurenz betonte noch einmal, dass sein ältester Sohn nicht mit einer Forderung an sie herantrat, sondern dass er mit einer Bitte, die im Wunsch seiner Tochter begründet sei, zu ihnen gekommen war. Nach kurzem Nachdenken meldete sich einer seiner Söhne zu Wort: „Wenn Ada-Reede wirklich so gut ist, warum soll sie dann nicht die Chance haben, sich in der Zivilisation zu beweisen. Ich habe etwas gespart. Es ist mehr, als ich z.B. für Jagdmunition brauche. Da Mutter uns gemeinsam verpflegt, habe ich sonst keine Bedürfnisse, die Geld kosten. Ich gebe etwas dazu."

Sein Bruder nickte zustimmend, sodass der Vater das Wort an die Mutter richten konnte.

„Wie sehen unsere Finanzen heute aus, und womit können wir für den Sommer rechnen?"

„Durch den Verkauf unserer Herde im letzten Sommer haben wir uns ein gutes Polster für das nächste Jahr geschaffen. Unsere Ausrüstung ist komplett. Wenn wir einen genauso großen Grundstock für eine neue Herde kaufen und unsere Verpflegung für den Sommer dazu rechnen, bleibt ein hübscher Betrag übrig, von dem wir etwas abzweigen können. Ich hoffe, dass wir gesund bleiben und viele wilde Rentiere einfangen, dann können wir uns beteiligen. Ich denke, dass es ein guter Gedanke ist, in unsere Enkelin zu investieren."

„Gut. Dann bin ich auch dafür. Wir sollten jedoch mit Laurenz eine Zeit absprechen, wann die Herden auf dem Markt verkauft werden. Bei dieser Gelegenheit sollten wir jährlich die Situation mit ihm absprechen und gemeinsam entscheiden, ob Ada-Reede weiter die Schule besuchen kann. Diese Vorsichtsmaßnahme sollten wir unbedingt einhalten, damit wir vor einem finanziellen Engpass sicher sind. Jungs, wir werden fleißiger sein müssen auf der Jagd und beim Einfangen von wilden Rentieren!"

Die Sippe von Alicia-Rose kam zum gleichen Ergebnis. Wenig später versammelten sich die beiden Sippen und holten Laurenz Familie dazu, um ihnen den Beschluss und die Summe bekannt zu geben, die sie aufbringen wollten. Die Freude bei der kleinen Familie war groß, und Laurenz fasste nach kurzem Durchatmen noch einmal zusammen: „Ich danke Euch! Wir werden die Zahlen genau festhalten und den Kosten gegenüberstellen. Was wir nicht brauchen zahle ich Euch zurück. Wir kontrollieren und kalkulieren gemeinsam nach dem Verkauf der Herden. Danach entscheiden wir, ob Ada-Reede in die Familie zurückkehrt."

Die Schwester und die Brüder von Alicia-Rose und Laurenz waren anderer Meinung.

„Wir gehen davon aus, dass Ada-Reede es schafft, und unser Beitrag ist eine Spende. Da wir jährlich neu entscheiden, ist unser Risiko überschaubar."

„Ich danke Euch! Wir werden sofort mit Tyler reden. Er wird dann sicher den nächst möglichen Termin für die Anmeldung unserer Tochter in der Schule wahrnehmen."

„Wir wünschen Euch dreien viel Glück und Erfolg. Außerdem freuen wir uns darauf, Euch jedes Jahr im Sommer wiederzusehen."

DAS INTERNAT

Der Frühling kündigte sich an und damit rückte der Zeitpunkt näher, an dem die Eskimos wieder in den Süden wanderten, um Rentierherden aufzubauen. Tyler hatte im Winter jede freie Minute genutzt, um seine Musterschülerin auf ihre Zukunft in der Stadt und der Schule vorzubereiten. Er lernte und übte mit Ada-Reede und führte sie behutsam von einem Lehrfach zum anderen. Das Mädchen nahm begierig alles Neue auf und vertiefte es in Gesprächen, die Tyler viel Geduld abverlangten. Manchmal durfte die Schülerin ein Buch von Tyler mit zum elterlichen Iglu nehmen. Daraus las sie im spärlichen Licht der Öllampe Mutter und Vater vor. Es kam auch vor, dass sie den Eltern etwas erklären musste, was diese nicht verstanden hatten.

Tyler schloss sich der Familie auf ihrer Wanderung nach Süden zu den grünen Wiesen und dem wärmeren Klima an. Sie erreichten die Stadt, und die Eltern kümmerten sich sofort um den Ankauf von zahmen Rentieren für die Aufzucht einer Herde. In dieser Zeit kontaktierte er ehemalige Studienkollegen an verschiedenen Schulen. Als die Eltern mit ihren Tieren ins Landesinnere weitergezogen waren, nahm er Ada-Reede an der Hand, führte sie durch die Stadt, erklärte die Bedeutung von verschiedenen Bauwerken und Geschäften, um es dem Kind leicht zu machen, sich vor Ort orientieren zu können. Sie kauften Jeans, Turnschuhe, Unterwäsche, einen Pullover, einen Rucksack, in den die Pelzklamotten gestopft wurden, gingen zum Frisör und schließlich trafen sie sich mit dem Schulleiter des Internats, um Ada-Reede vorzustellen. Der Mann trug ein weißes Hemd mit Krawatte und einen Blazer. Er lächelte das hübsche Mädchen mit dem runden Puppengesicht freundlich an:

„Du willst also unsere Schule besuchen, um etwas zu lernen. Die Kinder wohnen in einem Wohngebäude und werden hier auch verpflegt, d.h. sie gehen kaum raus in die Stadt. Wir haben auch eine eigene Sporthalle. Mehrere Lehrer führen die Schüler zum Abitur. Diese Prüfung findet jährlich statt für die Schüler, die unsere Schule nach der Ausbildung verlassen. Du bist heute vierzehn Jahre alt. Du würdest, wenn alles gut läuft, in vier Jahren die Prüfung ablegen. Bis es aber soweit ist, werden sich meine Lehrerkollegen mit Dir unterhalten, um festzustellen, wo Dein Wissensstand liegt bzw. in welche Klasse wir Dich einstufen können. Ich weiß, dass Du mit meinem Freund Tyler schon fleißig warst, aber wir müssen uns selbst ein Bild von Dir machen. Meine

Kollegin, Frau Winter wird Dir jetzt ein Bett und einen Schrank zuweisen, wo Du Deine Sachen unterbringen kannst. Sie zeigt Dir auch, wo wir unsere Mahlzeiten einnehmen und wo die Klassenzimmer sind. Du hast Zeit, Dich Deinen Mitschülerinnen vorzustellen. Im Unterricht sind Mädels und Jungen zusammen. Heute Abend unterhalten sich meine Kollegen mit Dir. Wenn Du Fragen hast, darfst Du auch zu mir kommen. Ich heiße Brady."

Frau Winter kam zur Tür herein: „Brady, kann ich die junge Dame schon entführen?"

„Ja, wir sind erst einmal fertig. Zeige ihr bitte alles und bring sie heute Abend ins Lehrerzimmer."

Frau Winter war eine junge und freundliche Frau mit langen blonden Haaren. Sie lachte oft während sie etwas erzählte, und sie sah ganz anders aus als die Eskimofrauen.

„Ada-Reede, das ist ein schöner Name in Deinem Volk. Was hältst Du davon, wenn wir Dich nur Ada nennen. Das ist für die anderen vielleicht etwas einfacher."

„Frau Winter, sie meinen sicher, dass ich meinen Namen nicht ablegen soll, sondern dass man mich nur so anspricht?!"

„Ja. Deine Mitschüler werden es Dir bestimmt danken. Sonst kommen die auch noch auf die Idee, Dir einen Spitznamen zu geben, der Dir vielleicht gar nicht gefällt."

„Vielen Dank für den Hinweis. Darüber habe ich noch nie nachgedacht. Also bin ich jetzt Ada."

„Im Schlafsaal der Mädchen sorgt die älteste Schülerin für Ruhe und Ordnung. Das ist zurzeit Frya. Ich stell Dich gleich vor. Sie zeigt Dir Dein Bett und Du legst Deinen Rucksack in den Schrank. Dann gehen wir beide in die Kleiderkammer. Frya, das ist unsere neue Schülerin Ada."

„Hallo, ich heiße Dich willkommen. Dein Bett ist dort." Sie zeigte zu einem Fenster.

Frau Winter führte sie überall im Gebäudekomplex herum, und Ada-Reede kam manchmal aus dem Stauen nicht heraus. In der Kleiderkammer standen sie vor einer Theke.

„Hallo Kollegen. Ich bringe Euch Ada, unsere neue Schülerin. Sie braucht eine Erstausstattung."

Ein weißes Hemd wurde ihr übergestreift. Dann kam die Krawatte.

„Ich zeige Dir, wie sie gebunden wird."

Die Schülerin erlebte den Krawattenknoten als Spaß mit und empfand das Zuziehen am Hals als gefährlich.

„Wie geht das wieder auf und wie lerne ich den Knoten auf die Schnelle?"

„Deine Mitschüler werden Dir helfen. Und jetzt kommt der Blazer. Du siehst richtig schick aus. Deine struppigen Haare solltest Du wachsen lassen. Es fehlt jetzt noch ein Rock."

„So etwas habe ich noch nie getragen. Muss das wirklich sein?"

„Ach was. Deine Jeans sind auch in Ordnung. Ich bringe Dich jetzt wieder zum Schlafsaal. Du machst Dich mit den anderen Schülerinnen noch bekannt, und nach dem Essen hole ich Dich, um Dich ins Lehrerzimmer zu führen."

Einige Mädels lagen auf ihren Betten und hatten ein Buch in der Hand, andere ordneten ihre Sachen oder unterhielten sich. Als Ada-Reede in den Saal kam erregte sie sofort die Aufmerksamkeit der anderen. Sie wurde umringt, begutachtet und mit Fragen bestürmt.

„Habt bitte etwas Geduld mit mir. Ich habe noch nie in einem Steinhaus gelebt. In der Eiswüste gibt es nämlich so etwas nicht. Ich habe auch noch nie solche Klamotten getragen, weil es dafür zu kalt gewesen wäre. Ich muss alles bei Euch hier erst lernen. Wenn Ihr mir helfen würdet, wäre ich Euch sehr dankbar."

„Keine Sorge, wir passen schon auf Dich auf. Was trägt man denn so im ewigen Eis?"

„Einfach Fell von Eisbären oder Rentieren auf nackter Haut. Ich kann es Euch nachher zeigen."

„Prima. Wir sind gespannt."

Beim Essen saß Ada neben Frya. Es gab einen Eintopf mit Fleischeinlage. Vorsichtig stocherte sie mit der Gabel in der ungewohnten Nahrung auf dem Teller herum. Aber sie wollte sich nichts anmerken lassen und schaute wie die anderen mit dem wohlriechenden Eintopf umgingen. Nach den ersten Bissen fand sie Gefallen an dieser anderen Art zu essen. Die Schüler räumten die Teller und das Besteck ab und gingen wieder in ihre Quartiere. Die Mädels wollten wissen, wie Ada bisher angezogen war. Sie halfen Ada-Reede aus dem Hemd und der Krawatte, und sie schlüpfte in ihre Fellklamotten. Die Mädels staunten und streichelten über die Haare des Fells.

„Hier im Haus ist das allerdings zu warm. Im Eis, bei Schneetreiben und im Wind bin ich darin total geschützt."

Die Mädels probierten die Jacke mit der Kapuze an und wunderten sich über das zarte Prickeln auf der Haut. Dann war es Zeit, Ada wieder in die Schulklamotten zu helfen, denn Frau Winter stand bereits vor der Tür.

Im Lehrerzimmer saßen mehrere Herren an einem Tisch, offensichtlich Lehrer, denn Brady begrüßte die Schülerin und bat sie, auf einem Stuhl davor Platz zu nehmen. Ein Lehrer sprach sie an: „Mistress Ada-Reede ..."

Sie unterbrach ihn sofort: „Miss, please. ... You may call me Ada as all the others here do it. My English is still bad, because I have to less Opinions to train it."

Der Lehrer dankte, und seine Kollegen schmunzelten. Dann wurden von den Lehrern Fragen an die neue Schülerin gestellt.

„Ada, hast Du eine Ahnung, wie man einen rechten Winkel bestimmt?"

„Üblicherweise werden Winkel mit entsprechenden Geräten in Grad gemessen. Pythagoras hat jedoch herausgefunden, dass in einem Dreieck die Summe der Quadrate über den Katheten dem Quadrat über der Hypotenuse entspricht. Daraus ergab sich der rechte Winkel gegenüber der Hypotenuse."

„In der Geographie gibt es Linien. Kannst Du mir einige nennen?"

„Es gibt gerade und ungerade Linien. Die ungeraden werden Kurven genannt, wie der Kreis, die Parabel usw. Die geraden sind z, B. die Strecke - sie hat einen Anfangs- und einen Endpunkt, die Tangente - sie berührt eine Kurve in einem Punkt, die Sekante - sie schneidet eine Kurve ..."

Der nächste Lehrer unterbrach sie: „Wenn wir schon bei den Linien sind: Der Globus hat zwei Pole. Siehst Du da einen Zusammenhang?"

„Ja. Die gedachte Linie zwischen dem Südpol und dem Nordpol könnte als Strecke bezeichnet werden. Die Geologen sagen aber Achse dazu und zwar deshalb, weil die Erde sich um diese Achse dreht."

„Ada, wenn eine schwarze Frau einen weißen Mann ehelicht und Kinder bekommt. Welche Hautfarbe haben die Kinder?"

„Nach Darwin können die Kinder schwarz oder weiß sein. Die beiden Farben können sich aber auch vermischen."

„Vergiss einmal die nicht ausgesprochene Frage, ob Du an Gott glaubst. Hast Du eine Vorstellung davon, wie der Mensch und die anderen Lebewesen sonst entstanden sein könnten?"

„Genau wie der Glaube an Gott auf einem Nichtwissen begründet ist, kann auch die Spekulation der Wissenschaftler, die auf dem Zusammentreffen von Masse und Energie basiert, nicht abschließend bewiesen werden."

„Ada, was weißt Du über die Römer?"

„Sie haben tausend Jahre um Christi Geburt die Welt beherrscht. Sie haben Enormes in den Bereichen Militär, Organisation, Recht, Baukunst, Verwaltung geleistet, was nach ihrem Niedergang durch Dekadenz noch bis in unsere Zeit reicht. Ihre Sprache wird Latein genannt und zählt zu den toten Sprachen, obwohl sie in der Wissenschaft heute noch genutzt wird. Viele Begriffe finden sich in den lebenden Sprachen noch heute."

„Ada, was verstehen wir unter Algebra?"

„Gemeint ist das Rechnen mit Buchstaben und Gleichungen."

„Kannst Du ein Beispiel geben?"

„Die Summe aus einem Wert A und einem Wert B im Quadrat wird nach folgender Formel bestimmt: $(a + b)^2 = a^2 + 2ab + b^2$."

„Ada, schreibe bitte folgenden Satz an die Tafel: Die Konsequenz der Friedensbewegungen der Völker zielt auf die Abrüstung von Vernichtungswaffen hin."

Brady, der Schulleiter übernahm das Wort und beendete diese großzügige Überprüfung des Wissenstandes von Ada-Reede.

„Ada, ich nehme an, dass Du wissen willst, wie das Lehrerkollegium Dich beurteil. Gehe bitte vor die Tür und warte einen Moment, bis ich Dich wieder hereinrufe."

Die Lehrer berieten sich und waren erstaunt, welchen Umfang das Wissen in dem frühen Alter der Schülerin jetzt schon hatte. Ja, sie freuten sich darauf, mit dem Mädchen zusammenzuarbeiten. Es gab keine Diskussion, und Brady holte die Schülerin ins Zimmer.

„Ada, Du bist vierzehn Jahre alt, und wir stufen Dich in den neunten von dreizehn Jahrgängen ein, sodass Du mit achtzehn Jahren ein reguläres Abitur machen kannst. Was sagst Du dazu?"

Das Mädchen war rot im Gesicht, zitterte etwas und schien mit den

Gedanken abwesend zu sein. Sie stammelte die Antwort auf Bradys Frage vor sich hin: „Sie haben mich aufgenommen?"

„Aber ja doch, mein Kind! Wir sind begeistert von Dir. Wir freuen uns mit Dir. Du wirst im Detail noch Lücken haben bezüglich des Lehrplans im Unterricht, aber die Fachlehrer werden die Lücken in Extrastunden mit Dir schließen. In vier Wochen wirst Du dann regulär am Unterricht teilnehmen können. Selbstverständlich wirst Du viel arbeiten müssen, denn Du hast bisher nie eine Schule besucht, aber Du findest hier alles, was Du dafür brauchst. Meine Kollegen, Deine Mitschüler und unsere Bibliothek. Nutze Deine Chance. Mein Freund Tyler hat an Dir gute Arbeit geleistet."

Als Ada-Reede immer noch verwirrt in den Schlafsaal kam, warteten die anderen Mädchen bereits auf sie. Sie umarmten und beglückwünschten ihre neue Mitschülerin. Frya führte Ada etwas abseits und raunte ihr zu: „Ich habe so etwas vor einem Jahr bei den Jungs mitgekriegt. Es kommt jetzt eine Menge Arbeit auf Dich zu. Wir können Dir nur sagen, was Du lernen musst. Büffeln musst Du dann selbst."

„Das ist sehr freundlich von Dir und den anderen. Ich scheue nicht davor zurück, alles Nötige zu lernen."

„Hast Du schon Deinen Ausweis für die Bibliothek?"

„Ja, von Frau Winter."

„Dort findest Du wirklich alles. Lass Dich nicht ablenken. Unsere Lehrer sind hilfsbereit, aber sie fordern vollen Einsatz von uns. Wenn Du mal nicht weiterkommst, grübele nicht zu lange, sondern frage mich oder eine von uns."

„Frya, warum bist Du so erfahren? Du bist doch nur ein Jahr älter als ich."

„Ich musste eine Klasse wiederholen, weil ich gebummelt habe. Dafür haben sie mich zur Chefin im Schlafsaal gemacht."

Die älteste Schülerin lächelte bei dieser Bemerkung. Für sie war das Gespräch beendet. Ada war ihr sympathisch geworden, und sie hatte sich vorgenommen, ihr den selbst erlebten Fehler zu ersparen.

Gleich am nächsten Tag bat der Lehrer für Erdkunde Ada nach dem Unterricht zur Nachhilfe.

Er zeigte ihr einige Landkarten und sprach über andere Länder, Völker, Flüsse, Gebirge, Winde, Meeresströmungen, Wettereinflüsse. Ada wurde es fast schwindelig. Sie biss die Zähne zusammen und verschwand anschließend in der Bibliothek. Ihre schnelle Auffassungsgabe half ihr, in dem umfangreichen Material ein Lernsystem zu finden. Bei der nächsten Nachhilfestunde konnte sie dem Lehrer schon kleine Erfolge bieten. Der Lehrer zeigte sich zufrieden. So ging es ununterbrochen täglich weiter. Wenn Ada als Letzte abends die Bibliothek verlassen hatte und in den Schlafsaal kam, hatte sie kaum Interesse an belanglosen Gesprächen mit ihren Mitschülerinnen und schlief sofort ein. Morgens beim Frühstück fragte sie Frya manchmal, womit Ada sich gerade beschäftige und gab ihr den einen oder anderen nützlich Tipp. Nach und nach beteiligte sich Ada aktiv am täglichen Unterricht. Es gelangen ihr auch Bemerkungen, die einen Lehrer blockierten. Dabei stellte sich heraus, dass Ada bereits etwas wusste, das der Lehrer erst noch zum Unterricht vorbereiten wollte.

Nach vier Wochen hatte sie es geschafft. Sie konnte dem Unterricht in jedem Fach aktiv folgen und entwickelte sich, ohne dass sie den Status bewusst anstrebte, zu einer Stütze der Lehrer im Unterricht, ja zu einer Musterschülerin. Das weckte natürliche Eifersucht bei den anderen Schülerinnen und Schülern. Sie musste sich abfälligen Bemerkungen und Hänseleien erwehren. Das war jedoch für Ada-Reede kein Problem, denn sie entschärfte durch ihre Offenheit und Freundlichkeit jede Anfeindung. Ihre Mitschüler kamen sogar von sich aus auf sie zu, um ihre Hilfe zu erfragen. Die Lehrer erkannten diese Entwicklung und freuten sich in ihren Sitzungen über ihren pädagogischen Erfolg. Sie vermieden es jedoch Ada-Reede aus der Gruppe der Schüler besonders hervorzuheben und hofften, dass sie ein gutes Beispiel für die anderen werden würde. Am Ende des Sommers rüstete sich die Stadt für die Ankunft der Rentierherden auf dem Markt. Auf dem freien Feld vor der Stadt wurden große Pferche abgesteckt und befestigt.

Die Kunden konnten ganze Herden zum Pauschalpreis kaufen oder einzelne Tiere. Sie würden mit den Eskimos feilschen, bis Käufer und Verkäufer den für sie besten Preis erzielt hätten. Der Markt war für die Städter jedes Jahr das wichtigste Ereignis. Brady, der Schulleiter, hatte erfahren, dass Adas Eltern auch mit ihrer Herde auf dem Markt erscheinen würden.

„Ada, Du hast jetzt zwei Wochen frei. Lebe in der Zeit mit Deinen Eltern. Ich werde Dich begleiten und hoffe, dass Du mich Deinen Eltern vorstellst."

„Brady, Sie können sich gar nicht vorstellen, wie sehr ich mich darauf freue. Ich habe meine Eltern noch nie so lange nicht gesehen."

Die Herden der beiden Sippen und ihrer Eltern kamen fast gleichzeitig an. Als die Tiere in ihren Pferchen gesichert waren, ergab sich für die Treiber etwas Zeit, ein gutes Bier zu trinken, Einkäufe zu erledigen oder auch für ein Gespräch über Vergangenes und die Zukunft. Ada kannte den Ablauf auf dem Markt, und sie wusste, wo sie die Eltern finden konnte. Alicia-Rose und Laurenz stimmten gerade die weiteren Arbeiten ab, als ihre Tochter plötzlich vor ihnen stand. Sie freuten sich so sehr, dass sie ihre Umgebung für einen Moment vergaßen. Freudentränen, Streicheleinheiten und der Vater stellte fest: „Unsere Tochter ist noch hübscher geworden, ganz wie die Mama!"

„Darf ich Euch Brady, unseren Schulleiter vorstellen. Er möchte mit Euch reden. So lange Ihr hier seid, möchte ich bei Euch im Zelt wohnen. Ich schaue mich noch etwas um."

„Alicia-Rose und Laurenz, sie beide haben eine prächtige Tochter. Sie hat innerhalb des Jahres den gesamten Wissensstatus der anderen Schüler aufgeholt und ist für mich und meine Kollegen eine Musterschülerin geworden. Sie haben die richtige Entscheidung für Ihr Kind getroffen. Wissen Sie schon, was aus ihr einmal werden soll?"

„Darüber haben wir nie nachgedacht."

„Dann dürfen Sie mit uns gespannt sein, was die Zukunft noch bringen wird. Ich will Sie jetzt nicht länger von der Arbeit abhalten, würde mich aber freuen, Sie heute Abend im Gasthaus begrüßen zu dürfen. Ich nehme an, unser Freund Tyler wird sich auch zu uns gesellen."

„Brady, wir kommen. Wenn Ada-Reede wirklich Zeit hat, bleiben wir zwei Wochen hier."

Ada-Reede war schon bei den Großeltern, ihrer Tante und den Onkels. Sie redete wie ein Wasserfall über ihre Erlebnisse in der Schule, ihre Fortschritte und betonte mit Begeisterung, wie wohl sie sich dort fühlte. Die Erwachsenen ließen sich von der Freude des Mädchens mitreißen. Ein Bruder von Laurenz murmelte: „Ich habe das geahnt: Die Investition lohnt sich. Ich möchte gerne mal mit einem Lehrer sprechen."

„Eure Herden sind groß geworden. Ihr wart fleißig. Mit Papa habe ich noch gar nicht darüber gesprochen. Der spricht gerade mit dem Schulleiter Brady. Ich bleibe so lange hier bei Euch, wie Ihr Euch die Zeit nehmt."

Ada-Reede war nicht zu bremsen. Wie ein Wirbelwind rannte sie von einem zum anderen und redete auf die Menschen ein, die noch mit den Herden beschäftigt waren. Ihre Wiedersehensfreude und ihre Begeisterung von der Schule sprudelten aus ihr heraus. Wie selbstverständlich packte sie auch da und dort mit an, denn sie wusste ja worauf es im Moment ankam.

Am Abend traf sich die kleine Familie mit Brady im Gasthaus. Sie alle freuten sich zunächst auf ein gutes Bier. Bradys Thema drehte sich um Adas Stand in der Schule, ihre Fortschritte, ihr enormer Fleiß und darum, was das Lehrerkollegium von der Schülerin erwartete. Ada hörte zu und die Eltern waren stolz auf ihre Tochter.

Irgendwann kam Laurenz auf das Schulgeld zu sprechen: „Brady, ich werde in den kommenden Tagen für das neue Schuljahr bezahlen, denn ich gehe davon aus, dass Ada-Reede noch hierbleiben will, nach allem was wir gehört haben."

„Ich weiß, dass es Euch nicht leichtfällt, den Betrag aufzubringen, aber es gibt leider keine Ausnahme. Dennoch bieten wir jährlich eine Auszeichnung in Form eines Stipendiums an.

Das Kollegium entscheidet nach den besten Noten der Schüler in einem Jahr und nach dem sozialen Verhalten der Schüler. Wer dieses Stipendium gewinnt, der zahlt für das Folgejahr nichts. Nach meinen aktuellen Beobachtungen hat Ada die besten Chancen, hierbei gut abzuschneiden. Ich persönlich bin sehr darauf gespannt, wie Ada das zweite Jahr abschließen wird. Sollte sie siegen, wären im nächsten Jahr keine Gebühren fällig. Dann steht nur noch das Jahr für die Abschlussprüfung an."

„Wir werden das bestimmt durchhalten. Wir haben das Glück, dass sich unsere Sippen auch für die Förderung von Ada entschieden haben."

„Das ist eine sehr gute Nachricht. Wenn Ada erwachsen ist, werden wir alle, die an Adas Zukunft arbeiten, ein gutes Gewissen haben mit der Überzeugung: Wir haben alles richtig gemacht!"

Nach und nach kamen alle Treiber ins Gasthaus. Die Herden waren versorgt, die Menschen freuten sich auf eine ordentliche Mahlzeit und sprachen nach der langen Entbehrung dem guten Bier zu. Dennoch dauerte die Wiedersehensfeier nicht sehr lange, denn sie wussten alle, dass die nächsten drei Tage beim Handeln darüber entscheiden würden, ob jede Sippe eine erfolgreiche Saison hinter sich gebracht hatte.

Ada-Reede trug längst ihre Fellhosen und die Stiefel dazu, als sie mit den Eltern zum Zelt ging. Für die Tochter hatte sich nichts geändert. Sie genoss das Zusammensein mit den Eltern und sie liebte die Atmosphäre in der Freiheit.

Am nächsten Morgen kamen die Interessenten für die Herden: Privatleute, Geschäftsleute, Passanten und Großunternehmer. Sie waren von ihren Heimatorten angereist, oder sie hatten in der Stadt übernachtet. Die Chefs der Herden erwarteten eine schaulustige aber auch geschäftige Truppe. Auf den freien Plätzen und Gängen waren auch Verkaufsbuden aufgebaut. Es gab also auch etwas zu essen und zu trinken. Ein richtiger Jahrmarkt eben mit dem Schwerpunkt der Rentierherden. Die Verkaufsgespräche fanden nicht immer zwischen Käufer und Verkäufer statt, sondern manchmal entstand der Eindruck wie bei einer Auktion. Andere Interessenten konnten einem Verkaufsgespräch zuhören und eine Einigung durch ein eigenes Gebot verhindern. Die Verkäufer durften also mit ernsthaften Geboten und gleichzeitig mit viel Spaß rechnen. Die Erwerber von Einzeltieren führten die Tiere gleich ab zu ihren Transportmöglichkeiten und feierten dann ihren guten Kauf auf dem Markt. Wenn eine ganze Herde gekauft wurde, hefteten die Treiber ein Schild „VERKAUFT" ans Gatter, und die Käufer organisierten den Abtransport. Vertreter von verschiedenen Tierparks kauften meist mehrere Paare aus verschiedenen Herden. Diese wurden dann zur Zucht verwendet, denn die Eskimos brauchten ja im Frühjahr wieder neue Tiere als Grundstock für eine neue Herde.

Am dritten Tag hatten fast alle Herden andere Eigentümer gefunden. Die Brüder von Laurenz gehörten zu den Glücklichen, die jetzt ihre Freizeit mit Gesprächen, Essen und Trinken nutzen durften. Sie besuchten ihren Bruder, der noch seine ganze Herde anbot.

„Laurenz, was ist mit Dir, willst Du dieses Jahr nicht verkaufen?"

„Ich bin mit den Geboten noch nicht zufrieden. Ich habe noch Zeit genug."

„Wir haben uns mal überlegt, die wilden Rentiere mit einem Lasso einzufangen, wie man das bei Pferden und Rindern macht. Wir müssten uns nur zwei Ponys kaufen."

„Aha, Ihr wollt Euch ein Beispiel bei den Cowboys im Wilden Westen abkucken."

„Genau. Dann könnten wir bestimmt mehrere Tiere einfangen."

„Habt Ihr mal überlegt, was die Rentiere machen, wenn sie eine Behinderung am Geweih spüren?"

„Wieso? Am Geweih bleibt das Lasso eher hängen, als am Hals. Da ist jeder Wurf ein Treffer."

„Jungs überlegt doch mal. Das Rentier versucht nicht wegzulaufen wie ein Pferd oder ein Rind. Es sieht Euch als Gegner und läuft auf Euch zu. Dann verletzt es Euch oder schlitzt dem Pony den Bauch auf. Selbst wenn Ihr das Lasso um einen Baum zieht oder hinter einen Felsen, kann das nicht funktionieren, weil sich das Ren an dem Hindernis, das es als Gegner ansieht, verletzen wird."

Die Brüder schauten sich verdutzt an: „Du hast recht. Das ist eine Schnapsidee. ... Also bleibt uns doch nur die mühselige Handarbeit."

Plötzlich wurden sie durch den Lärm von den Kompressorhörnern dreier großen LKW erschreckt. Ein Mann sprang aus dem Führerhaus des ersten Viehtransporters und rannte gestikulierend und schreiend auf sie zu. Wenig später verstanden sie, was der Mann rief: „Laurenz ... nicht verkaufen!" Abgehetzt erreichte der Mann die drei Brüder.

„Laurenz, Du hast noch nicht verkauft? Ein Glück für mich."

„Jetzt komm doch erst einmal zu Atem. Was ist denn los?"

„Laurenz, Du weißt ich habe schon öfter bei Dir gekauft. Mein Geschäft ist größer geworden, und meine Kundschaft schätzt die Qualität Deiner Tiere. Ich komme so spät, weil wir unterwegs einen Unfall hatten."

„Laurenz wollte eigentlich dieses Jahr nicht verkaufen", scherzte einer der Brüder. „Laurenz, tu mir das nicht an. Ich kaufe Deine ganze Herde!"

„Dann setze Dich zu uns, trinke einen Schluck mit uns und mach mir ein Angebot."

Sie sprachen eine Weile über belanglose Dinge, tranken und feilschten um den Preis. Dann stand der Mann auf, blickte über die Herde, um die Stückzahl zu schätzen und setzte sich wieder auf den Schemel.

„Laurenz, ich habe einen höheren Preis für die Stückzahl kalkuliert. Ich brauche Deine Tiere. Hier nimm meine Geldtasche und gib mir die Herde!"

Laurenz blickte in die Tasche, zählte überschlägig den Geldbetrag und nickte.

„Meine Herde gehört Dir!"

Der Mann war glücklich und gab seinen Leuten ein Zeichen. Laurenz gab Alicia-Rose und Ada-Reede, die inzwischen zu ihnen gestoßen waren, die Geldtasche, und die Männer besiegelten den Handel mit einem Handschlag.

„Während meine Mitarbeiter mit der Verladung beginnen, lade ich Euch ins Gasthaus ein."

Später suchte Laurenz seinen Vater auf und berichtete ihm von dem guten Handel.

„Vater mit dem Erlös kann ich einen größeren Anteil am Schulgeld bezahlen, aber nicht alles, denn ich brauche Reserven für den Winter und für das Frühjahr."

„Mach Dir keine Sorgen mein Sohn. Wir haben auch gut gehandelt."

„Aber ich könnte mit der Rückzahlung beginnen."

„Versuche es. Du wirst Dein Geld nicht loswerden. Beide Sippen haben nämlich eine andere Meinung: Deine Tochter muss gefördert werden! So ist es beschlossen."

„Vater ich bin Euch allen so dankbar. Ich werde es Dir und Mama nie vergessen."

„Sehe es doch mal so: Wir werden älter. Die Jungs werden irgendwann eigene Familien gründen. Vielleicht werden wir einmal Deine Hilfe brauchen. Wer weiß das schon?! Wir werden übrigens morgen losziehen. Bleib Du ruhig noch ein paar Tage mit Deiner Tochter zusammen. Alicia-Rose wird es Dir danken."

Der Markt war vorbei und Ada-Reede führte die Eltern in die Stadt. Wie eine gelernte Stadtführerin erzählte sie von der Geschichte der Stadt, erklärte die Bedeutung von Gebäuden und ging mit ihnen einkaufen. Sogar über die Politik in der Stadt wusste sie etwas zu erzählen. Die Eltern staunten nur über ihre Tochter. Mitten in der Stadt kamen sie an einer prächtigen Kirche vorbei. Das Portal war offen und Ada benannte die Statuen zwischen den mächtigen hohen Säulen mit Namen. Über die Personen, die sie darstellten, wusste Ada Geschichten aus der Bibel zu erzählen. Als der Organist zu spielen begann, erschraken die Eltern über das gewaltig tönende Musikspektakel im Kirchenschiff.

Am letzten Tag begleiteten Laurenz und Alicia-Rose ihre Tochter zur Schule. Sie sprachen noch mit den Lehrern, und Laurenz bezahlte Brady das Schulgeld. Dann verabschiedeten sie sich und begannen ihre lange Wanderung zum Winterquartier. Ihr Freund Tyler schloss sich ihnen an.

ADAS ERKENNTNISSE

Kaum hatte das neue Schuljahr begonnen, stürzte sich Ada-Reede wieder ihrer gewohnten Art und Weise entsprechend in ihre Arbeit. Die Hausaufgaben machten ihr nie Schwierigkeiten, sodass sie viele Stunden in ihrer Freizeit die Bibliothek besuchen konnte. Die Bücher dort waren in Kategorien eingeteilt. Das Interesse der jungen Schülerin galt grundsätzlich allen Abteilungen. Dennoch beschäftigte sie sich nach und nach mit einigen Wissensbereichen mehr als mit anderen. Sie konzentrierte sich auf die Geschichte der Völker der Erde, die antiken Philosophen, die Psychologie und die Pädagogik. Sie empfand viele Errungenschaften der alten Ägypter, der Griechen, der Araber usw. als fantastisch und nachhaltig bis heute. Als Ada aber mitbekam, wie viele sinnlose Kriege, in denen wahllos Menschen abgeschlachtet wurden, die heldenhaften Völker führten, erschrak sie. Wie sollte ein junges Mädchen z.B. den Ausdruck Völkerschlachten verstehen?! Schließlich führte sie ihr Interesse ins Mittelalter, und Ada musste erfahren, dass Frauen willkürlich und grausam gefoltert wurden durch die kirchliche Inquisition. Diese erbarmungswürdigen Menschen stimmten am Ende ihres Leidensweges der erlösenden Verurteilung als Hexe zu und wurden auf dem Scheiterhaufen hingerichtet. Ada-Reede weinte still vor sich hin und wagte lange nicht, darüber zu sprechen. Irgendwann rettete sie sich in ihr Bestreben nach Wissen. Sie hoffte, dass sie mit intensivem Lernen die Zusammenhänge zwischen dem Guten und dem Bösen im Menschen begreifen würde. Vieles hatte sich seit Beginn der Aufzeichnungen bis heute verändert, und manche Erkenntnisse sind bis heute als Selbstverständlichkeiten erhalten geblieben. Nur die Tatsache, dass die Menschen sowohl gut, als auch böse sein konnten, würde jedem einzelnen ewig anhaften. Ada erkannte das Verhalten der Menschen als Ursache für die Entwicklungen in den Epochen der Jahrhunderte und Jahrtausende. Die Fähigkeiten des Verstandes wurden für Ada-Reede die treibende Kraft in Auseinandersetzung des Menschen mit der Natur. Adas größte Hilfe beim Verständnis der Zusammenhänge waren ihre ständigen Gleichnisse, die sie selbstkritisch in ihrer Person und ihrem Leben widergespiegelt fand.

Mühelos schaffte sie die Anforderungen für das Stipendium. Sie schrieb die besten Noten in den Klassenarbeiten. Brady, der Schulleiter, saß dem Prüfungsausschuss seiner Kollegen vor. Mit einem Lächeln eröffnete er die Sitzung: „Meine Herren, wegen der Vollständigkeit frage ich Euch nach den Namen der Kandidaten für das Stipendium."

„Es gibt mehrere fleißige Schüler, die förderungswürdig sind. Bei den Arbeiten ragt Ada aus der Gruppe heraus."

„Ich vermute, bisher hat sich noch nie ein Schüler so eindeutig angeboten. Bei Ada sind es nicht nur die erfolgreichen Arbeiten, sondern auch die überzeugende Aktivität im Unterricht."

„Auch das soziale Verhalten von Ada in der gesamten Schülerschaft ist bemerkenswert. Schüler aller Klassen suchen und erhalten Hilfe von ihr, wenn es ihnen am Verständnis einer Aufgabe fehlt. Ich behaupte, es gibt bei uns keinen Schüler mehr, der auf Adas Leistungen neidisch oder eifersüchtig wäre. Am Anfang war das zwar zu beobachten, aber sie hat mit ihrem natürlichen Charme jede schwierige Situation entschärft. Ich behaupte sogar, dass die Schülerschaft von uns die Entscheidung für Ada als Siegerin im Wettbewerb um das Stipendium erwartet."

„Liebe Kollegen, geben wir es doch zu. Wir alle sind genauso begeistert von der Schülerin Ada."

Bei ihrem Studium der Schriften über Pädagogik, Psychologie und Verhaltenslehre stieß Ada-Reede auf die Entwicklungsstufen jedes Menschen. Dabei wurde sie mit der Pubertät der Teenager konfrontiert. In der Literatur stand u. a. geschrieben, dass die Jugendlichen in dem Alter oft Schwierigkeiten mit ihrer Sexualität hätten, weil sie noch lernen müssten, damit umzugehen.

Ada zog Vergleiche mit ihrer Person: Wenn ich meine Brustwarzen oder meine Scheide berühre, dann überläuft ein wohltuender Schauer meinen ganzen Körper.

Erst jetzt konnte sie sich erklären, warum mehrere Mädchen im Schlafsaal nachts seltsam stöhnten. Ada hatte auch mitbekommen, dass manchmal zwei Mädchen unter eine Bettdecke schlüpften und geheimnisvoll flüsterten und kicherten. Es war gar nicht zu übersehen, dass einige Mädchen ihr Äußeres veränderten: Sie lackierten sich die Fingernägel, trugen gerne kurze Röcke und ließen auch mal - wie unabsichtlich - einen Knopf am Hemd offen. Sie betonten ihre aufreizende Figur durch ausgestopfte Büstenhalter. Im Unterricht und auf dem Schulhof beobachtete Ada verschämte Blicke von den Jungs zu den Mädels und umgekehrt. Auch zarte, zufällige Berührungen fielen ihr manchmal auf. Wenn die Mädels unter sich waren, fielen schon ab und zu Äußerungen: „Der Junge sieht aber gut aus!" ... „Ich würde den gerne als Freund haben!"

In den Büchern fand Ada keine erklärende Meinung zu dem Thema. Irgendwo hatte sie auch gelesen oder gehört, dass Sex an der Schule verboten sei. Also suchte sie ein Gespräch mit der Vertrauenslehrerin: „Ich weiß, dass Mann und Frau zusammenliegen, um ein Kind zu bekommen. Im Jugendalter, besonders in der Pubertät, werden die Menschen mit der Sexualität konfrontiert. Ich habe gehört, dass in der Schule Sex verboten ist. Können Sie mir das erklären?"

„Ja, mein Kind, die Natur hat uns mit der Fähigkeit ausgestattet, sexuell zu empfinden und sexuell aktiv zu sein aus Gründen der Fortpflanzung, wie Du richtig erkannt hast. Sex dient aber auch der Lust und der Freude. Da Sex natürlichen Ursprungs ist, kann er wohl nicht verboten werden."

„Das ist mir klar. Wenn wir Kinder Babys kriegen würden, wäre der ganze Schulbetrieb gestört."

„Richtig. Es ist schon vorteilhafter, wenn man für die Fortpflanzung erwachsen ist. Kommen wir noch einmal auf das sogenannte Verbot. Du weißt, dass jede Gesellschaft nur mit Regeln und Gesetzen funktionieren kann. Unsere Schule ist auch eine Gesellschaft, und wir gehören zu einer übergeordneten Gesellschaft. Wenn wir hier Sex zulassen würden, dann wäre mit einem großen Schaden für Euch Schüler und uns Lehrer zu rechnen. Damit könnte dann die Schule nicht mehr existieren. Die übergeordnete Gesellschaft, die Bevölkerung, die Stadtverwaltung, die Schulbehörde würden die Schule schließen. Nicht zu vergessen ist dabei der zu erwartende Protest der Eltern, die uns Lehrern euch Kinder anvertrauen. "

Das war für Ada die plausible Erklärung: Solange sexuelle Aktivitäten unter den Schülern sich in harmlosen und spielerischen Tändeleien zeigten oder unentdeckt blieben, konnte kein Verbot greifen.

Ada lernte noch etwas aus dem Gespräch mit der Vertrauenslehrerin: Als erfolgsverwöhnte Schülerin war sie nie mit einschneidenden Regeln in der Schule konfrontiert worden. Wenn sie aber die Schule als einen Teil einer Gesellschaft betrachtete, dann gab es dort Regeln, die von den Schülern, ebenso wie den Lehrern, zu beachten waren. Sie erinnerte sich an ihre Mutter und den fremden Gast. Der Vater war damals nicht böse darüber, dass sie mit dem fremden Mann zusammengelegen hatte. Die Eskimos und die Sippen waren eben auch eine Gesellschaft mit entsprechenden Regeln.

Dann kam das Jahr der Reifeprüfung. Bei ihrem Lerneifer, den Erfolgen und ihrem Leben in der Schülerschaft hatte sich Ada nicht verändert. Das Abitur war für sie das angestrebte Ziel.

Ihr Zeugnis wurde mit dem höchsten Lob, summa cum laude, ausgestellt.

Die Abiturienten hatten die Aula umgeräumt, geschmückt, auf der Bühne war Platz für ein Trio mit Keyboard, Gitarre und Sängerin. Die Eltern besorgten etwas zum Naschen, und die Schüler bestellten alkoholfreies Bier. Brady begrüßte die Gäste. Auch der Stadtrat war eingeladen, und der Bürgermeister hob die Bedeutung des Internats für die Stadt und die allgemeine Bildung der Bevölkerung hervor. ... An dieser Stelle machte er eine überraschte Deckpause mit einer Zwischenbemerkung: „Meine Sekretärin hat die Rede geschrieben. Bitte entschuldigen Sie, sie wollte sicher die Bedeutung des Internats für die Schüler hervorheben." ... Die Zuhörer waren amüsiert. Dann fuhr er fort ohne vom Blatt abzulesen: „Herr Brady, Sie haben mir von einem außerordentlichen Ereignis im Rahmen dieses Schuljahrgangs berichtet. Ich gebe zu, auch ich war gleichsam berührt und stolz. Eine junge Eskimodame ist ohne gezielte Vorbildung zu Ihnen gestoßen und hat in den letzten vier Jahren nur den Wissensstoff aufgeholt und es dann bis zum Abitur zu Leistungen gebracht, die es an dieser Schule bisher noch nicht gegeben hatte. Es ist wohl Ihrer Weitsicht und der Ihrer Kollegen zu verdanken, dass Sie Ada-Reede aufgenommen haben. Ada hat nicht nur die Anforderungen des Lehrplans übertroffen, sondern sie hat den größten Teil ihrer Freizeit für ihren Lerneifer in der Bibliothek verbracht. Dabei hat sie nicht etwa isoliert gelebt, sondern sie konnte fast allen Schülern helfen, Lerndefizite auszugleichen. Es ist sicher nicht übertrieben, wenn der Eindruck entsteht, dass Ada das Leistungsniveau der Schule angehoben hat. Ada-Reede kommst Du bitte zu mir. Der Stadtrat hat für Dich eine Ehrenurkunde erstellt, die Du mit Stolz zeigen darfst. Deine Leistungen sind beispielgebend für alle Schüler, und weil Deine Intelligenz und Dein Charakter für ein hohes Maß an Zivilcourage stehen, auch ein Beispiel für Menschen, die selbst bei aussichtslosen Vorbedingungen erfolgreich einem Ziel zustreben. Diese Auszeichnung ist verbunden mit einer kleinen finanziellen Unterstützung für Deinen Start in Dein neues Leben."

Der Bürgermeister wurde unterbrochen durch einen enormen Beifall der Schüler, der Lehrer und der Gäste, die staunend zugehört hatten. Alle erhoben sich von ihren Plätzen. Ada war sichtbar verlegen und ihr Gesicht war rot angelaufen. Der Bürgermeister trat erst einen Schritt zurück und deutete mit beiden Händen auf Ada zum Zeichen dafür, dass der Beifall Ada galt. Dann nahm er sie in den Arm, um ihr die Verlegenheit zu nehmen und fragte sie: „Ada, weißt Du schon, was Du nach dem Abitur machen wirst? Wir werden bestimmt noch viel von Dir hören."

„Nein, ich weiß noch nicht, wie es weitergeht. Zunächst warte ich darauf, dass meine Eltern ihre Herde hierher auf den Markt treiben. Ich habe Mama und Papa lange nicht gesehen."

„Na, Deine Eltern werden staunen. Ich vermute, dass sie es immer schon wussten, welch Geistes Kind Du bist!"

Tyler saß unter den Gästen und ging unauffällig zur Tür. Alicia-Rose und Laurenz stürmten in ihren Fellklamotten herein und aufs Rednerpult zu, um ihre Tochter glücklich in die Arme zu schließen. Die Schüler, die Lehrer, der Bürgermeister und die Gäste waren für einen Moment überrascht. Dann begriffen sie die Szene und erhoben sich erneut von ihren Plätzen. Tyler und Brady strahlten. Sie hatten dafür gesorgt, dass die Eltern hier und jetzt erschienen, obwohl die Herde noch einen Tagesmarsch vom Markt entfernt lagerte.

Der Bürgermeister stammelte nach der Begrüßung: „Alicia-Rose und Laurenz, ich habe heute Eure wunderbare Tochter kennengelernt!"

Der Vater antwortete: „Herr Bürgermeister, da sind wir im Vorteil. Wir kennen sie schon achtzehn Jahre."

Die Zuhörer und Zuschauer lachten und spendeten erneut anhaltenden Beifall. Dann spielte das Trio eine Musik, alle beruhigten sich wieder, und die Schüler übernahmen das Mikrophon. Sie erzählten Geschichten aus ihrem Schulalltag und nahmen zur Freude der Gäste sich selbst und ihre Lehrer auf den Arm. Das Trio lud alle zum Tanzen ein Es wurde eine vergnügliche Nacht, die wohl allen lange in Erinnerung bleiben sollte.

Da nun Ferien angesagt waren, durften die Schüler noch ein paar Tage in ihren Unterkünften wohnen bleiben. Viele von ihnen wurden bereits von ihren Eltern abgeholt. Andere bereiteten sich auf einen Beruf vor und stellten sich ihren Arbeitgebern vor. Einige waren schon bereit, das erste Semester auf der Universität zu belegen. Ada hatte noch keine Entscheidung getroffen, aber sie führte Gespräche mit mehreren Leuten, die an ihr Interesse zeigten. Tyler war bei den Gesprächen immer dabei. Die Eltern holten ihre Herde auf den Markt.

Ada-Reede konnte keine Entscheidung finden. Sie wurde bald unruhig und half den Eltern die Herde zu versorgen und zu verkaufen. Tyler wich ihr nicht von der Seite.

„Ada mit Deinem Wissen und Können gehörst Du auf die Universität!"

„Ich weiß es nicht!"

„Du kannst auch einen Beruf erlernen und viel Geld verdienen."

„Ich weiß es nicht!"

Tyler war verzweifelt. Er wollte die Intelligenz und die Fähigkeiten von Ada nicht vergeudet wissen und suchte Gesprächspartner. Er hatte keinen Erfolg und die Eltern waren froh, ihre Tochter wieder bei sich zu haben.

„Ada, Du hast drei Möglichkeiten: Du musst Geld verdienen für Dein zukünftiges Leben. Entweder Du erlernst einen Beruf oder Du verdienst etwas nebenher und studierst."

„Und die letzte Möglichkeit?"

„Du bleibst bei Deinen Eltern bis Du alt und grau wirst."

„Gut. Dann werde ich erst einmal bei meinen Eltern bleiben."

„Von einer Eigenschaft Deines Charakters haben weder der Bürgermeister noch Brady gesprochen: Du bist stur wie ein Rentier!"

Die Geschäfte auf dem Markt und die Einkäufe waren erledigt. Tyler begleitete die kleine Familie auf ihrem Marsch ins Winterquartier. Er ließ Ada-Reede in Ruhe, denn er wusste, dass die Eltern in den Mittelpunkt von Adas Tagesablauf gerückt waren. Eine Gelegenheit Ada wieder anzusprechen, würde sich sicher ergeben.

Zuerst erreichten sie das Iglu-Dorf, und Tyler sah erstaunt, dass die anderen Eskimos seinen Iglu bereits bewohnbar gemacht hatten. Also legte er sein Gepäck ab und begleitete seine Freunde zu Laurenz Iglu, das über den Sommer durch Wind und Wetter beschädigt worden war.

Es dauerte wenige Stunden, bis sie auch diese Arbeit geschafft hatten.

Als Tyler in einer ruhigen Minute mit Alicia-Rose und Laurenz alleine war, sprach er sein Thema an: „Es wäre eine Schande, Ada-Reede mit ihrer Intelligenz nicht studieren zu lassen. Sie könnte Großes vollbringen, sie könnte viel Geld verdienen und ich will Euch nicht kränken: Es könnte sein, dass sie bald keinen Gefallen mehr findet an Eurem, besser an unserem Leben."

„Was sollen wir machen. Ada entscheidet selbst."

„Wisst Ihr, ob sie sich nur Euretwegen für Euer Leben entscheidet?"

„Laurenz, wenn Ada-Reede studieren will, dann finden wir auch eine Lösung."

„Natürlich! Aber sie spricht nicht darüber. Wir beide werden auch ohne sie irgendwie zurechtkommen. Morgen werde ich mit ihr auf die Jagd gehen. Sie muss schießen lernen."

Ada kam vom Dorf zurück und stürmte mit Elan in das Iglu: „Ich fühle mich so wohl, endlich wieder zu Hause zu sein."

„Du hast die Landschaft und Deine Freunde vermisst."

„Tyler, wenn Du wieder unterrichtest, gehe ich mit Dir. Ich kann den Kindern Interessantes erzählen."

„Das kann ich mir vorstellen. Morgen gehst Du erst mal mit Vater auf die Jagd und lernst das Schießen."

„Zur Jagd gehe ich gerne mit, aber ich glaube das Schießen ist nicht so meine Sache."

„Na, wir probieren es einfach mal."

Gut gelaunt marschierten Vater und Tochter nach Norden dem ersten Eisberg entgegen. Sie hatten sich in ihre Fellkleidung warm eingehüllt und trugen Schneeschuhe an den Füßen. Laurenz schulterte sein Gewehr und zog mit Ada-Reede zusammen den Schlitten. Vor ihnen lag ein abgebrochener Eisbrocken am Fuße des Berges.

„So, jetzt bleibst Du einen Moment hier stehen, und ich lege zwei Schneebälle auf den Eisbrocken."

Als Laurenz zurückkam setzte er seine erste Lektion fort, um Ada-Reede das Schießen beizubringen. Er erklärte ihr die einzelnen Teile der Waffe und legte sie der Tochter in die richtige Haltung: „Die linke Hand umfasst den Schaft am Lauf. Dann drückst Du die Rundung des Schafts in die rechte Schulter. Die rechte Hand liegt locker am Schloss.

Jetzt schaust Du durch den Diopter und siehst das Ringkorn. Im Ringkorn erkennst Du ein „i". Der „i"-Punkt in der Mitte des Rings markiert das Ziel, auf das Du schießen willst. Jetzt ziehst Du den rechten Handschuh aus, greifst in den Bügel am Schloss, ziehst ihn nach unten und wieder hoch. Jetzt ist eine Patrone im Lauf. Du hältst ganz locker das Korn auf das Ziel und drückst langsam den Hahn zu Dir. Das ist alles."

Ada machte alles so, wie es der Vater gesagt hatte. Der Schuss brach. Der Schneeball war zerfetzt.

„Prima! Du hast getroffen. Jetzt ziehst Du noch einmal den Bügel runter und wieder hoch für den zweiten Schuss."

Ada-Reede traf wieder, und Laurenz war erstaunt: „Du hast wieder getroffen. Wo hast Du das gelernt?"

„Du hast es mir doch gerade gezeigt."

„Schützen und Jäger brauchen für solche Treffer oft eine lange Übungszeit."

Für Ada war es ein amüsantes Spiel. Trotzdem staunte sie über sich selbst.

„Jetzt gehen wir runter ans Meer und suchen uns eine fette Robbe aus. Mama wird sich freuen, wenn wir mit Beute zurückkommen."

Die Robben tummelten sich schlafend und streitend auf der Eisfläche vor dem Wasser. Einige sprangen hinein und holten sich einen Fisch. Man konnte auch zusammengehörige Familien mit Babyrobben erkennen. Laurenz und Ada schlichen sich vorsichtig und von den Robben unbemerkt heran. Sie lagen im Schnee. Laurenz flüsterte: „Siehst Du die einsame Robbe da vorne? Die nehmen wir! Halte das Gewehr ganz ruhig im Anschlag und ziele auf den Kopf."

„Papa, das kann ich nicht. Ich treffe sie und dann ist sie tot."

Laurenz nahm ihr das Gewehr ab und erlegte die Robbe ohne weiteren Kommentar. Dann legten sie die Beute auf den Schlitten und zogen sich zurück.

„Ada-Reede, erkläre mir, warum Du nicht geschossen hast. Wir sind doch zum Jagen hier."

„Papa, ich hätte die Robbe getötet und das hätte mir sehr wehgetan."

„Verachtest Du mich jetzt, weil ich sie getötet habe?"

„Nein. Du bist Jäger und Du sorgst für unser Essen."

„Ja mein Kind, wer in der Wildnis nicht jagt, der kann nicht überleben.

Du weißt, dass ich im Sommer Luchse und Wölfe jage. Das tue ich nur, um sie von unserer Herde fernzuhalten."

„Ich weiß das alles, Papa. Ich will aber nicht töten. Tiere sind Lebewesen wie wir Menschen auch."

„In der Natur ist es nun mal so eingerichtet. Tiere jagen auch, um etwas zu fressen zu haben oder sie werden von stärkeren Tierarten gejagt. Der Mensch war und ist auch so ein stärkeres Lebewesen. Heute haben wir Jagdwaffen. Ada-Reede, ich mache Dir keinen Vorwurf. Es ist meine Aufgabe, dafür zu sorgen, dass die Familie überleben kann. Wenn Du einmal einen Mann haben wirst, wird er Dir das Gleiche sagen. So ist die Natur und so wird sie bleiben: Der Schwächere dient dem Starken als Nahrung!"

„Das ist aber doch grausam!"

Alicia-Rose strahlte über die fette Beute. „Daraus mache ich ein Festessen heute Abend."

Ada ging noch im Schnee spazieren. Sie war traurig und versuchte ihre Gedanken zu ordnen. Sie hatte bisher die schönen Dinge des Lebens in der natürlichen Freiheit genossen. Wenn der Vater auf die Jagd ging, war das für sie selbstverständlich. Sie hatte sich nie Gedanken darübergemacht. Doch heute hatte sie die Natur mit ihrer allgegenwärtigen Grausamkeit getroffen.

Die Mutter war stolz, ein gutes und fettes Stück Fleisch servieren zu dürfen, und dem Vater lief auch das Wasser im Mund zusammen. Nur Ada-Reede saß traurig dabei: „Mama, bitte entschuldige. Ich kann das nicht essen!" Sie legte sich auf ihre Bettstatt und versuchte zu schlafen. Aber sie warf sich nur unruhig von einer Seite auf die andere.

Laurenz beruhigte die erstaunte Mutter: „Lass ihr Zeit. Unsere Tochter hat heute zum ersten Mal das Töten eines Tieres erlebt."

DIE ENTSCHEIDUNG

Am nächsten Tag besuchte Ada ihren Freund und Lehrer Tyler. Der hatte gerade seinen Unterricht beendet: „Ada es ist schön, dass Du da bist. Willst Du den Kindern noch etwas erzählen?"

„Heute nicht. Ich bin durcheinander und möchte mit Dir reden."

Sie gingen zu Tylers Iglu. Ada-Reede erzählte von ihrem gestrigen Jagderlebnis und Tyler hörte zunächst aufmerksam zu. Er ahnte, dass seine ehemalige Schülerin ein Schlüsselerlebnis zu verarbeiten hatte. Irgendwann verstummte sie und schaute Tyler traurig und verwirrt an.

„Ada-Reede, Dein Vater hat recht. Auch der Mensch ist ein natürliches Lebewesen und gehört also in diese Gesellschaft."

„Du wirst doch nicht behaupten, dass die Natur eine Gesellschaft ist?!"

„Warum nicht? Erinnere Dich, was Du über Gesellschaften gelernt hast."

„Menschen leben in verschiedenen Gesellschaften bzw. Gesellschaftsstufen, weil sie alleine nicht existieren können. In den Gesellschaften geben sich die Menschen Gesetze und Regeln, nach denen sie alle leben. Eine Gesellschaft kann ohne Regeln nicht existieren."

„Denk weiter. Vergleiche die Natur mit dem, was Du von Gesellschaften weißt."

„Unsere Herde z.B. ist, wenn Du es so meinst, eine Art Gesellschaft genauso wie andere Tiere, die in Rudeln leben. Das sieht man daran, dass sie sich nach einem Leittier orientieren."

„Also haben die Tiere auch Regeln. Und jetzt stehst Du vor der Frage: Woher wissen die Tiere das, woher kommen die Regeln? Sind Dir noch andere Gesetzmäßigkeiten in der Natur bekannt?"

„Naja, das Leben und das Sterben. Pflanzen wachsen nur dort, wo sie Wasser finden."

„Der Mensch erkennt diese Gesetzmäßigkeiten zwar als selbstverständlich an, weil das schon immer so ist. Aber das wäre zu einfach. Sie müssen doch irgendwo herkommen. Viele Menschen glauben an Gott. Sie sehen in ihm den Schöpfer der Natur, der die Regeln für die Natur gemacht hat. Wenn es aber gar keinen Gott gibt und das Leben auf der Erde nur durch ein zufälliges Aufeinandertreffen von Materie und Energie entstanden ist, ist diese einfache Lösung, die nicht auf

Wissen begründet ist, zumindest fragwürdig. Bleiben wir trotzdem einmal bei dieser einfachen Lösung, dass Gott die Gesetzmäßigkeiten in der Natur geschaffen hat. Und Du vergleichst dies jetzt mit Deinem Wissen von den Gesellschaften."

„Du meinst die menschlichen Gesellschaften. Menschen tun sich zusammen, weil sie alleine nicht existieren können und geben sich Gesetze und Regeln, nach denen alle leben. Sie stellen die Regeln gemeinsam auf, während Gott sie alleine diktiert hätte."

„Richtig. Hier stellen wir aber fest, dass unsere Regeln nur für eine begrenzte Gesellschaft gültig sind. Und jetzt denke bitte noch einmal an Deine Herde. Warum kann nur das Leittier die Regeln bestimmen?"

„Weil das Leittier stärker ist als die anderen."

„Und das würde heißen, Gott hätte dem stärksten Tier - oder einer dominanten Macht in der Natur - die Autorität verliehen, über die anderen zu bestimmen."

„Ja. Wir haben auch bei den Menschen demokratische und autoritäre Gesellschaften."

„Damit kommen wir zu der Frage: Wie ist es möglich, dass der Mensch die Fähigkeit hat, sich anders zu verhalten, als es in der Natur üblich ist? Alle Lebewesen entwickeln sich seit Millionen Jahren immer weiter. Tiere und Pflanzen passen sich dem Klima und ihrer Nahrungsquelle an. Der Mensch hat sich darüber hinaus seit seiner Entstehung deshalb weiterentwickelt, weil in seinem Gehirn der Verstand gewachsen ist. Er kann denken, er kann für oder gegen etwas sein. ... Er hat einen Willen! D.h. mit seinem Verhalten beeinflusst er seine Umgebung. ... Er kann zwar keine Katastrophen verhindern, aber er kann sich darauf einstellen." Tyler blickte Ada-Reede prüfend an und fuhr fort: „Ada, ich bin zwar kein gelernter Philosoph, aber ich denke die Logik, die wir hier besprochen haben, ist nachvollziehbar."

„Ja. Ich habe Dich verstanden und ich weiß, damit umzugehen. Aber was hat das alles mit meiner Verwirrung zu tun?"

„Die Logik soll Dir helfen, in Deiner Zukunft zu reagieren und den für Dich richtigen Weg zu finden. Wenn Du bisher gefragt wurdest, was Du tun willst, hast Du meistens geantwortet: Ich weiß es nicht. Dann hast Du Dich zu Deinen Eltern zurückgezogen, um nicht zu sagen geflüchtet, weil das für Dich die einfachste Lösung ist. Bei Deinem bisher gezeigten Streben nach Wissen wirst Du es verstehen, Deine Antwort - ich weiß es nicht - als ein Indiz dafür zu erkennen, dass Du immer noch ein Bedürfnis an weiterem Wissen hast. Training und Lernen bieten dem Menschen die Möglichkeit, Erfahrungen und Können zu erlangen. D.h. je mehr der Schüler lernt, desto mehr Möglichkeiten hat er parat, auf Situationen in seinem zukünftigen Leben leicht und richtig zu reagieren."

„Das leuchtet mir ein. Das bedeutet aber auch, dass eine hohe Intelligenz den Menschen nie aufhören lässt zu trainieren und zu lernen. Menschen mit geringerer Intelligenz sind dann dumm und blöd. Oder wie soll ich das verstehen."

„Das hast Du sehr vereinfacht ausgedrückt", lachte Tyler. „Nein. Sie sind eher an einer Stelle stehengeblieben, die für sie ausreichend erschien. Aber sprechen wir wieder von Dir. Du wurdest bisher immer gefragt, was Du willst. Ich frage Dich jetzt, was Du nicht willst, und wir werden gemeinsam feststellen, was dann übrigbleibt."

„Was? Du willst tatsächlich von mir wissen, was ich nicht will", mokierte sich Ada-Reede erstaunt über Tylers Frage.

„Ja. Fang einfach an aufzuzählen. Du weißt doch, was wir beide besprechen, bleibt unter uns. Ich denke, Dein Vertrauen habe ich verdient."

Jetzt herrschte Schweigen. Ada-Reede dachte nach, und Tyler wartete geduldig.

„Also gut: Ich will nicht hungern und ich will meine Eltern nicht verlieren. Ich will kein Lebewesen töten. Ich will kein Sklave sein, sondern in Freiheit leben. Und ich will nicht zurück in diese verdammte Zivilisation, wo Kriege, Mord und Totschlag, Machtgier, Unterdrückung der Frauen, Krankheiten und die Zerstörung der Natur vorherrschen."

„Da kommen bestimmt weitere Dinge hinzu, die unter „noch nicht" einzuordnen sind. Z.B. willst Du noch nicht auf die moderne Technik verzichten, und Du willst Dich noch nicht an einen Mann binden."

„Warum sollte ich? Du lebst doch auch alleine."

„Ja. Weil mir die richtige Frau noch nicht über den Weg gelaufen ist. Du weichst mir aber aus, Ada. Es geht in unserem Gespräch nur um Dich. Wenn Du länger nachdenkst, wird die Liste dessen, was Du nicht willst oder mit dem Du Dich nicht einverstanden erklärst, sicher noch länger. Vor einigen Missständen bist Du geschützt. Z.B. musst Du nicht hungern, weil Deine Eltern für Dich sorgen. Es gibt aber auch Dinge, die nicht mehr eine Aufgabe darstellen, sondern ein Problem."

„Ich weiß schon: Probleme stehen fest und Aufgaben haben eine Lösung."

„Jetzt musst Du Dir die Frage beantworten: Würdest Du Dinge, die Du nicht willst, als eine Aufgabe übernehmen? Würdest Du Veränderungen vornehmen? Wenn Du zustimmen könntest, würde ich Dir helfen, Deine Möglichkeiten dafür freizulegen und zu festigen. Bedenke dabei bitte, dass unser Gespräch theoretisch verläuft."

Es herrschte minutenlanges Schweigen. Ada-Reede dachte über das nach, was sie schon zum Ausdruck gebracht hatte, und Tyler hatte Sorge, dass das Mädchen überfordert sein könnte.

Doch dann wurde er überrascht, als Ada-Reede loslegte: „Ich würde als erstes alle Waffen vernichten, die von den Mächtigen der Welt für Kriege benutzt werden. Die immer noch versteckt herrschende Sklaverei wäre bei Strafe verboten. Alle Frauen würde ich nicht gleichberechtigen, sondern gleichstellen, damit sie nicht mehr von Männern abhängig wären. Das bei der Abrüstung gesparte Geld würde in die Bildung und das Gesundheitswesen gesteckt. Wenn Bäume gefällt werden müssen, werden gleichzeitig ebenso viele angepflanzt. Regierung und Opposition würden dafür bezahlt, dass sie gemeinsam zum Wohl für das Volk arbeiten, und wenn sie Fehler machen, werden sie genauso zur Rechenschaft gezogen wie jeder Arbeiter. Die Mächtigen würde ich zwingen zu verhandeln und keine Kriege mehr zu führen. ..."

„Halt, halt, Ada. Du willst die ganze Welt verändern, ohne Deine Möglichkeiten, die von Deinem Wissensstand abhängen, zu kennen."

„Genau da stehe ich bei der Suche nach der Aufgabe, Tyler! Ich weiß zu wenig über diese Dinge. Deshalb kann ich auch nichts verändern."

„Wenn Du schon weißt, dass Du noch zu wenig gelernt hast, um Dein Verhalten in Veränderungen zu stecken, dann kannst Du aber Deine Möglichkeiten benutzen und durch weiteres Lernen ergänzen. Außerdem machst Du den großen Fehler, alles auf einmal verändern zu wollen. Wäre es nicht sinnvoller, ein einziges Thema als Aufgabe anzugehen? Du könntest Dich nach dem Motto engagieren: Steter Tropfen höhlt den Stein."

„Und wie soll ich das machen? Ich weiß doch überall zu wenig."

„Nach Deinen Erfolgen in der Schule weißt Du, dass das so nicht stimmt. Du kommst aber nicht darum herum, ein Thema auszuwählen und Deine Möglichkeiten dafür zusammenzustellen."

„Wenn ich z.B. Schreiner werden will, dann kann ich doch nur lernen, schönere Möbel zu bauen, als die, die gerade angeboten werden."

„So ungefähr."

„Ich will aber keinen Beruf ausüben, wo ich ein Leben lang in einer Richtung festgebunden bin. Deshalb will ich auch nicht studieren. Ich würde nur von Prüfung zu Prüfung hasten und der Richtung der Professoren folgen."

„Ja, Ada. Jetzt sind wir wieder am Anfang unseres Gesprächs angekommen. Wir sind keinen Schritt weiter als vorher", lächelte Tyler resigniert.

„Nicht ganz, Herr Lehrer. Immerhin werde ich mir eine Aufgabe aussuchen, bei der ich nicht theoretisch, sondern praktisch lernen kann. Dafür werde ich meine vorhandenen Möglichkeiten heranziehen und sie in der Praxis ergänzen. Damit habe ich genug Beweise, andere Menschen zu motivieren, meinen Veränderungswünschen zu folgen."

„Wenn Du Dich so verhalten willst, hat unser Gespräch doch etwas gebracht. Allerdings wirst Du dafür Zeit brauchen und ich Geduld, um Dich bei Deinen Möglichkeiten zu unterstützen."

„Tyler, ich habe in Dir den besten Freund und Lehrer gefunden, den ich mir überhaupt wünschen konnte. Eigentlich haben wir beide jetzt einen Schnaps verdient."

Der Lehrer war plötzlich nicht mehr enttäuscht, die Worte von Ada hatten ihn auf eine Idee gebracht, die er allerdings für sich behalten musste. Er ahnte, worauf die junge Dame sich ausrichten würde. Er nahm sich vor, seine Freunde in der Stadt zu kontaktieren, sobald der Frühling sich wieder in den weiten Ebenen durchgesetzt hatte.

Ada-Reede fand ihre gute Laune wieder und motivierte die Eltern, mit ihr und vielleicht auch mit Tyler die beiden Sippen zu besuchen. Die Eltern hatten ebenfalls das Bedürfnis, ihre Ursprungsfamilien wiederzusehen. Sie würden nie deren Unterstützung für die Ausbildung ihrer Tochter vergessen. Laurenz mobilisierte auch Tyler, sich ihnen anzuschließen: „Wir brauchen auch Deinen Schlitten, denn ich muss Felle und Proviant mitnehmen."

„Meinst Du, ich schaffe das? Ich bin die Strapazen nicht mehr so gewöhnt."

„Tyler, Du bist viel jünger als ich. Zusammen schaffen wir das immer.

Raff Dich auf und tu auch Ada-Reede den Gefallen."

Der Anstieg auf den vereisten Berg war zwar anstrengend, aber sie machten rechtzeitig Pausen und kamen gutgelaunt auf dem Plateau an. Es war ein herrlicher Tag und vor allen Dingen hinderte sie kein Sturm. Als sie auf der anderen Seite im Tal das Iglu-Dorf erreichten, empfingen sie die Leute freundlich, boten ihnen für die Nacht Unterkunft an, und Laurenz hätte alle seine Felle verkaufen können: „Sorry, ich brauche die Felle für meine Sippen. Das nächst Mal bringe ich wieder Felle für Euch mit. Warum jagt Ihr nicht selbst?"

„Die meisten von uns sind zu alt für die Bärenjagd. Unsere jungen Männer sind leider nicht so erfolgreich wie Du."

„Dann müsst Ihr es ihnen beibringen."

„Die Technik beherrschen sie schon, aber es gehört auch Erfahrung, Gefühl und Geduld dazu. Solche Dinge kann man nur lernen, wenn man sie erlebt."

Auch am nächsten Tag hielt das angenehme Wetter noch an, und die Gewissheit, bald am Ziel zu sein beflügelte ihre Schritte. Die Brüder von Laurenz, die Schwägerin und der Schwager besprachen auf dem Platz vor den Iglus einen Törn zum Fischen. Einer hatte ein Fernglas umhängen und entdeckte die Ankömmlinge mit den beiden Schlitten: „Laurenz kommt mit seiner Familie. Es ist noch ein Mann dabei."

Die Schwägerin wollte es genau wissen: „Gib mir das Glas. ... Es ist Tyler!"

Die jungen Männer rannten ihnen entgegen, während die Schwägerin die Eltern von der Ankunft der Gäste informierte. Das war die reinste Freude. Sie umarmten sich, tanzten umher, fielen dabei in den Schnee und lachten vor Vergnügen. Die Jungen hoben Ada-Reede auf ihre Schultern, warfen sie in den Schnee und seiften ihr Gesicht ein. Alicia-Rose schimpfte: „Ihr habt wohl zu viel Kraft. Helft uns lieber bei den Schlitten!"

In dem Moment traf sie ein Schneeball an der Stirn. Die Balgerei ging noch einen Moment weiter, ehe sie alle ins Iglu-Dorf stürmten.

„Was habt Ihr denn Schweres geladen?"

„Wir dachten uns, Ihr könntet ein paar Felle gebrauchen."

Die Frauen begutachteten sofort die kostbare Fracht und lobten Laurenz für die gute Qualität.

„Vater braucht eine neue Hose und eine Kapuze. Meine Jacke ist auch hin. Laurenz, die kaufen wir Dir alle ab."

„Nichts da! Die sind alle für Euch. Nehmt Euch, was Ihr braucht."

Der Vater strahlte: „Nun kommt alle her. Mein Schnaps ist köstlich. Ihr seht aus, als wärt Ihr fast verdurstet."

Alicia-Rose schaute sich um: „Und wo sind meine Eltern?"

„Die sind schon informiert, Schwester. Sie kommen gleich."

Von jetzt auf gleich entstand in dem einsamen Iglu-Dorf eine Party, die sich in heller Freude, mit viel Spaß, Informationsaustausch und Alkohol bis spät in die Nacht hinzog.

Daku-Han, die Schwester von Alicia-Rose hatte die Gesellschaft von Tyler gesucht: „Wir haben uns öfter auf dem Markt gesehen, aber wir haben noch nie miteinander gesprochen."

„Ja, das stimmt. Wir hatten noch nie eine Gelegenheit dazu."

„Erzähle doch mal, was Du so machst. Wo ist Deine Familie?"

„Meine Eltern habe ich verlassen, weil ich studieren wollte. Das hat aber nicht so geklappt, wie ich mir das vorstellte. Meine Eltern sind weit weg von hier leider viel zu früh gestorben. Seitdem laufe ich im Winter den Rentiertreibern hinterher, und im Sommer versuche ich etwas Geld in der Stadt zu verdienen. Ich wäre gerne Lehrer geworden. Heute bringe ich den Kindern im Iglu-Dorf etwas schreiben, lesen und rechnen bei."

„Und was machst Du im Sommer?"

„Das Gleiche. Ich helfe meinen Kollegen aus und gebe Nachhilfeunterricht. Die Eltern bezahlen mich auf freiwilliger Basis. So komme ich dann über den Winter. Und was macht eine schöne Frau wie Du hier alleine in der Wildnis? Bist Du vielleicht verheiratet?"

„Ich bin nicht alleine, wie Du siehst, aber einen Mann habe ich auch nicht. Das liegt wohl daran, dass ich das Leben in der natürlichen Freiheit zwar liebe, aber die Jagd und das Treiben und züchten der Rentiere sind nicht die Aufgaben, die ich mir für mein Leben vorstelle. Ich kann lesen, schreiben und rechnen und versuche den Jungs etwas beizubringen."

So stellten Tyler und Daku-Han Parallelen in ihrem Leben und ihren Ansichten fest. Der Gesprächsstoff ging ihnen nicht aus. Irgendwann stellte die junge Frau fest, dass Tyler noch nicht für eine Unterkunft eingeteilt war und ergriff die Initiative: „Dann liegst Du heute Nacht bei mir in meinem Iglu."

Es dauerte dann nicht mehr lange, bis die beiden plötzlich verschwunden waren. Sie liebten sich leidenschaftlich, als hätten sie eine ewige Zeit aufeinander gewartet. Erschöpft schliefen sie ein, aber nach kurzer Erholung suchte Tyler wieder die Zärtlichkeit von Daku-Han, die schon sehnsüchtig darauf wartete.

„Daku-Han, Du bist so schön und wir haben so viele Gemeinsamkeiten festgestellt. Meinst Du? ..."

Sie ließ ihn nicht ausreden, sondern küsste ihn so leidenschaftlich, dass er sich bemühen musste, wieder zu atmen. Dann nahm sie sein Gesicht in ihre Hände, schaute ihm fest in die Augen und flüsterte: „Ja, ich meine!"

Dann küsste sie ihn wieder und setzte sich auf ihn, bis sie seinen Penis in sich spürte.

Sie brauchten nicht viele Worte. Sie fühlten, dass sie füreinander bestimmt waren.

In den wenigen Tagen des Besuches standen, gingen und saßen die beiden Verliebten häufig zusammen, und wenn sie gesucht wurden, dann lagen sie im Iglu. Bald sprach Alicia-Rose ihre Schwester direkt an: „Daku-Han, unser Freund Tyler gefällt Dir wohl?"

„Ja, Schwester. Ich möchte mit ihm gehen und sein Leben teilen."

„Und was sagt Tyler dazu?"

„Er ist wunderbar und er will mich, aber er ist total verwirrt. Tyler hat wohl sehr lange alleine gelebt. Ich werde ihm eine gute Frau sein. Es ist, als hätten wir uns ewig gesucht und jetzt erst gefunden."

„Ich freue mich für Euch beide. Wann wollt Ihr mit Mama und Papa reden?"

„Ich möchte sofort, aber ich will es Tyler überlassen."

Tyler wurde schon praktisch. Er fragte sie nach ihren Wünschen und Vorstellungen von ihrem gemeinsamen zukünftigen Leben: „Wenn Du mit mir gehst, werden wir meinen Iglu etwas umgestalten müssen. Wenn Du mich heiraten willst, dann könnten wir das im Frühling in der Stadt feiern. Dann werden die Sippen auch dabei sein. Im Sommer leben und arbeiten wir in der Stadt. Ich werde eine Unterkunft für uns organisieren. Im Winter leben wir im Iglu-Dorf. Die Kinder werden ihre

Freude an uns haben. Zuerst sollten wir mit Deinen Eltern sprechen. Was meinst Du, wann wir das tun sollten? Oder hältst Du es für richtig zu warten, bis wir uns von unserem Rausch erholt haben."

„Geliebter Tyler, Du hast recht. Es ist ein Rausch, aber ein Liebesrausch, der bis in unser hohes Alter nicht vergehen wird. Ich bin glücklich mit Dir, und ich möchte meine Eltern an dem Glück teilhaben lassen."

„Dann sollten wir nicht zögern und Deine Eltern sofort in unser Glück mit einbeziehen."

Die Mutter vergoss Freudentränen, die mit einem Tropfen Trauer versetzt waren. Der Vater umarmte Tyler: „Mach unsere Tochter glücklich, mein Junge!"

„Das werde ich ... Vater!"

Ada-Reede fiel Tyler um den Hals: „Hab ich es nicht gesagt? ... Du bist der Allerbeste!"

Die Jungs und die beiden Sippenchefs umringten ihr neues Familienmitglied, wünschten ihm alles Gute, und der Vater lud alle Bewohner des Dorfes zum Umtrunk ein. Die Frauen zogen sich mit Daku-Han in einen Iglu zurück und machten Vorschläge für die Organisation der neuen Situation für die Brautleute.

„Wirst Du jetzt gleich mit ihm gehen, oder bleibt er hier?" ... „Wann soll die Hochzeit sein?" ... „Feiert Ihr in der Stadt erst im Frühjahr?" ... „Was wirst Du anziehen?" ... Wo werdet Ihr wohnen?" ... „Werdet Ihr im Sommer mit der elterlichen Herde ziehen, oder arbeitet Ihr in der Stadt, und wir sehen Euch nur auf dem Markt?"

„Der Frühling beginnt in vier Wochen. Ich werde solange hier bei Euch bleiben und Tyler die Zeit lassen, damit er alles vorbereiten kann. Mutter und ich werden auch noch vieles zu tun haben. Das Wichtigste für mich ist: Ich habe meinen Mann fürs Leben gefunden. Ich werde glücklich an seiner Seite stehen."

Nach einem Ruhetag kam der Abschied. Tyler war wie ausgewechselt. Er hatte keine Bedenken mehr vor der körperlichen Strapaze des Rückmarsches. Er machte mit Laurenz zusammen Pläne, wie das Iglu umgestaltet werden musste, wo er eine Unterkunft in der Stadt finden wollte und wie Daku-Han und er so viel Geld verdienen konnten, dass es für ein gemeinsames Leben reichen würde.

Bei den Leuten im Dorf sprach es sich schnell herum, dass ihr Lehrer eine Frau heiraten würde. Die Kinder waren schon gespannt auf die neue Lehrerin. Würde sie überhaupt eine Lehrerin sein? Hatte Tyler noch genügend Zeit für die Kinder? Die Erwachsenen fragten sich: Sie ist zwar eine Eskimo, aber wird sie auch zu uns passen?

Zwei Wochen vor Beginn des Marktes sprach Tyler die wichtigsten Dinge mit Alicia-Rose und Laurenz durch und bat Ada-Reede, ihn bei den Kindern zu vertreten. Dann eilte er in die Stadt, um alle Vorbereitungen zu treffen. Der Fußmarsch dauerte drei Tage. Tyler hatte in seinem Rucksack Proviant, einige Gebrauchsgegenstände und eine Zeltplane, denn er musste ja im Freien übernachten. Immerhin hatte er genügend Zeit, über sich und seine neue Situation nachzudenken. Er bemühte sich, nüchtern zu argumentieren und konfrontierte sich selbst mit Zweifeln: Wird dieser Liebesrausch mit der wunderbaren Frau vergehen? Wie lange wird er überhaupt andauern? Ich habe so etwas ja noch nie erlebt. Naja im Alter wird besonders der Sex schon nachlassen. Aber ich bin doch ein gesunder Mann, und ich sehe gar nicht schlecht aus, und sexuell haben wir uns schon einiges zu bieten. ... Was sucht Daku-Han an mir? Ich kann ihr keine Reichtümer und kein sorgloses Leben bieten. Sie will aus dem eher primitiven Leben bei der Sippe raus. Bin ich für sie nur Mittel zum Zweck und sie sucht sich einen anderen Mann, wenn sie erst in der Stadt lebt? Kann sie mich so raffiniert täuschen, dass ich es nicht merke? Ich werde so gut und lieb zu ihr sein, dass sie nicht auf den Gedanken kommt, sich von mir zu trennen. Und was mache ich, wenn es trotzdem passiert? Dann werde ich sehr enttäuscht sein und in mein altes Leben zurückfallen. ... Ob sie wohl Kinder haben will? Wir haben es beide täglich mit Kindern zu tun, aber Kinder gehören auch zu einer Familie. Darüber haben wir noch gar nicht gesprochen. Und wenn wir Kinder bekommen, wie kann ich dann für sie sorgen? Ich brauche eine große Wohnung, ein Haus. Wo soll ich das Geld dafür hernehmen? Ich lebe bisher mehr oder weniger von Almosen. Also brauche ich einen Beruf oder eine feste Anstellung. ... Wenn Daku-Han sich von mir trennt, werde ich dann an der Enttäuschung zerbrechen? Werde ich dann ein heimat- und obdachloser Penner? Nein! Dann werde ich mich am Riemen reißen, weiterleben und mich an die schöne Zeit mit Daku-Han erinnern. ... Was hatte ich denn bisher? Ich freute mich über die Lernbereitschaft der Kinder. Der Gipfel war Ada-Reede! Die Eltern waren nie geizig zu mir. Ich alleine konnte davon leben. ... Werde ich die Beliebtheit der Kinder und der Eltern verlieren, wenn ich in der Ehe scheitere? Warum eigentlich?!

Viele Ehen gehen auseinander. Es gibt viele Einflüsse des Lebens, denen ich wirksam entgegentreten kann. Ich muss täglich aufmerksam mein Verhalten Daku-Han gegenüber im Griff behalten. ... Wie kann ich gewährleisten, dass ich mich um meine Frau kümmere, wenn sie krank wird? Das kann ja auch umgekehrt sein. Dafür gibt es keine Sicherung. Wir müssen die Situation annehmen und unser Verhalten zueinander anpassen. ... Wird es Daku-Han langweilig werden, mit mir zu leben? Ich darf halt niemals träge sein oder mich gehenlassen. Wir leben als Partner zusammen, und dann ist es meine Pflicht zu erkennen, was für sie gut ist und ihr Freude bereitet. Es könnte der Eindruck entstehen, dass man sich die Liebe des Partners täglich verdienen muss. ... Warum mache ich mir so viele Gedanken? Wir haben beide festgestellt, dass wir beide uns wegen vieler Gemeinsamkeiten sympathisch sind und darüber hinaus unseren Körpern und Sinnen durch Zärtlichkeiten Freude und Lust bereiten können. Es gibt wohl kaum Menschen, die freiwillig auf Freude und Lust verzichten. ... Seltsam ist, dass ich an dieser wunderbaren Frau noch nicht ein einziges Argument gefunden habe, das mich von ihr abgestoßen hätte. Ob das bei Ihr ebenso ist? Wenn es etwas Negatives gegeben hätte, wäre dieser belebende Liebesrausch niemals zustande gekommen. ... Ob Daku-Han genauso denkt? Das wird sie ganz bestimmt, denn sie ist so erwachsen, sodass sie nicht leichtfertig ein Risiko eingeht, und ein Risiko ist es für sie wie für mich.

In der Stadt erledigte Tyler zunächst die erforderlichen Behördengänge, dann besuchte er seinen Freund Brady, um ihm die frohe Botschaft zu überbringen.

„Du hast es wirklich geschafft, eine Frau zu finden, die zu Dir passt?"

„Ja. Und ich bin glücklich. Ich muss aber Änderungen an meinem Leben vornehmen und dabei brauche ich Deine Hilfe. Du weißt, ich habe bisher mehr oder weniger von der Hand in den Mund gelebt. Jetzt brauche ich für den Sommer eine feste Anstellung. Die kann ich bei Dir leider nicht finden, weil ich kein Diplom habe. Du kennst aber meine Fähigkeiten und könntest für mich eine Art Institution an der Schule einrichten ohne Verpflichtung für die Schule."

„Wie stellst Du Dir das vor?"

„Du bietest den Schülern die Möglichkeit an, mich als Nachhilfelehrer im Haus zu engagieren. Den Eltern würde ich meinen Preis nennen und dann kassieren."

„So etwas hast Du doch bisher auch schon privat gemacht."

„Ja. Aber dann wäre ich eine Institution in Deiner Schule. Du würdest mir nur einen Raum zur Verfügung stellen, und ich denke, ich wäre auch Dir und Deinen Kollegen eine Hilfe."

„Deine Idee ist nicht schlecht. Ich werde das im Kollegium diskutieren."

„Übrigens Daku-Han bietet sich ebenfalls an. Aber ich bin noch skeptisch, da sie ja nicht einmal studiert hat. Ich versuche es mal bei unseren anderen Freunden, ob die eine Möglichkeit der Beschäftigung haben."

„Naja, eine Stelle wird bei uns frei. Unser Hausmeister ist ausgeschieden. Sie wäre praktisch Mädchen für alles. Hauptsächlich geht es um Organisation und Hilfsarbeiten für uns Lehrer."

„Das könnte eine Möglichkeit sein, aber handwerklich ist sie wohl weniger eine Hilfe."

„Sprich mit ihr und bring sie mit zu einem Gespräch."

„Eine Frage habe ich noch: Kennst Du eine leerstehende Wohnung für uns?"

„Ich werde meine Ohren offenhalten, aber Du gehst auf jeden Fall zum Bürgermeister. Soweit ich informiert bin, hat die Stadt Sozialwohnungen. Und wie geht es Ada? Fühlt sie sich wohl?"

„Sie schon, aber ich nicht, wie Du Dir das vorstellen kannst."

„Ich weiß, Du möchtest eine große und erfolgreiche Wissenschaftlerin aus ihr machen. Ihre Jugend, ihre Verbundenheit mit den Eltern und der Natur, ja ihre ganze Persönlichkeit entscheiden mit, wenn es um ihre Zukunft geht."

Tyler ging ins Rathaus, um sich einen Termin beim Bürgermeister geben zu lassen. Die Sekretärin blätterte im Terminkalender. Die Stimme des Bürgermeisters war irgendwo auf dem Flur zu hören. Er war im Gespräch mit Ratskollegen und erkannte Tyler an der Anmeldetheke.

„Liebe Kollegen, wir reden heute Nachmittag weiter. ... Hey, Sie sind doch Tyler, der Lehrer von Ada-Reede. Kommen Sie in mein Büro. Ich nehme mir etwas Zeit für Sie. Wie geht es Ada, der Heldin unserer Stadt?"

„Herr Bürgermeister, ich persönlich will auch das Glück für Ada, aber sie will wohl doch lieber in der Wildnis leben und das betrübt mich sehr."

„Das ist schade für uns alle. Sie hat ein außerordentliches Talent mit einer begnadeten Intelligenz."

„Ja. Ich gebe mich aber noch nicht geschlagen. Manche guten Ideen brauchen ihre Zeit."

„Ich schätze Ihre Beharrlichkeit. ... Wollten Sie eigentlich zu mir? Kann ich etwas für Sie tun?"

„Ja. Ich habe die Frau für mein weiteres Leben gefunden und möchte mich mit ihr - zunächst in den Sommermonaten - in der Stadt ansiedeln. Ich suche eine Wohnung und eine feste Anstellung."

„Ihr Manko ist, dass Sie kein Diplom haben, sonst bekämen Sie bestimmt eine Lehrerstelle.

Machen Sie sich doch selbstständig: Melden Sie eine Firma für Unterrichtsunterstützung an. Sie wären bestimmt erfolgreich mit Ihrem Können. ... Mit einer Wohnung kann ich Ihnen helfen. Ein Ratskollege wird Ihnen zeigen, was wir freihaben. ... Ich kann mir vorstellen, dass Sie knapp bei Kasse sind. Machen Sie sich keine Sorgen. Im ersten Jahr wohnen Sie mietfrei. Dann reden wir weiter. ... Möbel haben Sie sicher auch nicht. Unser Leiter vom Bauhof wird sicher etwas für den Anfang finden. Wann ist die Hochzeit?"

„Herr Bürgermeister, ich weiß gar nicht, wie ich Ihnen danken soll. Daku-Han wird mit ihrer Sippe zum Markt kommen. Ich denke, dann werden wir kurzfristig heiraten. Ich würde mich freuen, wenn Sie dabei unser Gast wären."

„Das werde ich mir nicht entgehen lassen. Ich wünsche Ihnen viel Glück. Sie haben bis zur Ankunft der Braut sicher noch viel Arbeit."

Tyler konnte sein Glück nicht fassen: Der Ratskollege vom Bürgermeister zeigte ihm eine Wohnung etwas außerhalb, aber immer noch in unmittelbarer Nähe des Internats mit einem Zimmer, einer Küche, einem Bad und einem Schlafzimmer. Sie war klein, aber groß genug. Der Leiter vom Bauhof empfing ihn: „Tyler, der Bürgermeister sagte mir, Du sollst im Lager aussuchen, was Du an Möbeln brauchst. Wir laden dann alles auf einen unserer Wagen, fahren es zu Deiner Wohnung und meine Leute helfen Dir beim Aufstellen."

Großartig! Am nächsten Abend musste Tyler zum Übernachten nicht mehr in sein Zelt kriechen. Daku-Han würde sich bestimmt freuen. Er stellte sich vor, wie sie gemeinsam kochen, leben und ... schlafen würden. Er war zufrieden mit sich. Er hatte alles gut vorbereitet.

Nur eine Hauptsache war noch vor der Ankunft seiner Freunde auf dem Markt zu klären. Er konzentrierte sich auf einen Freund, der in der Stadt einen Buch- und Zeitschriftenverlag aufgebaut hatte. Er besuchte ihn am nächsten Tag, und die Freude der beiden ehemaligen Kommilitonen war groß.

„Tyler, Du verdammter Eigenbrötler, wieso hast Du mit Deinen Fähigkeiten nicht Dein Examen gemacht?"

„Es ging eben nicht."

„Und jetzt lebst Du von der Hand in den Mund. Du hättest mehr aus Dir machen können."

„Ich habe ein besonderes Anliegen, das ich nur mit Dir diskutieren kann. Es geht um eine Schülerin mit einer Begabung und Intelligenz, wie ich sie noch nie erlebt habe."

„Du machst mich neugierig. Suchst Du für sie einen Job?"

„Ja. Die Schwierigkeit ist nicht ihr Alter von neunzehn Jahren, sondern die Tatsache, dass sie nicht studieren will und auch keinen Beruf anstrebt. Die Zivilisation lehnt sie ab, weil dort sehr viele Dinge geändert werden müssten. Sie will nicht gebunden sein. Ada-Reede lebt deshalb bei ihren Eltern in der freien Natur. Ich konnte von ihr nach langen Gesprächen erfahren, dass sie nur noch das Lernen in der Praxis akzeptiert, und dass ihr viele Dinge in der Zivilisation nicht passen."

„Ada-Reede? Den Namen habe ich schon einmal gehört. Wann wirst Du sie mir vorstellen?"

„Sie kommt in Kürze mit ihrer Sippe zum Markt, um Rentiere für die neue Herde zu kaufen."

Tyler hatte keine große Hoffnung überhaupt eine Lösung für Ada zu finden, aber er wollte diese Möglichkeit nicht unversucht lassen und nahm dafür die Zeit seines Freundes Odiman in Anspruch.

Die Tage vergingen schnell, und Tylers Spannung und die Freude, Daku-Ham und seine Freunde zu empfangen wuchs von Stunde zu Stunde. Brady hatte in der Zwischenzeit sein Kollegium von der Institution Nachhilfe überzeugt. Alles lief nach Plan nur das Thema Ada blieb mit ungewissem Ausgang offen.

Daku-Han strahlte vor Glück, als sie Tyler endlich wieder in die Arme nehmen durfte. Alle trafen sich im Gasthaus. Selbst Brady gesellte sich dazu, um die Frau seines Freundes kennenzulernen. Er war etwas in

Eile und vereinbarte mit ihr für den nächsten Tag einen Termin im Internat, um Einzelheiten zu besprechen. Dann zog er sich bald zurück. Tyler war ungeduldig: „Daku-Han, ich möchte Dir unbedingt etwas zeigen. Lass uns mal eben von hier weggehen."

Er führte seine Braut über einen kleinen Stadtbummel am Internat vorbei in die Wohnung.

Er schloss die Tür auf, nahm die junge Frau auf die Arme und trug sie über die Schwelle. Sie küssten sich leidenschaftlich und Tyler begann ihr jeden Raum zu zeigen und zu erklären, wie alles funktionierte. Daku-Han staunte sprachlos. Doch als er auch im Schlafzimmer nicht aufhören wollte zu reden, zog sie ihn auf's Bett in die Kissen. ... An diesem Abend kamen sie nicht wieder zurück ins Gasthaus.

Ada-Reede fragte die Großeltern ungeduldig: „Wo sind die beiden hingegangen? Wann kommen sie wieder zurück?"

Der Vater von Daku-Han antwortete mit einem ernsten Gesicht: „Aber Kindchen, die Brautleute haben etwas Wichtiges zu besprechen." Dann lachten alle Mitglieder der beiden Sippen und Ada musste sich damit zufriedengeben.

Am nächsten Morgen waren alle auf dem Markt beschäftigt. Brady empfing Tyler und Daku-Han in seinem Büro und erzählte, was von der jungen Frau als Hausmeister verlangt würde, wenn sie an dem Job interessiert wäre: „Die handwerklichen Erfordernisse musst Du nicht alle erfüllen. Die entsprechenden Firmen arbeiten für uns, und ich werde Dir den einen oder anderen Fachmann vorstellen, der Dir dann zeigt, wie alles funktioniert. Wenn z.B. der Strom ausfällt, musst Du eine Sicherung wechseln können usw. Die Reparaturen machen sowieso die Fachleute. Aber Du hast die Schlüsselgewalt, Du sorgst für Ordnung und Sauberkeit, und wir Lehrer brauchen Dich für organisatorische Dinge. Und nach und nach wirst Du Deinen Mann im Bereich Nachhilfe unterstützen können. Manchmal wirst Du den ganzen Tag über beschäftigt sein, manchmal aber auch nur stundenweise. Traust Du Dir das zu?"

„Vieles wird neu sein für mich, d.h. ich muss es erst lernen. Wenn Ihr etwas Geduld mit mir habt, dann schaffe ich das auch."

„Gut, dann wird jetzt erst einmal geheiratet und im nächsten Monat fängst Du an. Am ersten Tag stelle ich Dich den Schülern vor, aber jetzt gehen wir noch ins Lehrerzimmer. Meine Kollegen wollen Dich kennenlernen."

Daku-Han überzeugte die Lehrer von ihrem Interesse am Schulbetrieb. Sie lächelte charmant und bekundete ihre Kollegialität zu den Lehrern. Einer meinte: „Endlich mal ein freundliches Gesicht und keine mürrische Ablehnung, wenn wir etwas brauchen."

Daku-Hans Mutter, Alicia-Rose und Ada-Reede begleiteten die beiden zu ihrer Wohnung. Sie hatten selbstverständlich vieles zu besprechen, halfen die Wohnung gemütlich zu machen und hatten manche Vorschläge für die Braut. Tyler war mit seinen Gedanken schon weiter.

„Morgen helft Ihr bitte alle bei den Hochzeitsvorbereitungen. Ich entführe jetzt Ada-Reede. Wir haben Wichtiges zu besprechen: Schülerin Ada, folge Deinem Lehrer!"

Sie war selbstverständlich neugierig und wollte wissen, wo Tyler hingehen wollte und warum, aber Tyler hielt sich bedeckt: „Du wirst es gleich erleben."

„Odiman, darf ich Dir Ada-Reede vorstellen."

„Ich heiße Dich willkommen in meinem Verlag. Ich kenne Dich irgendwoher, nicht nur von Tylers Erzählungen. Du weißt sicher, was ein Verlag ist. Hier werden Bücher von Autoren korrigiert und gedruckt und Magazine geschrieben und erstellt. Dein Freund und Lehrer hat mir Deine Talente geschildert. Ich weiß, dass Du nicht studieren willst und auch keinen Beruf erlernen willst. Du kannst Dir sicher vorstellen, dass ich mir die Frage stelle: Was mache ich mit Dir?"

„Odiman, ich weiß es auch nicht. Ich bin überrascht hier zu sein. Ich weiß nicht, was Du von mir willst."

„Halt, junge Dame? Ich will nichts von Dir, und ich habe Dich empfangen, weil Tyler mein Freund ist."

„Aha! Bitte entschuldige meine Unhöflichkeit. Ich bin auf das Gespräch nicht vorbereitet."

„Schon gut. Ich weiß jetzt auch, woher ich Dich schon vor Tylers Besuch kannte. Ich war neulich im Rathaus. Im großen Sitzungssaal hängt ein großes Bild von Dir neben den Portraits anderer bedeutender Menschen und darunter eine Urkunde, die Dich als beste Schülerin des Internats ausweist."

„Davon weiß ich gar nichts. Ich wurde auch nicht gefragt."

Odiman lachte und kam wieder zur Sache: „Tyler ich hoffe, Du bist auch mit dem Vorschlag, den ich jetzt mache einverstanden. Ada-

Reede wir können nun noch höfliche Sprüche machen und gehen auseinander ohne Ergebnis, oder Du stellst mir Deine Person jetzt sachlich vor. Ich denke, es entspricht Deinem Intellekt, wenn Du spontan eins Deiner vielen Themen innerhalb einer halben Stunde auf ein Blatt Papier schreibst. Tyler und ich gehen eine Tasse Kaffee trinken."

Die Herren verschwanden, Ada-Reede überdachte ihr Situation, dann flossen ihre Gedanken aus der Feder: „Im Mittelalter wurden Frauen vergewaltigt, gefoltert und als Hexen verbrannt unter dem Deckmantel der Kirche. Dieses verirrte Verhalten der Menschen ist zu dieser Zeit nur deutlich geworden. Die Misshandlungen der Frauen gab es schon immer bis in unsere Zeit. …" Ada schrieb ohne Unterbrechung und hatte das Blatt in kürzester Zeit mit ihren Gedanken gefüllt. Dann ging sie wieder zurück in Odimans Büro, wo die beiden Männer gerade eingetroffen waren.

„Du bist schon fertig?! Dann darf ich es lesen?" Nach einer kurzen Weile: „Donnerwetter! Tyler lies selbst."

„Für mich sind die Gedanken von Ada nichts Neues."

„Ada, wenn Du studiert hättest, würde ich Dich sofort als Journalistin einstellen. Aber das kann ich meinen Mitarbeitern nicht zumuten. … Ich stelle Dich nicht ein. Ich habe jedoch eine Idee und gehe für drei Monate folgendes Risiko ein: Du fliegst sofort in ein Land Deiner Wahl, lernst die Menschen dort kennen und schickst mir jeden Monat einen Bericht über Deine Erkenntnisse und Deine Schlussfolgerungen, den ich in einem Magazin veröffentlichen kann. Du bist nicht angestellt, erhältst auch kein Gehalt, aber ein dickes Spesenkonto. Was sagst Du dazu?"

Ada schaute Tyler an. Der konnte ihre momentanen Gedanken nachvollziehen: „Ada das ist doch die Lösung. Du lernst in der Praxis und Du kannst mit Deinen Worten Menschen motivieren, Veränderungen in ihrem Verhalten anzustreben."

„Aber ich soll sofort fliegen und meine Eltern im Stich lassen?"

„Ja. Genauso spontan, wie Du dieses Schreiben formuliert hast. Alicia-Rose und Laurenz werden es verstehen. Sie werden bestimmt nicht alleine sein. Außerdem sind sie die letzten vier Jahre auch ohne Dich zurechtgekommen."

„Aber ich bin noch nie geflogen und ich weiß auch nicht wohin."

„Ja, das ist die Praxis, in der Du lernen willst", ergänzte Odiman.

„Darf ich Dir morgen Bescheid geben?"

„Ada-Reede Du bist selbständig. Du darfst alles. ... Du willst sicher bei der Hochzeit auch noch dabei sein."

ADA-REEDE UND DIE WELT

Das Gasthaus war voll besetzt. Die Familienmitglieder staunten über die große Zahl von Tylers Freunden in der Stadt. Einige hatten die Trauung in der Kirche verpasst, aber zur Feier erwiesen sie alle Tyler und seiner Gattin Daku-Han die Ehre. Daku-Han trug sogar zum ersten Mal in ihrem Leben ein weißes Kleid und einen Schleier, der kaum ihre schwarze Haarpracht verdecken konnte. Das Glück war dem strahlenden Paar anzusehen, und die Gäste freuten sich mit Tyler und Daku-Han. Nur Alicia-Rose und Laurenz konnten ab und zu ihren Abschiedsschmerz von ihrer Tochter nicht ganz verbergen. Sie nutzten jede Gelegenheit, um sich mit Ada-Reede zu unterhalten. Der Vater versuchte immer wieder seine beiden Frauen zu trösten.

„Ada wird ihre Sache gut machen. Sie ist ein ordentliches Mädchen und schließlich unsere Tochter! Nach drei Monaten wird sie wieder hier sein und dann besuchen wir sie, egal wo wir gerade sind."

„Papa, ich werde Euch schreiben und schicke die Briefe an Tyler. Der wird Euch dann von meinen Abenteuern berichten."

„Übrigens solltest Du Dir keine Sorgen machen wegen Mama und mir. Irgendwann werden die Jungs eigene Familien gründen und dann werden wir sicher die Herden der Sippen zusammenlegen. Dann ist die Arbeit besser verteilt."

„Die Hauptsache ist, dass Du gesund bleibst", ergänzte die Mutter. „Und halte Dich von den schlechten Einflüssen der Zivilisation fern."

„Alicia-Rose, unsere Tochter ist doch erwachsen! Sie kann mit der Freiheit und der Zivilisation umgehen. Vielleicht verändert sie mit ihrer Energie die ganze Welt."

„Papa ist wie immer zu Scherzen aufgelegt. Ich muss erst einmal vieles da draußen lernen, und ich werde es aufsaugen wie ein Schwamm das Wasser. Aber dann werde ich den Schmutz aus dem Leben der zivilisierten Menschen mit einem eisernen Besen hinauskehren."

„Habe ich es nicht gesagt? Sie wird die Welt verbessern", frotzelte Laurenz. „Im Ernst, ich meine, dass die aktuellen Ereignisse und die in der Zukunft von uns allen eine Anpassung an Veränderungen zur Folge haben werden. Habt Ihr z.B. beobachtet, dass meine Brüder mit zwei Mädels aus einer anderen Sippe auf dem Markt angebandelt haben? Unsere Eltern werden sicher bald mit uns reden. Tyler will seine Tätigkeit als Aushilfslehrer professionell aufziehen und Daku-Han freut sich regelrecht darauf, ihre unbekümmerte Freiheit aufzugeben und in eine regelmäßige Pflichterfüllung einzutauschen. Sie wird sicher glücklich dabei sein mit Tyler an ihrer Seite. Ich warte darauf, dass die beiden bald Kinder kriegen. Die werden dann ihre Schulferien bei uns im Winterquartier verbringen."

„Laurenz, Du spinnst doch!"

„Doch, doch! Und unsere Tochter wird ihre Mission erfolgreich durchziehen und irgendwann den Verlag ihres Chefs übernehmen."

„Papa, Odiman ist nicht mein Chef. Zurzeit investiert er nur in mich."

„Ja, ja. Kein Mensch weiß, wie die Sache mit Dir ausgehen wird … außer mir!"

„Oh, wir haben einen Hellseher am Tisch", mischte sich Brady ein. „Kannst Du mir auch vielleicht verraten, wie ich endlich eine Frau fürs Leben finde?"

„Ada wird Dir eine aus einem anderen Volk mitbringen müssen, denn hier hast Du ja schon alle ausprobiert!"

Sie lachten aus vollem Übermut. Die Stimmung war ausgelassen und in der Stadt wurde noch lange über die Hochzeit gesprochen.

In der Zwischenzeit waren die Rentierzüchter mit ihren neuen Tieren bereits in die weiten grünen Ebenen weitergezogen und der Alltag beschäftigte wieder die Menschen in der Stadt.

Ada-Reede hatte einen Rucksack mit den nötigsten Dingen gepackt und sich von allen Schulkameraden, die in der Stadt wohnten und von den Menschen, die sie kannte, verabschiedet.

Tyler brachte sie zur Busstation. Sie war noch nie mit einem Bus gefahren. Das Lernen in der Praxis begann jetzt schon und nicht erst am Ziel, wie sie es sich vorgestellt hatte. Sie bezahlte einen Fahrschein und der Bus brachte sie in die nächste Stadt, wo sie am Bahnhof auf einen Zug zum Flughafen warten musste. Sie bestaunte das Stahlgerippe mit dem riesigen Glasdach. Viele Stahlschienen führten in das Gebäude hinein und wieder hinaus. Menschen tummelten sich geschäftig auf den Bahnsteigen. Züge rauschten lärmend durch das Gebäude. Sie hatte all diese Dinge während ihrer Schulzeit nur auf Bildern gesehen. Jetzt stieg sie in einen Waggon und wunderte sich über die Ruhe während der rasenden Fahrt. Am Flughafen eilten noch mehr Menschen in großen Gebäuden mit Rolltreppen hin und her. Das unerfahrene Mädchen war verwirrt, setzte sich auf eine gepolsterte Bank und schaute dem Trubel zu. Ich muss meine Gedanken ordnen und die Eindrücke verstehen. Es ist keine Schande, dass ich nicht weiß, wie es weitergeht. Aber da drüben hinter einer Schalterreihe sprechen uniformierte Frauen mit den Leuten. Die wissen bestimmt, was zu tun ist. Sie werden mir bestimmt helfen, wenn ich zugebe, noch nie hier gewesen zu sein.

„Entschuldigen Sie bitte. Ich war noch nie auf einem Flughafen. Ich will nach Japan fliegen. Was muss ich tun?"

Die hübsche Dame an dem Schalter lächelte mitfühlend: „Nach Japan? Haben Sie schon ein Ticket und wo ist Ihr Gepäck?"

„Ich habe kein Ticket und mein Gepäck ist mein Rucksack."

„Ich verkaufe Ihnen ein Ticket, Ihr Rucksack ist Handgepäck. ... So. Jetzt gehen Sie etwa fünfzig Meter durch diesen Tunnel mit den vielen Geschäften. Am Ende ist ein Schalter mit einem uniformierten Beamten besetzt. Dem Mann zeigen Sie Ihren Reisepass und das Ticket. Wenn alles seine Ordnung hat, leitet er sie weiter zu einer Schleuse."

An der Schleuse stand wieder ein anderer Mann: „Legen Sie Ihren Rucksack auf das Band, und gehen sie durch die Schranke. Wir wollen sicher sein, dass Sie kein Metall, Messer usw. mitführen. ... Nehmen Sie Ihren Rucksack und gehen Sie in den Wartebereich."

Ada saß wieder auf einer gepolsterten Bank und schaute sich um. Viele Menschen warteten auch wie sie. Ab und zu kam eine Durchsage, einige Leute standen auf und gingen durch eine Tür, an der eine uniformierte Frau stand, freundlich lächelte und irgendwelche Zettel verteilte. ... Ich werde die Frau fragen. ...

Ada formulierte Ihren Satz, der schon einmal funktioniert hatte: „Entschuldigen Sie bitte. Ich bin noch nie geflogen, jetzt warte ich auf mein Flugzeug nach Japan."

„Es ist alles in Ordnung. Sie müssen sich noch eine Stunde gedulden. Dann wird der Flug aufgerufen. Ich notiere mir Ihren Namen, dann werden Sie auch namentlich aufgerufen und Sie kommen dann zu mir."

Der Pilot und seine Crew empfingen die Gäste und Ada-Reede bekam einen Platz an einem Fenster zugewiesen. Die Turbinen heulten auf, das Flugzeug wurde auf die Startbahn geleitet, und der Pilot beschleunigte die Geschwindigkeit. Ada sah staunend durch das Fenster, das Flugzeug erhob sich in die Luft, Bäume, Häuser, einfach alles wurde kleiner. ... So müssen die Vögel auf uns herabschauen. ... Dann sah sie plötzlich nichts mehr. ... Nebel wie in einer Waschküche! ...

Das Flugzeug schoss steil durch die Wolkendecke, und darüber erlebte Ada einen Sonnenschein, wie sie ihn noch nie gesehen hatte. Die Luft war klar bis zum Horizont. Das Flugzeug glitt wie auf einer wattierten Fläche dahin. Der Pilot gab bekannt, dass er die Flughöhe mit über dreißigtausend Fuß erreicht hatte. ... Zehntausend Meter? Müsste ich da nicht Angst haben, so nah am Himmel? ... Ada lächelte über sich selbst.

Dann wurde es langweilig. Das Sonnenlicht verschwand in der Dunkelheit. Ada döste vor sich hin. Die Flugbegleiterin brachte ihr eine Decke: „Machen Sie es sich bequem. Wir haben noch ein paar Stunden vor uns. Darf ich Ihnen etwas zu trinken bringen?"

„Ja. Bringen Sie mir bitte ein Bier und einen Schnaps."

Die freundliche Flugbegleiterin lächelte: „Alkohol darf ich Ihnen leider nicht servieren, aber ein Bier werde ich sicher für Sie finden."

Ada nippte an ihrem Bier. ... Naja! ... Dann schlief sie ein.

Stunden später wurde sie geweckt durch die Ansage des Piloten: „Wir sind bereits im Sinkflug. Bitte bleiben Sie angeschnallt."

Ada-Reede hatte ihren ersten Flug hinter sich und strömte mit den anderen Passagieren in einen helleuchteten Gebäudekomplex. Die vielen Schaufenster der Geschäfte hätten sie eigentlich neugierig machen müssen, aber sie wollte jetzt nur in einer Gastwirtschaft sitzen, einen Kaffee bestellen und nachdenken. Sie fand einen Tisch, an dem noch ein Platz frei war. Eine hübsch uniformierte Dame saß dort schon und Ada fragte, ob sie sich dazu setzen dürfte: „Ich will Sie aber nicht stören, falls Sie noch jemanden erwarten."

„Das ist schon in Ordnung. Ich will nur zum Feierabend einen Kaffee trinken."

„Sie haben sicher Dienst in dem eben gelandeten Flieger gehabt?!"

„Ja. Sie sind wohl auch erst angekommen? Ich möchte nicht indiskret sein, aber Sie sind bestimmt eine Eskimofrau."

„Das bin ich. Man kann seine Herkunft in einem fremden Land nicht verleugnen."

„Dann haben Sie meinen Kolleginnen einen Spaß bereitet: Sie haben einen Schnaps und ein Bier bestellt."

Die beiden Frauen lachten sich an und Ada antwortete belustigt: „Das war ich. So schnell wird man bekannt! Ich heiße Ada-Reede und bin zum ersten Mal geflogen."

„Hoffentlich hat Ihnen der Flug gefallen. Ich heiße Ros Nukon."

„Kann ich hier einen Weinbrand zum Kaffee bestellen?"

„Aber sicher doch."

„Darf ich Sie einladen?"

Nun hatten die beiden Frauen ein Gespräch begonnen, das sich lange hinzog. Aus einem Kaffee wurden zwei. Sie duzten sich bereits. Ros war keine Japanerin, sondern sie stammte aus Vietnam. Ada-Reede erzählte von ihrer Heimat und ihrer Herkunft aus der Wildnis, und Ros wurde nicht müde, ihr Fragen zu stellen, die Ada gerne beantwortete. Ros sprach über ihr Heimatland und den fürchterlichen Krieg, den sie nur von Erzählungen her kannte.

„Ada, wo wirst Du wohnen in Japan? Und was willst Du überhaupt hier machen? Oder willst Du hier Deinen Urlaub genießen?"

„Das ist nicht leicht zu erklären: Mein älterer Freund im Iglu-Dorf hat mir Lesen, Schreiben und Rechnen beigebracht. Dann hat er keine Ruhe gegeben, bis ich in einem Internat die Reifeprüfung ablegte. Über die Errungenschaften und Grausamkeiten der Zivilisation habe ich in Büchern gelesen. Das hat mich abgeschreckt. Ich bin wieder zu meinen Eltern in die Wildnis gegangen und wollte nie mehr dort weg. Irgendwann habe ich ihm wohl zu verstehen gegeben, dass mich das theoretische Wissen nicht mehr interessierte. Ich wollte nur in der Praxis leben und lernen … wie in der Wildnis. Daraus entstand die Schlussfolgerung, dass man bei fremden Völkern auch in der Praxis lernen kann. Der Verlag in unserer Stadt konnte mich ohne Studium, das ich ablehnte, nicht anstellen. Er hat in mich investiert. Und jetzt bin ich hier."

„Das klingt spannend. Du bist neugierig ins kalte Wasser gesprungen. Du könntest darin ertrinken oder Du fährst mit einem Boot darüber. … Und Du weißt noch nicht, wo Du wohnen willst in Japan."

„So ist es. Ich will das Volk der Japaner kennenlernen und darüberschreiben."

„Dann brauchst Du einen Start. Ich habe zwar nur eine kleine Wohnung, aber mein Bett ist groß genug für zwei. Wenn Du willst, kommst

Du erst einmal bei mir unter."

Vom Flughafen fuhr die U-Bahn direkt in die Stadt. Ada-Reede erinnerte sich daran, dass Millionen Japaner ständig in Eile ihren Geschäften nachgingen. Die vielen Menschen und der dichte Verkehr auf den Straßen veranlassten sie, oft einfach stehen zu bleiben. Ros zog sie dann ohne Kommentar hinter sich her. Es dauerte fast eine Stunde, bis sie endlich eine etwas ruhigere Wohngegend erreichten. Im Supermarkt kauften die Frauen noch etwas zu essen ein und kamen dann an einen Wohnblock, der so hoch und mächtig aussah, dass Ada fast Angst davor bekam.

„Hier ist meine Wohnung ... im dreißigsten Stock. Keine Sorge, die Aufzüge gehen immer."

Als sie oben ankamen, schaute Ada aus dem Fenster und drohte schwindelig zu werden.

„Auf jedem Stockwerk gibt es zehn Wohnungen, deshalb haben wir auch mehrere Aufzüge. Wer hier wohnt, weiß ich nicht. Die Wohnungen dienen eigentlich nur zum Schlafen. Gelebt und gearbeitet wird unten in der Stadt. So, komm herein in die gute Stube. An dieser Wohnung fehlt mir nichts, außer etwas mehr Platz und vielleicht ein Balkon. Die Technik ist komplett und funktioniert meistens automatisch. Das Licht geht an, wenn ich die Wohnung betrete, und wenn ich es z.B. im Schlafzimmer dunkel haben will, schnippe ich nur mit den Fingern. Die Toilette spült in dem Moment, wo ich den Deckel zumache. In der Dusche muss ich nur die Temperatur des Wassers einstellen. Die Geräte in der Küche funktionieren automatisch. Du wirst es nachher sehen. Der Fernseher geht an, wenn ich ihm ein Programm oder ein bestimmtes Thema nenne. Der Robi putzt nachts automatisch und ist in einer halben Stunde fertig. Staub wischen und die Polster absaugen muss ich noch selbst. Wenn ich schmutzige Wäsche habe, die nicht in die Reinigung gebracht werden muss, stecke ich sie in die Öffnung der Maschine und sage: Waschen! Die Maschine erkennt die Art der Wäsche, wählt das Programm und holt sich aus dieser Vorratsflasche das Waschmittel. Wenn sie fertig ist, ist die Wäsche sauber und trocken. Meistens kann ich mir das Bügeln schenken. Kaffee und Eier kochen geht automatisch, wenn die Vorratsbehälter gefüllt sind. Nur das Essen zubereiten muss ich noch selbst."

Ada-Reede kam aus dem Staunen gar nicht mehr heraus und wagte nicht, irgendetwas anzufassen.

„Die Japaner gestalten die Wohnungen deshalb so komfortabel, damit die Menschen möglichst wenig von ihrer Arbeit abgelenkt werden."

„Da entsteht der Eindruck: Die Japaner leben, um zu arbeiten!"

„So ist es wohl gedacht. Sie arbeiten nicht nach Zeit, sondern nach dem Zustand bzw. nach der Fertigstellung der Arbeit. Aber keine Angst. Wenn wir gegessen und geschlafen haben, gehen wir heute Abend auf eine Party. Da sind Mädels, Jungs und Musik. Es wird gelacht, getanzt und Du lernst die andere Seite der Japaner kennen."

„Aber ich habe doch noch gar nichts zum Anziehen."

„Jeans und T-Shirt reichen. Außerdem bist Du sympathisch und schön."

„Wie soll ich das denn verstehen? Willst Du Dir etwa einen Mann aussuchen oder Dich einem anbieten?"

„Bestimmt nicht hier in Japan. Hier will ich Spaß haben. Hier sind Frauen und Männer in der Öffentlichkeit eher separiert. Das siehst Du schon auf der Straße. Weißt Du bei uns zu Hause haben Frauen und Männer gleichgestellt gemeinsam gekämpft und die Strapazen des Krieges und der Entbehrungen ertragen. Hier spielen Traditionen und Rechte eine Rolle. Auf privaten Partys ist das etwas anders. Da sind Frauen mutiger und Männer aufgeschlossener."

„Kann man das wirklich so extrem beobachten?"

„Beobachten ja, extrem lassen wir mal offen. Die Japaner kopieren überall. Vielleicht übernehmen sie die Freiheit, die man im Westen kennt. Übrigens merke Dir einen Tipp: Lass Dein Trinkglas nie unbeobachtet. Es kommt zwar selten vor, dass irgendein Idiot Mädels mit Drogen anmachen will, aber es ist Vorsicht geboten. Ein paar Tropfen oder eine Pille in Deinem Glas und das, was danach kommt, könnten Dir erheblichen Schaden zufügen."

Ros öffnete den Kleiderschrank und holte zwei Seidenblousons heraus: „Den blauen ziehst Du an, den roten ich. Wir sehen aus wie Zwillinge. So kann man uns besser auseinanderhalten."

Die Damen betrachteten sich im Spiegel und waren zufrieden. Munter und gut gelaunt stürzten sich die beiden in das Menschengetümmel auf der Straße, das auch am Abend nicht weniger wurde. Ros nahm Ada an der Hand, damit die Freundin nicht verloren ging.

„Eine Straße weiter ist eine Bar mit einem Tanzsaal. Da gehen wir hin."

Freunde und Gäste sind zwar schon da, aber wir beide dürfen auch etwas später kommen. Die Türsteher kenne ich. Die lassen uns durch."

Die Bar war bereits gut besetzt. Als die beiden hübschen Mädels durch die Tür schwebten, drehten sich viele Männer nach ihnen um und begrüßten sie mit einem Lächeln. Ein DJ sorgte für Musik und an der Theke gab es etwas zu trinken. Sie nahmen einen Cocktail an der Theke, und es dauerte auch nicht lang, bis sie zum Tanzen aufgefordert wurden. Die Tänzer wollten die Mädels schon nach der ersten Runde an die Bar einladen, doch Ada und Ros waren vorsichtig, denn sie wussten, dass die Männer sie gerne für sich in Beschlag nehmen wollten. Ros stellte Ada ihren Freunden vor. Jungs und Mädels saßen zusammen an Bistrotischen, unterhielten sich angeregt und hatten dabei viel Spaß.

Nach einer Weile ließ Ada sich mutig zu einem Drink an die Bar einladen. Sie lachten, hatten Spaß und der junge Mann betrachtete sie bewundernd. Dann wurde sie von der anderen Seite angesprochen. Sie schaute den anderen Mann an. Aus dem Augenwinkel glaubte sie, eine Hand über ihrem Glas zu erkennen und erinnerte sich an die Warnung von Ros. In einem Reflex traf sie den jungen Mann mit ihrem Handrücken so im Gesicht, dass dieser mit blutender Nase vom Barhocker fiel. Das war ein Freund von Ros und sie war auch sofort zur Stelle: „Was ist passiert, was hast Du gemacht?", schimpfte sie mit Ada. „Ich nahm an, er hätte mir etwas ins Glas getan! Du hast gesagt, ich soll vorsichtig sein."

„Aber der doch nicht! Jetzt wirst Du wohl um Entschuldigung bitten müssen."

Der Barkeeper grinste: „Da war wirklich nichts. Ich habe zufällig genau hingesehen."

Der von Ada getroffene junge Mann stand schon wieder, wischte sich mit dem Taschentuch über die Nase und grinste Ada-Reede an: „Du hast eine verdammt gute Rückhand!"

Die Jungs an der Bar hatten sich von ihrem Schrecken erholt, lachten und machten schadenfrohe Späße: „Was lernst Du daraus? ... Hüte Dich vor Eskimofrauen!"

Auch Ada kümmerte sich um den jungen Mann: „Ich bitte Dich um Verzeihung."

Dann nahm sie ihm das Taschentuch ab und wischte noch einen Blutstropfen von seiner Nase: „Jetzt trinken wir einen Cocktail auf meine

Rechnung!"

Der Junge hieß Jen und er nutzte den Zwischenfall, um sich noch lange mit Ada zu unterhalten und oft mit ihr zu tanzen.

Ehe die Mädels sich spät in der Nacht verabschiedeten, lud Jen die beiden für den nächsten Abend ins Theater ein: „Würdet Ihr beide mich vielleicht begleiten? Dann besorge ich schon mal die Karten."

„Das ist eine gute Idee. Ada hat so etwas noch nicht gesehen. Kannst Du uns um neunzehn Uhr abholen? Wir stehen vor dem Hauseingang."

Jen kam mit einem Sportwagen, öffnete den Damen die Tür. Die Mädels hatten sich mit einem leichten Kleid und einer Stola hübsch gemacht. Jen steuerte ortskundig und flott das Auto durch den dichten Verkehr, wobei er die Regeln nicht immer beachtete. In der Nähe des Theaters gab es eine Tiefgarage mit fünfzehn Ebenen. Ada-Reede staunte beängstigt: „Wie kommen die vielen Autos aus dem Keller wieder heraus?"

Jen antwortete oberflächlich: „Es gibt mehrere Ein- und Ausfahrten."

Der Aufzug endete direkt im Foyer. Menschen standen in endlosen Schlangen vor der Garderobe und vor einer langen Theke, um sich noch einen Drink zu holen. Überall spendeten Lampen grelles Licht. An den Wänden hingen Portraits von beliebten Schauspielern oder vergrößerte Szenenfotos. Eine breite Marmortreppe führte in den Keller zu den Sanitärräumen und nach oben zu den Balkons und den Logen. Jen führte seine Begleiterinnen in die erste Reihe auf einem Balkon, wo sie einen wunderbaren Blick auf die Bühne und auch in den Zuschauerraum hatten.

Ada wirkte einmal in einem Stück in der Aula des Internats mit. Das war alles, was sie von diesem Kulturbereich bisher erlebt hatte. Es war noch Zeit genug, um ein paar Fragen loszuwerden: „Ros, was Du über Frauen und Männer in der Öffentlichkeit gesagt hast, scheint auch hier zu stimmen. Im Zuschauerraum gibt es Reihen, die nur von Frauen oder nur von Männern besetzt sind."

„Ja. Es gibt aber auch Paare. Du kannst davon ausgehen, dass die verheiratet sind."

„In den Logen sitzen meist nur wenige Menschen. Da sind aber auch Frauen dabei, die mir vorhin besonders aufgefallen sind. Sie sind weiß geschminkt, tragen eine kunstvoll zusammengesteckte pechschwarze Haarpracht auf dem Kopf und stecken in fantastischen Seidenkimonos, die ihre Figur elegant und sehr reizvoll betonen. Sie bewegen sich in kleinen, kindlich Schritten, fast Trippelschritten wie Puppen."

„Die Logen sind so teuer, dass nur reiche Männer sie sich leisten können. Die Damen, die bei ihnen sitzen sind Geishas, also engagierte Gesellschaftsdamen."

„Du wirst es nachher feststellen, dass sie im Foyer nicht mehr zu sehen sind. Sie verschwinden mit den Herren im Separee", ergänzte Jen. „Und was machen die da?"

„Sie sind dazu engagiert, den Herren Gesellschaft zu leisten."

„Na gut. Und was hat der puppenhafte Gang damit zu tun?"

„Schon seit Jahrhunderten werden vielen weiblichen Säuglingen die Füße so bandagiert, dass diese nicht mehr normal wachsen können. Dadurch ist den Frauen nur noch das - wie Du sagst - puppenhafte, aber sehr reizvolle Gehen möglich. Die Geishas werden als Gesellschafterinnen besonders geschult. Sie zu engagieren ist sehr teuer. Von so einer Tochter kann eine ganze Familie im Wohlstand leben."

Ada-Reede schüttelte den Kopf: „Wirtschaftlich verstehe ich das schon. Das hat wohl auch etwas mit Prostitution zu tun. Aber die Frauen sind doch ein Leben lang behindert und verkrüppelt."

„So viel zum Zusammenhang von Schönheit und Schmerzen! ... Ada zu dem Theaterstück solltest Du noch wissen: Du wirst weder die Sprache, noch die Musik verstehen. Das könnte für Dich anstrengend werden. Lass die Farbenpracht, die Gestik der Schauspieler und die Dramatik der Sprache auf dich wirken. Die Handlung des Stückes haben Ros und ich Dir schon erklärte. Konzentriere Dich darauf und versuche sie nachzuvollziehen."

So kam es dann auch. Ada-Reede hätte auch Ohrenstöpsel verwenden können. Der gesamte Eindruck war für sie trotzdem ein Kunsterlebnis.

Nach einem Drink mit Jen in einer Bar waren die beiden Mädels wieder unter sich in der Wohnung und ließen sich noch etwas erregt vom Theater in die Polster fallen. Ada-Reede wollte sich noch ein paar Notizen machen und bat die Freundin um ein Blatt Papier.

„Papier? Wo hast Du denn Deinen Laptop, Ada?"

„Ich habe keinen."

„Was, Du hast keinen Laptop, kein Handy? Wie schräg ist das denn?!"

„Solche Geräte habe ich bisher nicht gebraucht."

„Ach so! Du kommst ja aus der Wildnis. Hier wirst Du niemanden finden, der sich nicht täglich dieser Geräte bedient."

„Ich weiß ja, wie so etwas funktioniert. ..."

„Direkt neben unserem Wohnblock unten an der Straße gibt es ein Geschäft, in dem es die Geräte zu kaufen gibt. Da gehen wir morgen hin. Der Verkäufer kennt sich aus. ... Weißt Du was? Ich hätte jetzt Lust zu kuscheln."

„Aber doch nicht mit mir. Ich stehe auf Männer!"

„Ich ja auch. Aber es geht doch auch so."

Ada-Reede erinnerte sich an ihre Beobachtungen im Schlafsaal des Internats und grinste still vor sich hin. Ros schaute sie an und protestierte: „Was grinst Du so verdächtig?"

Dann begannen die beiden Mädels, sich zu necken, zu streicheln, freundschaftlich zu boxen. Sie tollten in der Wohnung herum, bis sie schließlich nackt waren und sich mit Kissen bewarfen. Schließlich lagen sie erschöpft in dem großen Bett und umarmten sich kämpferisch und leidenschaftlich. Sie genossen beide noch lange die zärtlichen Berührungen der erogenen Zonen ihrer Körper, bis sie endlich einschliefen.

Der Verkäufer wunderte sich: „Du hast noch nie mit einem Laptop gearbeitet? Dann musst Du es erst einmal lernen."

„Das habe ich schon. Verkauf mir nur das Ding."

„So? Wie kommst Du dann ins Internet?"

„Wir haben WLAN. Installiere mir einen passenden Browser und die üblichen Programme. Ich muss nur üben, dann bin ich ein echter User."

Ros staunte. Sie hatte mitbekommen, dass Ada sehr vieles theoretisch gelernt hatte, aber die Praxis erforderte doch mehr Wissen und Können. ... Ich bin mal gespannt, wie weit Du kommst. ...

Ada-Reede schloss das Gerät an das Stromnetz an, wählte WORD und begann zu schreiben. Ros schüttelte den Kopf. So ein Talent hatte sie noch nie erlebt. Nach einer Stunde hatte Ada alle Notizen über die bisherigen Erlebnisse, die sie Odiman berichten wollte, aufgeschrieben.

„Ada, das gibt es doch gar nicht. Du hast wirklich noch nie auf einem Laptop gearbeitet? Dafür brauchen Menschen Lehrgänge und viel Zeit. ... Du bist ein Genie!"

„Bin ich nicht! Du musst eigentlich nur wissen, was Datenverarbeitung ist und dann die Bedienungsanleitungen lesen. Dann stellst Du Dir eine Aufgabe und fängst an."

Jen stand überraschend vor der Tür, als Ros öffnete und hielt ihr einen Blumenstrauß entgegen. „Hallo Jen. ... Ada schau mal, Ada. Der Jen liebt mich!"

Ada begrüßte den Freund und erhielt auch einen Blumenstrauß: „Und mich liebt er auch."

Sie lachten alle drei und Jen erfasste die Situation: „Also Mädels, macht es bitte nicht kompliziert. Die Blumen sind ein höflicher Gruß. Ich möchte mit Euch beiden noch viel Schönes erleben."

„Jen, Du bist ein lieber Junge, und wir wissen beide Deine Freundschaft zu schätzen. Schau mal: Wir haben eben einen Laptop für Ada gekauft und sie hämmert schon darauf herum wie ein Profi. Das kommt mir wie ein Wunder vor."

„Übrigens, ich habe mit meinem Vater gesprochen und Euch beide beschrieben. Er möchte Euch gerne kennenlernen, und er lädt Euch zum Essen ein. Mutter bringt sicher etwas Gutes auf den Tisch. Kommt Ihr heute Abend? Ich hole Euch ab."

„Gibt es eine Kleiderordnung?"

„Nein! Kommt leger und gemütlich. Vater hat sicher viel Interessantes für Ada zu erzählen."

Jen holte die beiden Damen mit seinem eleganten Sportwagen ab und fuhr direkt auf eine Autobahn, die eine längere Strecke auf einer Säulenkonstruktion über andere Stadtteile verlief. Etwas außerhalb der Stadt hielt er vor einer Villa an, bis das Garagentor sich öffnete. Von der Garage aus gelangten sie über einen Aufzug in den Wohnbereich.

„Dies ist der Sitz unserer Familie. Vater betreibt eine Textilfabrik, meine Geschwister gehen noch zur Schule."

Oben angekommen fragte ein Bediensteter Jen: „Kann ich etwas für Euch tun?"

„Danke, wir gehen direkt ins Esszimmer."

Der Vater setzte sich ans Kopfende des Tisches. Er trug ein weißes Hemd mit einem Seidentuch um den Hals und legere Hosen. Die Mutter war in einen traditionellen Kimono gekleidet. Sie saß an der rechten Seite ihres Mannes. Jen setzte sich neben sie. Gegenüber saßen

Ada und Ros. Auf den restlichen Plätzen am Tisch saßen die sechs Geschwister von Jen. Die Mutter dirigierte eine Bedienstete mit den Augen und Kopfnicken. Zunächst gab es eine Ananasscheibe, dann folgte eine Fleischbrühe. Der Vater erklärte: „Heute essen wir Koi, allerdings nicht die giftige Form." Die Bemerkung wurde mit allgemeinem Gelächter quittiert.

Zum Schluss gab es Eis mit einem Stück Banane. Der Vater erhob sich und alle anderen Personen am Tisch auch: „Jen, führe unsere Gäste ins Wohnzimmer. Deine Mutter und ich kommen nach."

Die Geschwister verschwanden in ihren Zimmern im Haus oder hatten zu tun.

Ros hatte als Sitzgelegenheit Kissen auf dem Boden erwartet. Stattdessen standen bequeme Polstersessel um einen stabilen und fein gedrechselten Couchtisch herum. Die Decke war mit echter Holzvertäfelung verziert. Die Außenwand bestand aus Glas und bot einen großzügigen Blick über die Stadt. Die beiden gegenüberliegenden Wände waren mit lebensgroßen Reisfeldern bemalt. Die schwere Holztür war mit dem Bildnis einer lebensgroßen Geisha als Intarsienarbeit verziert.

Mutter und Vater kamen herein setzten sich und der Vater eröffnete das Gespräch: „Du bist also die resolute Eskimofrau, die meinen ältesten Sohn mit einer einzigen Rückhand k.o. geschlagen hat. Mein Respekt, junge Dame."

Er verbeugte sich vor Ada und lächelte. Ada war erschrocken und stammelte: „Es ist mir sehr peinlich. Das war ein Missverständnis."

„Nein, nein! Ganz im Gegenteil, Du hast Dir keinen Vorwurf zu machen. Viele Ereignisse werden oft als Unglück bezeichnet, obwohl sie nur eine Lehre sind, und Lehren können durchaus manchmal schmerzhaft sein."

„Die Konsequenz meines Vaters ist, dass ich mich für diese Lehre bei Dir, Ada bedanke", mischte sich Jen ein und löste damit Gelächter in der Runde aus. „Ada-Reede, Du wurdest mir als sehr wissbegierig geschildert. Mir stellt sich die Frage: Warum bist Du nach Japan gekommen und was erwartest Du?"

„Ich komme aus der arktischen Wildnis, durfte die Schule besuchen und habe alles Wissen aus Büchern aufgesaugt. Dabei lernte ich auch die Zivilisation mit ihren schrecklichen Auswüchsen kennen. Das war der Grund dafür, dass ich wieder zu meinen Eltern in die freie Natur zurückgekehrt bin. Mich interessierte vom Wissen nur noch der praktische Teil. Japan hat eine Jahrtausend alte Geschichte. Ich will im Volk und vom Volk lernen, wie die Japaner in der Neuzeit leben."

„Du stellst hohe Ansprüche an Dich selbst. Stelle doch erst einmal Deine Fragen. Vermutlich können wir Dir Fakten schildern, die Dir bis heute noch verborgen blieben."

„Ich vermute unser Gespräch nimmt den Charakter eines Interviews an. Darf ich mein Handy mitlaufen lassen, damit ich mich später an alles erinnere?"

„Aber selbstverständlich. Du willst sicher einen Bericht über Deine Erkenntnisse schreiben."

„Ja! Ich habe es einem Freund, der Verleger ist und mich finanziert, versprochen."

„Das ist interessant. Dein Freund muss Deine Intelligenz sehr hoch einschätzen. Sein Personal besteht sicher aus studierten Journalisten und er kann Dich so nicht einstellen."

„Das ist richtig erkannt. Ich will nicht studieren, weil ich nicht ausgerichtet sein will. Ich liebe die Freiheit in der Natur und dazu gehört auch mein Verstand, der sich nach der ganzen Theorie die Wahrheit in der Praxis erhofft, z.B. habe ich gelesen, dass sich Millionen Menschen in den Straßen dieser Stadt tummeln. Meine Freundin Ros hat erlebt, wie erschrocken ich auf die rastlose Menschenmenge reagiert habe. Das Getümmel wird selbst nachts kaum weniger. Die Menschen hier arbeiten nicht eine Zeit lang, für die sie bezahlt werden, sondern sie arbeiten, bis eine Aufgabe erledigt ist."

„Viele Menschen hier ruhen nicht, weil sie Angst haben, etwas zu verpassen."

„Die Stellung des Mannes und die Stellung der Frau in der Gesellschaft sind nicht klar zu erkennen. In der Menschenmenge beobachtete ich Gruppen von Frauen und Gruppen von Männern. Viel seltener waren Paare zu erkennen. Ich habe den Eindruck, dass Frauen und Männer separiert neben einander leben. Dafür muss es doch Gründe geben, denn natürlich ist dieses Phänomen nicht."

„Ada-Reede, Deine Beobachtungsgabe ist bewundernswert. Du hast mit Deinen theoretischen Bemühungen in der Literatur sicher viele Dinge gelernt, die Du Dir nicht erklären konntest. Das ist auch nicht anders zu erwarten. Du wirst erst verstehen, wenn Du Dich mit Ursachen und Gründen für das Verhalten der Menschen auseinandersetzt. Das rastlos erscheinende Engagement der arbeitenden Bevölkerung hängt z.B. damit zusammen, dass es in unserem Land einerseits viel Arbeit gibt und andererseits viele arbeitsuchende Menschen. Die Leute identifizieren sich mit ihrem Job und mit ihrer Firma. Sie wollen damit ihre Austauschbarkeit vertuschen. Sie machen die Firma von sich abhängig. Das erreichen sie nur, wenn sie jede Nachlässigkeit vermeiden. Über ihnen hängt ständig das Damoklesschwert: Wenn ich die Arbeit nicht oder schlecht erledige, nimmt ein anderer Arbeitsuchender meine Stelle ein und ich bin raus."

„Gibt es denn keine Gewerkschaften oder entsprechende Schutzgesetze?"

„Theoretisch ja. Aber der Druck auf die Unternehmen wird am Markt meistens so gewaltig und teuer, dass eine rigorose Arbeitspolitik oft unerlässlich ist. Vergleiche dazu das herrschende Gesetz des Stärkeren in der Natur."

„Aber wir sind doch Menschen und keine Sklaven!"

„Sicher würde heute niemand die Sklaverei wieder einführen wollen. Beachte das Wortspiel: Sklaven sind Menschen ... Menschen sind Sklaven! Wenn ein Mensch sich für Sklavenbedingungen hergibt, um zu überleben, ist er dann nicht ein Sklave?!"

„Dazu zählen auch Frauen, die sich Männern aus Angst und Hilflosigkeit unterwerfen?!"

Ros folgte gebannt dem Gespräch und Jen war erstaunt, mit welcher Offenheit sich sein Vater mit der resoluten jungen Dame unterhielt. Er versuchte erfolglos sich zu erinnern, wann der Vater mit ihm einmal so ernsthaft diskutiert hätte. Die Mutter übte Zurückhaltung. Sie lächelte ununterbrochen und nickte nur manchmal mit dem Kopf.

„Wir kommen zu einem anderen Thema: Du beobachtest die Separation von Frauen und Männern in der Öffentlichkeit. Ich schicke voraus, dass viele Japaner der Tradition folgen, ihre Frauen zu lieben, zu schützen und zu verehren. Diese Verhaltensgegensätze hängen mit der traditionellen Bedeutung eines Versprechens zusammen. Die Männer kennen die sogenannten Waffen der Frauen und sie kennen ebenso ihre natürlichen Gelüste. Sie scheuen eine Auseinandersetzung, denn sie wissen, dass am Ende mit einer Heirat - also mit einem von ihnen verlangten Versprechen - zu rechnen ist. Ich will es noch mit einem anderen Beispiel erklären: Du bist beim Lesen über die japanische Geschichte sicher auch mit den legendären Schwertkämpfern, den Samurai konfrontiert worden. Sie haben geschworen, für den Kaiser oder die von ihnen abhängigen Menschen bis zum heldenhaften Tod zu kämpfen. Für den Fall, dass ihnen das aus irgendwelchen Gründen nicht gelang, ihr Versprechen einzuhalten, trugen sie immer ein spezielles Messer bei sich, um mit Harakiri ihrem Leben ein Ende zu setzen. Sie glaubten daran, mit ihrem eigenen Tod die Schande zu sühnen, die sie über andere Menschen gebracht hatten. Diese Einstellung zum Versprechen spielt sicher im Verhalten vieler Männer eine gewichtige Rolle."

„Das mag zwar heldenhaft gewesen sein, aber ich sehe darin eine grausame Verirrung der Menschen bis hin zur Aberkennung eines freien Willens."

„Wieso? Der Samurai wusste von Anfang an, worauf er sich einließ. Die Männer von heute wissen das auch, aber es wird ihnen schwergemacht, nicht zu ihrem Versprechen zu stehen. Ich gebe Dir noch ein anderes Beispiel: Wenn ein Japaner mit einem anderen Menschen einen Vertrag abschließt, dann lächelt er. Seine Unterschrift ist für ihn die Aufforderung weiter zu verhandeln. Erst wenn er verspricht, die Bedingungen einzuhalten, ist für ihn der Vertrag gültig."

„Was hältst Du von dem Wahlspruch der Emanzipation: Frauen müssen gleichberechtigt sein?"

„Dagegen ist doch nichts einzuwenden. Ich sehe darin einen Fortschritt in der allgemeinen Frauenbewegung."

„Ich bin versucht zu sagen, es handelt sich um eine Vergewaltigung der Justiz und eine Selbstbefriedigung derjenigen, die diesbezügliche Gesetze erlassen. Man will sogar dem Unternehmer vorschreiben, wie er nach der Quotenregelung seinen Vorstand zu besetzen hat. Wenn eine Frau doch die Leistungen erbringt, die der Unternehmer braucht, dann wird er sie berufen. Ansonsten entsteht doch der Eindruck der staatlichen Einmischung in jegliche private Initiative. Konsequent wäre es, auch die Männer gleich zu berechtigen. Es gibt Frauenbeauftragte, warum nicht auch Männerbeauftragte?"

„Wie kommst Du denn auf eine so radikale Meinung?"

„Frauen sind wie Männer natürliche Lebewesen. Sie unterscheiden sich nur durch ihre Fortpflanzungsorgane. Der Mann befruchtet das Ei und die Frau bringt das Kind auf die Welt. Alle anderen Aufgaben zum

Leben können beide erfüllen, wobei einmal die Frauen und ein anderes Mal die Männer erfolgreicher sind. Wie kann man nur so überheblich sein, hier eine Ungleichheit gesetzlich reparieren zu wollen. Soll etwa das unsinnige Gesetz den Männern das Recht einräumen, auch Kinder zu kriegen?! Solche Gesetze sind verwirrend, anmaßend, überflüssig und sie stiften Unfrieden. Anders sieht es aus bei der Behandlung der Frauen durch die Männer und dem Verhalten der Geschlechter zueinander. Wenn im Bus kein Platz frei ist, bietet der höfliche Mann der Frau seinen Platz an. Warum? Weil sie schwächer ist, oder weil er so erzogen wurde. Wieso ist sie schwächer? Sie kriegt ein Kind! Oder sie ist zu fett, um sich auf den Beinen zu halten. Häusliche Gewalt? Auch viele Männer werden von ihren Frauen verprügelt. Vergewaltigung? Kein normaler Mann hat eine Chance gegen eine Kungfu-Kämpferin. Versteht mich bitte nicht falsch: Ich schätze die uralten Traditionen bezüglich Liebe, Schutz und Höflichkeit, solange sie nicht als Waffe eingesetzt werden. Verbrechen durch Gesetze zu verhindern oder zu verfolgen gibt es, und sie sind wichtig. Grausame Selbstverständlichkeiten in der Natur wurden so für eine lebensfähige menschliche Gesellschaft verändert. Aber all diese Dinge haben nichts mit einer sogenannten Gleichberechtigung zu tun, weil diese natürlich und selbstverständlich ist für die Lebensfähigkeit der Individuen.

Anders sieht es aus bei der Gleichstellung von Mann und Frau: Bei gleicher Leistung am Arbeitsplatz sollten beide den gleichen Lohn bekommen. Und warum geht das trotzdem nicht in der Praxis? Frauen fallen aus, weil sie z.B. Kinder kriegen. Der Mann kann seine Leistung fortsetzen, die Frau nicht. Und das kostet den Unternehmer Geld. Männer bleiben eher bei einer sachlichen Diskussion, während Frauen mit ihrem unterschiedlichen Mitteilungsbedürfnis vielleicht den Betrieb aufhalten. Die Gleichstellung von Frau und Mann hängt von der Ausbildung und der Leistungsfähigkeit und dem dazugehörigen Verhalten ab. Alle anderen Entscheidungskriterien haben bei der Gleichstellung nichts zu suchen. Sympathien und Verbindungen als Entscheidungsgründe z.B. bei der Besetzung eines Postens lasse ich absichtlich außen vor, weil sie unsachlich sind und nicht erstritten werden können."

„Ich gehe davon aus, dass wir keines unserer Argumente als Verallgemeinerung darstellen, obwohl Traditionen besonders in Japan den Eindruck der Allgemeingültigkeit erwecken."

„Selbstverständlich! Die Fähigkeiten des Verstandes bieten dem Menschen jede Variation seines Verhaltens auszuprobieren und zuzulassen. Je nachdem wie verbreitet Traditionen sind bzw. wie ernsthaft sie befolgt werden, können sie dem Menschen nur eine Richtung seines Verhaltens zur Verfügung stellen. Beispiele sind Glaube und Religionen. Vielleicht sucht der Mensch in der Tradition eine Hilfe für sein Verhalten. Das würde auch erklären, warum Traditionen in jedem Volk anders gesehen werden. Allerdings ist auch zu beobachten, dass Traditionen aufgabenbezogen sind und so in allen Völkern Gültigkeit haben, wie in der Schifffahrt, der Luftfahrt, ebenso im Handwerk oder in der Kunst."

„Da stimme ich Dir zu. Traditionen entstehen oft dadurch, dass sich bestimmtes menschliches Verhalten zumindest eine Zeit lang als gut und richtig durchgesetzt haben."

„Wenn Du es erlaubst, bleiben wir in einer Sache noch einmal in Japan: Ich habe behauptet, der Unterschied von Frau und Mann liegt ausschließlich im Geschlecht und darüber hinaus können beide die gleichen Leistungen erbringen. Das kann aber nicht bedeuten, dass jeder alles tut. Folglich gibt es z.B. in der Wirtschaft Spezialisierungen und damit setzen sich Arbeits- oder Aufgabenteilungen durch. Wie gehst Du - ich darf es hoffentlich so sagen - als typischer Japaner mit diesem Phänomen um?"

Die Eltern von Jen schauten sich einen Moment an, lächelten und dann sagte die Mutter: „Das funktioniert bei uns so gut, dass wir Dir nur das Ergebnis präsentieren können!"

Der Vater fuhr mit einem Kopfnicken zu seiner Frau fort: „Ada-Reede, Du weißt, dass ich Firmenchef eines Textilunternehmens bin. Ich bin Eigentümer und alle Arbeiten, Verantwortung, Kompetenz, Gedanken, Entscheidungen usw. gehen von mir aus und bleiben bei mir. Sie betreffen und berühren nicht die Familie. Meine Frau ist Eigentümer des Familiensitzes. Ihr obliegen alle Organisationen vom Garten, über das Essen, bis hin zu Reparaturaufträgen. D.h. ich muss mich nicht darum kümmern und ich rede auch nicht dazwischen. Ich bin quasi auch ein Gast im Familiensitz. Durch diese Aufgabenteilung, an die wir uns halten und die wir immer ehren, ergibt sich genügend Zeit für gemeinsame Interessen. Auch das ist eine Tradition, die sich als gut und richtig durchgesetzt hat."

„Ich habe heute vieles über Deine Lebensweise und die Eurer Familie erfahren und ich neige dazu, sie als typisch Japanisch zu betrachten. Dafür bin ich Dir sehr dankbar."

„Ja, wenn Du die Gefahren der Verallgemeinerung dabei beachtest, sind wir typische Japaner. … Jen, Du solltest mit Ada-Reede aufs Land fahren und dort noch mit unseren Landsleuten sprechen. … Ada, Du hast sicher vieles zu schreiben über unser Land und unser Volk. Es ist für mich eine Ehre, Dich motiviert zu haben und Dein Versprechen, das Du Deinem Freund gegeben hast, einzuhalten."

„Wenn mein Bericht gedruckt wird, schicke ich Dir ein Exemplar des Magazins und Du wirst feststellen, dass ich Dich nicht enttäusche."

Ros ging wieder ihrem Dienst als Flugbegleiterin nach. Ada-Reede begann, ihren Bericht zu schreiben. Zum Glück hatte sie das Gespräch mit dem alten Herrn aufgezeichnet, um ihre Erinnerungen zu unterstützen. Sie staunte selbst über die Neuigkeiten beim Nachdenken.

Dann kam Jen, um sie zu einer Fahrt aufs Land abzuholen. Sie freuten sich beide auf die Tour. Der junge Mann begann noch in der Stadt sofort, Ada Erklärungen darüber zu geben, was sie auf der Fahrt zu sehen bekam. Die Straßen waren oft zwei- oder dreistöckig gebaut worden, weil es auf der Fläche der Stadt zu wenig Platz für den enormen Fahrzeugverkehr gab. Die Hochhäuser wurden erforderlich, um die vielen Menschen aufzunehmen. In der Stadt selbst gab es auch zu wenig Platz für Industrieunternehmen. Dafür konnten sich aber Verwaltungen und Ämter ansiedeln. Manche Hochhäuser waren von einzelnen Firmen belegt, deren Produktionsstätten außerhalb lagen: Die Produktionen, von Fahrzeugen, Maschinen, Werkzeugen, Stahl, Glas usw. verursachten so kein Chaos in den Wohn- und Verwaltungsbereichen. Um die dort arbeitenden Menschen zu transportieren, brauchte man ein ausgeklügeltes öffentliches Verkehrsnetz mit Zügen, U-Bahnen und Bussen. Manche Hochhäuser hatten sogar Landeplätze für Helikopter auf den Dächern.

Sie fuhren durch einen äußeren Stadtteil, der von Chemie- und Pharmafirmen beherrscht war. Es war wie eine Erleichterung, als sie plötzlich einen Wald durchquerten und ein weites ebenes Land vor sich hatten. Es gab Wiesen auf denen Pferde, Schafe und Kühe weideten, und dann sah Ada-Reede endlose Reisfelder, auf denen Menschen arbeiteten.

„In der Anbauzeit stehen die Bauern von morgens bis abends im Wasser und drücken die Reispflanzen in die weiche Erde unter der Wasseroberfläche. Der Reis kam ursprünglich vor mehr als zweitausend Jahren von China zu uns und bedeutet für Japan weißes Gold. Das kennst Du wahrscheinlich aus Deinen Büchern. Die Bauern beschweren sich nicht über die mühsame Arbeit, sondern sie sind stolz darauf, das Volk mit ihrem Produkt versorgen zu können. Der japanische Reis ist für uns das wichtigste Grundnahrungsmittel. Ausländischer Reis ist als unrein verpönt. Ich erinnere Dich an das Gespräch mit meinem Vater: Auch hier ist die sogenannte Gleichberechtigung eine Farce. Du siehst Männer und Frauen auf den Feldern. Hier herrscht absolute Gleichstellung von Frauen und Männern. Selbst die Kinder werden schon früh an diese Arbeit herangeführt und in dem gleichen Stolz erzogen, wie sie ihn von den Eltern kennen. Schau nur, die Menschen winken uns zu. Kannst Du Gesichter unter den flachen Kopfbedeckungen erkennen?"

„Ja. Sie lachen, als hätten sie Spaß bei der Arbeit", begeisterte sich Ada.

Es war schon spät, als sie auf einem Hof mitten in den Reisfeldern anhielten. Jen war schon öfter hier gewesen, denn er kannte die Leute. Im Haupthaus saßen Frauen, Männer und Kinder an einem langen Tisch und genossen nach dem Abendessen einen Umtrunk mit Reisschnaps.

„Hallo, Jen. Willkommen! Setz Dich zu uns. Oh, Du hast Besuch mitgebracht."

„Ja, eine Freundin, die Euch kennenlernen will. Ich soll Euch von meinem Vater grüßen."

„Sag Deinem Vater, dass wir ihn ehren. Er soll sich auch mal wieder sehenlassen."

„So, Du hast eine Eskimofrau zu uns Schlitzaugen mitgebracht. Wir heißen Dich auch willkommen. Eskimos haben wir hier noch nie gesehen."

„Naja, ein wenig geschlitzt sind ihre Augen auch!"

Die Meute brüllte vor Vergnügen und Ada-Reede setzte sich verlegen mit Jen an den Tisch.

„Ich bin zum ersten Mal in Japan und habe in der Stadt viele rastlose Menschen gesehen. Das ist eine andere Atmosphäre als bei Euch."

„Da hast Du recht. Die leben anders als wir. Wir würden uns dort auch nicht wohlfühlen."

„Ich habe gesehen, dass Ihr Eure Reispflanzen unter Wasser in die weiche Erde drückt. Ist es nicht lästig für Euch, den ganzen Tag im Wasser zu stehen?"

„Unsere Füße sind dadurch gut durchblutet und immer sauber."

Die anderen Leute amüsierten sich über die Bemerkung und der Sprecher fuhr fort: „Du erkennst das schon richtig. Nicht jedermanns Haut macht die Strapazen mit. Aber jeder muss sich daran gewöhnen. Es kommt auch vor, dass wir uns an irgendeinem Gegenstand in der Erde verletzen. Einige von uns schützen ihre Füße mit Holzsandalen. Es ist nun mal so seit Jahrtausenden. Unser Reis braucht eine besondere Behandlung. Aber dafür ernährt er auch unser Volk."

„Könnt Ihr nicht Maschinen für diese Arbeit einsetzen."

„Nein. Die würden in dem weichen Boden steckenbleiben und die Erde und die Pflanzen zerstören."

„Viele von Euch könnten auch in der Stadt Arbeit finden."

„Das ist sicher möglich, aber ein Reisbauer gehört zum Reisfeld. Wir leben hier in der freien Natur und sind stolz darauf, unser Volk ernähren zu können. In der Stadt hätte ein Reisbauer keine lange Zukunft. Ich habe schon einmal gehört, dass es den Eskimos ähnlich geht. Wir wundern uns schon ein wenig darüber, dass Du eine Ausnahme zu sein scheinst."

„Das stimmt. Ich lebe bei meiner Familie. Im Sommer züchten wir Rentiere und den Winter verbringen wir in der Eiswüste mit der Jagd und dem Fischfang. Wir lieben die natürliche Freiheit."

„Wie kommst Du dann in die Stadt? Wie kannst Du Dich in dem Trubel wohlfühlen?"

„Das ist eine lange Geschichte. Ich weiß zu wenig über die Zivilisation. Aus Büchern habe ich etwas über ihre Grausamkeiten erfahren. Ich versuche zu verstehen und hoffe das Gute und Schöne zu finden."

„Da hast Du Dir aber etwas vorgenommen, was Dich lange beschäftigen wird."

„Ich habe gesehen, dass Eure Frauen und Kinder auch auf den Feldern arbeiten. Bleiben dann die anderen Arbeiten auf dem Hof und in Eurer Gesellschaft einfach liegen?"

„Das kann schon einmal passieren, aber bei uns läuft das anders ab: Auf den großen Höfen leben meistens drei oder vier Generationen zusammen. Alle Mitglieder der Familie können alle anfallenden Arbeiten erledigen und tun das auch. Du siehst es an Kleinigkeiten: Wenn z.B. die Gläser geleert sind, steht irgendeine Frau, irgendein Mann, irgendein Kind auf und füllt sie wieder, ohne dass es dafür eines Befehls bedarf. So funktioniert es auf dem Hof, genau wie auf dem Feld. Wenn einer einen Vorteil hat, dann kristallisiert sich das heraus, und er gibt sein Wissen und Können weiter."

„Es gibt also eine Art Aufgaben- und Arbeitsteilung, die sich an die Situation anpasst. Und was macht Ihr, wenn einer keine Kraft mehr hat oder krank ist?"

„Dann stellen wir uns darauf ein. Die Pflege ist eine anfallende Aufgabe für jeden von uns."

„Ich komme noch einmal auf die Arbeit in der Stadt zurück. Ihr könntet viel Geld verdienen und zu Wohlstand kommen."

„Was sollen wir damit anfangen?! Du denkst an unser primitiv erscheinendes Leben auf dem Hof. Die Reisbauern leben in Hütten, in Holzhäusern und große Höfe, wie hier, haben auch Steinhäuser. Wir bedienen uns jeglichen technischen Errungenschaften, wenn wir sie brauchen. Unnützer Luxus und Wohlstand haben in unserer Lebensweise keinen Platz. Wir arbeiten, damit wir leben können und wir schöpfen Kraft aus unserem Glück und unserer Freiheit. Wir haben keine Angst, brauchen kein Machtgehabe und wir befriedigen trotzdem den Hunger der Menschen."

„Obwohl Ihr eine Macht darstellt - ohne Euren Reis verhungert das Volk - klingt, was Du sagst, paradiesisch."

„Wenn Du den Eindruck hast, wir wären ein kopfloser oder führungsloser Haufen, dann ist der falsch. Ich mache z.B. zurzeit die Verwaltung des Hofes. Kundenverhandlungen, Rechnung, Dispositionen, Löhne usw. Wenn ich keine Lust mehr dazu habe, macht das ein anderes Mitglied der Familie. Selbst unsere Kinder, die im nächsten Ort in die Schule gehen, kriegen diese Arbeiten schon mit. Die Jugendlichen können den Job genauso machen wie ich. Wir leben nicht im Paradies und wir leben auch nicht nach kommunistischem Vorbild in einer Parteidiktatur, sondern wir vertrauen einander und wir können Zufriedenheit empfinden."

Jen drängte zur Heimfahrt, denn sie hatten noch einen weiten Weg vor sich. Ada-Reede gab sich noch nicht zufrieden: „Ist das überall so auf dem Land wie hier?"

„Es gibt auch Landschaften, wo kein Reis angebaut wird. Du hast gesehen, dass der Reis Wasser braucht. Andernorts wird Gemüse angebaut oder die Bauern betreiben Viehzucht."

„Und sind die Bauern dann genauso organisiert wie die Reisbauern?"

„Vielleicht nicht immer genauso, aber zumindest ähnlich. Das liegt an der Mentalität der ländlichen Bevölkerung. Erinnere Dich an das Gespräch mit meinem Vater: Ehre und Vertrauen spielen eine große Rolle. Machtgehabe und Raffgier sind in der Stadt zu finden, und dabei verhalten sich Frauen und Männer gleich. Das verdanken wir der sogenannten Gleichberechtigung und auch der Gleichstellung von Frauen und Männern."

„Wenn wir alle das so sehen und akzeptieren würden, wäre das immer negativ, und es würde ständig Krieg und Missgunst herrschen. Der Mensch ist aber auch fähig, sein Verhalten an dem Gegensatz von Egoismus und Vernunft auszurichten."

„Er neigt aber dazu, als Stärkerer den Schwächeren für seine Zwecke auszunutzen. Das wird sich auch bei den Reisbauern nicht ganz vermeiden lassen. Nur wenn den Menschen ihre Gleichheit immer bewusst wäre, könnte einer sich in der Situation des anderen wiederfinden und sein Verhalten anpassen."

„Ich kann daraus nur schließen: Ohne Auseinandersetzungen gäbe es keinen Fortschritt."

„Man könnte es auch idiotisch so formulieren: Ohne Kriege würde die Menschheit untergehen."

„Das ist eine gewalttätige Formulierung. Muss es denn immer ums gegenseitige Töten gehen?! Was hältst Du von dieser Formulierung: Besser verhandeln als schießen?"

„Klar, wenn mein Gegenüber mitmacht."

„Ich meine, es müsste doch möglich sein, eine Auseinandersetzung sachlich und ohne persönliche Emotionen zu führen. Wir haben doch in unseren Sprachen so schöne Worte über das Verhalten: Geben und Nehmen, leben und leben lassen, wie man in den Wald ruft, kommt es zurück. Wir müssten nur unser Verhalten an das Ankommen bei unserem Gegenüber anpassen."

„Ada-Reede, Du bist ein Friedensengelchen. Wer Dich zum Freund hat, hat nichts zu befürchten. Aber der Mensch ist leider nicht immer vernünftig, sondern Du musst damit rechnen, dass von ihm gleichzeitig gute und böse Reaktionen ausgehen können. Erfolgreich bist Du nur, wenn Du irgendwo als Erster ankommst. Und ohne Erfolg kannst Du nicht leben!"

Als Ada-Reede später an ihrem Laptop arbeitete, ließen sie die schweren Gedanken nicht los. Aber sie bemühte sich, sachlich zu berichten. Sie schrieb Seite um Seite und achtete nicht auf die Zeit. Ros überraschte sie, als sie plötzlich von ihrem Flug zurückkam.

„Ich sehe, Du bist noch fleißig und ich bin hundemüde."

„Dann mache ich uns etwas zu essen, wir trinken einen Schluck und Du gehst schon mal schlafen, während ich meinen Bericht fertigschreibe."

„Wie weit bist Du denn? Lass mich mal reinschauen."

„Ja. Ich brauche sowieso erst Dein Urteil."

Ada-Reede machte sich in der Küche zu schaffen und Ros begann auf dem Display zu lesen.

„Wow, woher weißt Du das alles? Das ist eine Philosophie und es klingt politisch, aber es ist spannend zu lesen."

„Komm jetzt! Ich habe Reis mit Hühnerbrustfilet und Spinat gemacht und ein Glas Wein dazugestellt."

„Gut. Aber ich will wissen, wie Dein Bericht endet."

„Morgen früh ist er fertig. Dann kannst Du den Rest lesen, aber jetzt wird gegessen und Du schläfst erst mal!"

Ada schrieb weiter und formulierte am Schluss eine begleitende E-Mail für ihren Sponsor: Lieber Odiman, im Anhang findest Du meinen ersten Bericht. Lass mich bitte wissen, ob Du etwas damit anfangen kannst. Ich werde bald auf dem Kontinent weiter nach Süden gehen. Es soll ein Land geben, das gerne von Sex-Touristen besucht wird. Männer können dort auch Ehefrauen per Katalog kaufen. Später könnten Indien, Afrika und Amerika meine Ziele sein. Du merkst sicher, dass mich das Thema gepackt hat. Wenn ich Dich finanziell überfordere, dann scheue Dich nicht, es mir mitzuteilen. Ich denke bereits darüber nach, eventuell als Backpacker weiterzureisen. Erst einmal bin ich aber gespannt darauf, wie Du mit meiner Arbeit zurechtkommst. Bitte informiere Tyler. Meine Eltern sollen wissen, dass es mir gutgeht.

Odiman, ich danke Dir für alles. Immerhin habe ich eine Richtung für mein Leben gefunden.

Ros konnte es kaum abwarten bis sie beide gefrühstückt hatten. Noch im Nachthemd machte sie sich über den Rest des Berichtes von Ada her. Sie lehnte sich erregt und gebannt im Stuhl zurück. Dann blickte sie ihre Freundin an: „Ada, das ist faszinierend! Du bist sehr gut mit

Deinem Schreibstil und fesselst mich mit dem Inhalt. Hast Du den Bericht schon abgeschickt?"

„Ja, noch in der Nacht. Ich danke Dir für Deine Meinung! jetzt warte ich noch auf das Urteil von Odiman."

Die Antwort von Odiman ließ nicht lange auf sich warten: „Ros, schau mal, Odiman hat geschrieben."

Gespannt blickten zwei Augenpaare auf die Mail am Display.

Liebe Ada-Reede, ich komme gerade aus der Redaktionssitzung. Wir haben beschlossen, Deinen Bericht in drei aufeinanderfolgenden Ausgaben des Magazins als Leitartikel in Fortsetzung zu drucken. Meine Mitarbeiter waren sofort nach der Lektüre dafür. Jetzt können wir nur noch darauf warten, wie die Leser reagieren. Übrigens haben wir auch in Japan Kundschaft. Es könnte also sein, dass Dir das Magazin in einem Geschäft begegnet. Tyler war auch schon da. Er hat seine Erregung beim Lesen unterdrückt und wollte mir verkaufen, dass für ihn Deine Entwicklung selbstverständlich sei. Jedenfalls war er glücklich und lässt Dich grüßen. Dein Spesenkonto wird weiter aufgefüllt. Lass die Reise als Rucksacktourist sein. Das scheint mir für Dich zu gefährlich. Ada bleib bitte weiter selbstkritisch mit Deiner Wortwahl, und hüte Dich davor, Deinen Schreibstil zu verändern.

Ros jubelte und versuchte ihre Freundin mit ihrer Freude anzustecken, aber Ada blieb immer noch zurückhaltend: „Das wollte ich eigentlich nicht."

„Was denn, Du freust Dich nicht über Deinen Erfolg?"

„Doch irgendwie schon. Odiman rechnet mit weiteren Berichten von mir. D.h. ich bin ihm jetzt verpflichtet. Ich bin ausgerichtet. Meine Freiheit ist dahin!"

„So darfst Du es nicht sehen. Odiman ist begeistert von Deinem Erfolg, der für ihn wahrscheinlich auch positive Folgen haben wird. Du darfst Deinen Erfolg genießen. Das tut Dir doch gut oder?"

„Ja. Es fühlt sich irgendwie gut an. Aber er finanziert mich doch dafür."

„Na und? Das hast Du Dir doch verdient! Und was die Ausrichtung Deiner Person angeht, hast Du Dich doch bei ihm dafür bedankt, dass Du eine Richtung für Dein Leben gefunden hast. Also schreibst Du weiter. Und wenn Du nicht mehr schreiben willst, lässt Du es."

„Das wäre ein ganz mieser Freundschaftsdienst."

„Nein, ist es nicht! Es ist und bleibt Deine Entscheidung. Niemand kann Dich zwingen, für Odiman zu schreiben. Er wird im Gegenteil, vielleicht auch schweren Herzens, Deinen Willen, Deine Entscheidung akzeptieren."

„Und was werden Tyler und meine anderen Freunde dazu sagen?"

„Sie werden stolz auf Dich sein: Die Autorin des Berichts, der dann und dann im Magazin zu lesen war, ist Ada-Reede, unsere Freundin. Warte einfach ab, wie die Leser reagieren. Sie werden über Dich und Deinen Bericht sprechen, aber nicht über das, was jetzt kommt. Vielleicht sind später einige Leute enttäuscht, wenn Du nicht mehr schreibst, aber sie werden Dich für das, was Du geschrieben hast, loben."

„Und was ist mit mir, wenn ich mich an den Erfolg gewöhne und ich für sie nichts mehr Lobenswertes produzieren kann?"

„Die Achtung vor Dir und dem was Du geleistet hast, bleibt!"

„Ich wollte nichts mehr von der Zivilisation wissen und jetzt stecke ich mitten drin."

„So ist das Leben, meine Liebe. Wenn Dein Vater eine Herde Rentiere erfolgreich verkauft, wird er gelobt und entsprechend belohnt. Das ist der gleiche Lauf des Lebens. Denk immer daran: Viele Dinge sind in der Entwicklung des Menschen von der Natur bis in die Zivilisation gleichgeblieben. Das ist uns nur nicht immer bewusst!"

„Alles, was Du mir sagst stimmt wohl, aber warum kann ich davon nicht überzeugt sein?"

„Weil Du die Natur besser kennst als die Zivilisation. Du fängst jetzt erst an, einen Teil Deines Lebens nicht mehr nur in der Wildnis zu verbringen. Hast Du nicht gesagt, dass Du in der Praxis lernen willst?!"

„Du schlägst mich mit meinen eigenen Worten!"

„Nein! Ich erinnere Dich an das, was Du weißt und wissen willst. Und Du wirst noch sehr vieles lernen müssen, um zu verstehen. Das heißt aber nicht, dass Du alles akzeptieren musst. Halte Dir das immer in Deinem Bewusstsein, dann wird es Dir besser gehen als jedem anderen Menschen."

„Ros, so hat noch nie jemand mit mir gesprochen ... nicht einmal meine Eltern. Du bist mir die liebste und beste Freundin."

„Schau mich und mein Leben. Ich würde Dich gerne auf Deinen Reisen begleiten. Und warum tue ich das nicht? Weil ich mich der Fliegerei und meiner Firma gegenüber verpflichtet habe und nichts anderes machen will. Ich habe nämlich nichts anderes gelernt und ich will auch nichts anderes lernen. Du und Dein Verstand seid aus einem anderen Holz geschnitzt."

„Hast Du ein paar Tage frei für mich?"

„Ja! Wollen wir zusammen noch etwas unternehmen, ehe Du mich verlässt?"

„Jen könnte uns noch etwas durch die Gegend fahren."

„Wir könnten ihm vorschlagen, mit uns ans Meer zu fahren, wo die Urlauber sind."

Jen kam auch bald, um seine beiden Freundinnen zu besuchen. Er wurde auch gleich in das freudige Ergebnis von Adas Arbeit eingeweiht.

„Unsere Ada ist einfach großartig. Jetzt wären wohl ein paar Tage Urlaub von Nöten. Ich habe Zeit, Ros kannst Du Dir freinehmen? Uns hindert doch nichts oder?"

„Wir haben schon auf Dich gezählt. Wir möchten gerne das Meer sehen."

„Gut. Dann packt mal ein wenig Proviant ein, Zahnbürsten usw. Wir starten sofort."

Jen gab sich alle Mühe, den Mädels Sehenswürdigkeiten in den Städten zu zeigen, die sie passierten. Sie hatten herrliches Reisewetter und sie kamen am Nachmittag in einem Seebad an der Pazifikküste an.

„So meine Damen, hier haben wir alles, was zum Urlaub am Meer gehört. Ich schlage vor, wir mieten uns in einem Hotel ein."

Tausende Urlauber tummelten sich in der Stadt, aber sie fielen nicht sehr störend auf, denn vor dem palastartigen Hotel breitete sich ein fast unendlicher Strand aus. Die Menschen lagen dort auf Matten und Decken. Sie spielten, genossen die Sonne und schwammen in der angenehmen Brandung. Parallel zur Strandpromenade verlief in der Stadt eine Einkaufsstraße, wo alle Möglichkeiten geboten wurden, Geld auszugeben. Es gab Geschäfte, die auch den Platz vor ihren Läden benutzen konnten. Die Fußgänger wurden nur durch einen minimalen Fahrzeugverkehr beim Bummeln gestört. Nach dem Einchecken und den ersten Schritten am Strand mischten sich die Mädels mit Jen unter die Spaziergänger in der Stadt. Sie nahmen ein Eis in einem Straßen-Café und begutachteten die Auslagen der Geschäfte.

„Die Preise sind ziemlich hoch. Können die Menschen sich die Waren trotzdem leisten?"

„Schaut mal genauer hin. Die Leute genießen ihren Urlaub und nehmen sich Freiheiten, die so zu Hause nicht möglich sind. Dazu gehört auch ihre Kaufbereitschaft. Sie erwerben Andenken, Erinnerungsstücke, Geschenke und irgendwelches Zeug, das ihnen zu Hause in ihrer Wohnung überall im Weg ist. Zweckmäßige Kauflust haben sie zu Hause gelassen."

„Habt Ihr eigentlich gemerkt, dass wir irgendwie auffallen?"

„Mir kommt das auch so vor. Ich bin schon ein paar Mal direkt, aber nicht unfreundlich, angestarrt worden", ergänzte Ada-Reede ihre Freundin.

„Macht Euch nichts daraus, Mädels. Erstens seht Ihr sehr hübsch aus in Euren leichten Klamotten und den schicken Hüten und zweitens gibt es eher selten einen Japaner zu sehen in Begleitung einer Vietnamesin und einer Eskimofrau."

Jen wurde plötzlich still und gab vor, dringend etwas erledigen zu müssen: „Setzt Euch bitte ins nächste Café, sodass ich Euch finden kann. Ich komme gleich nach."

Er ging ein paar Schritte zurück und verschwand in einem Geschäft, das Bücher und Zeitschriften anbot. Der Verkäufer beobachtete ihn, wie er offensichtlich ziellos und ohne Erfolg etwas suchte: „Kann ich Ihnen helfen beim Suchen. Sie suchen etwas Bestimmtes, ein Buch, eine Zeitschrift? Unser Angebot ist sicher nicht total komplett, aber ziemlich umfassend? Haben Sie einen Anhaltspunkt, eine Richtung?"

„Ja. Es ist bestimmt schwierig. Ich suche ein ganz bestimmtes Magazin, das wahrscheinlich so neu ist, dass Sie es noch nicht haben."

„Dann werde ich es bestellen und Sie bekommen es morgen."

Jen holte sein Handy aus der Hosentasche und zeigte dem Verkäufer ein Bild: „Ich suche ein ausländisches Magazin, in dem irgendwo diese Eskimofrau abgebildet sein könnte."

Der Verkäufer lachte verständnisvoll und winkte ab: „Junger Mann, das Bild von der Eskimofrau ist nicht irgendwo in dem Magazin abgedruckt, sondern auf der Titelseite. Das Magazin wurde heute am Morgen geliefert und war mittags schon vergriffen."

„Dann können Sie es bis morgen beschaffen?"

„Selbstverständlich! Aber Sie haben Glück. Kommen Sie mit."

Er führte Jen ins Innere des Ladens und holte ein Exemplar unter der Theke hervor: „Ich habe es aufgehoben, weil ich selbst lesen wollte, warum die Leute so verrückt nach dem Magazin sind. Ich kann bis morgen warten, darum verkaufe ich es Ihnen jetzt!"

„Danke! Sie haben mir aus einer Verlegenheit geholfen."

„Ada-Reede und die Gleichstellung der Frauen" stand unter ihrem Bild auf der Titelseite des Magazins. Jen holte die Mädels wieder ein und setzte sich nach einem beiläufigen Gruß und gespielt interesselos gelangweilt zu ihnen.

„Na, hast Du Deine wichtige Sache erledigt?"

„Ja, man kann das so sehen. … Übrigens Ada, hat Dein Freund Odiman nicht behauptet, er hätte Kundschaft in Japan?"

„Das hat er. Aber Japan ist so weit weg von zu Hause. Es wird lange dauern, wenn das Magazin überhaupt hier ankommt und dann auch noch von Interesse ist."

„Und warum starren so viele Leute Dich an?"

Jen legte das Magazin mit einer triumphierenden Geste auf den Tisch: „Deshalb!"

Die beiden Mädels hielten die Hände vor den Mund, um ihre Überraschung zu verbergen.

„Das gibt's doch gar nicht!!!"

Sie blätterten sofort in dem Heft und fanden Adas Titelstory mit Fortsetzungsvermerk.

„Der Mann in dem Geschäft hat mir das letzte Exemplar verkauft. Das Magazin war mittags schon vergriffen. Morgen kommt der Nachschub."

„Dieses Exemplar gibst Du bitte Deinem Vater. Ich habe es ihm versprochen und Du weißt, wie sehr er die Einhaltung eines Versprechens schätzt."

„Dann solltest Du nachher eine Widmung hineinschreiben. Er wird sich darüber freuen."

„Das werde ich tun. Aber jetzt kaufe ich mir erst einmal eine große Sonnenbrille und verstecke meine Haare unter dem Hut."

Die drei lachten. Dann gingen sie zurück ins Hotel, holten ihre Badesachen und suchten sich eine freie Stelle am Strand, wo sie ihre Decken ausbreiten konnten. Ada-Reede schaute immer noch verlegen zur Seite, wenn die Menschen ihr direkt ins Gesicht starten. Sie war über Nacht überall bekannt geworden, aber sie fühlte sich nicht als Berühmtheit.

Nach dem Abendessen im Hotel saßen sie noch gemütlich auf der Terrasse und genossen bei einem Glas Wein die sich allmählich einstellende Ruhe des Tagesendes. Dezent begann das Nachtleben der Urlauber in der Hotelbar. Viele Menschen starteten von hier aus ins Nachtleben, zum Besuch einer Disco oder einer Tanzbar. Die drei Freunde hatten einen Bistrotisch mit gemütlichen Sesseln belegt. Drei Frauen unterschiedlichen Alters kamen in die Bar und steuerten direkt auf Ada-Reede zu. Sie legten die Handflächen vor der Brust zusammen und verbeugten. Die Ältere sprach Ada auf Japanisch an. Jen antwortete, weil Ada der Sprache nicht mächtig war. Er übersetzte für Ada: „Ada, das sind Fans von Dir. Sie beglückwünschen Dich zu Deiner Veröffentlichung im Magazin und sagen, Du hättest ihnen aus der Seele geschrieben, was alle Frauen betrifft. ... Sie danken Dir für Deinen Mut, so ehrlich zu schreiben und sie sind auf die Fortsetzung gespannt. ... Sie gehören einem Frauenverein an. ... Dort werden Wünsche und Verbesserungen für die Frauen allgemein diskutiert, die sie bei ihren Männern durchsetzen wollen. ... Sie sprechen auch Politiker an, um eine Anpassung der Gesetze zu erreichen. ... Das sei aber in einer Männerdomäne meistens aussichtslos. - Ada, die drei sind höflich. Mach bitte kein konzentriertes Gesicht, sondern lächle freundlich! - Die Frauen laden Dich ein, ihren Verein zu besuchen und einen Vortrag zu halten."

Ada-Reede lächelte höflich und bat Jen zu antworten: „Auf keinen Fall werde ich einen Vortrag halten. Sag ihnen, ich hätte mich erst kürzlich mit dem Thema beschäftigt. Ich kenne noch lange nicht alle Hintergründe und Argumente, um sie zu diskutieren. Ich formuliere nur meine Beobachtungen und Erlebnisse. Außerdem lasse ich mich nicht von Interessensgruppen instrumentalisieren!"

Jen übersetzte und sprach dann wieder zu Ada: „Deine letzte Bemerkung habe ich weggelassen, um nicht unhöflich zu wirken. Dafür habe ich den Damen gedankt für ihre Aufmerksamkeit. ... Die drei danken Dir dafür, dass Du sie angehört hast und wünschen sich, noch vieles von Dir zu hören bzw. zu lesen."

Die drei Freunde erhoben sich mit einer höflichen Verbeugung und die drei Besucherinnen verließen die Bar.

Ros gab sich anschließend nicht zufrieden mit dem Ergebnis des Gespräches: „Ada, warum willst Du nicht mit diesen Menschen sprechen. Es geht doch um Dein Thema?"

„Ich bin doch kein Filmstar! Ich will nicht im öffentlichen Mittelpunkt stehen und mit Kritikern Rede und Antworten diskutieren müssen. Ich will beobachten, lernen und schreiben. Wenn sich dadurch Verhaltensänderungen ergeben, dann ist das meine Absicht. Es wird genügend andere Leute geben, die mir zustimmen oder mich ablehnen. Ich bemühe mich, so deutlich zu schreiben, dass dem nichts hinzuzufügen ist. Ich will nicht zum Gespött der Mächtigen werden oder anderen Menschen zum Geschwätz dienen. Es reicht mir, wenn sich im Laufe der Zeit von mir beabsichtigte Änderungen ergeben."

„Ich respektiere Deine Meinung und Deinen Wunsch. Bedenke aber bitte, dass Schreiben und Lesen nur eine Möglichkeit zur Kommunikation darstellen. Darüber sprechen ist ebenso wichtig. Und wie willst Du reagieren, wenn andere Menschen Dich schriftlich kritisieren?"

„Ich weiß es nicht. Vielleicht werde ich gar nicht darauf reagieren. Wie reagiert ein Autor, wenn ein Leser ihm schreibt, sein Buch sei Scheiße? Hört er dann auf mit dem Schreiben? Ändert er seine Meinung?"

„Er wird bekannter werden und dafür das Geld einstreichen."

Jens warf ein: „Man könnte Dir die Frage stellen: Ada-Reede, wie stehst Du selbst zu Deiner Meinung? Änderst Du Dein Verhalten auch?"

„Wenn ich nicht zu meiner Meinung stehen würde, dann hätte ich doch gar nicht erst geschrieben!"

„Du merkst es jetzt bestimmt. Du bewegst Dich in einem Metier, in dem Du noch vieles lernen musst. Das wird eine schwierige Aufgabe für Dich. Ich hoffe Dein Freund Odiman sieht das auch so und wird auf Dich aufpassen."

„Ihr wollt mich jetzt aber nicht demotivieren oder?"

Ros nahm die Freundin tröstend in die Arme, und Jen streichelte Ada zärtlich die Hand, die etwas angespannt auf der Sessellehne lag. Er lächelte sie an: „Ganz bestimmt nicht! Wir haben Dich als liebenswerten Menschen kennengelernt - naja ich erst nach Deiner Rückhand, wir sind Freunde geworden, und seitdem sind wir Deine ersten Fans."

„Und außerdem haben wir etwas mehr Abstand zur Sache als Du" ergänzte Ros.

„Ich weiß ja, dass Ihr es ehrlich und gut mit mir meint. Ich danke Euch dafür. Aber was ich schreibe, das bin ich!"

„Schau Ada, Du kannst nicht davon ausgehen, dass jeder Mensch Deiner Meinung ist. Du wirst auf Deiner Reise Leute kennenlernen, die mit ihrem Status zufrieden sind, ja sie fühlen sich durch Dich vielleicht gestört. Es wird schwer sein für Dich, das zu verstehen, weil Du es ja gutmeinst mit den Menschen. Du wirst mit anderen Meinungen konfrontiert und kommst gar nicht darum herum, Dich damit auseinanderzusetzen. Du bist gut beraten, wenn Dir das bewusst ist und wenn Du Dich ständig darauf vorbereitest. Deine Meinung zum Verhalten der Menschen untereinander wird dadurch gefestigt, und dann bist Du auch überzeugend. Du wirst feststellen, dass viele Menschen aus Angst enttäuscht und zu faul oder träge sind, Neuerungen und Veränderungen, die ihnen vielleicht guttun würden, anzunehmen.

Nimm Dir das Beispiel eines Schützen: Es kommt nicht darauf an, wie er den Pfeil freigibt, sondern wie dieser am Ziel ankommt. … Ros und ich kennen Dich und Deine Thesen aus den Gesprächen mit Dir und wissen so, wie Du zu Deiner Meinung stehst. Andere Menschen kennen nur Deine Schriften."

„Ich lebe doch auch danach und ich führe Beweise an."

„Das ist richtig! Aber wie viele Leute kennen Dich und wissen, was hinter Deinem geschriebenen Wort steckt?!"

„Bin ich denn nicht mit meiner Schreiberei in der Öffentlichkeit bekannt genug? Es geht doch nicht um mich, sondern um das, was ich verändern will!"

„Wenn Du eine bereits bekannte Wissenschaftlerin wärest, eine Präsidentin, eine Kaiserin, dann würden sich die Menschen mit Deinen Ideen leichter identifizieren können. In Deinem momentanen Status läufst Du Gefahr, dass Deine Schriften in einem Bücherschrank oder in der Unendlichkeit einer Bibliothek verschwinden. Der Leser wird sie eine Zeit lang verehren, so lange Du im Gespräch bleibst."

„Das ist mir schon klar, aber ich will ja auch kein moderner Messias sein, der den Menschen zuruft: Folgt mir!"

„Ein Messias hätte erst Reden gehalten und dann hätten andere über ihn geschrieben. Das ist ein ganz anderer Weg."

„Du verlangst also von mir, dass ich mich den Menschen zeige, wenn ich zu einem Vortrag aufgefordert werde."

„Z.B. Und wenn Du in ein zufälliges oder gezieltes Gespräch verwickelt wirst, dann erwarten die Menschen von Dir, dass Du nicht davonläufst, sondern ihre Fragen beantwortest. Auch das bedarf einer gründlichen Vorbereitung."

Am nächsten Morgen machten die drei Freunde sich fertig zum Urlaubsgenuss am Strand. Sie hatten mittlerweile freie Liegen vom Hotel besorgt und lagen lesend, spielend und sonnenbadend in der Nähe der Strandbar. Abwechselnd gingen sie schwimmen. Es war ein herrlicher Tag. Ganz in der Nähe spannten Jugendliche ein Netz auf und Mädels und Jungen begannen, ihre Volleyballkünste zu zeigen. Jen schaute sich das Treiben an und sprach zu den Freundinnen: „Sollen wir denen mal zeigen, wie das geht?"

Ros und er waren geübte Spieler und wurden sich schnell einig, dass es sicher Spaß machen würde. Ada setzte sich auf und schaute zu.

Ros ging zu der Mannschaft, in der weniger Mädchen spielten und Jen zu der anderen. Sie sprachen sich ab und schon wurde der Ball flüssig hin und her gespielt. Jen fiel auf durch seine gewaltige Sprungkraft, und die Mädchen bewunderten seinen makellosen Körper. Ada-Reede hatte Spaß beim Zuschauen und spendete reichlich Beifall. Irgendwann kamen Ros und Jen vom Spielfeld zurück und meldeten sich ab zum Schwimmen. Um Ada saßen mehrere Frauen herum und keine von ihnen nahm ernsthafte Notiz von den beiden. Danach holte Jen etwas zu trinken von der Strandbar und Ros bekam gerade noch das Ende einer Diskussion zwischen Ada und den Frauen mit: „Ada-Reede, endlich steht mit Dir mal jemand auf, um unsere Gleichberechtigung zu fordern."

„Mädels, so dürft Ihr das nicht sehen. Ich habe mich beim Schreiben vielleicht nicht deutlich genug ausgedrückt: Die Gleichberechtigung muss nicht eingefordert werden, weil wir schon immer als menschliche Wesen gleichberechtigt sind. Die geltenden Rechte sind uns lediglich aberkannt worden, und wir Frauen haben das zugelassen. Unsere Bemühungen sollten sich nur auf die Rücknahme der Aberkennung konzentrieren. Dazu brauchen wir nur selbstbewusst auftreten. Aber passt bitte auf. Wir kommen nicht im Streit vorwärts, sondern mit Wissen, Erklärungen und sachlichen Vorschlägen, die wir als gut oder besser in unser gemeinsames Leben mit den Männern einbringen. Nehmt Euch die Arbeits- und Aufgabenteilung zur Hilfe.

Und vergesst nie, dass wir uns mit der Zulassung der Aberkennung von Rechten selbst geschadet haben. Dazu kommt noch, dass die Männer altgewohnte Traditionen aufgeben müssen. Und das wird ihnen schwerfallen. Habt Verständnis für Eure Partner!"

„Ada-Reede, wann schreibst Du weiter?"

„Das habe ich schon. Mein Freund und Verleger druckt bereits die Fortsetzungen. Aber ich bin vermutlich noch lange nicht fertig mit meinen Aufzeichnungen."

Als die Frauen sich verabschiedet hatten und die drei Freunde ihre Getränke schlürften, grinsten Ros und Jen übers ganze Gesicht.

„Habt Ihr etwas an mir auszusetzen?"

„Nein! Wir haben gerade in der Praxis erlebt, worüber wir am Abend gesprochen hatten, und Du hast gezeigt, dass Du nicht nur das Schreiben beherrschst, sondern auch mit Deinen Fans kommunizieren kannst."

„Es macht Spaß, mit den Leuten zu reden. Vieles wird erst im Gespräch deutlich. Ich vermute, beim Schreiben verlange ich vielleicht zu viel Intelligenz."

„Das kann schon sein, aber Du bügelst das beim Reden aus. Du hast gerade gesagt, dass die Männer Gewohnheiten ablegen müssen. Das gilt auch für die Frauen, denn sie haben sich oft genug in diese Gewohnheiten gefügt. … Übrigens sollten wir morgen früh zur Heimfahrt aufbrechen. Ich habe nachmittags ein Meeting mit dem Vorstand meines alten Herren, und abends möchte ich Euch gerne noch in die Tanzbar ausführen."

„Ja. Ich werde Ada noch zum Flughafen bringen. Dann fliege ich weiter nach Norden, während Ada einen Flug nach Süden nimmt. … Ada, werden wir Dich dann nie mehr wiedersehen?"

„Die Frage ist berechtigt, aber ich kann sie nicht beantworten. Ich werde Euch nie vergessen, und wir bleiben online im Netz verbunden. Jen, wenn Dein Vater sich mit meinem Versprechen nicht zufriedengibt, muss ich wohl noch mehr liefern."

Die drei lachten über die spitzfindige Formulierung und Jen antwortete: „Du kannst machen, was Du willst. Er wird alles von Dir fordern, was ihn interessiert."

Am Flughafen trennten sich Ros und Ada-Reede. Beide zerdrückten ein paar Tränen. Ada saß im Flieger nach Süden. Sie konnte eine Zeit lang das Meer noch erkennen, dann setzte das Flugzeug die Reise über den Kontinent fort. Die Flugbegleiterinnen fielen ihr durch ihre Höflichkeit und ihre Schönheit auf. Sie trugen einheitliche farbenprächtige Blusen über engen knielangen Röcken und dazu zierte ein Keckes Mützchen ihre üppige Haartracht. Sie lächelten stets die Passagiere an und erkundigten sich nach deren Wünschen. Ada-Reede fühlte sich wohl. Sie schaute aus der Luke und entdeckte endlose dunkle Wälder, die nur selten durch Felder unterbrochen wurden. Städte oder andere menschliche Ansiedlungen konnte sie nicht ausmachen. Vielleicht flogen sie ja auch schon zu hoch. Jedenfalls schlief Ada-Reede bald ein. Der Abend in der Tanzbar war lang. Jen und Ros verzögerten immer wieder den Abschied. Die gemeinsamen Erlebnisse beschäftigten die drei Freunde immer wieder und sie vermieden es über das Morgen zu sprechen.

Ada-Reede erwachte, als das Flugzeug bereits auf der Landebahn zum Terminal rollte. Die auffallend freundliche Crew stand am Ausgang Spalier und wünschte den Passagieren Freude und Glück. Das Flughafengebäude überraschte Ada nicht mehr. Obwohl es noch heller Nachmittag war, strahlte überall künstliches Licht von den Decken und aus den Schaufenstern der Geschäfte. Auf dem Weg in die Richtung des Ausgangs war nicht die geringste Spur von Schmutz oder Müll zu entdecken. Sie steuerte ein Restaurant an und bestellte sich einen Kaffee, denn sie musste sich jetzt konzentrieren und ihren Aufenthalt organisieren.

Ein gutaussehender junger Mann mit buntem Hemd und langen Haaren steuerte auf ihren Platz zu und blickte sie lächelnd an. Er beugte sich leicht zu ihr hin und flüsterte: „Suchen Sie für die Nacht einen Mann oder eine Frau?"

Ada-Reede war brüskiert. Sie lächelte ihn aber genauso freundlich an und antwortete: „Nein, mein Herr! Sie könnten mir aber ein Hotel empfehlen."

Wenig später fand sie an der abschüssigen Straße hinter einer Baumgruppe ein kaum zu erkennendes hohes Gebäude. Als sie näher kam stellte sie fest, dass an der Fassade mehrere Menschen irgendeiner Arbeit nachgingen. ... Eine Baustelle? ... Die Arbeiter kletterten in schwindelnder Höhe zwischen Bambusstäben herum und schleppten teilweise Bretter mit sich, auf die sie sich stellen oder setzen konnten. Ada schüttelte den Kopf, denn sie hatte noch nie ein Baugerüst aus mit Bast zusammengeknoteten Bambusstäben gesehen, und sie bewunderte den Mut und die Geschicklichkeit der fleißigen Arbeiter. Dann schlüpfte sie durch die Stäbe am Portal und stand plötzlich im feinen, komfortablen Foyer des Hotels. Menschen unterhielten sich mit gedämpften Stimmen. Die bequemen Polstersessel, die Teppiche, die gewebten oder geknüpften Wandbehänge und die indirekte Beleuchtung an der Decke ließen eine angenehme Atmosphäre aufkommen. Eine schöne Frau mit pechschwarzem Haar und einer Seidenbluse, die nur notdürftig zugeknöpft war - sie hätte ein Model sein können - hieß Ada-Reede willkommen und fragte sie lächelnd nach ihren Wünschen.

„Ich suche ein Zimmer für unbestimmte Zeit. Kann ich in der Nähe etwas einkaufen?"

„Wenn Sie die Straße abwärts zum Hafen gehen, finden Sie alle Geschäfte. Sie können in unserem Restaurant speisen. Im Untergeschoß ist unsere gemütliche Bar. Der Page bringt Ihren Rucksack ins Zimmer. Sie finden bei uns alles, was Sie glücklich macht. Ich wünsche Ihnen einen schönen Aufenthalt."

„Danke für Ihre Freundlichkeit. Mein Rucksack ist auf meinem Rücken festgewachsen", antwortete Ada freundlich scherzend.

Als sie das großzügige und gemütliche Zimmer betrat und die seidene Wäsche auf dem Bett erblickte wurde sie schlagartig mit dem Kontrast zum Iglu ihrer Eltern konfrontiert. Es war alles so sauber und ordentlich eingerichtet, als sei das Zimmer gar nicht zum Bewohnen gedacht. ... Die Frau hat von einem Hafen gesprochen. Also liegt die Stadt an einem Fluss. Da gehe ich zuerst hin! ...

Ada-Reede blieb nicht lange auf der Straße. Der Wald auf der anderen Straßenseite zog sie an. Ein schmaler Weg führte sie unter mächtigen, ihr unbekannten Bäumen ins Tal. Sie wagte sich etwas abseits vom Weg in den immer dichter werdenden Wald. Die Wurzeln der Bäume waren fast ebenso dick wie der Stamm und schlängelten sich über den Boden, bis sie wieder im Erdreich verschwanden. Ada musste oft darüber klettern oder aufpassen, dass sie nicht darüber stolperte. Sie wechselte die Richtung und musste bald erkennen, dass sie sich verlaufen hatte. ... Das ist ja ein Urwald! Zum Glück höre ich noch entfernt den Lärm der Straße. ...

Ada hörte noch etwas anderes: Die Stimmen zweier Menschen, die sich nicht nach Angst oder Gefahr anhörten. Sie ging vorsichtig darauf zu und erkannte plötzlich aus sicherer Entfernung auf einer winzigen Lichtung eine Frau und einen Mann. Sie wälzten sich nackt im Gras oder stützten sich auf einer mächtigen Wurzel ab, während sie sich leidenschaftlich mit lustvollen gegenseitigen Anfeuerungen ihrem Liebesspiel hingaben. Ada störte die Liebenden nicht, sondern grinste vor sich hin und ging in einer anderen Richtung davon.

Je näher sie dem Hafen kam, desto dichter wurde der Verkehr, aber der damit verbundene Lärm hielt sich in Grenzen. Die Fahrzeuge bewegten sich langsam und die vielen Menschen zu Fuß oder auch mit dem Fahrrad oder mit Rikschas verursachten Staus.

Der Hafen selbst war in einer großen Bucht des Flusses gebaut worden. Die Uferpromenade mit vielen Lampen und Bänken zog sich um die Bucht herum und lud viele Menschen zum gemütlichen oder erholsamen Spaziergang ein. Auf der einen Seite des Hafens standen hohe Lagerhäuser. In den Geschäften dazwischen gab es alles zu kaufen, was die Touristen und die im Hafen arbeitenden Menschen brauchten. Einige längere Frachter wurden an festen Stegen vertäut. Der größere Teil der Schiffe bestand aus Fischerbooten, Anglernachen und kleineren Schiffen für Ausflüge. Die Einheimischen banden ihre Boote an wackeligen Holzstegen fest. Auf der anderen Seite der Bucht breitete sich der fast unberührte Urwald bis an die Promenade aus.

Neben der Promenade war noch genügend Platz dafür, dass die Restaurants mit Schirmen und Planen überdachte Verkaufsflächen nutzen konnten. Die Bedienungen huschten über die Straße und versorgten ihre Gäste. Ada-Reede hatte Durst und bestellte sich mutig ein Bier. Der Ober schaute erst verdutzt, grinste dann aber und verschwand im Lokal. Als er wiederkam, stellte er Ada eine Karaffe der Größe eineinhalb Liter auf den Tisch und einen Behälter mit Eiswürfeln. Die Flüssigkeit in der Karaffe hatte zwar die Farbe von Bier, aber keinen Schaum.

„Herr Ober, ich hatte ein Bier bestellt!"

Der Mann schaute Ada-Reede mitleidig an: „Das ist unser Bier. Trinken Sie schnell und legen Sie Eis nach. Zurzeit haben wir vierzig Grad im Schatten."

Ada nahm einen Schluck und erschrak. Das Bier sah ohne Schaum schal aus und war so kalt, als käme es aus der Tiefkühltruhe. Kurze Zeit später war das Bier bereits warm. Es fiel ihr schwer, aber sie musste erkennen, wofür das Eis in dem Behälter gedacht war. Sie folgte dem Rat des Obers und trank schneller. Ein zweites Bier lehnte sie dankend, aber lächelnd ab und bestellte ein Brötchen mit einer Bratwurst. Sie lehnte sich genüsslich zurück in dem Campingstuhl, beobachtete die Menschen am Nebentisch, auf der Promenade und auf den Schiffen. Sie genoss die wohltuende Wärme und dachte an die Eltern, die es vielleicht auch gerne einmal so angenehm warm hätten.

Ein Passant bog von der Promenade ab und kam direkt an Adas Tisch. Er lächelte freundlich und fragte, ob er sich zu ihr setzen dürfe. Ada reagierte etwas säuerlich: „Wenn Du mir einen Mann oder eine Frau für die Nacht besorgen willst, kannst Du wieder gehen."

„Ganz bestimmt nicht, schöne Frau. Ich suche selbst für mich eine Frau!" Sie lachten beide über das Missverständnis und der Mann fuhr fort: „Ich könnte jetzt sagen, ich hätte Dich mit einer Bekannten verwechselt, aber das würde sicher auch nicht stimmen. Trotzdem kommst Du mir bekannt vor."

„Das ist genauso eine billige Anmache. Ich bin zum ersten Mal in diesem Land und bin gerade erst aus Japan gekommen. Setz Dich halt zu mir. Ich will Land und Leute kennenlernen. Vielleicht kannst Du mir etwas Interessantes erzählen."

„Touristen ansprechen ist hier für die Leute etwas Normales. Es ist gleichsam ein Geschäft. Es scheint Dir bereits begegnet zu sein. Meine Landsleute sind entweder arm oder reich. Ich gehöre z.B. zur Upperclass, weil ich einen Job bei einer Bank habe. Handel und Industrie sind bei uns eher selten. Die Menschen konzentrieren sich auf den Tourismus und auf die Wünsche der Touristen. Die Menschen sind trotz der Armut glücklich, weil sie etwas verkaufen können, das die Gäste besonders lieben: Sexuelle Abenteuer. Manche reichen Witwen heiraten sogar einen jungen Mann für ihre letzten schönen Tage und lassen sich verwöhnen. Und das können die Männer hier meisterlich. Es gibt auch Frauen bei uns, die sich aus dem gleichen Grund in einem Katalog anbieten. Sie beherrschen die Facetten der Liebe ebenso meisterlich wie die Männer."

Ada-Reede grinste ihn an: „Ich weiß zwar noch nicht viel von Euch, aber ich habe schon etwas erlebt. Es ist spannend, was Du erzählst. Es ist nur schade, dass die Menschen erst arm oder alt werden müssen, ehe sie den Segen der natürlichen Sexualität wieder zu schätzen wissen."

Der Mann schien nachzudenken, da er nicht sofort auf Adas Provokation reagierte.

„Sagtest Du nicht, Du willst Land und Leute kennenlernen? ... Nimm doch bitte für einen Moment Deine Sonnenbrille ab. ... Jetzt weiß ich, woher ich Dich kenne. Du bist Ada-Reede. Ich habe Dein Magazin gesehen und gelesen."

„Stopp! Es ist nicht mein Magazin."

„Ja, ich weiß es. Aber Du bist die Autorin. Deine Neugier und Deine Ansichten zu den Themen um die Frauen faszinieren mich. Ich habe das Magazin abonniert. Ich bin gespannt, was von Dir noch kommt. Ich heiße übrigens Joy Sun und ich mache Dir folgenden Vorschlag: Ich führe Dich im Land herum und zeige Dir Dinge, die Du nicht wissen kannst."

„Und was soll mich das kosten?"

„Beleidige mich nicht. Ich bin ziemlich stolz darauf, Dich kennengelernt zu haben. Man wird mich darum beneiden, denn ich kenne viele Frauen, die Deine Schriften lesen bzw. erwarten."

Ada-Reede und Joy Sun merkten gar nicht, dass im Laufe ihrer Diskussion allmählich die Sonne untergegangen war. Die vielen Menschen im Hafen, auf der Promenade, in den Geschäften und den Lokalen stellten sich auf den Beginn des Nachtlebens in der Stadt ein. Ada hatte noch eine Wegstrecke bis zum Hotel vor sich und ihre Müdigkeit machte sich bemerkbar. Sie verabredete sich noch mit Joy für den nächsten Vormittag.

Sie blieb auf der Straße. Der geschäftliche Fahrzeugverkehr hatte Taxis Platz gemacht. Dazwischen fuhren junge Leute ihre Autos spazieren. Die Bäume des Urwaldes am Straßenrand spendete angenehme Luft und dezente Kühlung. Ada-Reede nahm sich vor, die Hotelbar noch aufzusuchen.

Die hübsche Frau am Empfang begrüßte Ada, als wären die beiden sich schon länger bekannt. ... Hat sie wohl auch das Magazin gelesen? ...

„Ada-Reede, Sie gehen noch in die Bar? ... Dann wünsche ich Ihnen eine angenehme Nacht. Sie können zum Frühstück kommen, wann Sie möchten."

Die Bar machte wirklich einen gepflegten und gemütlichen Eindruck. An einer langen Theke mit kupfernen Zapfsäulen waren die Barhocker davor besetzt. Hübsche und fleißige junge Leute bedienten die Gäste am Tresen und an mehreren Bistrotischen. Die Gäste machten es sich gemütlich in aufwendig gepolsterten Sesseln. Überall war das künstliche Licht dezent heruntergedimmt. Der gesamte Raum war klimatisiert. Mit Blumen verzierte Rohrmattenwände schufen abgetrennte Bereiche, in denen die Menschen sich ungestört unterhalten konnten.

Ada-Reede fand eine freie Nische und drückte auf eine Art Fernbedienung, auf der mehrere Drinks abgebildet waren. Sofort kam ein junger Mann und servierte Ada den gewünschten Cocktail. Sie setzte sich so hin, dass sie einen direkten Blick zum Tresen hatte, denn sie wollte ja die fleißigen Bedienungen beobachten.

… Die Menschen können doch hier nicht alle jung und schön sein. Wo sind die älteren Leute? Für arme Leute ist die Bar sicher zu teuer.…

Der junge Mann kam an ihrem Tisch vorbei: „Wenn Sie noch einen Wunsch haben, verfügen Sie über mich!"

… Naja, die Männer auf den Barhockern sind keine Einheimischen. Die haben wohl nur Durst und unterhielten sich mit anderen rechts und links über Belanglosigkeiten. Nach der Kleidung zu urteilen, könnte der eine oder andere vielleicht doch in der Stadt wohnen. … Ada grinste für sich. … Die scheinen schon länger dort zu sitzen, denn einige lallten bereits und reden mit den Händen. Hoffentlich fallen dabei zum Ärger der Bedienungen keine Gläser um. …

Ein Knabe von vielleicht acht Jahren kam zur Tür herein und ging gezielt auf einen älteren Touristen an der Theke zu. Er kuschelte sich an die Beine und suchte von unten nach oben den Blick des Mannes. … Der Enkel will bestimmt den Opa nach Hause holen. …

Der Mann streichelte dem Knaben über den üppigen Haarschopf, nickte ihm zu und holte ein paar Münzen aus der Tasche, die der Knabe lächelnd annahm. Der Junge legte zart seine kleine Hand in den Schritt des Mannes und öffnete vorsichtig den Reißverschluss dessen Hose. Geschickt holte er den Penis heraus und steckte ihn sich in den Mund. Seine Bewegungen waren eindeutig und zärtlich, bis der Mann genüsslich stöhnte und die Augen verdrehte.

Der Knabe verschwand so unauffällig, wie er gekommen war.

Ada-Reede war entsetzt und verließ augenblicklich angeekelt die Bar. Wie sollte sie dieses Verhalten verstehen?! Sie fand lange keine Ruhe zum Schlafen. Als sie sich am nächsten Vormittag mit Joy traf, war sie immer noch erschüttert. Der junge Mann merkte ihr die Erregung sofort an und fragte sie vorsichtig nach ihrem Befinden.

„Ich war gestern noch in der Hotelbar und musste mitansehen, wie ein Knabe einem Gast an der Theke den Penis lutschte! Offensichtlich hat das außer mir niemand gesehen, denn keiner ist dagegen eingeschritten."

„Das war für Dich sicher ein schlimmes Erlebnis; aus Deiner Sicht bestimmt verwerflich. Ich verabscheue es auch, zumindest aus ethischen Gründen. Jedoch muss ich Dir leider sagen, dass so etwas bei uns selbstverständlich ist. Komm, lass uns fahren. Ich werde Dir alles erklären, damit Du es wenigstens verstehst."

„Das werde ich nie. Das ist für mich ein Verbrechen!"

„Du sollst es auch nicht gutheißen, sondern die Hintergründe verstehen."

Sie gingen zum Parkplatz und Joy versuchte, das Thema zu wechseln: „Ich habe mit meinem Chef über Dich gesprochen und der war erstaunt, dass ich Dich kenne. Er hat das Magazin bzw. Deinen Artikel auch gelesen. Wir haben Deine Argumente und Ansichten diskutiert und er sagte mir voraus, dass Du in unserem Land Einiges erleben und lernen wirst. Dann hat er mich beglückwünscht, mir ein paar Tage für Dich freigegeben und einen Dienstwagen zur Verfügung gestellt. Ada, wir fahren jetzt erst einmal raus aufs Land, wenn Du einverstanden bist."

Ada war immer noch schockiert und reagierte kaum. Sie fuhren an zwei Tempeln vorbei und Joy erzählte von Buddha, von den Religionsfürsten, den Priestern und dem tiefen Glauben, dem die meisten Menschen hier anhängen: „Die Priester beherbergten früher oft eine Gruppe von Tempeltänzerinnen. Das waren selbstverständlich die schönsten Mädchen aus der Umgebung des Tempels. Für sie war es eine Ehre, zur Freude Buddhas und der Menge der Gläubigen in transparente Seidentücher gehüllt zu tanzen. Die Legende sagt nichts darüber aus, ob sie dem Priester auch zu Willen waren. Sie strömten durch ihre Schönheit und Anmut eine religiöse Macht auf die Menschen aus. Sie sollen sogar zu Ehren Buddhas geopfert worden sein. Manche sollen sogar dem Priester so den Kopf verdreht haben, dass sie ihn schließlich ablösten. Aber Legenden sind eben Dichtungen und die Wahrheiten sind nicht zu beweisen. Was allerdings bis heute geblieben ist, das ist die Bewunderung der Schönheit einer Frau."

„So lange dies auf erotischen Fakten beruht, ist es natürlich und gehört zu unserem Leben. Wenn aber sexuelle Praktiken davon abgeleitet werden, die dem Menschen und seiner Gesellschaft schaden, sind erhebliche Vorsichtsmaßnahmen einzuhalten."

„Da stimme ich Dir zu. Es gibt aber auch sexuelle Praktiken, die dem Menschen Befriedigung verschaffen, ohne ihm oder dem Partner zu schaden."

„Sie können aber auch die Gefahr von Abartigkeiten und Dekadenz mit sich bringen."

„Dabei dürfen wir nicht vergessen, dass wir uns gedanklich in die Richtung des Verbrechens, in die Missachtung von Regeln und Gesetzen in der Gesellschaft bewegen. Und jetzt sind wir wieder bei Deinem Erlebnis von gestern: Die Gesellschaft, aus der Du kommst, kennt andere Regeln, als sie hier gelten."

„Du willst mir doch nicht erzählen, dass hier Kinderschändung erlaubt ist!"

„Gewiss nicht! Aber ist es eine Schändung, wenn ein Knabe aus irgendwelchen freiwilligen Gründen einem Erwachsenen Erleichterung verschafft?!"

„Es ist und bleibt abartig! Der Knabe ist nicht zu bestrafen, aber der Erwachsene. Wir haben die Pflicht, für die Kinder zu sorgen. Der Missbrauch von Kindern ist und bleibt ein Verbrechen!"

„Ada-Reede, Du willst lernen zu verstehen. Das kannst Du nur, wenn Du die Gesellschaften differenzierst. Das Lutschen des fremden Schwanzes hat dem Knaben keinen körperlichen Schaden bereitet. Er hat es gerne getan, weil er dafür Geld bekam. Also wird auch kein seelischer Schaden sichtbar. Er hatte bestimmt in der Nacht noch andere Stationen und am Schluss eine Tasche voll Geld. Das kleine Vermögen hat er dann nach Hause gebracht und die Familie konnte sich dafür etwas zu essen kaufen. Ehe Du urteilst musst Du die Hintergründe beleuchten. Erst dann kannst Du das Verhalten der Menschen verstehen. Aus Deiner gesellschaftlichen Sicht heraus musst Du das Verhalten des Knaben und des Mannes sicher ablehnen! Hier ist es selbstverständlich!"

„Den Rabeneltern kann man doch keine Kinder anvertrauen!"

„Jetzt übertreibst Du. Du meinst bestimmt nicht, dass Menschen gegen ihren Willen sterilisiert werden sollten, auch wenn medizinische Gründe dafürsprechen."

„Natürlich nicht. Ich weiß auch, dass so etwas heute nicht mehr geht."

„Und Du weißt auch, dass ein derartiges Verhalten des Staates einer Vergewaltigung gleichkommt."

„Ja. Sogar bei Triebtätern ist vorher ein aufwendiges juristisches Verfahren erforderlich. Aber eine freiwillige Sterilisation ist immer möglich! ... Du hast eben den Begriff Vergewaltigung gebraucht. Gibt es bei Euch auch Vergewaltigungen zwischen den Geschlechtern?"

„Ich habe davon gehört, aber mir ist kein Fall bekannt. Wir kennen auch keine sexuellen Abartigkeiten. Wir sprechen auch weniger von Sex. Vielmehr geht es den Menschen um Zuwendung und Liebe und sie geben immer entwaffnende Zärtlichkeit. Vielleicht hängt es damit zusammen, dass die Menschen hier zu ihren sexuellen Neigungen stehen, weil sie wissen, dass andere sie brauchen. Die Menschen sind gerne bereit zur Befriedigung sexueller Bedürfnisse. Es hört sich für Dich bestimmt provokativ und verachtenswert an, aber ein diesbezüglich bedürftiger Mensch findet bei uns immer einen Partner."

Joy Sun steuerte das Fahrzeug über eine ewig lange Straße, die rechts und links von dichtem Urwald gesäumt war. Sie überholten ab und zu einen vollbeladenen Karren, der von Menschen oder Tieren gezogen wurde. Sonst gab es kaum eine Abwechslung. Ada und Joy schwiegen und waren in ihre eigenen Gedanken versunken. Ada-Reede kämpfte damit, die erfahrenen Selbstverständlichkeiten in einem ihrer Verhaltensmuster, in einer Logik unterzubringen.

Joy bremste plötzlich ab und bog in einen kaum zu erkennenden Waldweg nach rechts ab. Der Weg war wohl einmal eine kaum befahrene Schneise gewesen. Dürftiges Gras wuchs darauf, eine Fahrspur gab es nicht und er stieg sanft an. Die Kronen der mächtigen Bäume rechts und links hingen so dicht zusammen, dass Ada der Eindruck entstand, durch einen dunklen Tunnel zu fahren. Aber sie konnte kein Licht an einem Ende sehen: „Wo fährst Du hin? Es ist unheimlich."

„Hab keine Angst. Es kommt gleich eine Lichtung. Dort wohnen Menschen, die ich kenne."

„Wie kann man hier Mitten im Urwald wohnen?"

„Dort lebt eine Großfamilie, die keine staatliche Unterstützung für ihre Armut erreichte. Der Großvater ist ohne eigene Schuld vom Status eines Unternehmers in die Armut abgestürzt und lebte mit seiner Familie als Bettler in der Stadt. Mein Chef und ich erkannten eine Möglichkeit für ein soziales Projekt. Wir handelten dem Grundbesitzer die für ihn unnütze Lichtung ab und stellten sie der Familie zur Verfügung.

Jetzt siehst Du das Ende des Tunnels und wir sind gleich da."

Die Lichtung hatte etwa die Größe eines Fußballfeldes. In der Mitte stand eine Scheune. Zwischen üppigen Grasflächen wuchsen Gemüse und Blumen in einem angelegten Garten. Es gab auch vereinzelte Obstbäume. Eine ältere Frau und ein Mann arbeiteten dort und winkten erfreut, als sie das Fahrzeug erkannten. Ada-Reede und Joy Sun gingen den beiden entgegen, die sie erfreut und lachend empfingen: „Joy Du warst lange nicht hier. Sei willkommen. Auch Deine Begleitung ist willkommen."

„Joy, ist die schöne Frau Deine Freundin?", ergänzte die Frau und drückte Ada beide Hände. „Kommt rein. Ich setze uns einen Tee auf."

Die Scheune diente als bewohnte Hütte. Das Dach war mit Ästen und Laub gedeckt. Die Konstruktion ruhte auf Baumstämmen rund um. Die Wände bestanden aus kunstvoll geflochtenen Ästen. Sie betraten durch den einzigen Eingang den Gemeinschaftsraum in der Mitte der Hütte. Ein langer Tisch aus rohem Holz und zwei Bankreihen luden zum Sitzen ein. Der Boden war die gestampfte Erde. Um diesen Raum waren einzelne Zimmer durch geflochtene Wände angeordnet.

„Die Jungs und die Mädels sind erst heute Morgen heimgekommen. Sie waren wieder fleißig und jetzt schlafen sie noch. Für das Dach reicht es dieses Jahr noch nicht, aber wir werden zunächst eine Kuh oder eine Ziege oder ein Schwein kaufen können. Unsere Söhne sind mit ihren Frauen im Wald und schlagen Holz für einen Stall."

Die Großmutter ergänzte ihren Mann: „Nur unser Professor, unser jüngster Enkel ist aus der Art geschlagen. Er hält nichts von der Arbeit der anderen Kinder. Er hat sich im Wald ein Baumhaus gebaut. Dort sitzt er, wenn er nicht zur Gartenarbeit eingeteilt ist. Er beobachtet Tiere und macht sich Notizen. Manchmal verwickelt er uns in Diskussionen, wo wir nur den Kopf schütteln können, weil wir nicht alles verstehen. Vielleicht kann er ja einen Beruf erlernen. Was meinst Du dazu, Joy?"

„Wenn es soweit ist, schicke ihn zu mir. Ich rede dann mit meinem Chef. Vielleicht finden wir bei uns in der Bank etwas für ihn."

„Prima! Dann wird er Bankdirektor."

Aus dem Lächeln der Anwesenden wurde ein lautes Lachen. Nur Ada hielt sich etwas zurück. Sie war entsetzt, wie hier über die Zukunft und die Arbeitskraft der Kinder entschieden wurde, aber sie ließ sich aus Höflichkeit ihre ablehnende Haltung nicht anmerken. Stattdessen lobte sie den Tee der Großmutter und den schön angelegten Garten um die Hütte herum.

„Wir haben auch schon ein paar Hühner, die uns mit Eiern versorgen und Küken werden auch schon ausgebrütet."

„Du siehst Joy, es geht uns gut und wir sind gesund und glücklich. Sag Deinem Chef, dass wir sehr dankbar sind."

Nach und nach kamen die hübschen Enkel, Mädchen und Jungen im Alter von zwölf bis achtzehn Jahren verschlafen aus ihren Betten und setzten sich in einfache Nachthemden gehüllt mit an den Tisch. Die Großmutter begrüßte sie lächelnd und bereitete ihnen ein Frühstück. Ada-Reede war froh, als Joy Sun endlich zum Aufbruch drängte. Beim Abschied lächelte die Großmutter Ada-Reede an und sprach höflich drängend: „Joy ist ein so guter Junge. Du solltest ihn heiraten. Er wird Dich bestimmt glücklich machen." Jedenfalls hatten damit alle einen Grund zur Freude und zum Lachen.

Als Ada und Joy wieder im Auto saßen, wollte zunächst kein Gespräch aufkommen. Der Fahrer musste sich auf den Weg in dem dunklen Urwaldtunnel konzentrieren. Trotzdem begann Joy zaghaft: „Ada, unser Geheimnis ist es, wie wir unsere trüben Gedanken verscheuchen. Versuche es doch einfach und Du wirst plötzlich glücklich sein."

„Es fällt mir halt schwer, die Dinge so aufzunehmen, wie ich sie erlebe und sie dabei nicht sofort zu bewerten. Das macht mich traurig. Meine Beurteilung wäre negativ, obwohl die Menschen hier trotzdem glücklich sind."

„Dann bewertest Du eben nicht und bist dann auch glücklich."

„Ja. Wenn das so einfach wäre. Ich bin aber keine Maschine, die man aus- und einschalten kann."

„Was hältst Du eigentlich von dem Vorschlag der Großmutter am Schluss?"

„Was meinst Du?"

„Naja, Du solltest mich heiraten."

„Das hättest Du wohl gerne. Dann leben wir mit einer großen Kinderschar in einer Hütte und schicken die Kinder zum Anschaffen in die Stadt auf die Touristen los."

„Oh. Die schöne Eskimofrau an meiner Seite könnte ich mir schon gut vorstellen. Eine Hütte im Urwald muss es ja nicht gerade sein. Du vergisst, dass ich mich auch auf der Karriereleiter zum Bankdirektor nach oben bewege."

„Dann pass mal schön auf, dass Du unterwegs nicht vom Professor überholt wirst."

„Jetzt lachst Du wieder. So gefällst Du mir viel besser."

Die Sonne ging bald unter. Sie kamen an einen großen Parkplatz vor einem Lokal. Die Autos dort standen in einer Richtung. Davor war eine riesige Leinwand installiert. Joy schaute auf die Uhr: „Es geht jetzt gleich los."

„Was denn? Willst Du mir ein Autokino zeigen?"

„Schau einfach, was passiert. Der Film ist nicht das Interessanteste."

Die Tür des Lokals wurde aufgestoßen und bestimmt hundert Frauen und Mädchen strömten die Treppe herunter auf die Autos zu. Die Mädels waren alle Schönheiten. Sie trugen Miniröcke, Seidenblusen und lange schwarze Haare. Einige kamen in High Heels andere in Turnschuhen. Sie gingen an den Autos entlang und wenn sich eine Tür öffnete, stiegen sie ein. Der Film begann und alle Frauen waren in den Autos verschwunden.

„Das ist ja gar kein Autokino, sondern ein Bordell im Freien", stellte Ada fest. „So ist es! Ob der Film nun angesehen wird oder nicht, die Menschen haben die ganze Zeit Spaß am Sex im Auto."

„Haben die keine Angst davor, beobachtet zu werden?"

„Die haben keine Angst. Sie sind so miteinander beschäftigt, dass sie auch keine Zeit dafür haben. Sie erleben die größte Befriedigung, wenn auch der Partner glücklich ist. Sie beschenken sich praktisch gegenseitig. Die Mädels sind bei dem Wirt angestellt. Die Gäste haben sie mit dem Eintritt bezahlt. Hast Du bemerkt, dass bei der Schar der Frauen auch Männer dabei waren?"

„Ja. Auch einige fesche Burschen sind die Treppe heruntergerannt. Das sind sicher die Aufpasser oder Zuhälter."

„Aufpasser sind hier nicht nötig. Es gibt auch Frauen mit Bedürfnissen. Hast Du etwa einen von ihnen gesehen, der die Treppe wieder hochgegangen ist?! Nach dem Film trennen sich die Paare wieder und alle sind glücklich."

„Mir fällt auf, dass die Menschen sich total ihren Bedürfnissen, ihren

Gefühlen hingeben, ohne irgendeine Vorsichtsmaßnahme. Die müssen doch ein uneingeschränktes Vertrauen zueinander haben, ohne sich zu kennen. Die sind sich doch wahrscheinlich vorher noch nie begegnet oder kennen die sich vielleicht?"

„Das hast Du richtig beobachtet. Wiederholungstäter kann man wohl nicht ausschließen, aber die könnten ihr Vergnügen auf direktem Kontakt sicher auch billiger haben. Wer hierherkommt, weiß was er will und was ihn erwartet. ... Wenn Du genug gesehen hast, fahren wir wieder zurück in die Stadt."

Als sie die Stadt erreichten, war es bereits Nacht. Viele Menschen drängten sich noch durch die Straßen. Die Geschäfte hatten ihre Tore noch nicht geschlossen. Ada-Reede wunderte sich: „Werden die Leute nicht müde oder haben die vielleicht kein zu Hause?"

„Vielleicht haben die auch Angst, etwas zu verpassen. Nein! Das Leben in der Nacht pulsiert wie am Tag in der Stadt. Wenn Du noch aufnahmefähig bist, stürzen wir uns auch da hinein."

„Ja. Wir könnten das Lokal am Hafen besuchen und den Tag gemütlich ausklingen lassen."

„Ich wollte Dir eigentlich noch etwas zeigen, aber dazu brauchst Du starke Nerven."

„Jetzt machst Du mich neugierig. Also los! Ich bin dabei."

Joy bog in eine Straße etwas außerhalb des Trubels ein. Nur wenige Straßenlaternen erhellten notdürftig einen düsteren Stadtteil. Die Privathäuser waren bereits dunkel. Joy fuhr an einer zerbröckelten Mauer vorbei bis zu einem Eingang, der von zwei Männern bewacht wurde.

„Hinter dieser Mauer verbarg sich in früheren Zeiten das prächtige Anwesen einer sehr reichen Familie. Heute kommt man nur durch diesen Eingang zu einem geräumigen Haus, das zu einem Männerlokal für Touristen umfunktioniert wurde."

„Das klingt unheimlich und kommt mir nicht sehr einladend vor. Was haben wir also dort verloren?"

„Ich meine, Du solltest es wenigstens gesehen haben. Es gehört zum Abbild unseres Lebens und unseres Landes und Du willst es ja kennenlernen."

Joy sprach kurz mit den Torwächtern. Sie ließen die beiden ausnahmsweise eintreten. Der Pfad zum Haus war dunkel. Nur an der Tür brannte eine rote Laterne. Sonst gab es kein Licht. Offensichtlich waren die Fenster verdunkelt oder zugemauert. Durch die Tür schlugen Ada und Joy ein Stimmengewirr und Rauchschwaden entgegen.

„Ada, Du bleibst bitte immer eng bei mir. Ich werde Dich besser an der Hand führen."

In dem Raum standen Männer vereinzelt oder in Gruppen herum. Sie rauchten und nahmen Getränke in Flaschen zu sich, die sie sich an einer langen Theke holten. Eine Wand war verglast. In regelmäßigen Zeitabständen wurde der Raum hinter der Wand erleuchtet. Dann trat ein Moment der Ruhe ein und mehrere Frauen wurden sichtbar, die auf einer Art Tribüne saßen und die Männer durch die Scheibe anlächelten. Männer drängten sich nach vorne und deuteten mit dem Finger auf eine Frau, die sich dann winkend erhob und ihren Platz verließ. Die Männer trafen dann ihre Ausgewählte in einem Flur, von dem aus sie ein Zimmer aufsuchten. Nach kurzer Zeit wurde der Raum wieder verdunkelt und eine neue Frauenriege nahm die Plätze ein. Viele Männer hatten von einer Frau noch nicht genug und nahmen an der Auswahl erneut teil. Es gab auch Männer, die sich nur an dem Anblick der schönen und aufreizend zurechtgemachten Frauen erfreuten.

Ada-Reede verzog das Gesicht und flüsterte: „Wie die Hühner auf den Stangen im Stall."

„Ada erinnere Dich daran, was Du schon gesehen hast. Weder die Frauen noch die Männer empfinden es als anstößig, was da passiert. Es gibt auch keine bösen Absichten. Sie suchen den Spaß am Sex und die Frauen verdienen dabei für sich selbst oder für ihre Familien. Ada, schau Dir die Männer an, aber vermeide den direkten Blickkontakt."

Die Männer waren durchweg ordentlich gekleidet und gehörten allen erwachsenen Altersschichten an. Von ihnen waren keine Respektlosigkeiten oder abfällige Bemerkungen zu hören. Die sich anbietenden Frauen waren nicht etwa schüchtern oder verschämt, sondern man sah ihnen ihre Erfahrungen im Sex an. Sie waren meistens zwanzig bis dreißig Jahre alt. Vereinzelt sah man auch Jugendliche und ältere Damen dabei. Der Veranstalter wollte wohl für jeden Geschmack etwas bieten.

„Joy, ich sehe immer wieder das gleiche Verhalten der Menschen: Sexuelles Ausleben in unterschiedlichen Arten und unterschiedlichen Zusammenhängen. In mir tobt ein Kampf zwischen Ablehnung und Akzeptanz der Realität. Eigentlich müsste es bei mir um die Ablehnung der hier geltenden Selbstverständlichkeiten gehen. Erschwerend kommt für mich hinzu, dass diese Selbstverständlichkeiten ehrlich sind."

„Ich werde Dir in den nächsten Tagen noch andere Dinge zeigen, um es Dir leichter zu machen. Mach Dir nicht so viele Gedanken. Du willst doch schreiben, was Du siehst und erlebst. Deine Leser interessiert nicht so sehr, wie Du persönlich dazu stehst, sondern was Du davon ableitest. ... Lass uns noch einen Raum weitergehen."

Am Ende eines kurzen Flurs betraten sie durch eine Tür einen ganz anderen Raum. Hier herrschte vergleichsweise Ruhe. In der Mitte wurde - so groß wie ein Boxring - eine Bühne angestrahlt. Die Zuschauer saßen im Dunkeln darum herum auf Bänken, die wie eine Tribüne aufgestellt waren. Ada und Joy kamen sich vor wie im Theater.

Eine Frau und ein Mann schwebten an Seilen gesichert von der Decke auf die Bühne. Sie waren in aufwendige mittelalterliche Kostüme gekleidet und begannen auf einem Diwan sitzend eine Diskussion wie aus einem Theaterstück.

„Herr Hauptmann, Sie waren also im Krieg und haben viele Feinde getötet. Erzählen Sie von den Frauen im Feindesland."

„Oh, sie waren wie die Engel zu uns. Wir glaubten, sie hätten nur auf uns gewartet."

Dabei lehnte der Mann sich zurück und drückte den gewölbten Schutz seines Penis unter seiner Bruche nach vorne. „Aber sie waren nicht halb so schön wie Sie, Frau Gräfin."

Die Frau tat, als wäre es ihr warm, öffnete ihr Mieder und steckte wie zufällig ihre Hand durch den Ausschnitt ihres Kleides bis an die Brust: „Sie haben die Frauen bestimmt oft verführt."

„Das war gar nicht nötig. Sie wussten, wie man unsere Brouch öffnet", stöhnte er genüsslich. „Darf ich es auch einmal probieren?" Die Frau öffnete geschickt die mittelalterliche Hose des Mannes und saugte zärtlich an seinem Schwanz. Der Mann befreite sie dabei nach und nach von ihren Kleidern bis sie nackt war, legte sie auf den Diwan und riss sich selbst die Kleider vom Körper. Dann spreizte er ihre Beine und drang in sie ein. Das Publikum klatschte begeistert Beifall.

Nach einer Weile schwebten zwei wunderschöne Frauen halbnackt von der Decke und verschafften sich mit gefühlvoller Zärtlichkeit Befriedigung, bis sie erschöpft und engumschlungen auf dem Diwan ruhten. Am Schluss schwebten noch zwei nackte Männer ein, die sich nicht etwa per Handschlag begrüßten, sondern stattdessen den Penis des Partners in die Hand nahmen. Auch sie bemühten sich bewusst um gegenseitige Zärtlichkeiten und ergossen sich zur Freude des Publikums gleichzeitig auf die Bretter der Bühne.

Für Ada-Reede war das Maß jetzt voll: „Joy, es reicht mir jetzt! Fahr mich sofort ins Hotel!"

Sie drohte ihm davonzulaufen, aber er holte sie wieder ein und hielt sie fest: „Ada beruhige Dich. Du hast nun fast alles gesehen, um Dir ein Bild von uns und unserem Land zu machen."

„Ich will nichts mehr sehen. Du hältst mich wohl für einen Pornographen. Wahrscheinlich seid Ihr hier alle schon dekadent. Das sind hier alles schändliche Auswüchse der Zivilisation. Ihr seid zügellos und krank. Ihr habt mit der Leistungsfähigkeit und den Aufgaben eines normalen Menschen nichts mehr zu tun. Ich will hier so schnell wie möglich weg."

Joy Sun fuhr Ada-Reede noch zum Hotel. Sie stieg aus dem Auto aus und verschwand ohne Gruß in ihrem Zimmer.

Zwei Tage blieb sie in ihrem Zimmer. An Schlaf war kaum zu denken, denn sie musste erst die Erlebnisse und Eindrücke für sich verarbeiten. Das Essen wurde ihr aufs Zimmer gebracht. Wenn die Rezeption sich meldete, antwortete sie nur: „Ich will nicht gestört werden!" Auch Joy Sun versuchte es mehrmals erfolglos Kontakt zu Ada-Reede aufzunehmen.

Beim Schreiben versuchte sie herauszufinden, ob die freie oder ungezügelte Sexualbereitschaft der Menschen hier auf natürlichem und ehrlichem Bedürfnis entstand oder ob sie sich aus anerzogener Zweckmäßigkeit entwickelt hatte. Erschwerend kam hinzu, dass sie es erstens für sich herausfinden musste und es zweitens dem Leser überlassen musste, für sich selbst dazu Stellung zu nehmen. Wenn sie ihre eigene persönliche Einstellung publizieren würde, die ja zwangsläufig durch ihre Erziehung und Herkunft geprägt war, könnte bei den Lesern sicher ein gedankliches Chaos ausbrechen. Sie wollte in ihren Berichten sachlich bleiben und nicht durch ihre Gefühle eine unter Umständen gefährliche Meinungsbildung vom Zaun brechen.

Endlich war Ada-Reede wieder bereit, ihr Zimmer zu verlassen. Sie grüßte die freundliche Dame an der Rezeption ohne ein erklärendes

Wort und schlüpfte durch das Bambusgerüst hinaus auf die Straße. In dem Wald mit den mächtigen Baumwurzeln war Ada etwas geschützt vor dem feucht warmen Klima. Doch als sie im Hafen ankam, klebte ihr die leichte Sommerkleidung bereits wieder auf der Haut, sodass sie gleich einen schattigen Platz in dem ihr bekannten Straßenlokal aufsuchte. Der Kellner lächelte sie an und Ada-Reede nickte nur: „Bitte das Gleiche, wie immer!"

„Sie haben sich wohl an unsere Trinkgewohnheiten angepasst. In unserem Klima müssen die Menschen viel trinken. Ich freue mich darüber, denn es ist mein Geschäft."

Die beiden lachten sich an und Ada ließ den Blick auf den Hafen mit den Booten und die träge Geschäftigkeit der Crews auf sich wirken. Sie dachte an zu Hause, wie sie mit den anderen Kindern in Fellklamotten in Eis und Schnee herumgetollt hatte, wie sie mit dem Vater zur Jagd ging und wie sie Tyler fasziniert zuhörte, wenn er über logische Aufgaben oder die fremde Welt der Zivilisation sprach. Sie vermisste die vielen Bücher in der Bibliothek des Internats ebenso wie ihre große Familie. Eine Stimme riss sie aus ihren Träumen. Joy Sun näherte sich ihrem Tisch: „Endlich sehe ich Dich wieder. Verzeih mir bitte. Ich hatte nicht die Absicht, Dich zu verärgern. Darf ich mich zu Dir setzen?"

„Es ist schon gut. Ich bin halt in solchen Sachen empfindlich und schlecht informiert. Wenn Du mir noch etwas von Deinem Land zeigen willst, werde ich Dir aufmerksamer zuhören und versuchen, die Dinge mit Deinen Augen zu sehen."

„Ich danke Dir, für Deinen guten Willen. Ich werde vorsichtiger und verantwortungsvoller mit Dir umgehen."

Sie saßen noch eine Weile zusammen und schlürften das abgestandene Bier, solange es noch kalt war. Belanglosigkeiten, wie das Wetter, Joys Arbeit in der Bank, die vielen Touristen, die die Stadt bevölkerten usw. waren ihre Gesprächsthemen und brachten sie wieder näher zu einander.

„Eine Bemerkung von Dir lässt mir keine Ruhe: Du hast über die Leistungsfähigkeit und die Aufgaben eines normalen Menschen gesprochen. Was verstehst Du unter einem normalen Menschen? Du kannst nicht damit gemeint haben, dass wir hier alle abartig sind."

„Du hast natürlich recht, denn Normalität ist grundsätzlich relativ und sie gilt für begrenzte Bereiche. Wenn zum Beispiel ein Kunde in Deine Bank kommt, dann ist es normal, dass er entweder Geld bringt oder etwas haben will. Wenn ein Mensch Durst hat, wird er etwas trinken wollen und wenn die Touristen hierherkommen, dann erwarten sie sexuelle Erlebnisse. Es ist gefährlich und auch nutzlos, eine anerzogene oder gewohnte Normalität zu verallgemeinern."

„Dann habe ich doch recht, wenn ich behaupte, Gesellschaften sind zu differenzieren. Die Normalität in einer Gesellschaft muss nicht auch in einer anderen Gesellschaft gelten, und die Menschen stammen schließlich aus unterschiedlichen Gesellschaften."

„Ja. Wenn die Völker friedlich mit einander umgehen wollen, dann müssen sie jeweils die Gewohnheiten der anderen Gesellschaft akzeptieren, ohne sie gleich für sich selbst zu eigen zu machen."

„Und jetzt wird es schwierig für jeden Menschen: Wenn er seine ihm eigene Normalität als Fremder in einer anderen Gesellschaft ausüben will, also die vorgefundenen Gewohnheiten missachtet, dann sind Auseinandersetzungen oft nicht zu vermeiden."

„Joy, Du sprichst die Toleranz an. Aber Du musst auch zugeben, dass selbst die Toleranz auch ihre Grenzen hat. Wenn bei uns die Todesstrafe abgeschafft ist und in einem anderen Volk werden Verbrecher geköpft, dann bleiben mir nur zwei Möglichkeiten: Ich kann mich mit Grausen abwenden oder ich muss das Volk bekriegen mit der Begründung, dass alle Menschen zu einer übergeordneten gemeinsamen Gesellschaft gehören."

„Da liegt das Problem überhaupt: Wir müssen uns wohl damit abfinden, dass es niemals zu einem totalen Frieden auf der Erde kommen wird."

„Selbst Jesus Christus - wenn wir ihn mal als Friedensstifter bezeichnen - hat das nicht geschafft, denn die durch seine Religion entstandenen Kirchenorganisationen mit ihren mächtigen Kirchfürsten haben leidenschaftliche Kriege geführt und damit unendliches Leid über die Menschheit gebracht."

„Leider gibt es aus diesem Schicksal der Menschheit wohl kein Entrinnen. Wenn wir einmal davon ausgehen, dass jeder einzelne Mensch in seinem Leben an Zufriedenheit hängt, dann hat er nur die Chance, sein Verhalten in seinem begrenzten Umfeld friedlich zu gestalten. Aber selbst da scheitert schon die verallgemeinerte Theorie, wenn wir z.B. die häusliche Gewalt betrachten. Der Verstand der Menschen und der daraus entstehende leider gegensätzliche Wille sind dafür verantwortlich. Gesetze sollen in einer Gesellschaft dem Einhalt gebieten, aber sie haben Lücken und bewirken damit die Schaffung immer neuer Gesetze."

„Und schon sind wir wieder bei dem Unterschied zwischen der Natur und der Zivilisation!"

„Ada, ich habe einen Nachen gemietet. Ich hoffe, Du hast Lust für eine Fahrt auf dem Fluss und den Kanälen. Proviant ist schon an Bord."

Joy hatte sogar an eine Mütze für Ada gedacht, damit sie sich vor den sengenden Sonnenstrahlen schützen konnte. Der Nachen war lang und schmal und wurde von einem Außenborder angetrieben. Das Fahrzeug gehörte einem Fischer, der heute keine Lust hatte, rauszufahren und für seinen Lebensunterhalt zu sorgen. Entsprechend unaufgeräumt lag sein Werkzeug auf dem Boden herum. Ada und Joy schafften sich Platz zum Sitzen und verließen den Hafen. Der Fluss war erstaunlich breit und die Bäume des Urwalds wuchsen bis ins Wasser hinein.

„Der Fluss mündet nach mehreren Kilometern zu Tal in einen anderen Strom. Das Wasser ist nur etwa zwei Meter tief. Es gibt nur eine schmale Fahrrinne für die größeren Schiffe, die Du im Hafen gesehen hast. Die großen Schiffe liegen an der Mündung vor Anker, wenn die Leute hier in der Stadt etwas zu tun haben. Sie kommen dann mit ihren Beibooten oder werden mit kleinen Barkassen abgeholt. Wir bleiben hier im oberen Teil."

„Du fährst doch gerade einen Kurs auf den Wald zu. Willst Du etwa an Land gehen?"

Joy lachte: „Nein wir fahren jetzt in einen Seitenkanal zu einer Plantage."

„Ich sehe keinen Kanal."

„Das kannst Du auch gar nicht. Ich weiß aber, dass er dort ist."

Erst kurz vor dem Ufer erkannte Ada-Reede eine etwa zehn Meter breite Wasserstraße zwischen den Bäumen. Die Äste reichten weit über das Wasser. Joy musste ihnen öfter ausweichen oder sie duckten sich beide, um darunter weiterzufahren. Nach einer Weile wurde der Kanal breiter und sie erreichten einen Anlegesteg, an dem wenige Nachen lagen.

„Wir gehen jetzt ein kleines Stück durch den Wald und kommen dann zu der Plantage."

Der Wald wurde lichter und wechselte abrupt in eine riesige Obstplantage.

„Hier war vor langer Zeit noch Urwald. Er wurde gerodet und dafür entstand auf der rundum geschützten Fläche diese herrliche Anlage. Der Weg führt geradewegs auf ein Haus zu, das Du von hieraus schon erkennst. Dort wohnen die vielen Leute, die hier arbeiten."

„Ich sehe keine Arbeiter."

„Ja. Die arbeiten ja nicht überall gleichzeitig. Hörst Du das Motorgeräusch? Wir sehen gleich einen Traktor mit einer Rolle, die von mehreren Frauen und Männern beladen wird. Im Haus folgen dann die Sortierung und Verpackung und dann kommen Lastzüge und transportieren das Obst weg."

Sie kamen an dem Haus an. Ein großes Hofgut wurde sichtbar mit vielen Gebäuden. Eine große Zahl Menschen tummelte sich geschäftig im Hof und in den Häusern. Traktoren fuhren hin und her. Lastzüge standen zum Beladen an Verladerampen.

„Joy, Du sagst die Leute wohnen hier?"

„Obst verdirbt mit der Zeit. Also müssen die Leute da sein, wenn die Arbeit anfällt. Lange Anreisen sind nicht möglich. Wir haben hier quasi ständig Erntezeit. Die Familien haben komfortable Wohnungen. Ganz in der Nähe gibt es eine Schule, wo die Kinder täglich hingefahren werden. Da die Frauen und Männer in der Plantage die gleiche Arbeit verrichten, tun sie es auch auf dem Hof und in der Wohnung. Für die Betreuung der kleinsten Kinder werden turnusmäßig Männer und Frauen abgestellt. So etwas wie eine dauerhafte Arbeitsteilung gibt es hier nicht. Komm, wir begrüßen eben den Chef in seinem Büro."

Hinter einem Schreibtisch mit mehreren Bildschirmen und Telefonen versuchte sich der Chef zu konzentrieren: „Joy, es ist schön, Dich zu sehen. Warum hast Du Deinen Besuch nicht angemeldet? Ich hätte mir Zeit genommen."

„Du arbeitest zu viel. Du wirst noch krank werden."

„Hast Du nicht zwei oder drei gute Leute für mich. Lange schaffe ich das nicht mehr. Nimm Dir einen Beutel Orangen mit. Die sind zurzeit richtig gut. Ich muss weitermachen. Tschüs!"

Joy Sun steuerte den Nachen weiter durch das Kanalsystem. Er bog mal nach Steuerbord ab und mal nach Backbord, dann kam auch mal eine lange gerade Strecke. Unterwegs genossen sie das frische, saftige Obst von der Plantage. Dann kam wieder ein Becken mit einer Steganlage.

„Joy, was ist das für ein schönes Gebäude, das ich da durch die Bäume erkenne? Es sieht aus wie ein Tempel."

Joy antwortete nicht, sondern fuhr weiter und bog mit einem grimmigen Gesicht wieder in einen anderen Kanal: „Ada, das ist kein Tempel. Wir haben gerade den dunkelsten Fleck unserer Region passiert. Dort wohnt eine dubiose Familie, die mit dem organisierten Verbrechen zu tun hat. Ich kenne diese Leute nur dienstlich. Sie kommen mit vornehmsten Klamotten zur Bank, erledigen ihre Geschäfte und bewegen sich sonst unauffällig in der Stadt. Sie geben großzügige Spenden an Kindergärten, Schulen und Kliniken und einige hohe Beamte unserer Verwaltung sind mit ihnen gut bekannt. Es gibt Gerüchte, dass diese auf deren Gehaltsliste stehen. Die Besucher der Familie ankern mit ihren Luxusyachten an der Mündung und kommen mit schnellen Beibooten hierher. In dem Haus werden ständig Partys veranstaltet. Da werden Geschäfte mit Drogen usw. gemacht. Zur Unterhaltung brauchen sie Frauen, die sie vom Norden her verschleppt haben. Die sind in Zimmern eingesperrt und werden mit Drogen gefügig gemacht. Bei dem Betrieb hat es sicher auch schon Tote gegeben, aber Leichen sind bisher nicht aufgefallen. Wir Einheimischen haben dort keinen Zutritt. Leute, die sich vorsichtig angeschlichen haben, wurden mit Waffengewalt verscheucht. Kein Gerücht ist bisher nachgewiesen worden. Die Verwaltung verbietet der Polizei, aktiv zu werden. Das Geld, das sie von den Gangstern kriegen, ist unseren Mächtigen wichtiger. Auch bezüglich ihrer Konten bei uns haben wir keinen Grund uns zu beschweren. Selbst die internationale Polizei findet keine Handhabe dort einzugreifen. Nur die Gerüchte verbreiten sich hinter der vorgehaltenen Hand. Wir meiden dieses Stück Kanal. Deswegen siehst Du auch so wenig andere Nachen."

„Das hört sich ja fürchterlich an. Kann es nicht sein, dass die Einheimischen sich irren. Die Familie will vielleicht nur in Zurückgezogenheit ihre Geschäfte machen."

„Würde das ein Bäcker oder ein Textilhersteller auch so machen? Sicher nicht! Bei legalen Geschäften spielt der Bekanntheitsgrad, die Werbung eine Rolle. Geheime Geschäfte sind meistens kriminell."

„Gegen ihren Willen verschleppte Frauen werden doch irgendwo oder irgendwann vermisst. Ich gebe zu, dass man mit z.B. Postkarten und Briefen Dokumente fälschen kann, die aussagen, dass eine Person absichtlich zum Geld verdienen irgendwo hingegangen ist."

„Siehst Du, jetzt fängst Du auch an zu zweifeln."

„Ja. Einen so geheimnisvollen Ort gilt es besser zu meiden. Wer sich auf Korruption einlässt, lebt gefährlich. Drogen gefährden die Gesundheit der Menschen und die schändliche Behandlung von Frauen ist verwerflich. Deshalb sind diese Dinge in unserer Gesellschaft bei Strafe verboten. Die Strafen sind deshalb hoch bemessen, weil es diese Verbrechen schon immer gibt und leider wegen des natürlichen Egoismus, der Gewinnsucht und dem Machtstreben immer geben wird. Im übertragenen Sinne sind die Gesetze dafür da, um den Menschen vor sich selbst zu schützen. Was machst Du, wenn Dir jemandem von den Leuten auf der Straße begegnet?"

„Ich mache es wie jeder andere meiner Landsleute auch: Die andere Straßenseite ist mir sicherer. Ich müsste mich eigentlich dafür schämen, dass ich nicht mutig genug bin, etwas gegen solche Machenschaften zu unternehmen."

Ada-Reede und Joy Sun schwiegen eine Zeit lang traurig und fuhren weiter, bis der Kanal in den Fluss zwischen der Stadt und dem größeren Strom mündete.

„Du erinnerst Dich, dass der Fluss hier wesentlich breiter, aber dennoch wenig tief ist bis zur Mündung. Wir fahren noch ein paar Kilometer auf den Strom zu und dann besuchen wir noch eine andere Gesellschaft."

Die Weite der Wasserfläche war nach den engen Durchfahrten auf den Kanälen schon etwas befreiend. Die Ruhe wurde nur durch das eintönige Geräusch des Außenborders unterbrochen. Es gab kaum Wellen und Ada-Reede hatte sich an die Hitze gewöhnt. Die bewaldeten Uferzonen waren kaum noch zu sehen. Nach einer Stunde lenkte Joy Adas Aufmerksamkeit auf etwas über den Bug voraus, das aussah wie ein Hausboot: „Wir kommen gleich zu einem Fischerdorf mitten im Wasser. Was Du siehst ist kein Boot, sondern eine von mehreren Hütten, die auf in den Untergrund gerammten Baumstämmen und einer Plattform darüber gebaut sind. Das ist möglich, weil wir hier keinen Tidenhub haben. Die Plattform ist etwa einen Meter höher als die Wasseroberfläche. Daran werden die Fischerboote vertäut. Die Menschen leben hier fast unabhängig von der Landbevölkerung. Die Fischer bringen täglich ihren Fang auf den Markt, erledigen ihre Geschäfte in der Stadt und kehren wieder zurück. Auch die Kinder werden täglich mit einem Nachen zur Schule in der Stadt gebracht. Mit etwa acht bis zehn Jahren übernehmen die Kinder schon selbst den Transport der Schüler."

Nach und nach erkannte Ada, worauf Joy sie hinwies. Die Hütten waren tatsächlich wie ein Dorf gruppiert. Manche standen dichter beieinander, andere weiter auseinander. Die Menschen schienen mit Reparaturarbeiten beschäftigt zu sein oder sie unterhielten sich. Joy steuerte auf eine größere Hütte zu. Menschen standen auf der Plattform und winkten schon von weitem. Joy war also auch hier bekannt: „Joy, ich vermute, heute gibt es noch ein Fest, wenn Du um diese Zeit zu uns kommst. Besuch hast Du auch mitgebracht. Kommt herein. Ihr seid willkommen."

Ada-Reede wunderte sich wie stabil die Hütten gebaut waren: Sie hatten feste Blechdächer. Die Wände bestanden teils aus Balken, teils war eine Seite ganz offen, teils gab es Fenster. Das Mobiliar war zweckmäßig und es fehlte an nichts. Auf dem Blech der Dächer waren Kollektoren montiert für die Stromversorgung. Das Trinkwasser wurde dem Fluss entnommen und über ein kompliziertes Verfahren gefiltert und aufbereitet.

In der Hütte ihres Gastgebers saßen sie auf Holzbänken an einem langen Tisch. Zu trinken gab es Bier und geräucherter Aal wurde auf einem Tablett serviert. Nach und nach kamen Frauen und Männer aus anderen Hütten hinzu. Alle hatten stets ein freundliches Lächeln im Gesicht und sie unterhielten sich mit Ada und Joy, als würden sie schon immer dazugehören. Die Kinder verschwanden nach der Begrüßung in einen Nebenraum oder in einer anderen ruhigen Hütte, um ihre Schulaufgaben zu erledigen.

„Meine Freundin, Ada-Reede ist bei uns, weil sie sich ein Bild machen will von unserem Leben."

„Moment mal", wurde Joy von einer Frau unterbrochen. „Bist Du Ada-Reede, die Eskimofrau aus dem Magazin?"

Joy brauchte nichts weiter zu sagen. Alle Frauen waren sofort hellhörig geworden und bestürmten Ada mit Fragen. Nur Minuten später war in allen zwanzig Hütten bekannt, welcher prominente Gast mit Joy Sun zu Besuch gekommen war. Bald gab es keinen Platz mehr in der Hütte und die Frauen entführten Ada in eine andere Hütte und dann wieder in eine andere Hütte.

„Ada, ist das wirklich so in Japan, dass die Geishas schon als Babys verkrüppelt werden?"

„Ja, sie werden für ihre spätere Bestimmung als Gesellschaftsdamen an den Füßen entsprechend bandagiert. Aber sie empfinden es nicht als körperliche Beeinträchtigung."

„Solche Mädels können doch sicher nicht so herumtollen wie unsere Kinder. Sie können z.b. niemals Fußball spielen."

„Bestimmt nicht. Sie werden auch anders erzogen. Ihre Aufgabe ist von Kindheit an vorgegeben. Sie sollen später für sich leicht Geld verdienen und ihre Familien ernähren. Als Erwachsene sind sie zu wunderschönen Frauen herausgeputzt und sie bewegen sich sogar stolz mit ihrem puppenhaften Gang, den die Männer so aufreizend finden."

„Die armen Kinder. Nur wegen der Männer! Ada, Du bist doch auch nicht damit einverstanden. Jedenfalls hast Du über Deine Meinung dazu nichts geschrieben."

„Darum geht es auch gar nicht. Ich will verstehen, warum etwas so ist, wie es sich mir zeigt. Ich muss es nicht akzeptieren. Ich halte mich auch mit meinem Urteil über die fremden Sitten und Gebräuche, die mir begegnen, zurück. Missstände müssen den betroffenen Menschen erst bewusstwerden, ehe sie ein Urteil darüber fällen können. Ich lebe nicht dort, also muss ich mein Verhalten dazu nicht dem Fremden anpassen."

„Du hast aber irgendwo auch geschrieben, dass Du die Frauenbewegung zur Gleichberechtigung ablehnst."

„Ja! Die Formulierung ist nämlich sachlich falsch, weil Frauen als Menschen schon immer gleichberechtigt mit den Männern sind. Frauen haben - vielleicht aus Nachlässigkeit - von Anfang an sich nicht dagegen gewehrt, dass ihnen bestimmte Rechte, wie z.B. das Wahlrecht, aberkannt wurden. Wir sollten also nicht für die Gleichberechtigung kämpfen, sondern die Aberkennung von selbstverständlichen Rechten muss rückgängig gemacht werden. Dann brauchen wir auch keine Quotenregelung und die Gleichstellung von Frau und Mann regelt sich nach den Fähigkeiten jedes einzelnen Menschen und dem Bedarf, wo die Fähigkeiten erforderlich sind."

„Stimmt! Wir leben hier z.B. mit dem Beweis, dass wir die gleichen Arbeiten machen können wie die Männer. Wir verteilen sie auf Mann und Frau, wie es nötig ist."

„Ja, aber Achtung! Seht das nicht immer pauschal. Die Fähigkeiten des Menschen verschieben sich in der Praxis. Die Aufgabenteilung wird auch der Tatsache gerecht, dass einer mehr Vorteile für eine Arbeit hat als der andere. Als Beweis können wir dennoch immer anführen: Wir können, wenn wir wollen und wenn es einen Sinn macht!"

Die Diskussionen dauerten noch lange an. Die Männer mischten sich häufig ein. Manchmal redete Ada und alle hörten zu und manchmal wurde auch ein belustigtes Palaver ausgelöst. Dabei tranken alle - vielleicht mehr als sonst. Die Stimmung war freundlich, lustig und manchmal auch ernsthaft, wenn Ada-Reede die Menschen zum Nachdenken aufforderte.

Ada merkte auch die Wirkung des ungewohnten Alkoholkonsums und sie brauchte etwas frische Luft. Die Plattform, auf der die Hütte stand, war rund um so breit, dass man um die Hütte herumlaufen konnte. Ada ging dort auf und ab. Sie bewunderte den klaren Sternenhimmel und die Stille auf dem Wasser. Plötzlich gellte ein Schrei durch die Nacht. Joy Sun hatte gesehen, wie Ada schon vor einer kurzen Zeit nach draußen gegangen war und stürzte mit einem Satz auf die Plattform: „Ada, wo bist Du?", schrie er mit Angst in der Stimme.

Er schaute sich kurz um und sprang ins Wasser. Drei der Männer folgten ihm. Sie schwammen und tauchten zwischen den vertäuten Booten und unter der Plattform. Das trübe Wasser ließ keine Sicht unter der Oberfläche zu, auch die Beleuchtung auf der Plattform nützte nichts. Die Taucher tasteten sich an Stellen heran, wo Ada ins Wasser gefallen sein konnte. Joy spürte einen Haarschopf zwischen seinen Fingern: Ada!!! ... Er riss sie an die Oberfläche.

Sie spuckte Wasser aus und bewegte sich. Hilfreiche Hände zogen sie auf die Plattform. Ada war benommen und schaute sich verwundert um. Dann lachte sie laut und schüttelte verständnislos den Kopf: „Ich kann schwimmen und tauchen. Außerdem weiß ich, dass das Wasser nicht tief ist. Ich hätte mich am Grund abstoßen können. Joy, Du bist ja auch nass."

„Ja, meine Liebe. Du hättest auch verletzt sein können und dann hätten Dir Deine Künste nicht mehr geholfen." Er nahm sie in die Arme und drückte sie fest an sich.

Wenig später saßen alle wieder am Tisch und verarbeiteten gemeinsam den Schreck. Der Gastgeber sinnierte: „Vielleicht sollten wir doch ein Geländer auf die Plattform setzen."

„Das würde uns wegen der Boote behindern. Außerdem sind unsere Kinder und wir alle damit aufgewachsen und kennen die Gefahr. Wir müssen halt auf Gäste besonders aufpassen."

„Es ist meine Schuld. Ich war leichtsinnig. Ich danke Euch dafür, dass

Ihr aufmerksam wart und mich rausgeholt habt", mischte sich Ada verlegen ein. „Ich erinnere mich noch, dass ich in den Himmel geschaut habe und im Wasser dachte ich zuerst an meine Heimat. Mein Pelz hätte sich sofort vollgesaugt, mich nach unten gezogen und ich wäre sofort erfroren. Mehr weiß ich nicht mehr."

Vereinzelt kam schon wieder das Lächeln auf die Gesichter der Menschen zurück und der Gastgeber entschied: „Wir haben einen guten Grund, noch einen Absacker zu trinken und dann sollten wir schlafen. In der Frühe werden wir Ada und Joy zum Fischen mitnehmen, damit Ada sieht, wie wir unser Geld verdienen."

Joy Sun fand noch nicht gleich in den erlösenden Schlaf. Er fühlte sich verantwortlich für Ada. ... Die vielen Erlebnisse, die Gespräche mit den Einheimischen machen sie euphorisch und damit wird sie von der Realität abgelenkt. Sie denkt sicher ständig an die Erkenntnisse, die sie aufschreiben will. Das Beste für sie wäre, wenn sie immer einen Aufpasser an ihrer Seite hätte. Diesen Job würde ich gerne übernehmen. Aber ich kenne sie so, dass sie völlig frei und immer ungebunden ihre Erfahrungen spontan aufnehmen will. ...

Noch bevor die Sonne am Horizont sichtbar wurde, waren die Fischer bereit hinauszufahren. Jedes Boot hatte zwei Frauen oder Männer als Besatzung. Einer bediente die Maschine und einer saß am Bug des langen Nachen. In der Mitte standen drei Fässer, zu einem Viertel mit Wasser gefüllt. Fast zwanzig Boote fuhren gleichzeitig los und verteilten sich bald auf der großen Wasserfläche. Jeder Fischer hatte sein eigenes Revier, das weit genug vom nächsten Nachen entfernt war, damit kein Fischer den anderen behindern konnte. Als Ada einmal zurückschaute, konnte sie das Dorf kaum noch erkennen. Dann wurde die Maschine gestoppt.

„Ada-Reede wir lassen jetzt etwas Ruhe auf dem Wasser einkehren. Die Maschine läuft nicht, und wir verhalten uns ebenso still, dass die Fische sich auch beruhigen. Du kommst jetzt nach achtern und ich gehe zum Bug. Schau, das Netz ist sehr leicht. Eine Leine des Netzes ist am Boot belegt. Der Rand des Netzes ist zur Hälfte mit einer Bleischnur beschwert, damit das Netz auf den Grund geht. Die Leine von dem schweren Teil des Netzes liegt hier an Bord. Wenn das Netz seine richtige Position hat, holen wir es an den beiden Leinen langsam ein. Im Netz bleiben größere und kleinere Fische hängen und finden den Ausgang nicht mehr. Sobald wir den Fang im Boot haben, werden sie sortiert. Die ganz kleinen kommen sofort wieder ins Wasser. Die Kunst in unserem Geschäft ist das Auswerfen des Netzes. Das wirst Du gleich erleben."

Er packte das Netz an der unbeschwerten Seite und schleuderte es so geschickt in die Luft, dass es sich in seiner ganzen Fläche ausbreitete und sanft wie eine Wolke auf die Wasseroberfläche legte. Der beschwerte Teil flog am weitesten und sank nach wenigen Augenblicken langsam auf den Grund.

„Das Netz hat die richtige Position. Jetzt holen wir es an beiden Leinen ein und hoffen, dass es auf dem Grund an keinem Hindernis hängen bleibt. Beim Einholen zieht sich die Öffnung des Netzes immer mehr zu."

Beide zogen sie jetzt an den Leinen. Es war eine Zeit lang nichts zu sehen. Dann erkannte Ada die Öffnung des Netzes unter Wasser.

„Schneller und kräftiger ziehen, damit wir den Fang an Bord kriegen."

Das Netz wurde über die glatte Bordwand gezogen und die Fische schwappten ins Boot. Erst waren es nur wenige und Ada wollte sofort sortieren: „Ada, erst muss das ganze Netz mit dem Fang an Bord sein. Ich sehe wir haben einen guten Fang."

Die Fische zappelten den beiden um die Füße und wurden sofort und möglichst schnell in zwei Fässer sortiert. Viele kleine Fische gingen direkt wieder über Bord. Die Fische schwammen in den zur Hälfte gefüllten Fässern.

„Warum hast Du das dritte Fass an Bord?"

„Manchmal haben wir einen so großen Fang, dass wir das Reservefass brauchen. Normalerweise fahren wir zurück, wenn zwei Fässer voll sind. Siehst Du die beiden Fähnchen da drüben? Da habe ich Aalreusen ausgelegt. Wir schauen nachher, ob da auch etwas drin ist. Ada, Du machst das gut."

Der Fischer ordnete sein Netz wieder an Bord und lächelte Ada an: „Jetzt essen wir einen Bissen und trinken einen Schluck. Dann legen wir das Netz noch einmal aus."

Eine Viertelstunde später warf der Fischer erneut mit einer gekonnten Schleuderbewegung das Netz in die Luft.

Der Fischer strahlte über den zweiten großen Fang: „Großartig! Die Fässer sind voll. Schau, zwei unserer Boote sind schon auf dem Heimweg. Die hatten bestimmt auch einen guten Fang. Wir holen die Reusen noch hoch und dann fahren wir auch zurück."

Die Fähnchen steckten auf Bojen, an denen die Leinen festgemacht waren. Der Fischer zog die Reusen hoch und holte einige Aale heraus, die er in das dritte Fass warf. Dann steckte er einen Köder in die Reuse und versenkte sie wieder. Auch in der zweiten Reuse hatten sich mehrere Aale selbst eingefangen.

„Wir sind fertig. Bis Mittag laufen wir unser Dorf an. Dann beginnt die Hausarbeit."

Nach dem Essen begannen alle Dorfbewohner in drei großen Hütten, die Fische zu filetieren und auf Eis zu legen. Einige gute Stücke wurden für den Eigenverbrauch aussortiert. Die Arbeiten dauerten bis zum Abend.

Am nächsten Morgen fuhren vier Nachen schwer beladen zur Stadt auf den Markt.

„Und so geht es an jedem Tag?", fragte Ada. „Es gibt nur wenige Tage im Jahr, an denen wir nicht rausfahren können. Auch wird an einigen Tagen im Hafen kein Markt aufgebaut. Vielleicht können wir bald mit einem Großhändler verhandeln, der unseren Fang regelmäßig komplett kauft."

„Jeder Fischer hat doch seinen eigenen Fang, aber nach dem Säubern und Filetieren gibt es nur noch eine Menge."

„Damit haben wir kein Problem. Es gibt eine verkaufte Menge und dafür einen Geldbetrag, der auf dem Markt festgelegt wird. Die erzielte Summe teilen wir gleichmäßig auf alle Fischer und die mitarbeitenden Personen auf. Damit fangen wir auch den auf, der vielleicht nicht so einen guten Fang erreicht hat."

„Und wer zum Markt fährt, kann ja auch nicht fischen."

„Richtig. An allen Arbeiten beteiligen sich alle Frauen und Männer. Du hast gesehen, dass auch die Frauen die Netze auswerfen. Wir beraten und legen regelmäßig fest, wer welche Arbeiten im Dorf übernimmt."

„Das hört sich an wie eine kommunistische Gesellschaft."

„Mag sein. Ist es aber nicht. Bei uns gibt es keine Partei und keine Mächtigen. Jeder kann dabeibleiben oder ausscheiden. Alles andere funktioniert, wenn sich jeder in die Gesellschaft einbringt und wenn jeder den anderen achtet." Ada-Reede und Joy Sun schlossen sich den vier Lieferbooten zur Stadt an. Sie erlebten noch, wie die Fische verkauft wurden. Viele Privatkunden warteten schon auf die frische Ware. Gaststätten kauften größere Mengen auf einmal. Ziemlich am Schluss trauten sich auch ärmere Leute an die Stände und bekamen etwas zu Sonderpreisen. Als am frühen Nachmittag alles verkauft war, packten die Fischer ihre Sachen zusammen und fuhren zufrieden ins Dorf zurück.

„Joy, das war ein tolles Erlebnis bei den Fischern. Haben die eigentlich nie Streit oder sonstige Schwierigkeiten?"

„Davon habe ich nie etwas gehört. Die halten zusammen wie eine große Familie."

„Das sind doch auch Deine Landsleute. Trotzdem verhalten sie sich ganz anders als die Leute hier in der Stadt."

„Dafür gibt es eine ganz einfache Erklärung: Die Fischer leben vom Erfolg ihrer Arbeit."

„Ja. Und die Leute in der Stadt leben vom Tourismus. Das leuchtet mir schon ein. Das Verhalten der Menschen richtet sich nach ihrer wirtschaftlichen Grundlage."

„Wenn Du in Deinen Gedanken ganz zurückgehst bis an die Basis der Menschen, an die Basis ihres Lebens und dann ihr Verhalten zueinander beurteilst, dann wirst Du viele Parallelen finden, wie z.B. die Offenheit, die Ehrlichkeit, das Mitfühlen, Hass, Liebe usw. Du wirst sie nur in einer anderen Form erkennen."

Mittlerweile waren Ada und Joy in ihrem Straßenlokal im Hafen angelangt und sie hatten beide das Bedürfnis noch angestaute Fragen gemeinsam zu diskutieren.

„Zu den Parallelen komme ich gleich noch. … Nur zur Erinnerung: Wenn wir das Verhalten der Menschen an ihrer wirtschaftlichen Grundlage orientieren, dann sind wir zurück in der Natur. D.h. der Starke frisst den Schwachen, wer arm ist, der bleibt es usw. Um dem entgegenzuwirken hat der Mensch mit seinem Verstand Gesellschaften gegründet, die mit entsprechenden Regeln z.B. die Schwachen schützen. Diese Entwicklung wird zwar als fortschrittlich und gut bezeichnet, aber sie wird nie allgemein zufriedenstellend funktionieren, weil die Natur stärker ist als der Verstand des Menschen."

„Ja. Wir bewegen uns mit der Beurteilung bezüglich des Verhaltens der Menschen zueinander gedanklich nur an der Oberfläche der Realität, an der Oberfläche unseres Lebens."

„Dann können wir uns darauf einigen, dass der Mensch immer durch sein anerzogenes - auf seinem Verstand beruhendes - und zusätzlich von seinem bestehenden - natürlichen - Verhalten beeinflusst wird. Und wir können nur auf das Verhalten einwirken, das wir selbst - die Gesellschaft - geschaffen haben. Also Joy, ich durfte mit Deiner Hilfe die ständige Bereitschaft und Fähigkeit zum zügellosen Sex der Menschen in der Stadt erleben. Im Fischerdorf war davon nichts zu spüren. Warum?"

„Das ist schon anmaßend von Dir, wenn Du das so zynisch formulierst. Im Fischerdorf wird genauso gevögelt wie hier. Nur machen die Leute nicht so viel Wind darum. Außerdem leben die Fischer nicht vom Sex."

„Du sagtest: Die leben wie in einer großen Familie. Schön. Sie sind aber keine Familie. Also wird sicher auch kreuz und quer gevögelt. Da muss es doch auch zum Streit kommen."

„Nach unserer Mentalität nicht, wenn es sich lediglich um sexuelle Bedürfnisse handelt."

„Das heißt doch, Liebe und Vertrauen werden leichtfertig aufs Spiel gesetzt!"

„Nein! Warum denn auch? Sie bestehen und müssen nicht angetastet werden. Eine Freundschaft kann mit einer zusätzlichen neuen oder zufälligen Freundschaft weiterbestehen. ... Allmählich begreife ich, warum Du die hier übliche Sexualität als zügellos verurteilst. Ich kenne Dich jetzt schon eine Zeit lang und ich kann mir nicht vorstellen, dass Du nicht sexuell begabt bist."

„Jetzt wirst Du aber sehr persönlich!"

Ada wurde nicht ungehalten oder böse, aber sie verzog gespielt missbilligend das Gesicht.

Vielleicht wollte sie auch nur eine Distanz zu ihrer Persönlichkeit markieren. Doch schließlich lächelte sie Joy aufmunternd an.

„Von mir aus ja, aber Du sollst meine Bemerkung als Kompliment verstehen. ... Hast Du Dir die Menschen einmal genau angesehen, die bei uns sexuell aktiv sind? Du hast auch mitbekommen, dass sie davon leben. Sie haben also Gründe für ihr Verhalten."

„Ja sie leben davon, Touristen zu befriedigen und steuern dafür haltlos auf ihre eigene krankhafte Dekadenz hin!"

„Aber Du hast nicht bemerkt, dass verheiratete Paare ihre eigene Sexualbereitschaft ausschließlich auf ihre Partnerschaft beziehen. D.h. die von Dir sogenannte Zügellosigkeit endet mit dem Eheversprechen. In Japan hast Du das doch auch beobachtet. ... So, ich bestelle uns jetzt noch ein Bier und Du denkst bitte über Liebe und Vertrauen in diesem Zusammenhang nach."

Ada-Reede lehnte sich zurück und schwieg für ein paar Minuten. Irgendetwas veränderte sich in ihr. Sie überdachte ihre Einstellung zu den vielen Erlebnissen. Sie bemühte sich um eine andere Perspektive. Aber wie sollte sie etwas anders ansehen, wenn sie doch davon überzeugt war, mit ihrer Meinung richtig zu liegen?! Sie sinnierte mehr flüsternd vor sich hin: „Du meinst, dass die Fischer deshalb im Frieden leben."

„Ganz bestimmt! Hast Du in der ganzen Zeit dort ein einziges missmutiges oder unglückliches Gesicht bei den Leuten gesehen?"

„Das stimmt. Sie strahlten vor Freude und Glück. Selbst wenn es gespielt gewesen sein sollte, war es überzeugend."

„Ada, selbst wenn Du skeptisch bist, musst Du doch zugeben, dass ihre Zufriedenheit eine nachhaltige Ursache haben muss."

„Mir fällt auch auf, dass ich in der ganzen Zeit hier nie etwas über häusliche Gewalt oder Vergewaltigung gehört habe oder miterleben musste. So etwas gibt es hier wohl überhaupt nicht oder?"

„Um unsere sexuellen Bedürfnisse zu befriedigen, haben wir Männer hier diese Abarten nicht nötig. Das ist alleine das Verdienst unserer liebevollen Frauen. Bitte verzeihe mir diese Ausdrucksweise."

Ada-Reede grinste, als sie Joy ansah: „Ja, ja die Frauen und ihre weiblichen Waffen."

Sie lachten beide und dann nahm Joy Sun seinen ganzen Mut zusammen und wechselte das Thema: „Ich komme noch einmal auf das Fischerdorf zurück. Wahrscheinlich habe ich einmal schockiert ausgesehen. Das hast Du aber nicht gesehen, da Du ins Wasser gefallen warst. Du hast mir einen fürchterlichen Schrecken eingejagt."

„Oh, der Herr ist wohl in mich verliebt?!"

„Jetzt lass doch mal Deinen verdammten Zynismus weg. Ich hatte Angst um Dich. So etwas musste ich noch nie erleben. Ich habe keine Ahnung, wie ich damit umgehe, wenn Du wieder fortgehst ... und ja ich liebe Dich!"

Joy blickte verlegen in sein Bierglas, das er krampfhaft mit seinen Fingern festhielt. Ada suchte seinen Blick mit ihren strahlenden Augen. Dann nahm sie seine Hand und streichelte zärtlich über seine Finger. Sie lächelte ihn an, bis er seine Fassung wiedergefunden hatte.

„Joy Sun, Du bist ein so wunderbarer Mann und ich spürte Deine Zuneigung schon seit wir uns zum ersten Mal hier getroffen haben. ...“ Joy unterbrach sie nicht, denn er merkte, dass Ada weiterreden wollte, aber die richtigen Worte nicht fand. Sie wurde nachdenklich, und dunkle Gedanken schienen ihren Blick zu trüben. Eine Träne rann ihr über die Wange. Joy glaubte, sie trösten zu müssen: „Bitte verzeih mir, wenn ich Dich geschockt habe. Ich möchte nicht, dass Du Dir Sorgen um mich machst.“

Ada sprang auf und schlug mit beiden Fäusten auf die Tischplatte, dass die Gläser hochsprangen: „Nein das ist es nicht! Ich habe einen so großen Ekel vor der Zivilisation, dass sie mir Angst davor macht, mich zu verlieben!“ Dann strömten die Tränen aus ihren Augen. Joy nahm sie in den Arm und drückte ihr Gesicht zärtlich an seine Brust. Dabei streichelte er ihr tröstend über ihr schwarzes Haar. Der Kellner wurde durch den Lärm aufmerksam und kam ein paar Schritte auf den Tisch zu. Er erfasste dann sofort die Situation und zog sich lächelnd wieder zurück.

Nach einer Weile hob Ada den Kopf und stammelte: „Jetzt habe ich Dein Hemd ganz nassgemacht.“ Sie lächelten sich an. Joy nahm ihr Gesicht in seine Hände und küsste zärtlich ihre Lippen: „Ada, wenn Du es zulässt, wird meine Liebe Deine Angst verschmelzen lassen wie einen Eisbrocken in der Sonne!“

Schweigend und engumschlungen spazierten sie noch lange über die Promenade am Hafen.

Es war schon spät als Joy Ada zum Hotel brachte. Sie verabschiedeten sich und gingen gedankenverloren glücklich und gleichzeitig traurig auseinander.

Am frühen Morgen meldete sich Joy bei der freundlichen Dame am Empfang: „Ich habe ein paar Blumen für Frau Ada-Reede. Ist sie schon beim Frühstück?“

„Sie wird sicher bald kommen. Bringen Sie ihr doch die Blumen auf's Zimmer. Sie wird sich bestimmt freuen.“

Joy klopfte leise an die Zimmertür. Ada öffnete die Tür und fiel Joy um den Hals, als hätte sie ihn erwartet: „Normal müsste ich mit Dir schimpfen: Wo warst Du so lange?“

„Vor dem Blumengeschäft wartete eine lange Schlange von Kunden.“

Sie lachten beide und küssten sich leidenschaftlich. Ada war dabei, sich für´s Frühstück fertig zu machen. Ihre Haare hingen noch wild auf ihren Schultern. Sie trug nur ein seidenes Unterhemd mit Trägern, das gerade so ihre Scham bedeckte.

„Ada, ich glaubte, die Blumen seien entsprechend schön für Dich, aber Du bist noch viel schöner."

Sie hörten nicht auf, sich zu küssen, als wären sie süchtig nach einander oder als hätten sie Angst vor dem letzten Kuss. Ada zog Joy auf ihr Bett und sie liebten sich zärtlich und leidenschaftlich, ohne einen einzigen Blick auf eine Uhr und ohne einen einzigen Gedanken an ihre Zukunft zu verschwenden.

Es dauerte mehrere Tage, bis sie aus ihrem Liebesrausch wieder die ersten Schritte in die Wirklichkeit wagten. Ada murmelte verträumt: „Der Bericht für meinen Freund Odiman ist noch nicht fertig."

Joy antwortete ebenso verträumt: „Ich sollte mich mal wieder in der Bank melden. Mein Chef will sicher wissen, wie es uns bzw. Dir ergangen ist. Er gehört zu Deiner eifrigen Leserschaft."

Überall wo sie waren, im Hotel, in Joys Wohnung und überall wo sie sich bewegten, im Wald, auf einer Lichtung, auf einem Boot, beim Schwimmen im Pool oder im Fluss erlebten sie das Paradies. Die Wirklichkeit erschien ihnen fremd, doch sie ließ sich nicht verdrängen.

Ada-Reede fiel es schwer, sachlich zu berichten und Joy war in der Bank eher abwesend.

Nach zwei Tagen trafen sie sich wieder in Joys Wohnung und er versenkte sich wieder in seiner geliebten Ada. Es schien ihnen unmöglich zu sein, voneinander loszulassen. Ada versuchte es mit einem Scherz: „Geliebter Joy, ich schleppe Dich jetzt unter die eiskalte Dusche und dann bleibe ich bei Dir, bis wir beide wieder nüchtern sind."

„Ist das wirklich so wichtig, was wir bereden müssen?"

„Ja, geliebter Schatz. Lass es uns versuchen. Ich werde mich jetzt mit meinem Bademantel verhüllen, bis nur noch mein Gesicht zu sehen ist, und Dich wickele ich in die Bettdecke ein."

„Was ist denn so wichtig? Wir haben uns und alles, was wir brauchen. Bitte lass mich Dich küssen. Ich werde so zärtlich sein, wie Du mich noch nie erlebt hast."

„Joy wach auf!!! Wir müssen unsere Zukunft organisieren, sonst sind wir irgendwann uralt und wissen immer noch nicht, was wir wollen."

„Ich schon. Ich werde ein Haus kaufen und dann werden wir heiraten und Kinder haben."

„Wenn das so einfach ginge, wäre das ein schönes Bild. ... Ich habe versprochen, eine Aufgabe zu erfüllen. Dein Chef kann auch nicht ewig auf Dich verzichten."

„Also gut. Du machst Deine Reisen, erfüllst Deine Aufgabe und ich warte hier auf Dich."

„Ich werde Heimweh kriegen, weil ich nicht hierhergehöre."

„Wir gehören zusammen. Dann werde ich Dir eben folgen."

„Was meinst Du, wie lange Du es in der Eiseskälte aushalten würdest oder beim Zusammenleben mit Rentieren?!"

„Wo Du bist, werde auch ich mich wohlfühlen. Andere Dinge sind für mich Nebensache. Aber Du hast recht. Wir müssen darüber nachdenken."

Ada griff nach einem Kissen und warf es Joy an den Kopf: „Du Träumer! Es wird darauf hinauslaufen, dass wir uns trennen!"

„Warum? Hast Du mich etwa schon satt?"

„Die Länder, die ich besuchen werde, die Zeit, die ich dort zu verbringen habe werden für Dich langweilig werden. Außerdem kostet so eine Weltreise Geld. Wo willst Du das hernehmen?"

„Für mich ergibt sich eine Alternative: Erstens ist Deine Arbeit auch für mich so interessant, dass ich Dir helfen könnte und zweitens wirst Du Gefahren begegnen - denke nur an das Fischerdorf, wo ich Dich beschützen kann. Oder willst Du, dass ich ständig in Angst um Dich lebe?! Ich habe Geld für die Reise gespart und mein Chef stellt mich bestimmt für zwei Monate frei. Ich fahre mit Dir! Wir können zusammenarbeiten oder getrennt recherchieren. Wir können zusammenleben, Du wärest nie alleine und ich würde permanent auf Dich aufpassen. In Afrika gibt es z.B. wilde Tiere, die Dich gerne vernaschen würden."

„Dann würden wir täglich mit der Tatsache konfrontiert, dass wir dem Tag unserer Trennung immer näherkommen."

„Das Risiko nehme ich auf mich. Immerhin gibt es die Möglichkeit, dass es uns irgendwo auf der Welt gefällt und wir beginnen dort gemeinsam ein neues Leben."

Ada warf ihren Bademantel zur Seite und stürzte sich auf Joy. Sie küsste ihn leidenschaftlich und wühlte sich zu ihm unter die Bettdecke.

Ihre Finger tasteten zärtlich über seinen Körper, bis sie seinen Penis erreichten. Dann tauchte sie unter, legte ihre Lippen zart um seine Eichel, warf die Bettdecke zurück und setzte sich gierig auf seinen Schoss, bis die Ektase sie beide ermattete. Irgendwann stammelte Ada: „Geliebter Joy, es ist so schön, mit Dir zu träumen."

Als Ada-Reede und Joy Sun aus dem Flughafengebäude herauskamen, wurden sie in einem Menschenstrom praktisch mitgerissen. Die Menschen wollten wohl alle in die Stadt. Die beiden sahen aus wie Rücksacktouristen und fielen in der Masse der Menschen nicht auf. Sie mussten aber aufmerksam darauf achten, dass sie beieinanderblieben. Sie bewegten sich auf einer Straße. Auf der linken Seite waren Häuser und Ruinen zu erkennen. Ob dort Menschen wohnten sahen sie nicht. Joy erklärte, dass die Gebäude wohl noch aus der Kolonialzeit stammten. Auf der rechten Seite war zunächst nichts zu sehen. In das Getümmel auf der Straße mischten sich auch vollbeladene Karren, die von Menschen gezogen wurden. Sogar Busse und andere Fahrzeuge versuchten, einen Weg durch den Menschenstrom zu finden. Dann standen plötzlich viele Fahrzeuge hintereinander. … Ein Stau? … Etwa hundert Meter weiter vorne lag eine Kuh auf der Fahrbahn. Da die Kuh heilig war, durfte sie nicht verscheucht werden. Die Autofahrer mussten warten, bis wieder Platz zum Fahren da war.

Ada und Joy orientierten sich weiter nach rechts und kamen irgendwann an eine Uferböschung zu einem Fluss. Tausende Menschen saßen, standen oder bewegten sich auf der flachen Böschung zum Wasser. Die zwei fanden noch ein Plätzchen, wo sie sich niederlassen konnten, um die Füße ein wenig auszuruhen.

„Ada, siehst Du die vielen Feuer unten am Wasser? Dort verbrennen die Menschen ihre verstorbenen Angehörigen. Die Asche wird dann im heiligen Fluss verstreut."

„In dem schmutzigen Wasser stehen oder tauchen Menschen mit Klamotten."

„Dieses Land ist sehr stark von Religionen beeinflusst. Die Menschen gehen in den Fluss, um ihre Sünden abzuwaschen."

„Indien ist doch fast das volkreichste Land der Erde. Es können doch nicht alle Bewohner des Landes hierherkommen und baden."

„Mit dem Hinduismus wurde auch das Kastensystem eingeführt, in dem die Menschen nach ihrer Herkunft und ihrem Wohlstand einzustufen sind. Die Reichen besuchen Tempel oder machen großzügige Spenden und nur die Ärmsten der Armen werden hier ihre Sünden los."

„Joy, woher weißt Du das alles?"

„Du wolltest nach Indien und ich habe mich schon mal eingelesen."

„Ich weiß, dass ich in der Parallelstraße zu der, wo wir hergekommen sind, die Universität finde. Dort gehe ich jetzt hin und tue auch etwas für meine Bildung. Ich schlage vor, Du suchst ein Hotel und holst mich in zwei Stunden am Portal ab."

„Soll ich nicht besser mitkommen? Es ist gefährlich hier."

Ada war schon in der Menschenmenge verschwunden. Sie musste nicht lange suchen, und sie stellte schon auf dem Campus fest, dass noch mehr junge Leute mit Rucksack dort herumliefen. Die Universität dehnte sich auf einen ganzen Stadtteil aus. Die Menschenmenge lichtete sich, als sie das Portal am Hauptgebäude durchschritt. Mächtige Marmortreppen führten in die oberen Stockwerke. Die meisten Studenten drängten ins Untergeschoss. Ada schloss sich ihnen an und befand sich plötzlich in einer riesigen Halle, wo Tische und Stühle aufgebaut waren. Die Studenten gingen zu einer endloslangen Theke, wo es etwas zu essen und zu trinken gab. Ada war in der Mensa gelandet. Mit ihrem Tablett ging sie auf einen freien Platz an einem Tisch zu und setzte sich, als gehörte sie sowieso dazu. Um sie herum saßen junge Männer, die so sehr in Gespräche mit den Kommilitonen verstrickt waren, dass sie keine Notiz von der jungen Frau nahmen. Ada schaute sich unauffällig um und stellte fest, dass in unmittelbarere Nähe an den vielen Tischen keine Studentin zu sehen war. Nach einer Weile sprach sie ihren Nachbarn an: „Ich bin neu hier. Essen die Studentinnen irgendwo anders?"

Der junge Mann schüttelte nur den Kopf und diskutierte weiter mit seinen Kommilitonen.

Als Ada gegessen hatte, zog sie einen Block und einen Stift aus der Tasche. Dann tat sie, als denke sie über irgendetwas nach. Dabei ließ sie ihren Blick weiter über die Tische schweifen.

Sie entdeckte etwas weiter weg zwei Inderinnen, die sich eifrig unterhielten. Sie waren gut gekleidet und trugen ein Seidentuch, lässig um ihr Haar und die Schultern geschlungen. Sie schaute etwas länger hin.

Da drehte sich das eine Mädel zu ihr um und Ada schaute verlegen zur Seite. Nach einer Weile fühlte sich Ada, als würde sie beobachtet. Sie schaute zu den Mädels, die beide offensichtlich den Blickkontakt zu ihr gesucht hatten. Ada lächelte und schaute wieder weg. Als Ada wenig später wieder in die Richtung schaute, waren die Studentinnen verschwunden.

Ada erschrak, als sie jemand an der Schulter berührte. Fünf Mädels standen plötzlich hinter ihr und lächelten sie an: „Du bist Ada-Reede, die Eskimofrau!"

„Ja! Wieso kennt Ihr mich? Ich bin zum ersten Mal hier."

„Wir lesen Deine Schriften und sind glücklich, Dich kennenzulernen. Komm mit uns. Wir gehen auf den Campus."

Als Campus bezeichnete man den Schulhof der Universität. Das war eine Freifläche mit ein paar Bäumen. Ringsum standen Gebäudekomplexe für die einzelnen Fakultäten. Die Studenten gruppierten sich nach Themen, die sie gerade interessierten. Der Campus war also ein lebhaftes Kommunikationszentrum.

Die Mädels führten Ada-Reede in den Schatten eines Baumes und konfrontierten sie sofort mit dem Inhalt ihrer Schriften im Magazin: „Wir lesen und diskutieren, was Du schreibst und wir warten schon gespannt auf die Fortsetzungen. Befindest Du Dich auf einer Vortragsreise bei uns?"

„Nein. Ich bin zum ersten Mal hier und versuche, Erfahrungen zu machen, wie Ihr hier lebt. Ich danke Euch für Euer Interesse."

„Ich komme mir manchmal vor, als hätte ich geschlafen und Du hättest mich wachgerüttelt."

„Irgendwann werden alle Frauen aufgeklärt sein, und dann werden wir um unsere Rechte kämpfen."

„Wenn wir erst stark genug sind, wird das eine Revolution gegen die Männer werden."

„Wenn Ihr mich als Revolutionärin seht, dann habt Ihr mich falsch verstanden. Mit meinen Schriften will ich niemanden aufhetzen. Ich schreibe in den einzelnen Ländern meine Erfahrungen auf und hoffe, dass meine Leser sich Ihres Status in der Welt bewusstwerden. Ich als einzelne Person kann die Welt nicht verändern. Ich kann nur feststellen, wie die Menschen zusammenleben, also miteinander umgehen."

„Egal! Wir haben genügend Argumente, um zu kämpfen und die Männer in ihre Schranken zu drängen."

„Mädels, das hört sich nach Gewalt an. Denkt an Eure großen Menschen aus den Familien Gandhi und Nehru. Sie haben den gewaltlosen Widerstand gepredigt, weil sie wussten, dass Gewalt nur neue Gewalt schafft."

„Und was hat das gebracht?! Wir Frauen leben immer noch wie im Mittelalter. Wir Frauen wurden seit Jahrtausenden unterdrückt."

„Das wird auch so bleiben, wenn wir Frauen nicht lernen, unser Verhalten an unsere Situation und unsern Willen anzupassen."

„Das würde ewig lange dauern, und es ist fraglich, ob die Männer darauf Rücksicht nehmen werden."

„Ada-Reede, bleibst Du noch eine Weile hier bei uns in der Stadt? Was hast Du überhaupt vor? Haben wir noch eine Chance mit Dir zu diskutieren?"

„Ich bin mit meinem Freund gerade hier angekommen. Er sucht ein Hotel und wartet sicher schon am Portal des Hauptgebäudes. Wenn Ihr mitkommt zum Portal, erfahren wir, wo mein Freund uns einquartiert hat. Dann können wir Kontakt aufnehmen. Ich bleibe so lange hier, bis ich ein überschaubares Bild von Eurem Leben erfahren habe. Eins kann ich Euch jetzt schon sagen: Es gibt viele Parallelen in anderen Ländern, also gibt es auch gleiche Begründungen für das Verhalten der Menschen."

Joy Sun stand beunruhigt am Portal und blickte über die vielen Menschen. ... Wie soll ich Ada hier finden? Ist sie in einem der Häuser? Läuft sie verirrt irgendwo herum? Warum nur habe ich zugelassen, dass sie alleine geht? ...

„Joy, ich bin hier!", rief Ada schon von weitem. Sie konnte sich denken, dass er sich Sorgen machte. Joy lächelte beruhigt: „Ich sehe, Du hast sogar schon Fans gefunden."

Die Mädels lachten und begrüßten Joy: „Ihr beide seid uns willkommen und wir wollen zu Euch Kontakt halten."

Das Hotel lag in unmittelbarer Nähe der Universität. Am Eingang stand ein livrierter Inder mit Turban und führte sie zum Empfang. Der Mann dort war mit dunklem Anzug, Krawatte und Turban bekleidet. Mehrere Pagen liefen geschäftig in der Lobby herum. Der Empfangsraum war mit Zimmerpalmen geschmückt. Viele Gäste saßen in schweren Polstersesseln. Teppiche mit indischen Mustern dämpften die Schritte und den allgemeinen Geräuschpegel.

„Mister Sun, ich wünsche Ihnen einen schönen Aufenthalt. Der Page begleitet Sie nach oben."

Die Treppen waren mit weißem Marmor belegt. Überall wo Metall verarbeitet worden war, strahlte dies in glänzendpoliertem Messing. Selbst im Aufzug war nirgendwo Schmutz oder Staub zu sehen. Das gleiche Bild erwartete sie in ihrem großzügig eingerichteten Zimmer.

Ada und Joy ließen sich in die einladenden Polster fallen und bestellten sich über den Zimmerservice etwas zu trinken.

„Ob das wohl immer noch der Einfluss der englischen Kolonialherrschaft ist?"

„Joy, das ist aber doch schon so lange Vergangenheit."

„Naja. In Indien gab es schon vor zwei Jahrtausenden hohe Kulturen, aber die Engländer haben hier vieles verändert und das Land und die Menschen nachhaltig geprägt."

„Vielleicht liegt es daran, dass die Inder nie eine richtige Einheit waren."

„Zum Abendessen müssen wir sicher unsere besten Klamotten anziehen. Ada, Dir wird es sicher leichtfallen, Dich hübsch zu machen, aber ich habe nur Jeans und T-Shirt. Unten habe ich ein Geschäft gesehen. Ich werde mir ein weißes Hemd kaufen und eine dunkle Stoffhose. Dann werde ich neben Dir wohl nicht unangenehm auffallen."

Ada-Reede hatte in der Zwischenzeit geduscht und empfing Joy in einem bezaubernden Negligé. Sie küsste ihn zärtlich und zog in die weichen Kissen des mit seidenen Vorhängen verzierte Himmelbett: „Wir haben noch eine Stunde Zeit!"

Joy hatte sich vorsichtshalber auch ein leichtes Sportsakko und eine Krawatte gekauft. Sie gingen in den vornehmen Speisesaal und wurden von einem Kellner an ihren Tisch geleitet.

„Silbernes Besteck, Teller mit Goldrand, Kristallgläser für alle Getränke … so viel Vornehmheit sind wir eigentlich gar nicht gewohnt. Ist das überhaupt noch modern?"

„Ja. Und das wird es wohl auch bleiben. Seh es doch einmal so: Das Hotel achtet uns und bietet uns seinen Luxus."

„Ada ich bewundere Dich. Du findest Dich sofort damit zurecht, aber ich muss mich erst daran gewöhnen. Ich sehe das eher so, dass die uns hier ihren Luxus verkaufen. Und wenn ich mir die vielen armen Leute auf der Straße vorstelle, wird mir ganz schön unwohl."

„Willst Du mit den Leuten auf der Straße tauschen?! Sicher nicht. Also werden wir unser Verhalten anpassen. Dein Sacco steht Dir übrigens sehr gut und die Hose sieht aus, als hätte sie Dir ein Schneider direkt auf Deine Figur angepasst."

Ada grinste verführerisch und erinnerte sich mit einem Seufzer an die letzte Stunde mit Joy im Himmelbett.

Nach dem Essen fuhren sie mit dem Aufzug direkt in die Hotelbar auf der Dachterrasse. Sie genossen die Aussicht über die Stadt, in der die unruhige Menschenmenge auch bei Nacht noch wie in einem Ameisenhaufen unterwegs war. Dezente Barmusik forderte sie auf, sich verliebt umarmt zum Tanz zu drehen. Ada schloss die Augen und presste sich an ihn.

„Ich wünschte, diese Romantik mit Dir, Geliebter, würde nie vergehen."

„Geliebte Ada, sag mir Bescheid, wann ich Dich aus Deinem Traum wieder aufwecken soll", flüsterte er ihr ins Ohr. „Dann träumen wir gemeinsam irgendwo anders weiter."

„Hallo!", begrüßte Indira die beiden Rucksacktouristen beim Frühstück. „Wir Mädels haben beschlossen, Euch abwechselnd herumzuführen, damit Ihr nicht planlos durch die Gegend lauft."

„Indira, sind die Hotels alle so komfortabel?"

„Nein bestimmt nicht. Ihr seid First-Class abgestiegen. Das Haus stammt zwar noch aus der Kolonialzeit, aber es wurde vom Eigentümer ständig renoviert und baulich angepasst. Wenn Einheimische hier wohnen, dann gehören sie zur höchsten Kaste. Wenn Ihr es Euch leisten könnt, seid Ihr bestens versorgt."

„Wo willst Du uns hinführen bei den vielen Menschen auf der Straße? Wir haben doch nur damit zu tun, dass wir uns nicht verlieren."

„Keine Angst. Wir gehen etwas abseits. Man muss die Wege allerdings kennen. Berühmte Häuser, Tempel, Brücken, Hochhäuser, Museen usw. haben wir wie in jeder Stadt. Ich denke, damit halten wir uns nicht auf, denn Ada will ja Menschen beobachten. Wir gehen zunächst in einen Park."

Viele Palmen, auch Bäume von anderen Kontinenten beschatteten Grünflächen. Die Wege waren meistens kerzengerade. Unter Schritten der Besucher knirschte der helle Kies. Alles war sauber und aufgeräumt. Nicht einmal Laub lag unter den Bäumen.

„Hier vorne an der Ecke steht immer ein Speaker. Der darf auf diesem Platz alles sagen, was er will. Er beschimpft seinen Nachbar oder die Regierung, bezeichnet alle Frauen als Huren. Er beschwört den Weltuntergang. Niemand stört ihn, und er entscheidet, ob ihm jemand zuhört, oder ob er mit sich selbst spricht."

„Haben die Engländer nicht auch so eine Institution?"

„Ja, am Hydepark-Corner. Hier steht immer ein anderes Individuum, und zwar stundenlang. Ich wundere mich nur, dass es um den Platz keinen Streit gibt. Hier soll sogar mal eine Frau gestanden und gepredigt haben. Man sagt, sie hätte einen ganzen Tag lang geredet und ihre Zuhörer hätten gelacht und sie ständig verspottet. Sie hatte gefordert, entweder alle Männer zu kastrieren oder jede Kneipe und Bar, jedes Hotel in ein Bordell umzufunktionieren, um die Vergewaltigungen zu reduzieren."

In dem Park war es etwas ruhiger als draußen auf den Straßen, obwohl sich hier auch viele Menschen auf den Wegen tummelten. Sie gingen einzeln oder in diskutierenden Gruppen. Wenn Frauen dabei waren, handelte es sich um jüngere Leute. Die indische Kleidung mit dem Turban dominierte nicht in dem Bild, wie Ada es sich vorgestellt hatte. Auch Familien konnte man erkennen. Allerdings gingen die zugehörigen Väter meist vorne weg oder hinter her und kümmerten sich nicht um Mutter und Kind.

„Etwas abseits der Wege seht Ihr Menschengruppen, die auf einen Guru fixiert sind. Sie lernen Yoga, üben sich im Meditieren und versuchen der Logik der Meister zu folgen. Die Männer bedecken ihre Blöße nur oberflächlich mit Tüchern. Wenn sie keinen Turban tragen, dann sind es Mönche aus irgendwelchen Klöstern."

„In der Gruppe da drüben sind auch Frauen zu sehen. Ich habe auch schon mal einen Yoga-Kurs mitgemacht. Die Übungen sind manchmal sehr schwierig. Die Atmung dabei ist ganz wichtig und ohne Meditation geht da überhaupt nichts."

„Frauen, die sich der Meditation hingeben, sind nicht selten. Besonders Frauen mit psychischen Schwierigkeiten suchen die Hilfe der Meister."

„Wenn das der Fall ist, dann macht der Guru doch Geschäfte mit Touristen. D.h. die Leute können auch einen solchen Meister buchen. Das ist schon zweifelswürdig, wenn man die Vorstellung hat, dass dem Guru die absolute Armut und die totale Entsagung irdischer Güter anhaften."

„Manche der Herren sind exzellente Schauspieler. Sie führen ihre Zuhörer in eine Trance. Wenn die dann wieder aufwachen, fühlen sie sich wie geläutert, wie neugeboren. Diese Gurus gehen nach Beendigung des Kurses gemächlichen und würdevollen Schrittes aus dem Park hinaus und rennen draußen zu einem Taxi, das sie nach Hause fährt."

Ada Reeder deutete auf eine Rotbuche, die mit ihren breiten Ästen einen wohltuenden Schatten spendete: „Können wir uns dort nicht etwas ausruhen? Ich müsste mal etwas trinken."

„Können wir. Aber wenn wir noch ein paar Meter weitergehen, kommen wir zu einem Gartenlokal. Da sitzen wir noch gemütlicher."

Sie wurden von einem freundlichen Mann mit Bart bedient. Alles war sauber, die Wege zwischen den Tischen waren mit weißem Marmorschotter belegt. Es gab sogar Blumenbeete zu bewundern. Indira hatte einen Platz gewählt, wo sie die Menschen im Park und im Garten unbemerkt beobachten konnten.

„Mir fällt wieder auf, dass wir auffallend wenige Frauen hier sehen. Hier im Lokal gibt es nicht einmal weibliche Bedienungen. Unter den Spaziergängern gibt es einige Frauen mehr."

„Wir haben in Indien einen erheblichen Männerüberschuss in der Bevölkerung. Außerdem werden Frauen oft nicht für geeignet angesehen, bestimmte Dinge zu tun. Man kann schon von einer Diskriminierung ausgehen."

„Damit willst Du wohl ausdrücken, dass in Indien trotz Verfassung und Demokratie eine Art Patriarchat herrscht."

„Das kann man so interpretieren. In den Familien werden oft weibliche Föten der schwangeren Frauen abgetrieben. Das hat eine wirtschaftliche Ursache: Kinder müssen für den Erhalt der Familie arbeiten. Mädchen können schwere Arbeiten nicht übernehmen, also sind sie nur unnütze Esser am Tisch. Die Armut zwingt die Menschen dazu, viele Kinder in der Familie zu haben. Ein Drittel der Kinder wird nicht älter als fünf Jahre. Könnt Ihr Euch die Not vorstellen."

Joy und Ada schauten sich entsetzt an. Ihnen waren die vielen Bettler auf den Straßen aufgefallen. Sie hatten die Menschen, die im schmutzigen Fluss badeten in Erinnerung und im Hotel wurden sie mit Luxus verwöhnt. Das Thema beschäftigte sie noch eine ganze Weile und Ada vermutete, dass dies eine nachhaltige Erfahrung für ihre Schriften sein würde. Joy versuchte die Traurigkeit, die sich auf Adas Gemüt legte, zu vertreiben und fragte die Studentin: „Indira, ich spreche jetzt ein Thema an, das Dich vielleicht oder sogar bestimmt betrifft. Ich will Dir aber nicht zu nahetreten. Darf ich es wagen?"

„Nur zu! Ich werde Dir schon nicht die Augen auskratzen. Außerdem weiß ich hier mehr als Du und kann Dir Dein Nichtwissen eher verzeihen."

„Ich habe ein Bild vor Augen von der indischen Schönheit: Sie ist schlank, ihr schwarzes Haar wird kunstvoll zu einem Dutt zusammengesteckt und dezent mit einem weißen Seidentuch bedeckt. Ihre dunklen Augen blicken mich selbstbewusst und verführerisch an. Den Haaransatz verziert ein mit Diamanten besetztes Diadem. Die glatte Stirn zierte ein farbiger Fleck oberhalb der Nasenwurzel. Ihr Teint ist leicht braun getönt und mit einem Hauch von blau veredelt. Ihr Körper ist mit einem bodenlangen Seidentuch - mit feinen Goldfäden bestickt - über eine Schulter und die Hüfte umschlungen. Ihre nackten Arme zieren kostbare Armreifen. Ihre Bewegungen sind schlangenartig, als hätte sie keine Gelenke. …"

„Oh, Ada Du musst aufpassen. Dein Joy ist ein Lüstling!", unterbrach ihn Indira. Alle lachten und Joy fragte: „Wo gibt es diese Schönheit zu sehen? Ist sie etwa nur eine Legende?"

„Joy, Du hast mit Deinen Worten eine Schönheit beschrieben, als hättest Du sie gemalt. Die kostbare Ausstattung deutet auf Wohlstand hin, also auf eine Zugehörigkeit zur obersten Kaste. Du musst zugeben, eine solche Schönheit ist nicht geeignet, irgendetwas zu arbeiten.

Auch das deutet auf eine hohe Kaste hin. Die Herrscher in der Vergangenheit konnten es sich leisten, solche Schönheiten um sich zu scharen. Sie demonstrierten mit diesen Frauen ihren Reichtum und ihre Macht. Die Frauen hatten nur die Aufgabe schön zu sein. Sie wurden gewaschen, abgetrocknet, gesalbt, frisiert, geschminkt, angekleidet, und dafür war eine Truppe von Dienerinnen verantwortlich. Die Schönheiten lebten wie in einem goldenen, mit Samt und Seide ausgeschlagenen Käfig. Wenn eine Frau mit dem Herrscher verheiratet war, trug sie ein Schmuckstück auf der Stirn, manchmal auch nur einen farbigen Punkt, damit sie stets glücklich sein sollte. Der Herrscher besuchte die favorisierte Schönheit in ihren Gemächern, wo sie immer für ihn zur Empfängnis bereit war. Manche Herrscher bauten auch gewaltige Paläste für ihre Schönheiten. Die Frauen wurden verehrt und mit Luxus verwöhnt, aber wenn sie den Ansprüchen des Herrschers nicht mehr genügten, auch ersetzt.

Wir können uns sicher vorstellen, dass sich heute noch einige wohlhabende Inder ähnlich begründet mit schönen Frauen umgeben. Es gibt viele Frauen, die ihren Status als Ehefrau mit dem Punkt auf der Stirn dokumentieren.

Religiöse Begründungen für die Verehrung der von Dir beschriebenen Schönheiten mit den schlangenartigen Bewegungen sind nicht von der Hand zu weisen. Ich habe von Tempeltänzerinnen gehört, die zu Ehren der Gottheit und zum Hochgenuss der Tempelherren leichtbekleidet tanzen, bis sie in der Ektase zusammenbrechen. Das normale Volk aus den unteren Kasten ist von solchen Genüssen selbstverständlich ausgeschlossen. Allerdings kann man solche Schönheiten - zumindest nachempfundene Schönheiten - im Theater oder in speziellen Lokalen bewundern. ... Und im Übrigen achtet jede Inderin, wenn sie es irgendwie finanziell einrichten kann, auf ihre Schönheit!"

„Verzeih mir, Indira. Ich habe es verstanden und ich werde allen Inderinnen künftig mit Achtung begegnen.", reagierte Joy etwas verlegen. Die Mädels lachten allerdings verschmitzt und Ada erklärte: „Joy Sun, Du bist eben ein richtiger Mann!"

„Ich habe vorhin gesagt, dass wir in der Bevölkerung einen hohen Männerüberschuss haben. Die Folgen davon sind z.B. die hohe Anzahl von Homosexuellen und viele Vergewaltigungen. Häusliche Gewalt ist bei uns auch verbreitet, aber sie muss nicht grundsätzlich etwas damit zu tun haben. Meine Landsleute gehen diesbezüglich für meine Begriffe sehr großzügig mit diesen sexuellen Abarten um. Aber bestimmt ist das Ansichtssache. Vielleicht will die Regierung auch aus politischen Gründen durch Duldung noch Schlimmeres vermeiden."

Ada Reede erinnerte sich an ihren Mensabesuch: „Ich habe mich einfach auf einen freien Platz gesetzt und mein Essen verspeist. Um mich herum saßen nur Männer. Keiner wollte mit mir reden."

Joy Sun ergänze seine Freundin und führte das Gespräch auf das Thema Höflichkeit: „Ich bin so erzogen, dass ich einer Frau aus Höflichkeit in den Mantel helfe oder dass ich ihr einen Platz anbiete. Kennt man diese Gesten hier auch?"

„Das ist leider nur selten oder gar nicht zu beobachten. Frauen sind hier wesentlich schlechter angesehen als Männer."

„Haben die Männer Angst vor den Frauen?"

„Angst würde ich es nicht nennen. Sie können mit Frauen weniger anfangen, weil sie als unnütz angesehen sind. Es ist so, wie es banal klingt: Sie können Frauen für nichts gebrauchen, außer zum Vögeln. Und das auch nur vielleicht, weil viele Männer schwul sind. Wenn wir den Stand und die Aktivitäten des Menschen in der indischen Gesellschaft nach seiner Entwicklung in der Bildung, im Geschäftsleben, in der Wirtschaft, im Sport, in der Kunst, in der Politik usw. bewerten würden, dann kämen die Frauen nur auf einen Bruchteil der Höhe des Status von Männern. Wie Ada schon richtig festgestellt hat, kann das überhaupt nicht sein, weil Frauen die gleichen Leistungen bringen können wie die Männer. Es hängt bei uns damit zusammen, dass die Frauen nicht die gleichen Chancen haben wie die Männer."

„Wenn uns jemand zuhört, könnte er den Eindruck bekommen, dass wir alle indischen Männer für flegelhaft und gefährlich halten. Eine solche Verallgemeinerung ist nie angemessen", wehrte Ada-Reede nachdenklich ab. „Wir dürfen so etwas niemals behaupten."

„Gut. Dann einigen wir uns auf die nicht von der Hand zuweisenden Beobachtungen. Wie gesagt: Die Frauen sind in Indien in der Minderheit und ihr Ansehen ist wesentlich geringer als das der Männer. Ein Grund dafür könnte die allgemeine, traditionelle Erziehung der Menschen sein, die zwangsläufig durch verschiedene religiöse Einflüsse über die Jahrhunderte hinweg geprägt wurde: Frauen stören die Männer nur bei ihren Aufgaben und Pflichten. Also sind sie unnütz und man kann sie allenfalls gebrauchen und dann wegwerfen!"

Ada hatte Schwierigkeiten, eine so radikale Meinung zu akzeptieren. Ein derartiges Verhalten der Männer gegenüber den Frauen, verbreitet in einem ganzen Volk, kam ihr unverzeihbar und rückständig vor.

Indira brachte noch ein Beispiel zum Ansehen der Frauen in der indischen Gesellschaft: „Wenn eine Frau verheiratet werden soll, dann schuldet der Brautvater dem Bräutigam bzw. dessen Eltern eine hohe Mitgift. Die ist oft so hoch, dass sie von der Familie der Braut nicht aufgebracht werden kann. Daraus entsteht dann ein Streit, der bis zur Ermordung der Braut führen kann."

Joy Sun schüttelte sich entsetzt: „Das ist ja so was von abartig und gruselig, dass vermutlich Eheschließungen in Indien eher vermieden werden. Kann denn die Liebe zweier Menschen nicht über solche Schwierigkeiten hinweghelfen?!"

„Tja, so ist es nun mal. Aber wer Vermögen hat, ist diesen Schwierigkeiten nicht ausgesetzt. Für uns ist das alles selbstverständlich, weil wir es nicht anders kennen. Ihr habt es selbst gesehen, wie wenige Studentinnen es in unserer großen Universität gibt. Unsere Eltern müssen uns praktisch einen Platz kaufen, auf jeden Fall irgendjemanden dafür bezahlen."

Joy sinnierte vor sich hin: „Ich kann mir das nur so erklären: Die hohen Kulturen in der antiken Vergangenheit Indiens konnten nur existieren, weil sich der vermögende Teil der Bevölkerung gegenüber dem armen durchsetzte. Das wurde im Volk als selbstverständlich und unverrückbar angesehen, weil z.B. die oberen Kasten im Kriegsfall dem Volk Schutz boten. Die Kolonialherren machten mit den Vermögenden Geschäfte und die Armen bedienten sie. Die Dienerschaft wurde sicher auch von den Herren ausgenutzt, aber sie nahm das hin, weil sie nicht mehr hungern musste. Nach der Verselbständigung hatte Indien zwar eine demokratische Verfassung, aber im Verhalten der Menschen zu einander hatte sich nichts verändert. Ich will jetzt nicht sagen, dass die Religionen die Menschen weiter manipulierten, aber sie beruhigten die Gläubigen damit, dass die Gottheiten das Leben jedes einzelnen Menschen bestimmen."

„Joy, Du könntest Deiner Rede auch folgenden Satz anhängen: Es war schon immer so, so ist es gut und warum soll man Gutes verändern?! … Übrigens habt Ihr nur einen Eindruck vom Leben in der Stadt bekommen. Sina organisiert gerade ein Auto. Joy kannst Du fahren? Man sieht es hier nicht gerne, wenn Frauen am Steuer sitzen."

„Nun ja. An den dichten Verkehr und das Linksfahrgebot muss ich mich erst gewöhnen, aber es wird schon gehen. Was habt Ihr vor?"

„Die Stadt ist sehr groß, und es gibt nach außen hin unterschiedliche Stadtteile, wo wir Euch vielleicht noch etwas zeigen können. Anschließend fahren wir aufs Land, damit Ihr auch das Leben dort kennenlernen könnt. Wir melden uns bei Euch, wenn wir so weit sind."

Im Hotel waren sich Ada und Joy eine Zeit lang keine guten Gesprächspartner. Sie versuchten die Informationen für sich zu verarbeiten und verglichen sie dabei mit ihrem eigenen Leben und Verhalten. Manchmal lenkten sie sich gemeinsam ab mit den Annehmlichkeiten im Hotel, und Ada saß oft an ihrem Laptop und versuchte, logische und unterhaltsame Gedanken für ihren Freund Odiman und vor allen Dingen für ihre Leser zu formulieren.

Wenn Ada schrieb, wollte sie nicht gestört werden. Sie weigerte sich auch, ihre Gedanken zu unterbrechen, wenn Joy etwas anderes tun wollte. Er saß öfter in der Hotelbar, beobachtete die Menschen, hörte dabei Gesprächsfetzen und suchte selbst Gespräche mit Indern und Touristen. Der Barkeeper war sein Vertrauter. Er trug eine rote Weste über einem weiten weißen Hemd und einen Turban auf dem Kopf.

„Wird Dir das eigentlich niemals zu warm unter dem Turban? Ist das nicht ein sehr langes Tuch, das Du täglich um den Kopf wickeln musst?"

„Die Bar ist klimatisiert und außerdem spare ich mir den Friseur", lachte der Mann. „Der Turban ist ein Ausdruck meiner Religionszugehörigkeit. Er besteht aus einem sechs bis zehn Meter langen und leichten Leinentuch. Es wird nicht gewickelt - wie Du sagst, sondern kunstvoll gelegt. Du könntest das sicher nicht, aber wir lernen es schon im Kindesalter. Trotz religiöser Überzeugung, kann sich nicht jeder Inder einen Turban leisten."

„Ich stelle mir vor, es gibt Arbeiten, wo der Turban Dich behindern könnte. Es gibt doch auch Arbeiten z.B. bei Handwerkern, wo ein Turban absolut unpassend ist."

„Wenn der Turban mich bei einer Arbeit behindern sollte, da tue ich die Arbeit eben nicht."

„D.h. bei Dir kommt erst die Religion, dann die Arbeit in der Reihenfolge der Bedeutung."

„Ja, aber Du hast schon recht. Berufstaucher z.B. tragen bei ihrem Job keinen Turban. Sie legen eben das Tuch nach ihrem Tauchgang neu. Du meinst das sei zu mühsam und dauert zu lang? Ich brauche für den Turban nicht länger, als Du mit dem binden Deiner Krawatte."

„Die Frauen gehören doch auch zu einer religiösen Gemeinde. Dann ist doch die Frage erlaubt, ob sie auch einen Turban tragen?"

„Frauen sind geduldet. Sie machen nur Ärger mit ihrem Geschwätz, Gezeter und Geheule, wenn sie nicht weiterwissen. Ihre Natur bestimmt sie zu Verführerinnen. Wenn sie damit Erfolg haben, versuchen sie den Mann zu entmachten. Um eine Frau mit Turban würde ich einen großen Bogen machen."

„Was machen indische Männer, wenn sie mal eine Frau für sexuelle Genüsse brauchen? Gibt es bei Euch Hurenhäuser oder ähnliche Etablissements?"

„Sie nehmen sich eine. Hurerei lässt die Religion nicht zu, aber hinter verschlossenen Türen kann man schon etwas finden."

„Was heißt, nehmen sich eine?"

„Vergewaltigungen und häusliche Gewalt sind an der Tagesordnung. Unsere Polizei hat damit Schwierigkeiten, wenn Du bedenkst, wie viele Millionen Menschen hier herumlaufen. Das geht hin bis zur Ermordung von Frauen. Dabei sind die Behörden manchmal nachsichtig mit den Männern."

„Das klingt nicht besonders einladend für die Touristen."

„Bei uns sind die Frauen noch den Männern untertan, wie im Alten Testament bei den Christen. Aber bei Touristen sind wir vorsichtiger, weil die uns ja Geld bringen. Die haben auch meistens keine sexuellen Ambitionen. Sie besuchen unser Land eher, um ihre Seele zu reinigen, zu sich selbst zu finden oder die berühmten geistigen Fähigkeiten der Gurus zu erlernen. Manche gehen auch in ein Kloster."

„Gibt es auch indische Nonnen?"

„Da kann ich nicht mitreden. In so einem großen Land, wird es sicher auch Nonnenklöster geben. Ich habe aber schon davon gehört, dass indische Nonnen im Ausland aktiv sind, z.B. mit der Gründung von Klöstern."

Wenn Joy Sun spät in der Nacht Ada wieder aufsuchte, dann war sie meistens noch beim Schreiben, oder sie lag auf dem Diwan und dachte über ihre Erfahrungen nach. Joy versuchte, ihr seine Erkenntnisse zu vermitteln. Solche Gespräche vertieften sie dann mit einem Glas Rotwein. Schließlich fanden sie Gelegenheiten, ihre eigenen sexuellen Bedürfnisse leidenschaftlich zu genießen.

Eines Tages - Ada Reede war wieder in ihre Schriften vertieft - sagte Joy: „Du brauchst mich jetzt nicht. Ich gehe noch mal in den Park und versuche, mich einer Gruppe um einen Guru anzuschließen."

„Das ist eine gute Idee. Pass aber auf, dass Du Dich nicht verläufst oder verirrst! ..."

Joy quälte sich durch die Menschenmenge in der Hauptstraße. Er fand auch die ruhigeren Straßen und stand plötzlich vor dem Park. Er hörte dem Speaker einen Moment zu. Der schimpfte gerade über die Umweltsünden der Menschen: „Sie beuten die Natur rücksichtslos aus, bis sie nicht mehr Auto fahren können, weil es kein Öl mehr gibt und bis sie irgendwann nichts mehr zu fressen haben. Der Mensch steht mit seinem Verstand auf der höchsten Stufe der Entwicklung und ist dennoch so dumm, dass es mir schwindelig wird. …"

… Ja, dachte Joy, wenn Dir von Millionen Menschen nur einer zuhört, hast Du schon gewonnen. Und was bringt Dir das?! …

Menschen strömten über die mit weißem Marmor bekiesten Wege, aber nichts deutete auf Eile oder Hast hin. Vornehm gekleidete Inder, Touristen, Bettler, keiner schien ein Ziel zu haben. Die Frauen unter den Gästen trugen gerne das übliche weiße Seidentuch locker um ihre Frisur. Die meisten Leute schienen es zu genießen, der Hektik in der Stadt entkommen zu sein.

Unter einem Baum etwas abseits der Wege erspähte Joy einen alten Mann. Er kauerte halbnackt auf dem Boden. Sein graues Haar fiel ihm über den Rücken und die Schultern. Der Bart bedeckte fast das ganze Gesicht. Nur ein weißes, um die Hüften geschlungenes Tuch diente ihm als Bekleidung. Er saß auf den Füßen, hatte die Handflächen vor der Brust aneinandergelegt und blickte starr in den Himmel. Ein Guru. Neben ihm stand ein schmutziger Schuhkarton, in dem schon etwas Geld lag. Mehrere Menschen gingen auf ihn zu, zogen ihre Schuhe aus und gruppierten sich um ihn in der gleichen Haltung wie er. Zwei Inder mit nacktem Oberkörper und Turbanen, eine indische Frau und etwa zehn männliche und weibliche Gäste hatten sich mit Joy hier versammelt. Einige waren sicher schon öfter hier, denn sie hatten sich eine Decke auf den Boden gelegt.

Nachdem Ruhe eingekehrt war, blickte der Meister auf seine Jünger und sprach: „Ihr seid zu mir gekommen, weil Ihr glaubt krank zu sein oder weil Ihr zu Euch selbst finden wollt. Ihr werdet Euch selbst helfen. Wir alle sind Staub des Kosmos. … Nehmt Eure Umwelt mit Eurem Atem auf und lasst sie wieder frei mit einem Buuuh. … Atmet weiter ruhig ein und energisch aus. … Streckt die Arme zum Himmel und legt Euren Oberkörper, Euer Gesicht und Eure Handflächen auf den Boden und atmet weiter. … Hebt jetzt Euer Gesäß von den Füßen hoch und hört nicht auf zu atmen. … Stellt jetzt Euren Körper von den Knien bis zum Kopf senkrecht, breitet die Arme zur Seite aus und hebt die Handflächen nach außen. … Eure Atmung wird ruhig und gleichmäßig. … Erhebt Euch jetzt, streckt die Arme und Hände zum Himmel, atmet weiter und hebt den linken Fuß zum rechten Knie. Die ungewohnte Yogaübung fällt Euch nicht schwer, weil Ihr Euch auf die Atmung konzentriert. … Aus dem zweibeinigen Stand winkelt Ihr jetzt das rechte Bein an, der Fuß bleibt am Oberschenkel und Ihr dreht das Knie nach außen. … Und immer weiter tief einatmen und energisch mit Buuuh ausatmen. …"

Joy wollte eigentlich schon längst aufgegeben haben, weil er total ungeübt in solchen Körperbewegungen war. Er merkte gar nicht, dass schon über eine Stunde vergangen war, und er stellte zufrieden fest, dass ihm kein Muskel und kein Gelenk wehtat. Die Ansagen der Figuren waren eindeutig, und außerdem begleitete der Guru jede Übung selbst mit.

Der Meister fuhr fort: „Nach diesen Yogaübungen seid Ihr bereit zu meditieren. Setzt Euch wieder auf Eure Füße, haltet Euren Oberkörper aufrecht, streckt Euer Gesicht zum Himmel, schließt die Augen und legt die Handflächen vor der Brust aneinander. … Konzentriert Euch auf Eure Atmung. … Euer Verstand verlässt Euren Körper. Begleitet ihn. Er strebt einem Licht zu, das unendlich weit entfernt zu sein scheint. Das Licht ist ringsum von Dunkelheit umgeben. Euer Verstand bewegt sich wie in einem Tunnel. … Euer Körper atmet weiter, aber Ihr konzentriert Euch auf Euren Verstand. Wird er das Licht erreichen? … Wer bist Du, Verstand? … Warum wirst Du immer schneller? … Bin ich etwa der Verstand? … Wohin gehst Du? …

Ich spüre die Geschwindigkeit. … Wie hoch willst Du noch beschleunigen? … Ist das Licht Dein Ziel? … Was ist hinter dem Licht? … Wer bin ich, dessen Verstand so zielsicher rast? …"

Die Trance dauerte noch einen Moment an, dann klatschte der Meister in die Hände.

„Euer Weg ist das Leben. Ihr besteht aus Körper und Geist. Beide sind einmalig, aber Euer Weg ist immer verschieden. Der Kosmos, in dem Ihr nur Staub seid, ist unendlich. Nur wenn Ihr Euch auf den Verstand konzentriert, werdet Ihr verstehen, wer und wo Ihr in der Unendlichkeit seid. Ihr seid dort nicht allein. Nur in der Einsamkeit von Körper und Geist müsst Ihr für Euch selbst sorgen. Die Angst vor der Einsamkeit treibt Euch in eine Gesellschaft. Körper und Geist werden sich dort immer nur an einer Oberfläche des Lebens wohlfühlen. Aber mit der Konzentration werdet Ihr Euch dem Licht nähern."

Joy Sun fühlte sich top fit und er überlegte, wie er Ada den Besuch bei einem Guru schmackhaft machen könnte. Er ging noch eine Weile durch den Park und träumte vor sich hin. Dann kehrte er in dem ihm schon bekannten Lokal ein, trank einen Kaffee und wollte nun Ada mit glücklichen Gedanken im Hotel überraschen. Ada war aber nicht im Zimmer. Also machte er es sich bequem und wartete auf sie. Ada-Reede war den ganzen Tag über an ihrem Laptop beschäftigt. Das flüssige Schreiben fiel ihr schwer. Immer wieder musste sie eine Pause machen, um über die Formulierung ihrer Erlebnisse und Gedanken zu entscheiden. ... Ich darf meine eigene Meinung, meine Bewertung und meine Stellungnahme nicht zeigen. Aber wie soll ich das machen? Meine Beobachtungen treffen mich so tief in meinem Innern. ... Immer wieder musste sie ihre scharfen Worte entkräften. Die Erfahrungen, die sie machte, waren ihrem Wesen und ihrer Herkunft fremd, manchmal widerlich und abartig, aber sie waren auch gegenwärtig. Sie versuchte angenehme Erfahrungen dazwischen zu streuen. ... Meine eigene Stellungnahme hätte gefährliche Folgen für Odiman und die Leser. Ich würde den Menschen eine Meinungsbildung vorschreiben, die sie vielleicht aus Bequemlichkeit übernehmen würden. Das wäre falsch. Ich bin doch den Beobachtungen gegenüber auch eine Fremde. Meine Meinung würde vielleicht als nicht objektiv, ja als anmaßend betrachtet. Ich muss sachlich bleiben, auch wenn es mir sehr schwerfällt. Zumindest beim Schreiben. In Gesprächen darf mir schon mal etwas rausrutschen. ...

Irgendwann schreckte Ada aus ihren Gedanken hoch. Sie wollte sich eine Bluse kaufen, von der sie wusste, dass sie Joy gut gefiel. Der Mann am Empfang beschrieb ihr den Weg: „Gehen Sie über die Straße, dann nach links bis zur Prinzess Path. Am Ende dieser schmalen Gasse ist links eine ausgezeichnete Boutique, wo Sie alles bekommen, was Sie brauchen."

Ada rannte los und bog in die Gasse ein. Links standen Wohnhäuser, rechts begleitete eine hohe Mauer den Weg. Aber in der Mauer gab es einen Eingang. Vielleicht war dahinter ein Hof, ein Garten, vielleicht auch eine Ruine.

Ada-Reede sah schon die Boutique und wollte ihren Schritt beschleunigen. Plötzlich wurde eine Tür aufgerissen, drei Burschen stürzten sich auf Ada, packten sie unsanft und schleppten sie in einen Hausflur, wo sie auf den Boden gedrückt wurde. Zwei hielten sie an den Armen und verschlossen ihr den Mund. Der Dritter spreizte ihre Beine und machte sich bereit, in sie einzudringen. Ada wand sich hin und her, zuckte mit den Muskeln und versuchte, ihre Scham von dem Kerl wegzudrehen. Der hatte seinen Schwanz in der Hand und schaffte es nicht, sein Ziel zu finden. Plötzlich ergoss er sich auf Adas Oberschenkel. Enttäuscht schlug er Ada auf den Bauch und erhob sich. Mit aller Kraft schnellte sie ihren Fuß dem Burschen in die Hoden, sodass der vor Schmerzen brüllend zur Seite kippte. Die beiden anderen erschraken heftig. Ada konnte sich beherzt befreien und schlug ihnen ins Gesicht.

Der Raum war nur sehr spärlich beleuchtet. Ada schaute sich um. Sie war alleine.

Wütend rannte Ada-Reede zurück zum Hotel, meldete den Vorfall am Empfang. Wenig später holte sie die Polizei ins Kommissariat.

Endlich konnte sie wieder auf ihr Zimmer gehen. Sie hatte gar nicht an Joy Sun gedacht.

„Ada, wie siehst Du denn aus? Was ist Dir passiert? Wo kommst Du her?"

Sie warf sich ihm an den Hals und schluchzte. Dann stieß sie ihn weg und lief mit wilden Gebärden im Zimmer auf und ab: „Drei dreckige Inder haben mich überfallen!"

„Ist Dir etwas geschehen? Bist Du verletzt?"

„Nein! Mein Stolz ist verletzt!", brüllte sie wütend. „Diese dreckigen Missgeburten!"

„Ada jetzt beruhige Dich doch erst einmal und erzähle mir, was passiert ist."

„Ich will mich aber nicht beruhigen!!! Bestell beim Zimmerservice etwas zu trinken. Ich muss mich abreagieren!"

Joy nahm sie in die Arme und zog sie auf den Diwan: „Jetzt erzählst Du bitte von Anfang an. Als ich ging, hast Du am Laptop geschrieben. Was war dann?"

„Mitten in der Arbeit bin ich hochgeschreckt, weil ich vergessen hatte, diese verdammte Scheißbluse zu kaufen, die dir so gut gefällt. Der Inder am Empfang hat mich in die Prinzess Path geschickt zu einer Boutique. Die drei Scheißinder haben mich in einen Flur gezerrt. Zwei haben mich festgehalten, der dritte Schurke machte sich über mich her. Das geile Miststück schaffte es nicht. Er hat vorher abgespritzt. Er schlug mir mit der Faust in den Bauch. Ich trat ihm in die Eier, dass er umfiel wie ein gefällter Baum. Ich riss mich von den anderen Schurken los und schlug ihnen mit beiden Händen meine Krallen in die Gesichter. Sie sind heulend so schnell verschwunden, wie sie über mich hergefallen waren. Der Mann am Empfang wollte mich beruhigen. Er grinst dreckig und sagte, die Polizei wäre gleich hier. Dann kamen zwei fein Uniformierte und führten mich ins Kommissariat, um meine Anzeige aufzunehmen. Diese Schwachköpfe grinsten nur und ließen mich Bilder anschauen. Am Schluss sagten sie, sie könnten mir nicht garantieren, die Kerle zu finden, aber die Kratzspuren in ihren Gesichtern wären eine gute Spur für die Fahndung."

„So jetzt trinkst Du erst einmal einen Schluck und ich fasse zusammen: Du hattest ein äußerst schlimmes Erlebnis, aber Du bist unbeschadet am Körper davongekommen."

„Aber ich habe eine Stinkwut auf diese arroganten indischen Frauenhasser! Diese geilen Wüstlinge!"

„Und ich mache mir Vorwürfe, dass ich nicht bei Dir geblieben bin."

„Ich weiß, Du willst mich immer beschützen. Aber es muss doch möglich sein, dass ich als Frau auch mal etwas alleine tun kann."

„Hier ist das sicher schwierig, wenn es nicht sorgfältig vorbereitet wird. Frauen in einer Gruppe sind eher sicher vor diesen feigen Typen. Solange wir hier im Land sind werde ich nicht mehr von Deiner Seite weichen. ... Du hast Dich wieder beruhigt. Wir gehen jetzt zum Essen und lassen uns nichts anmerken. ... Und Du darfst nie vergessen: Du gefällst mir auch ohne diese verdammte Scheißbluse. ..."

Als sie beim Empfang vorbeikamen rief der Mann: „Mister Sun, ein Gespräch für Sie."

Indira klang irgendwie glücklich: „Joy, stell Dir vor, wir haben ein Auto organisiert. Wir treffen uns morgen früh auf dem Campus am Hauptportal. Sina freut sich auch."

„Wir kommen. Das habt Ihr super gemacht."

Die bevorstehende Fahrt war das Thema beim Essen und eigentlich für den restlichen Abend. Ada und Joy bereiteten sich darauf vor, was sie eventuell noch sehen würden.

„Es gibt hier noch Urwälder mit wilden Tieren. Bestimmt auch Tierparks, wenn die Kolonialherren sie angelegt haben. In den Wäldern werden immer wieder Ruinen von Tempeln gefunden. Vielleicht sehen wir den Königstiger und Elefanten bei der Arbeit."

Ada erinnerte Joy noch: „Wir werden sicher viele Gelegenheiten zum

Fotografieren haben. Wir sollten die Akkus aufladen."

Die beiden Studentinnen empfingen Ada und Joy und führten sie ohne lange Erklärungen zu einem Parkplatz in der Nähe der Universität. Das Auto war schon etwas verbeult und schmutzig, aber es hatte außer den Sitzplätzen einen großen Kofferraum. Indira und Sina hatten Reiseproviant eingekauft. Sina erklärte Joy noch einige Eigenheiten zu dem Fahrzeug: „Beim Schalten kratzt es ab und zu, weil die Kupplung kaputt ist. Bleib immer links. Den Weg sage ich Dir an. Wir nehmen zunächst eine ruhigere Straße in die östlichen Stadtteile."

Nach etwa einer Stunde unterbrach Sina das Gespräch ihrer Gefährten: „Hört Ihr die Trommeln?" Auf beiden Seiten der Straße standen Menschen, als warteten sie auf etwas. „Joy, fahr links ab und einmal um den Block bis Du einen Parkplatz findest."

Die vier jungen Leute stiegen aus und mischten sich in die Menschenansammlung am Straßenrand.

„Hier wird wohl ein Umzug oder Ähnliches erwartet?!"

„Und was für einer! Ihr werdet es bald sehen. Macht Euch auf etwas gefasst."

Eine Gruppe in schwarze Kutten mit Kapuzen vermummte Gestalten führten den Umzug an. Sie schlugen die Trommeln in einem eintönigen Rhythmus. Danach umringten viele vermummte Gestalten eine Gruppe kahlgeschorener Mönche. Sie brüllten in regelmäßigen Abständen: „Wir büßen für Eure Sünden!"

Die Mönche in deren Mitte hatten nur ein Tuch um die Hüften geschlungen. Sie fuchtelten mit Peitschen in der Luft herum und ließen sie mit fürchterlichem Geheule auf ihren blutüberströmten Oberkörper klatschen. „Das sind die Geisler", erklärte Indira. „Die kasteien sich so lange, bis sie umfallen."

Ada und Joy waren entsetzt, als sie sahen, dass tatsächlich leblose Körper auf dem Pflaster lagen und die anderen unbeirrt weitermarschierten und sich mit den Peitschen kasteiten, als merkten sie gar nicht, dass sie nicht nur übers Pflaster, sondern auch über Menschenleiber gingen. „Wir büßen für Eure Sünden!" Die Geisler waren in einer Trance oder einer langanhaltenden Ekstase, die sich auch auf die Zuschauer übertrug. Sie brüllten mit den Mönchen und zerrissen sich teilweise ihre Kleider. Nach den Geislern zogen vermummte Gestalten schwere Holzkarren, auf die die leblosen - hoffentlich nur bewusstlosen - Mönche geladen wurden. An den Seiten der Karren waren Taschen befestigt. Die Zuschauer warfen dort Nahrungsmittel und Geld hinein. Den Schluss des Umzuges gestaltete eine Gruppe Mönche in weiße Tücher gehüllt und ohne Kapuze. Jeder trug ein Holzgestell mit mehreren Glöckchen in den Händen. Sie lachten und tanzten zu dem andauernden Geräusch der Glöckchen. Ab und zu wurde es auf ein Kommando still und sie brüllten im Chor: „Wir büßen für Eure Sünden!"

Die Zuschauer brüllten zurück: „Wir büßen für unsere Sünden!"

Als die vier jungen Leute wieder im Auto saßen, waren Ada und Joy kreidebleich. Der Schreck nach dem grausamen Schauspiel stand ihnen noch ins Gesicht geschrieben. Sie schüttelten den Kopf und Ada sagte: „Habe ich das geträumt oder prügeln die sich selbst halbtot? Sind die verrückt oder nehmen die Drogen?"

„Die Mönche wissen, was sie tun. Und sie glauben daran, dass sie ein Opfer für die Menschheit bringen. Sie leben in einem Kloster am äußersten Stadtrand in Abgeschiedenheit und Armut. Wenn sie die Spenden, die in den Taschen gelandet sind, verbraucht haben, kommen sie wieder mit einem Umzug in die Stadt. Übrigens löst sich der Umzug erst auf, wenn alle Geisler auf den Wagen liegen."

Sie fuhren jetzt durch weites Brachland, das gelegentlich von Reis- und Getreidefeldern unterbrochen war. „Hier auf dem Land lebt der ärmste Teil der Bevölkerung. Die langanhaltende Dürreperiode bietet den Kleinbauern nur wenige Gelegenheiten, etwas anzubauen. In der Nähe von Wasser - es gibt auch häufig Überschwemmungen - gedeihen der Reis und die Hirse. Auch Obst, Gemüse und Kartoffeln werden geerntet. Dennoch sind die Verdienstmöglichkeiten gering, denn der Aufwand reicht geradeso für den Erhalt der kleinen Bauernhöfe. Ab und zu kommen wir auch an einer Teeplantage vorbei."

„In der Ferne seht Ihr die unendlichen Urwälder. Die werden von Forschern, Wissenschaftlern und Jägern besucht. Die Einheimischen fürchten die wilden Tiere. Ihr habt sicher von den Arbeitselefanten gehört. Die können sich nur wenige wohlhabende Betriebe noch leisten. Technische Geräte sind heute weniger anspruchsvoll."

„Die Kleinbauern leben in einer großen Familie, wo jeder arbeiten muss. Wer nicht arbeiten kann, ist ein nutzloser Fresser. Jedes Jahr sterben zwei Millionen Kinder, weil sie sehr früh arbeiten müssen und

Hunger leiden. Kleine Mädchen werden hier überhaupt nicht gebraucht und die Frauen müssen bei Krankheiten und Schwangerschaften selbst zusehen, wie sie zurechtkommen. Ada erinnere Dich an Deine Schriften: Eine Gleichstellung von Frau und Mann funktioniert hier nur bei permanenter Arbeitsfähigkeit. Hier herrscht eher eine Gleichstellung der Menschen: Wer nicht arbeiten kann, verhungert!"

Die Mädels hatten sich andauern irgendetwas zu erzählen, unter anderem auch deshalb, weil Ada-Reede immer wieder eine neue Frage einfiel. Ihr schon bekannter Wissensdurst war ungebrochen. Wenn sie nicht über die Menschen sprach, interessierten sie Pflanzen, Tiere, die Wasserversorgung. Oft mussten Indira und Sina passen, weil sie selbst keine Ahnung hatten. Nach zwei Stunden Fahrt durch die Hitze kam wieder Ackerland in Sicht und Joy Sun meldete sich: „Mädels, ich brauche jetzt eine kleine Pause und muss etwas trinken."

Er hielt einfach am Straßenrand an. Es war schon eine lange Zeit her, dass ihm ein Traktor begegnet war. Joy musste sich ausschließlich auf die vielen Schlaglöcher im Straßenbelag konzentrieren. Joy erinnerte sich an die dichten Menschenmengen in der Stadt, aber hier auf dem Land waren weit und breit weder Menschen, noch Fahrzeuge oder Häuser zu sehen.

Sina holte eine Landkarte aus ihrer Tasche und zeigte den Gefährten, wo sie jetzt gerade anhielten: „Auf der Karte ist ein Hügel eingezeichnet, von hier aus in südlicher Richtung."

Sie schaute durch ein Fernglas: „Hier rechts von der Straße kommt erst ein Kartoffelacker, daran schließt sich ein Hirsefeld an und dann steht da hinten eine Gruppe Ölbäume. Danach steigt das Land sachte an. Diese Gegend ist als Hügel eingezeichnet. Die Straße führt an dem Hügel links vorbei und dann kommen ein paar Häuser. Dort in etwa zehn Kilometer Entfernung müsste die Teeplantage meines Onkels liegen. Dort werden wir einkehren."

Die jungen Leute tranken Wasser, schauten sich um und scherzten miteinander. Lange durften sie sich nicht aufhalten, denn die Hitze setzte ihnen ziemlich zu.

„Wir wollen uns nicht vorstellen, dass der Wagen streikt, aber wenn doch ..., dann hätten wir sicher einige Schwierigkeiten. ... Ich glaube, ich fantasiere schon. Ich habe doch eben einen Schrei gehört."

„Geliebter Joy, Du wirst doch keinen Sonnenstich haben?", scherzte

Ada. Aber sie lauschten doch alle einen Moment lang in die Stille. Wieder ertönte ein spitzer Schrei. Sie suchten mit dem Fernglas die Gegend ab. Indira hatte das Glas auf eine Stelle gerichtet.

„Siehst Du etwas?"

„In dem Hirsefeld bewegt sich etwas, aber ich kann nichts erkennen."

Joy merkte sich die Stelle und entschied, dort nachzusehen. Vielleicht lag dort ein hilfloses Tier. Außerdem war die Strecke bis zum Hirsefeld nicht weit entfernt: „Ich bin gleich wieder da. Dann fahren wir weiter."

Er musste Sätze über die Furchen des vertrockneten Kartoffelackers machen und hörte immer deutlicher ein Wimmern, das nur von einem Menschen kommen konnte. Am Rand des Hirsefeldes hielt er inne und orientierte sich an der Bewegung der Getreidehalme. Nach wenigen Schritten sah er eine Gestalt am Boden kauern: „Bist Du verletzt? Brauchst Du Hilfe?"

„Dieses Mal tut es sehr weh. Mein Kind kommt!"

Joy winkte den Mädels, die sofort losrannten. Außer Atem standen sie um die kräftige Frau herum. Sie lag einen Moment still am Boden und atmete schwer.

„Sind es Wehen? Wann ist es soweit?"

„Es kommt jetzt! Wollt Ihr mir helfen?"

Sie halfen der Frau, sich einigermaßen bequem hinzulegen. Ada kniete sich hinter sie und bettete ihren Kopf auf ihre Oberschenkel, Joy rannte zum Auto, um Wasser zu holen. Sina und Indira schoben das Tuch hoch, um den Unterleib der Frau freizulegen. Dann spreizten sie vorsichtig die Beine: „Der Kopf ist schon zu sehen!"

Ada beruhigte die Frau: „Ruhig weiteratmen und drücken. Gleich ist es geschafft."

Die Frau brauchte keinen Zuspruch. Es hatte den Anschein, als sei das bei ihr Routine.

„Ist das Dein erstes Kind?"

Sina hielt den Kopf des Kindes in der Hand: „Weiterdrücken!"

Die Arme kamen heraus, der Oberkörper und dann war es da! Erleichtert nahm Indira das Baby auf den Arm und Sina wischte es mit dem Tuch ab. Dann gab sie es der Mutter, die es sofort an ihre Brust anlegte. Sie strahlte und hatte schon die Anstrengungen der Geburt vergessen: „Auf dem Hof sind Vergewaltigungen und sexuelle Belästigungen durch die Männer üblich. Ich hatte zwei Fehlgeburten. Keiner hat etwas gemerkt. Ich habe sie während der Arbeit auf dem Feld verloren. Dann habe ich ein Mädchen geboren. Das war aber schon verschwunden, als ich wieder auf den Beinen war. Jetzt habe ich endlich einen Jungen. Vielleicht hat er eine Chance auf dem Hof zu überleben."

Joy Sun gab der Frau einen Becher Wasser zu trinken. Dann wurde er praktisch: „Meine Damen, wir wurden soeben Zeuge der Geburt eines Menschen. Es ist heiß und wir sollten überlegen, was wir jetzt tun. Wir können Mutter und Kind nicht hier liegen lassen. Ich schlage vor, wir helfen der Mutter auf die Beine und gehen zum Auto."

Jaya, die Mutter, sah ihn dankbar an: „Ich bin stark genug. Ich kann gehen. Ich will Euch nicht zur Last fallen. Ich bin Euch dankbar für Eure Hilfe."

Das Tuch, mit dem die Mutter bekleidet war, hatte zwangsläufig Blutflecken von der Geburt und war auch sonst total verschmutzt. Die jungen Leute halfen ihr auf den Rücksitz und legten ihre Beine hoch.

„Ada und Indira, Ihr macht es Euch im Kofferraum bequem, Sina ist Beifahrer."

Joy ließ die Klimaanlage auf Hochtouren laufen. „So. Wo fahren wir jetzt hin? Die nächste Klinik ist sicher erst in der Stadt. Das ist zu weit."

„Da kann ich auch nicht hin, weil ich kein Geld habe. Ich muss versuchen auf dem Hof klarzukommen. Der ist etwa drei Kilometer am Fuße des Hügels gelegen."

„Ich bezweifle, dass man Dich dort ordentlich behandelt, nach dem, was ich gehört habe."

„"Wir sind dort daran gewöhnt. Wir kennen es nicht anders. Neben dem Stall hätte ich wenigstens eine Art Bett."

Sina meldete sich zu Wort: „Wenn wir die Teeplantage erreichen, könnte ich versuchen, mit meinem Onkel eine Lösung zu finden."

Die Mutter protestierte: „Auf einer Plantage geht es bestimmt genauso zu wie auf einem Bauernhof."

„Es könnte doch sein, dass die Arbeitsbedingungen auf der Teeplantage den Fähigkeiten der Frauen eher entgegenkommen."

„Wir sollten positiv denken. Es ist ein Versuch wert, dort hinzufahren. Wenn es nicht klappt, fahren wir wieder zurück zum Hof", entschied

Joy und startete den Motor. „Joy fahre bitte ganz vorsichtig, sonst hast Du auch noch drei verletzte Frauen im Auto."

„Ich kann Euch zwar nicht dorthin tragen, aber ich fahre so langsam, dass ich jedes Schlagloch in der Straße sehe. Immerhin ist es jetzt doch schon etwas kühler im Auto."

Auf dem Hof der Plantage suchte Joy einen schattigen Parkplatz. Mutter und Kind blieben zunächst im Auto und die vier gingen zum Haupthaus. Rund um den Hof standen mehrere Lagerhallen, teilweise mit offenen Wänden und einige Holzhäuser, die offensichtlich bewohnt waren. In den Lagerhallen arbeiteten Frauen und Männer an Trockendarren und Laufbändern. In einer Halle konnte Joy Geräte und Maschinen erkennen. Zum Eingang des Haupthauses führte eine Treppe. Als sie hinaufgingen, öffnete sich die Tür und ein Mann in Jeans und Hemd kam ihnen entgegen. Er breitete die Arme aus: „Hallo, meine Lieblingsnichte. Ich freue mich, Dich zu sehen. Du hast Freunde mitgebracht?"

„Indira kennst Du ja schon. Und Ada-Reede und Joy Sun sind Freunde, die hier Land und Leute kennenlernen wollen."

„Ich heiße Euch willkommen. Folgt mir in mein Büro. Dort reden wir, und ich kann von dort Anweisungen geben."

Sie setzten sich in bequeme Sessel. Der Chef hinter seinen Schreibtisch. Sina dachte an Mutter und Kind im Auto. Sie sprach ihren Onkel direkt an: „Wir haben in einem Hirsefeld zufällig eine Frau gefunden und ihr geholfen, einen Knaben auf die Welt zu bringen. Liegen lassen konnten wir sie nicht, also haben wir sie in unser Auto gepackt. Wir vermuten, dass sie auf ihrem Hof am Fuße des Hügels nicht überleben würde. Kannst Du uns helfen?"

„Du kennst den Wert einer Frau, besonders einer Mutter in unserem Land. Deine Tante und ich sehen das allerdings etwas anders, obwohl wir mit unserer Plantage auch kein Auffanglager für Arme und Gestrandete sein können. Wir werden darüber reden und entscheiden. Jetzt trinken wir erst einmal Tee und ich informiere Deine Tante, dass Ihr hier seid."

„Verzeih Onkel. Mutter und Kind liegen im Auto. Können wir nicht die Aufgabe sofort lösen?"

Es klopfte an der Tür. Eine junge Frau, in Jeans, Hemd und Kopftuch gekleidet erschien in der Tür: „Chef, entschuldige bitte die Störung. Ich habe auf dem Hof in einem Auto eine Mutter und ihr Neugeborenes gefunden und ins Frauenhaus bringen lassen. Dort werden die zwei gewaschen, versorgt und dann unterrichte ich Dich über Einzelheiten."

Sie wollte gleich wieder gehen, aber der Chef hielt sie zurück: „Das ist Gita, meine Chefin für das Frauenhaus. Meine Nichte, Sina und ihre Freunde, haben sie gefunden, ihr bei der Geburt geholfen und sie hierhergebracht. Wir sprechen darüber, was wir tun können."

Die resolute junge Frau schloss die Tür, schaute aber noch einmal kurz zurück, hob den Daumen nach oben und lächelte: „Das habt Ihr gutgemacht, Kinder!"

Der Chef hob gespielt hilflos die Hände: „Euer Anliegen ist bereits zur Hälfte gelöst. Sina Du weißt, Deine Tante und ich haben in Europa studiert. Wir bedauern, dass leider Menschenrechte hier oft mit Füßen getreten werden, aber der Hunger und die Armut der Menschen sind sehr groß. … Wir genießen jetzt unseren Tee. Dann zeige ich Euch den Betrieb. Heute Abend essen wir nicht im Speisesaal, sondern in unserer Wohnung, und ich denke, Ihr bleibt bei uns über Nacht. Meine Mitarbeiterin, Gita regelt alles in der Zwischenzeit, und sie wird uns später über die Gesundheit und die Arbeitsfähigkeit der Frau berichten und entsprechende Vorschläge machen." Hari, der Chef telefonierte: „Asha, komm bitte in mein Büro. Wir haben Besuch."

„Ich habe schon gehört. Sina ist mit Freunden gekommen."

„Debi soll bitte Tee für sechs Personen servieren."

Die Köchin Debi kam herein. Sie trug eine lange Schürze, verbarg ihr langes schwarzes Haar unter einer Mütze und sie trug ein Tablett in den Händen mit feinstem Teegeschirr. Ein Junge von etwa zwölf Jahre folgte ihr mit einem Tablett. Er stellte die Teekanne, ein Schälchen mit kandiertem Zucker und etwas Gebäck auf den kleinen Tisch vor den Sesseln. Debi lächelte freundlich und verschwand wieder mit ihrem Gehilfen.

Hari schenkte selbst den Tee in die zarten Tassen ein. Er sprach noch über den harmonischen Duft des Tees und die Farbe des klaren Getränks, da kam auch schon Asha, die Tante von Sina zur Tür herein. Auch sie war in Jeans und ein legeres Hemd gekleidet. Sie nahm lachend Sina in die Arme: „Du musst mir unbedingt von Deinem Studium erzählen. … Ich heiße Euch willkommen."

Nun saßen vier Frauen und zwei Männer an dem kleinen Tisch und genossen den köstlichen Tee. Hari wollte noch über die vielen Teesorten und den unterschiedlichen Geschmack, verursacht durch die Herkunft, das Klima und die Zubereitung informieren, aber er kam nicht weit, denn Asha ergriff das Wort: „Ich habe also heute das wohl einmalige Vergnügen mit Ada-Reede, der Eskimofrau, Tee zu trinken. Ihr Anderen fühlt Euch bitte nicht diskriminiert, aber Ada ist mir vertraut. … Hari, ich habe Dir von ihren Schriften erzählt. Ada-Reede, ich werde direkt von Deinem Freund Odiman, dem Verleger beliefert, weil man das Magazin hier noch nicht kaufen kann. Ich bewundere Deine Zivilcourage und ich halte es für sehr klug, dass Du Deine eigene Meinung nicht formulierst. Deine Erfahrungen aufzunehmen reicht.

Du lässt sie für sich selbst auf den Leser wirken. Und wenn er aufmerksam liest, erkennt er Dich. Odiman teilte mir mit, dass Deine Fähigkeit, zu sehen und zu schreiben, nicht durch ein Studium beeinflusst wurde. Das macht einen zusätzlichen Reiz aus, Deine Schriften zu lesen.“

Ada-Reede wurde verlegen. Die Komplimente überraschten sie. Sie bedankte sich bei Asha, aber sie lächelte nur und ging nicht weiter darauf ein. Sie vermutete aber, dass die gestandene Unternehmerin sie noch fordern würde.

„Asha, bist Du einverstanden, dass wir heute Abend in der Wohnung essen und uns ein paar schöne Stunden mit unseren Gästen machen? … Dann beenden wir die Tee-Zeremonie und ich gehe mit Sina und ihren Freunden in den Betrieb.“

„Das trifft sich gut. Ich teste gerade mit meinen beiden Mitarbeitern ein neues Vertriebsprogramm. Wir sind in der Schlussphase. … Ich sage Dilip, dass er die Rolle klarmacht.“

Dilip, der Treckerfahrer empfing sie im Hof: „Ich heiße Euch willkommen. Setzt bitte die gelben Mützen auf, damit jeder Euch als Gäste erkennt.“

Hari und die vier jungen Leute saßen auf einem offenen Planwagen, der von einem Trecker gezogen wurde. Schon direkt hinter dem Hof fuhren sie in die riesige Plantage. Die Teepflanzen waren mal kniehoch, dann auch höher. Manche blühten, andere waren nur grün. Auf einigen Feldern waren Frauen und Männer, auch Kinder mit der Ernte beschäftigt. Andere Felder wurden bewässert. Fahrzeuge standen auf den Wegen bereit, die Blätter auf den Hof zu bringen. Ununterbrochen erklärte Hari die verschiedenen Pflanzen, die Teesorten, die daraus gewonnen wurden, die Bodenbeschaffenheit, die unterschiedlich notwendige Wasserversorgung der Pflanzen usw.: „Ja Leute, Ihr merkt später auch noch am Geschmack und am Geruch, dass Tee nicht gleich

Tee ist. Was Ihr zu Hause vielleicht als Früchtetee trinkt, das kennen wir hier nicht. Unsere Teesorten zählen alle zu den schwarzen Tees. Wir ernten nur die Blätter der Pflanzen und unsere Teepflücker nehmen nur Blätter mit bestimmter Farbe und Größe. Die Ernte ist das ganze Jahr über möglich, weil die Pflanzen zu unterschiedlichen Zeiten ihr Aroma entwickeln. Die Teepflücker müssen sehr aufmerksam arbeiten, denn sie registrieren auch Krankheiten, die wir bearbeiten müssen, die Feuchtigkeit des Bodens usw. Sie melden Unregelmäßigkeiten den Vorarbeitern, und wir reagieren sofort vom Hof aus. Unsere Mitarbeiter sind diesbezüglich wichtige Fachleute, die sich auch verantwortlich fühlen. Sie erhalten mit ihrer Energie ihren eigenen Arbeitsplatz gesund. ... Wir könnten noch Stunden so weiterfahren und ich könnte erzählen, aber ich vermute es reicht. Ihr sollt ja auch noch die Produktion sehen. Dilip, fahr uns zurück."

„Habt Ihr auch mit Wildverbiss und mit Insekten zu tun?"

„Mit Wild nur wenig. Zwischen unseren Feldern und dem Wald, den Ihr am Horizont erkennt, dehnt sich eine weite Savannen- und Wüstenlandschaft aus. Die Tiere finden im Wald genug zu fressen. Ab und zu verirrt sich auch mal eine Schlange in unsere Felder. Darauf sind wir vorbereitet. Wir haben einen Arzt auf dem Hof, der mit allen Gegengiften ausgestattet ist. Insekten machen manchmal Schwierigkeiten. Dann müssen wir Gifte spritzen. Glücklicherweise werden nur bestimmte Pflanzen befallen. Dort können wir selbstverständlich eine Zeit lang nicht ernten. Manchmal muss auch ein ganzes Feld, also eine ganze Teesorte neu angebaut werden. Asha und ich wissen die Leistungen unserer Mitarbeiter wohl zu schätzen.

Die Leute werden gut bezahlt, und wir sind sicher, dass sie sich ernsthaft engagieren. Frauen und Männer können wir nach ihrer Leistung gleichbehandeln. Schwangere Frauen werden nicht bezahlt, aber wir versorgen sie, solange sie nicht arbeiten können. Erst wenn sie die Kinder mit aufs Feld nehmen können, verdienen sie wieder Geld nach ihrer Leistung."

Auf dem Hof wollte Hari gleich mit den Gästen in die nächste Halle gehen, aber Dilip winkte ihn noch zu dem Fahrzeug: „Chef, Du hast es sicher beim Fahren gemerkt, der Trecker macht es nicht mehr lange. Die Kupplung rutscht und der Motor verliert ständig Öl. Ich kriege den Schlepper zwar immer wieder hin, aber Du solltest Dich auf eine Investition gefasst machen."

„Ich weiß Dilip, wir werden ihn ersetzen müssen. Du weißt doch, was wir brauchen, also kümmere Dich darum, wo wir ein passendes Fahrzeug herkriegen. Wenn Du von einem Angebot überzeugt bist, sprich mich wieder an. Wir werden dann gemeinsam entscheiden, was wir tun."

Sie gingen quer über den Hof auf eine Halle zu, wo gerade ein Anhänger abgeladen wurde.

„Die Ladung kommt von einem bestimmten Feld und wird in ein dafür vorgesehenes Fach in der Halle gelagert. Ihr habt sicher schon von Teemischungen gehört. Das machen wir hier peinlichst genau nicht! So etwas machen die Händlerselbst, weil sie meinen, sie könnten den Tee noch verbessern. ... Die Blätter kommen nach einem Tag auf ein Laufband und werden dort von vielen fleißigen Augen und Händen belesen, d.h. verdorbene oder ungeeignete Blätter werden aussortiert. Dann werden sie auf Trockendarren ausgebreitet. Die Mitarbeiter kontrollieren ständig den Trockenzustand und das Aroma. ... Die haben geschulte Nasen und können alleine mit der Nase alle Sorten unterscheiden. Wenn das Grün aus den Blättern verschwunden und die Intensität des Aromas am höchsten ist, werden sie in verschiedene Behältnisse luftdicht verpackt oder vorher zerkleinert. Je nachdem wie der Kundenauftrag lautet. In die leeren Behältnisse kommen immer wieder die gleichen Sorten hinein, damit das gleiche Aroma beim Kunden ankommt. Der Händler verarbeitet den Tee so, wie er bei ihm auf dem Markt verlangt wird: Mahlen, mischen, eintüten usw. Die gefüllten Behältnisse lagern wir vor der Verladerampe dort drüben, wo täglich die LKW abgefertigt werden.

Das sieht alles ganz einfach aus, aber ohne unsere fähigen und engagierten Mitarbeiter könnten wir weder die Qualität halten, noch die Mengen bewältigen."

„Chef, komm mal hierher", rief ein Vorarbeiter.

Hari ging mit seinen Gästen zu dem Mann. Der Mann grinste und zerrieb ein Teeblatt unter der Nase: „Riech mal, Chef. Der wird spitze. Soll ich den extra verpacken und einlagern?"

Hari tat es ihm gleich und nickte dann anerkennend: „Tu das, wenn er noch nicht verkauft ist."

„Nein, den haben wir über. Die Behältnisse bekommen ein Kennzeichen, und im Computer führe ich diese Sorte separat."

Hari klopfte seinem Vorarbeiter auf die Schulter: „Ich biete die Sorte separat an."

Sie waren wieder auf dem Hof und Joy bemerkte: „Ich finde das sehr gut, wie Du mit Deinen Leuten umgehst."

„Ich kann mich auf meine Leute verlassen. Du siehst mir meine Freude sicher an, und das merken die Leute auch. … In diesem großen Haus wohnen die Männer, in dem kleineren haben wir Familien angesiedelt und jetzt gehen wir noch zum Frauenhaus. Ich habe ja den jüngsten Erdenbürger noch nicht gesehen."

Wenn das Holzhaus kleiner gewesen wäre, hätte man es auch als Blockhütte bezeichnen können. Die Wände bestanden aus ineinandergefügten Balken. Im Parterre waren die Arztpraxis und die Gemeinschaftsräume eingerichtet. Über eine Holztreppe gelangten die Frauen zu ihren Zimmern. Das Dach war mit einer Plane gegen Regen isoliert und mit Bohlen bedeckt. Am Eingang wurden sie von Balu, dem Arzt empfangen: „Hey Chef, schau Dir unseren Neubürger an!"

„Deswegen sind wir hier. Die vier jungen Leute kannst Du als Geburtshelfer einstellen."

Alle amüsierten sich über den passenden Scherz und betraten das Behandlungszimmer.

Jaya strahlte und streichelte das Baby, das schmatzend an ihrer Brust hing. Die drei Mädels und Joy postierten sich sofort rechts und links vom Bett und lächelten mit Jaya: „Der Doktor lässt mich nicht aufstehen. Er sagt, er will uns beide bis morgen beobachten."

„Dann wirst Du dem Doktor wohl folgen müssen", lachte Joy.

„Ihr habt mir so geholfen. Ich danke Euch."

„Jaya, Du hast mit Deinen Freunden Glück gehabt. Ihr fünf habt alles richtiggemacht. Nur die Umstände waren gefährlich und absolut beschissen. … Das ist übrigens Hari, unser Chef."

Jaya wurde sich ihrer Situation bewusst und blickte verlegen von einem zum anderen: „Morgen kann ich bestimmt schon wieder arbeiten!"

„Das wirst Du nicht!", ertönte eine Stimme im Hintergrund. Gita hatte den Auflauf beim Doktor mitbekommen. „Du bleibst mit Deinem Ajst liegen, bis der Doktor Dich rauslässt und bis der Chef entschieden hat, was wir mit Dir machen."

Gita verlieh ihren Worten mit einem ernsten Gesicht einen entsprechenden Nachdruck, aber dann lächelten alle Mutter und Kind aufmunternd zu.

Hari drängte sich näher an die beiden heran: „Jaya, ich wünsche Dir und Ajst alles Gute und Gesundheit. Es sollte uns doch gelingen mit Gita und Deinen vier Paten eine Lösung zu finden. Genieße jetzt einfach die Zeit hier bei uns im Frauenhaus."

Als sie wieder auf dem Hof standen, kam Gita zu ihnen und sprach Hari an: „Chef, ich wollte Dich erst informieren, bevor Du sie siehst. Der Doktor war erschüttert vom Zustand der Mutter. Der Doktor sagte, sie hat eine bitterböse Vergangenheit hinter sich. Sie hat viel Blut verloren. Dank ihrer guten Körperkonstitution hat sie überlebt, aber wenn die vier jungen Leute nicht gewesen wären, wäre sie jämmerlich krepiert. Dem Jungen fehlt nichts, aber er wäre da draußen auf dem Feld auch gestorben. Der Doktor braucht noch etwas Zeit, um sie wieder ganz hinzukriegen. Ich habe schon mit den anderen Frauen gesprochen. Die würden sich auch um die beiden kümmern. Sie ist eine starke Person, und wenn Du sie einstellen könntest, bin ich sicher, dass sie eine zuverlässige Mitarbeiterin für uns alle sein wird."

„Gita, mach Dir mal keine Sorgen. Ich spreche mit Asha, dann überlegen wir, wo sie uns nützlich sein könnte. Was machen wir mit dem Kleinen?"

„Ich vermute, er wird als Baby von einer Frau zur nächsten gereicht. Und wenn er erst laufen kann, dann wird er auf unserem Hof sein Unwesen treiben. Vielleicht könnten wir ihn auch bei einer Familie unterbringen, damit die Mutter Geld verdienen kann."

„Du bewunderst den Lebenswillen der jungen Frau. Gib Asha und mir etwas Zeit."

„Ja Chef, ich stehe auf der Seite dieser Frau. Immerhin erinnert sie mich an meine eigene Vergangenheit. … Ich habe auch nur durch Zufall den besten Chef der Welt gefunden!"

„Und ich die beste Chefin für mein Frauenhaus. Jetzt beruhige Dich und kümmere Dich erst einmal um sie. Wenn der Doktor keinen Fehler bei ihr findet, wird sie sicher wieder ganz gesund. Sie hat bestimmt auch gemerkt, dass sie mit dem kleinen Ajst schon Sympathien auf unserem Hof gefunden hat. Hast Du Dir eigentlich schon Gedanken darübergemacht, ob wir ein passendes Zimmer für Mutter und Kind haben. Haben wir ein Kinderbett?"

Gita grinste breit und ein wenig verlegen: „Ich bin dabei, alles zu organisieren. … Und Chef, Du wirst mich nicht enttäuschen!"

Irgendwie war die Stimmung glücklich. Sina schlang die Arme um den

Hals des Chefs: „Onkel Hari, ich bin stolz auf Dich!" Sie drückte ihrem Onkel einen Kuss auf die Wange. „Wenn ich fertig bin mit meinem Studium, werde ich mit Tante Asha ein Gespräch haben!"

„Joy Sun merke Dir immer eins und vergiss es nie: Überlege Dir, mit welchen Frauen Du Dich einlässt!"

Sie lachten, Gita verschwand in der Praxis und Hari führte seine Gäste ins Haupthaus.

Asha erwartete sie schon. Sie half Debi in der Küche. Sie setzten sich erst einmal ins Wohnzimmer und tranken einen Schluck.

„Wart ihr im Frauenhaus? Sind Mutter und Kind wohlauf? Ich habe den Kleinen auch noch nicht gesehen."

„Beide sind putzmunter. Du solltest sie morgen besuchen."

„Das werde ich tun. Aber jetzt bereiten wir uns auf das Abendessen vor. Debi und ich sind fertig. Hari, Du kommst bitte mit mir und ihr genießt noch einen Schluck von Haris Kostbarkeiten."

Nach einer kurzen Zeit wurde das Gespräch der vier jungen Leute unterbrochen. Dezent ertönte eine indische Musik im Hintergrund. Dann öffnete sich die Tür zum Wohnzimmer und der zwölfjährige Küchenjunge kam herein. Er erschien, wie Ali Baba im Märchen gekleidet: Aufgebauschtes Hemd und eine Hose, die am Knöchel gebunden war. Dazu Schnabelschuhe, eine bunte Weste und der Turban, der größer war als sein Gesicht. Er machte eine tiefe Verbeugung, trat zur Seite und blickte zur Tür. Hari erschien und blickte majestätisch in die Runde. Der hochgeschlossene schwere fast knielange, golddurchwirkte Mantel dominierte seine Kleidung, die mit den engen, weißen Hosen, den Schnabelschuhen und dem Turban zu einem märchenhaften Bild ergänzt wurde. Am Turban prangte ein leuchtender Edelstein. Seine Finger waren mit kostbaren schweren Ringen bestückt. Er deutete mit den Händen eine Begrüßung an und drehte sich nur knapp zur Tür, um danach die Gäste anzustrahlen. Asha schwebte förmlich durch den erhellten Eingang. Ihr schwarzes Haar hatte sie mit einem weißen Seidenschleier dezent geschmückt. Auf ihrer Stirn trug sie ein Schmuckstück und im Haaransatz ein bestücktes Diadem. Ihr Körper war in ein weißes Seidentuch gehüllt: Nur über die linke Schulter, eng um die Hüfte und lang bis auf den Boden. Ihre nackten Arme schmückten dezente, goldene Armreifen. Über dem linken Unterarm hing das Ende des Tuches. Ihre getönte, faltenfreie Haut bedurfte keiner Kosmetik. Ihre dunklen Augen strahlten unbeweglich, obwohl jeder den

Eindruck hatte, sie seien auf ihn gerichtet. Asha blieb zwei Schritte hinter Hari etwas seitwärts stehen und bewegte keinen Muskel.

Hari machte eine großzügige einladende Geste und sprach sehr förmlich: „Meine teuren Gäste, für mich ist nichts so wertvoll wie Eure Freundschaft. Ich stehe Euch mit allem, was mein Eigen ist, zur Verfügung."

Joy erfasste die Situation und erhob sich: „Euer Hochwohlgeboren wir anerkennen Eure Macht und danken ergeben für Eure großzügige Einladung!" Er deutete eine Verbeugung an, die Männer grinsten sich an und die Erscheinung aus dem Märchen verschwand wieder durch die Tür.

Auf die Mädels wirkte die Szene noch eine Weile nach. Sie unterhielten sich sofort über Einzelheiten der Kleidung usw. Nur Ada-Reede streichelte ihren Joy: „Nun hast Du ja doch noch Deine indische Schönheit gesehen!"

Asha und Hari kamen kurz darauf lachend, Hand in Hand und in legerer Kleidung wieder zurück und genossen die erreichte Überraschung ihrer Gäste. Hari musste noch erklärende Worte über den nicht alltäglichen Auftritt abgeben: „Ada und Joy, Ihr wollt Land und Leute hier kennenlernen. Was Ihr gesehen habt gehört dazu. In der wohlhabenden obersten Kaste erscheint man so zu festlichen Anlässen, aber auch zu wichtigen Gesprächen. Ihr habt gesehen, Asha stand hinter mir und hat keine Miene verzogen. Der Mann stellt mit Äußerlichkeiten seinen Wohlstand dar. Er repräsentiert seine Macht, die aber nur zur Geltung kommt durch die Schönheit der Frau im Hintergrund. Die Frau wirkt ausschließlich durch ihre Schönheit. Sie redet nicht und sie bewegt sich nicht. Sie ist dem Mann absolut gehorsam und sie gehört zum Eigentum des Mächtigen. Ob es dem Mann dabei nur um die Schönheit geht oder auch um die Frau, die darin steckt, ergibt sich privat im Leben. Bei einem Empfang oder ähnlichen Gelegenheiten geht es nur um den Moment: Den schönen Schein, die Macht!"

„Warum seid Ihr nicht so zum Essen gekommen?"

„Die Kleidung ist sehr kostbar, aber auch unbequem. D.h. Leute, die ständig so auftreten, haben auch private Dienerschaft zur Verfügung."

„Asha, das weiße Kleid oder Tuch ist reinste Seide?"

„Ja. Das liegt weich auf der Haut und Du spürst es kaum. Glatt auf der Haut getragen ist es durchscheinend. Wenn Du nicht nackt erscheinen willst, muss es klug gerafft und gefaltet werden. Ein nicht sichtbarer

Knoten an der Hüfte hält das Ensemble zusammen.

Debi erschien in der Tür: „Wenn ich jetzt nicht serviere, verdirbt uns das Essen!"

Der Tisch im Esszimmer war festlich gedeckt. Sogar Kerzenleuchter sorgten für angenehmes Licht. Debi und der Küchenjunge trugen mehrere Köstlichkeiten in kleinen Mengen auf. Dazu gab es Reiswein, an den sich Ada und Joy bald gewöhnt hatten.

Zur späten Stunde wurden die Gespräche im Wohnzimmer fortgesetzt. Die Stimmung war lustig und locker, obwohl Ada-Reede und Joy Sun noch Fragen genug parat hatten, auf die sie noch eine Antwort haben wollten. Ada kam sich vor wie ein Goldfisch im feinsten Wasserbecken: „Muss ich ein schlechtes Gewissen haben, wenn ich die vielen arbeitenden Menschen auf der Plantage sehe?"

„Unsere Leute haben Arbeit und sie werden fair entlohnt und versorgt. Die müssten dann auch ein schlechtes Gewissen gegenüber den armen Leuten z.B. in der Stadt haben."

„Schau Ada, wir haben beide im Ausland Wirtschaftswissenschaften und Informatik studiert. Das hätten wir trotz Unterstützung durch die Eltern nicht geschafft, wenn wir es nicht gewollt und gewagt hätten. Den Aufwand darfst Du nicht vergessen. Hari hat die Plantage zufällig und in abgewirtschaftetem Zustand gefunden und wir haben es wieder gewagt, etwas daraus zu machen. Also, wir haben es für uns getan, gaben gleichzeitig unseren Mitarbeitern eine Chance und haben es schließlich zusammen geschafft."

„Die Menschen sind glücklich. Das ist entscheidend. Ada, hast Du das Selbstbewusstsein der Frauen bemerkt? Hast Du bei ihnen Angst vor Ausbeutung und Vergewaltigung gespürt? Sie achten Asha und mich als Eigentümer. Unsere Plantage ist aber auch ihre Plantage. Sie identifizieren sich mit uns und gehören so zu einer besonderen menschlichen Gesellschaft. Erinnere Dich an Deine Worte über die Gleichstellung von Frau und Mann."

„Ja. Ich habe sie selten so verwirklicht vorgefunden."

„Ihr beide habt investiert, und Ihr tragt das ganze Risiko. Das akzeptieren die Leute bestimmt, denn letztendlich genießen sie einen oft unschätzbaren Nutzen. Achten die Menschen auch Eure Privatsphäre?"

„Ihr habt mitgekriegt, wie viele verschiedene Aufgaben es hier auf der Plantage gibt. Für jede gibt es verantwortliche Mitarbeiter. Ihr habt

Gita, den Doktor, einige Vorarbeiter usw. kennengelernt. Unser Küchenchef ist ein gutes Beispiel: Er herrscht im Speiseraum und niemand würde es wagen, ihn unqualifiziert zu kritisieren, auch mir gegenüber nicht. Er ist Asha und mir verpflichtet zu berichten, wegen der Abrechnung usw. Aber ich würde ihm nicht willkürlich in seine Arbeit reinreden. Debi hat sich bei ihm durchgesetzt, dass sie bei uns in der Wohnung kocht, wenn wir sie brauchen. Sie und der Koch haben es entschieden, und wir haben es akzeptiert.

So haben auch wir Aufgaben zu erfüllen, wobei unsere Mitarbeiter nur Gehilfen sein können. Unsere Mitarbeiter wissen, dass wir für jeden immer ein offenes Ohr haben. Das ist aber nur dann möglich, wenn bestimmte Regeln eingehalten werden. Wenn Asha und ich unsere offenen Ohren für uns selbst brauchen, dann hat kein anderer Zutritt. Die Leute stören uns nie, aber sie melden ein Gespräch z.B. vorab an. Wir stören deren Privatsphäre auch nicht. Wir tun das Erforderliche, wozu Politiker erst Gesetze brauchen. Ich kann mir das Funktionieren unseres Zusammenlebens nur so erklären: Wir haben nicht diktiert, wie wir es haben wollen, sondern Asha und ich leben es den Menschen vor."

„Naja. Selbstverständlich ist das nicht, auch nicht, wenn überall ein Gleichgewicht zwischen geben und nehmen herrscht. Es gehört eine große Portion Vertrauen dazu. Was macht Ihr, wenn irgendein Charakter sich nicht in die Ordnung einfügen will bzw. den Regeln zuwiderhandelt?"

„Dann nehmen wir uns die Zeit. Wir reden, wir versuchen es im Guten … dann bleibt uns nur noch die Trennung. Aber mir ist bisher noch keiner begegnet, der das riskiert hätte."

„Kommen wir noch einmal auf das Leistungsverhältnis, das Ihr aufgebaut habt und in dem Ihr lebt. Ihr könntet Euch auch in Eurem Wohlstand zurücklehnen und Euer Vermögen verleben."

„Ganz so ist es zwar nicht, denn wir arbeiten auch mit Darlehen. Grundsätzlich hast Du aber recht."

„Es gibt also eine Motivation für Euer Handeln: Hobby, Freude, soziale Befriedigung und Gewinnstreben. Auf diese privaten Dinge will ich nicht näher eingehen. Entscheidend ist, dass Ihr eine Leistung einbringt, wofür Ihr eine Gegenleistung erwartet. Eure Mitarbeiter achten Eure Leistung, indem sie Ihre eigene Leistung in diese Gesellschaft einbringen. Das ist die von Euch erwartete Gegenleistung."

„Das hast Du schön formuliert. Du darfst aber nicht vergessen, dass dieses Leistungsverhältnis nur bestehen kann, wenn auch ein Leistungsverhältnis in der Wirtschaftlichkeit, also auf dem Markt existiert. D.h. unser Tee wird gekauft, unser Preis und unsere Qualität stimmen und der Leistungsfluss wird nicht unterbrochen. Damit stehen die gesamte Produktivität der Plantage und der Markt auch in einem Leistungsverhältnis. Und dann sitzen wir mit den Mitarbeitern im selben Boot, wenn die Leute begreifen, dass sie auch ein Risiko tragen."

„Damit habt Ihr mit einer auf das Geschlecht bezogenen unterschiedlichen Behandlung der Mitarbeiter gar nichts zu tun."

„Allerdings ist zu beachten, dass die Frauen mit ihrer Schwangerschaft eine zusätzliche Leistung erbringen, die in das Gesamtgefüge einzubauen ist."

„Wenn das überall so sein würde, könnten die Menschen tatsächlich in Frieden glücklich sein."

Alle hatten sich an dem Gespräch beteiligt und gar nicht bemerkt, dass Debi und der Junge plötzlich mit einem Tablett am Tisch standen: „Frisches Brot mit allerlei Köstlichkeiten und ein edler Reisschnaps sollen Euch munden. Asha, wir sind fertig und ziehen uns zurück, wenn Du einverstanden bist."

„Debi, bitte entschuldige, dass ich mich nicht um Euch gekümmert habe. Das Gespräch war so interessant."

Joy wollte das nicht so stehen lassen und freute sich auf die neuen Köstlichkeiten. Er erhob sich und machte eine Verbeugung mit zusammengelegten Handflächen vor der Brust: „Debi, ich danke Dir für das wunderbare Essen. Unsere Gastgeber können froh sein, dass Du nicht schon in einem Grandhotel bekannt bist."

„In einer Küche herrscht ein Koch, der weiß, wie es geht und der die Möglichkeiten der Küche kennt. Dazu gehört noch einer mit neuen Ideen und ein fleißiger Gehilfe."

Asha und Debi grinsten sich an, beide nickten sich zu und Debi nahm ihren Sohn in den Arm: „Genießt, was mein Junge und ich Euch servieren, und passt auf, dass der Wein nicht stärker ist als Ihr."

Hari merkte die Wirkung des Reisweins auch schon: „Debi, Ihr beide seid entlassen!"

„Hari! Bitte!"

„Ich meine doch für heute Abend. ... Was macht Ihr beide jetzt noch?"

„Keine Angst, Asha. Ich würde dem Chef niemals einen Grund liefern, mich zu entlassen. ... Wir üben noch das Schreiben, Lesen und Rechnen. ... Chef, ich habe da noch eine Idee, weil der Weg in die Stadt zur Schule für die Kinder zu weit ist. Wir haben noch nicht viele Kinder. Wenn wir Mütter zusammenlegen und einen Privatlehrer engagieren und Du uns einen Raum zur Verfügung stellst, könnten wir selbst für die Bildung der Jungs und Mädels sorgen. Was hältst Du davon?"

„Das ist ein guter Vorschlag. Ich denke Asha und ich würden uns an den Kosten beteiligen." Die beiden verschwanden mit einer Verbeugung und Hari blickte irgendwie triumphierend in die Runde: „Wie wir Debi kennen, wird sie ernsthaft an die Aufgabe herangehen. Ihr seht auch hier wieder, wenn die Menschen zufrieden und glücklich sind, bringen sie den Mut auf für eigene Initiativen."

Ada war begeistert: „Fantastisch. Ich kann mir nicht vorstellen, dass bei Euch die Kinder sterben, wie die offizielle Sterblichkeitsrate es für das Land ausdrückt."

„So meine lieben Gäste, jetzt zeige ich Euch noch etwas ganz anderes."

Hari ging aus dem Wohnzimmer und kam nach wenigen Minuten zurück mit einem schmalen weißen Stoffballen in der Hand: „Dies ist ein etwa acht Meter langes Tuch, das in wenigen Augenblicken als Turban auf den Kopf gelegt wird. Passt genau auf, was ich mache."

Mit geschickten Händen legte er das Tuch in kurzer Zeit zu einem Turban auf seinem Kopf.

Dann machte er eine Verbeugung und die Gäste klatschten Beifall.

„Jetzt lege ich das Tuch genauso auf Joys Kopf und dann seid Ihr Mädels dran, es bei Joy als Proband zu wiederholen."

Joy betrachtete sich im Spiegel: „Wenn ich jetzt noch den Mantel von Hari überziehe, sehen mich die Menschen sicher als Mitglied der höchsten Kaste an."

Hari entwirrte den Turban wieder von Joys Kopf und legte das Tuch zusammen: „So, meine Damen. Jetzt seid Ihr dran. Indira, willst Du es versuchen?"

Indira gab zu, dass sie bei ihrem Vater schon zugeschaut, aber es selbst noch nie probiert hatte. Sie legte den Anfang des Tuches über den Kopf von Joy und begann zu wickeln.

„Joys Kopf ist doch keine Spindel, wo man etwas drum herumwickelt. Die Windungen des Tuches müssen sich bekneifen, sonst gibt das keine Haltbarkeit. Joy, Du kennst das vom Bootfahren sicher."

„Klar. Das lose Ende des Taus bekneift das feste, wenn man es darüberlegt."

Hari zeigte es Indira durch drehen seines Handgelenkes und legte eine neue Windung. Dann hatte Indira den Bogen heraus und kam bald zum Ende. Sie hatte nur noch das Ende des Tuches in der Hand und schaute Hari fragend an.

„Achte darauf, dass das Tuch bekniffen ist und stecke das Ende zwischen Kopf und Turban. Die Kunst dabei ist, das Tuch so fest zu belegen, dass der Turban fest sitzt wie eine Mütze und bei keiner Bewegung des Trägers vom Kopf rutscht. Ich gebe zu, es gehört Übung dazu, bis man es beherrscht. Aber wenn man es dann kann, wird es selbstverständlich wie das Binden einer Krawatte."

Sina meldete sich amüsiert zu Wort: „Ich weiß, dass Frauen diese Kunst auch beherrschen und sich vereinzelt auch damit schmücken, besonders im Ausland. Ich verzichte lieber darauf und zeige mein Haar, wie es mir wächst und wie ich es zurechtmache. Du, Onkel Hari gehst doch auch zum Friseur."

„Du hast ganz recht, ich trage auch lieber eine Mütze oder einen Strohhut. Ihr sollt noch wissen, dass der Turban auch bei der Hitze keinesfalls stört. Fasst mal das Tuch an. Das ist feinstes Leinen, leicht und locker gewebt."

„Tante Asha, wenn ich mich an unsere Kindheit erinnere, konntest Du auch tanzen."

„Ja. Das habe ich einmal gelernt. Das ist eine Kunst, die das Yoga in die Körperbeherrschung beim Tanz einfließen lässt und so harmonisch ausgeführt wird, dass sich die weibliche Schönheit mit der ausgeglichenen Seele als Bild ergibt. Es ist bei mir lange her."

„Asha, das kann ich mir überhaupt nicht vorstellen. Du bist so jung und schön. Das wirst Du bestimmt nicht verlernt haben."

„Wir Kinder haben Dich immer bewundert und davon geträumt, uns so bewegen zu können, wie Du. Das war immer ein tolles Erlebnis. Mama und Papa waren ebenfalls von Deiner Kunst begeistert. Einmal hat Mama sogar ein paar Tränen vergossen, weil sie es nie gelernt hat. Dann sagte sie: Kind was Du jetzt lernst, behältst Du für Dein ganzes Leben."

Die Mädels lächelten Asha sehnsüchtig an und sie bemerkte erschrocken: „Ihr werdet doch nicht von mir verlangen ..."

Die aufmunternden Blicke ihrer Gäste ließen sie nicht entkommen. Sie schaute auf ihren Mann. Auch er lächelte und hob entschuldigend die Schultern: „Ich stehe auf der Seite unserer Gäste."

Asha ging aus dem Wohnzimmer in ihr Schlafgemach und Hari erklärte in der Zwischenzeit: „Asha hat leider keine Zeit und keine Gelegenheit mehr zu trainieren. Das Training ist sehr wichtig für das Können, denn sie muss sich nicht nur konzentrieren, sondern sie muss auch durch eine kurze Meditation Verstand und Körper verbinden. Wenn sie ein paar Figuren noch hinkriegt, dann haben wir ein wunderschönes Erlebnis."

Asha hatte sich umgezogen: Sie trug eine durchscheinende weite Seidenhose. Die Beine waren an den Knöcheln geschlossen, eine knappe rote Samtweste bedeckte ihren Busen. Ein dezenter durchscheinender Schleier auf ihrem Gesicht bis über die Nase brachte ihre dunklen Augen und ihr schwarzes offenes Haar zu einer geheimnisvollen Wirkung. Hari ließ indische Musik im Hintergrund ertönen.

Sie schaute auf Hari, der in ausreichender Entfernung vor ihr saß. Langsam führte sie die Arme vor die Brust, leget die Handflächen zusammen und verbeugte sich, ohne den Blick von Hari zu lösen. Sie streckte die Arme zur Seite mit erhobenen Handflächen, verharrte in der Pose und bewegte den Kopf vom Hals aufrecht nach rechts und links. Sie machte Schlangenbewegungen mit den Armen zur Seite. Dann hob sie das rechte Bein ausgestreckt nach vorne, machte plötzlich einen Sprung mit einer Drehung um die eigene Achse und stand auf den rechten Fuß, während das linke Bein ausgestreckt nach vorne zeigte. Dann folgten anmutige Drehungen und Schritte mit Sprüngen. Den Oberkörper beugte sie in der Bewegung gestreckt nach vorne und nach hinten, als wollte sie einen Salto rückwärts machen. Sie streckte die Füße auf die Zehen. Ihre dunklen Augen trafen auch die Gäste durchdringend wie Blitze. Sie hatte immer wieder Ruhephasen, wo nur die Arme zur Seite gingen und der Kopf sich aufrecht, den Blick nach vorne gerichtet, auf der Wirbelsäule hin und her bewegte. Dann ließ sie ihre langen schwarzen Haare wie eine Fahne durch die Luft gleiten. Sie stand mit zusammengelegten Handflächen in der beleuchteten Tür, blickte Hari fest an und machte aus zwei langsamen Schritten heraus einen Sprung mit ausgestreckten Beinen nach vorne und hinten und landete mit einem angedeuteten Spagat auf der rechten Ferse und den linken Zehen wieder auf dem Boden, ohne das Gleichgewicht zu verlieren. Mit aufgerichtetem Oberkörper und Kopf und seitlich ausgestreckten Armen rutschte sie langsam in den Spagat auf dem Boden. Dann reckte sie die Arme hoch mit zusammengelegten Handflächen über dem Kopf und beugte ihren Körper auf den vorderen Oberschenkel. Dort verharrte sie einen Moment, richtete den Oberkörper und die Arme auf, führte das hintere Bein nach vorne, die Füße zu den Oberschenkeln und so unter den Hintern, dass sie sich wie ein Baum in kerzengerader Haltung vom Boden erheben konnte.

Die Zuschauer waren verblüfft, die Musik verstummte und Asha atmete erleichtert auf. Hari nahm seine schöne Frau in die Arme, und die Gäste machten einen Beifallslärm, als wären sie auf einem Fußballplatz.

Joy Sun brachte das verdiente Kompliment auf den Punkt: „Asha, Du bist einmalig, großartig und wunderbar. Ich werde es nie vergessen, dass ich Dir zuschauen durfte."

Die Mädels standen bewundernd um Asha herum und berührten ihre zarte und aufreizend gefertigte Kleidung, die nur spärlich ihre sportliche Figur bedeckte.

„Tante Asha, ich fühlte mich für einen Moment in meine Kindheit zurückversetzt. Bitte verzeih mir, dass ich Dich so herausfordernd provoziert habe. Erschreckt wurde ich in Angst versetzt, als Du in den Spagat gesprungen bist."

Als sie am nächsten Morgen beim Frühstück saßen, wurde Hari von einem Vorarbeiter alarmiert. Die Pflückergruppen waren bereits vor Ort in der Plantage: „Chef, bei uns treibt sich ein Tiger herum!"

„Holt die Leute zu den Fahrzeugen und versucht ihn zu orten. Ich komme."

Hari und Joy sprangen in ein Fahrzeug und rasten hinaus. Von weiten schon sahen sie die Menschen bei den Fahrzeugen stehen. Die Vorarbeiter hatten auf den Dächern oder Ladeflächen Stellung bezogen und hielten mit Ferngläsern Ausschau nach der Raubkatze. Hari kletterte hoch zu dem ersten Vorarbeiter: „Hast Du ihn gesehen?"

Der Mann bezeichnete ein Feld: „Dort haben ihn die Pflücker gesehen. Alle unsere Leute sind in Sicherheit. Die Fahrzeuge mit den bewaffneten Männern stehen in einer Richtung. Der Tiger hat nur den Fluchtweg zum Wald hin. Aber der ist schlau. Er liegt auf der Lauer, weil wir keine Gefahr für ihn sind."

Ein anderer Vorarbeiter machte sich bemerkbar und deutete in eine Richtung, wo sich die Teepflanzen bewegt hatten. Hari vergewisserte sich mit dem Fernglas. Der Tiger späte nach einer Beute aus. Die Leute hatten keine Angst. Sie waren nur vorsichtig, und sie wussten genau, was sie zu tun hatten. Der Chef gab ein Zeichen. Die Vorarbeiter schossen in die Richtung, wo der Tiger vermutet wurde, ohne auf ihn zu zielen, und die Leute machten einen Höllenlärm mit Eimern, Knüppeln und ihren Stimmen. Sie gingen in einem sich schließenden Halbkreis auf die Stelle zu. So wurde das Tier aufgeschreckt. Es sah wohl keine Chance mehr auf eine erfolgreiche Jagd und ergriff mit mächtigen Sätzen die Flucht in die Wüsten- und Savannenlandschaft. Die Vorarbeiter schickten noch ein paar Schüsse hinter ihm her und dann war die Gefahr vorbei.

Joy Sun sprach mit den Pflückern: „Habt Ihr öfter Besuch von einem Tiger?"

„Naja, das passiert nicht jeden Tag. Wir arbeiten in der Gruppe dicht beieinander. Da traut der Tiger sich nicht näher ran. Aber wer weiß schon, was in dem Tier vorgeht. Wir jagen ihn nicht, aber wir ziehen es auch vor, ihm nicht zu begegnen. Die Vorarbeiter haben die Aufgabe, uns aufmerksam zu schützen, und jeder von uns weiß, wie er sich zu verhalten hat. Wir sind immerhin Fremde hier in der Natur."

Die Pflücker arbeiteten auch sofort weiter, als wäre nichts Außergewöhnliches geschehen, und Joy und Hari fuhren wieder zurück zum Hof.

Sie fanden die Mädels beim Doktor im Frauenhaus, wo sie lachend um das Bett von Jaya herumstanden und dem gierig an der Mutterbrust saugenden Ajst zuschauten. Die Mutter strahlte glücklich. Man sah ihr an, dass sie sich wohlfühlte.

„Doktor, wie geht es Mutter und Kind", wollte Hari wissen. „Chef, die Frau hat eine starke natürliche Konstitution. Ihr Körper hat alle Schwächen beseitigt. Alle Organe arbeiten normal. Ich kann sie nur mit Mühe im Bett festhalten. Ich muss ihr aber noch etwas Ruhe gönnen, ehe ich sie entlassen kann, denn sie wurde ja nicht nur durch die Geburt gefordert, sondern sie hat auch noch Schäden durch Misshandlungen zu verarbeiten. Ich denke Gita wird morgen mit ihr einen Spaziergang machen. Danach werde ich entscheiden, ob sie arbeitsfähig ist. Du kannst Dich dann mit Gita zusammensetzen wegen der Zukunft von Mutter und Kind."

„Gut. Dann weiß ich Bescheid. Ich denke Gita wird mich heute schon informieren."

Die Mädels begannen bereits, sich zu verabschieden. Ada-Reede erklärte Jaya, dass sie bald ein neues Land als Ziel ihrer Reise vor sich hätten. Sina und Indira hatten sich etwas überlegt.

Sie blickten auch etwas stolz auf den kleinen Ajst und streichelten die Hand der Mutter.

„Über Chef Hari und Chefin Asha wirst Du immer erfahren, wo wir sind. Das könnte für Dich und Ajst interessant sein, weil wir die Patenschaft für den kleinen Ajst übernehmen. Wenn Du hier auf der Plantage Arbeit und Brot findest, bist Du versorgt. Wenn wir Dir sonst helfen sollen, kannst Du uns ansprechen."

„Und wo ist Euer großer Freund, Joy Sun?"

„Ich bin da"; meldete sich Joy, der gerade mit dem Doktor und dem Chef gesprochen hatte.

„Du bist eine gute Mutter und wirst Ajst sicher zu einem stolzen Ritter für das Recht erziehen. Wenn Du mich suchst, werde ich immer an der Seite von Ada-Reede sein. "

Sie lachten alle über die seltsamen Worte von Joy, aber Jaya verstand ihn: „Ich habe Euch allen so viel Gutes zu verdanken. Ich werde Ajst behüten, und ich werde Euch niemals enttäuschen, und ich werde mich den Entscheidungen von Chef Hari und Chefin Asha unbedingt fügen. Wenn wir uns einmal wiedersehen, wird das ein großes Glück bedeuten." Als die vier jungen Leute wieder in der Stadt ankamen und Joy und Ada ihr Zimmer aufgesucht hatten, warf Ada zuerst einen Blick auf ihrem Laptop in die Korrespondenz. Sie fand eine Mail von Odiman: „Ada, wo bist Du? Ich habe lange nichts von Dir gehört. Muss ich mir Sorgen machen?"

„Wir sind hier fertig. Morgen setzen wir die Reise fort. Sei nicht ungeduldig. Morgen früh hast Du meinen Bericht."

„Ich bin nicht ungeduldig, aber Deine Leser bombardieren mich mit Mails. Was heißt eigentlich wir?"

„Ich habe Dir doch von Joy Sun geschrieben. Der ist bei mir."

„Muss ich den auch noch finanzieren?"

„Nein, er sorgt für sich selbst. Ich kann Dir noch nicht sagen, wo wir hingehen."

Ada-Reede hatte sich schon von den beiden Studentinnen verabschiedet und machte sich sofort an die Arbeit. Joy nahm mit Sina und Indira noch einen Absacker in der Bar. Dann zog auch er sich zurück und überlegte, welche Vorbereitungen für die Reise erforderlich waren.

———————————

Sie hatten einen Flug nach Westen in einer kleineren Maschine gebucht. Die Reise war lang und unbequem. Der Pilot musste öfter den Kurs ändern, um das Überfliegen von kritischen Gebieten zu vermeiden. Irgendwann landeten sie auf einem unbedeutenden Flughafen in der Nähe einer kleinen Stadt, die in einer Wüstenlandschaft lag. Rundum am Horizont waren schroffe Berge zu sehen. Außer Ada und Joy gab es kaum Touristen. Sie wurden von Angestellten der Fluglinie kontrolliert. Die Einheimischen in der Stadt waren ärmlich gekleidet, als hätten sie irgendwelche Tücher um sich geschlungen. Es gab kaum Geschäfte, aber ein Hotel, dessen Zimmer wenig komfortabel eingerichtet waren. Ada und Joy vergaßen ihre Wünsche und schliefen bald erschöpft in Betten ein, die den Eindruck machten, als seien sie schon einmal benutzt worden. Am anderen Tag erfuhren sie, dass es eine Zugverbindung nach Westen gab, die zu einem Grenzübergang führte. Der Bahnhof war eine Haltestelle, der Zug unendlich lange und total überfüllt. Viele Menschen belegten die Dächer der Waggons. Ada und Joy hatten eine Fahrkarte gekauft und durften sich in einen Waggon hineinquetschen.

Als der Zug anfuhr, wurden die Fahrgäste hin und her geschubst. Mehrere Stunden ertrugen sie Hunger, Durst, Enge, Schmutz, Hitze und üble Gerüche. Sie durften sich noch glücklich schätzen, weil sie einen Sitzplatz gefunden hatten. In den Gängen wurden auch Tiere untergebracht: Hunde, Hühner in Säcken, Vögel in Käfigen. Irgendwo meckerte sogar eine Ziege. Bahnpersonal hätte keine Chance zum Arbeiten gehabt. Wahrscheinlich war der Lokführer alleine mit seinem Heizer.

Als der Zug endlich anhielt markierte ein einstöckiges Steinhaus den Bahnhof. Die Fahrgäste überquerten mehrere Rangiergleise, drängten sich durch das Gebäude und verteilten sich auf einer endlosen Straße, die nur eine Sandpiste mit fester Oberfläche war. Esel zogen Lastkarren mit speichenlosen Rädern, Menschen gingen alleine oder in Gruppen und schleppten ihr Gepäck auf dem Rücken oder auf dem Kopf. Unterwegs waren Hütten und Häuseransammlungen abseits der Straße zu erkennen. Dorthin bewegten sich Leute und waren vielleicht zu Hause.

Nach einer Stunde erreichten sie den Grenzübergang. Vor einer Reihe von Schaltern wie bei einem Fußballstadion bildeten sich Schlangen. An den Schaltern saßen Bedienstete in ungepflegten Uniformen und kontrollierten Einreisepapiere. Sie trugen auf dem Kopf ein Tuch, das von einem geflochtenen Wollring gehalten wurde. Als Ada und Joy an der Reihe waren, fragte das von einem Vollbart bedeckte Gesicht unfreundlich und mit stechenden Augen: „Was wollt Ihr hier?"

„Wir sind Touristen und wollen Land und Leute kennenlernen."

„Das geht nicht!"

Ada versuchte es mit ihrem freundlichsten Lächeln: „Wir haben Freunde hier", log sie.

Der Mann ließ die beiden durch und so kamen sie zum nächsten Schalter. Der Uniformierte blickte sie streng an und bedeutete ihnen mit einem Kopfnicken, dass sie nach links zu gehen hatten. Zwei Uniformierte mit Gewehren standen an einem Tisch. Ada und Joy mussten die Rucksäcke ausschütten und wurden einer Leibesvisitation unterzogen. Dann strömten sie mit den vielen Menschen durch eine riesige Halle. Von den Wänden starrten sie Portraits von Männern an. Die Plakate waren jeweils zehn Meter hoch und ebenso breit. Ihre Gewänder bedeckten sie bis zum Hals. Auf dem Kopf trugen sie Turbane oder die Tücher mit den geflochtenen Wollringen. Alle Gesichter waren mit Vollbärten bedeckt, die Augen blickten stechend auf die Besucher. An den Fingern - wenn sie zu sehen waren - prangten schwere Ringe. Manche trugen auch eine Halskette.

„Das sind sicher Religionsführer oder Politiker", flüsterte Joy Ada zu. „Jedenfalls sind sie unheimlich, wie die Vorstellung von Big Brother is watching you!"

Die Menschen bewegten sich alle in eine Richtung durch den Wüstensand. Nach der Landkarte, die sich Joy besorgt hatte, musste in einigen Kilometern eine Stadt kommen. Unterwegs bogen viele Leute nach links und rechts ab. In der Ferne waren Hütten und Häuser zu sehen. Die Hitze setzte allen Wanderern zu, aber die Einheimischen waren gut geschützt durch ihre weißen langen Gewänder und die Tücher auf ihren Köpfen.

Nach etwa zwei Stunden merkte Joy, dass er mit Ada noch alleine auf der Piste war. Er schaute auf die Karte: „Nach der Karte sind wir auf dem richtigen Weg. Es kann nicht mehr lange dauern."

Sie sprachen wenig und Joy merkte, dass Adas Schritt unsicher wurde.

„Ich nehme Dir mal den Rucksack ab. Dann hast Du es etwas leichter."

„Danke. Ich habe Durst."

„Wir haben zu wenig Wasser mitgenommen. Scheiße, wenn man sich nicht auskennt."

Ada-Reede lächelte nur. Sie träumte vor sich hin, … von Iglus, von Schnee und von eisbedeckten Bergen. Sie war mit dem Vater auf der Jagd. Plötzlich stürzte sich ein Eisbär auf sie. Dann war alles dunkel. …

Joy merkte, dass Ada torkelte. Plötzlich lag sie mit dem Gesicht im Sand. Joy warf die Rücksäcke ab und drehte Ada um, wischte ihr übers Gesicht und rief immer wieder ihren Namen. Er küsste sie und hauchte ihr seinen Atem in den Mund.

Endlich schlug sie die Augen wieder auf. Sie starrte Joy an: „Pass auf, der Eisbär kommt wieder!"

„Ja. Hier gibt es kleine Eisbären. Du hast geträumt und bist über Deine eigenen Füße gestolpert. Wenn wir wieder hierherkommen, mieten wir uns ein Auto mit ein paar Kanistern Wasser im Kofferraum. Jetzt musst Du noch eine Strecke durchhalten. Wir haben es bald geschafft."

… Was ist los? Träume ich auch schon? Eine schwarzvermummte Gestalt auf einem Fahrrad kommt direkt auf uns zu. …

„Hey. Was ist los? Braucht Ihr Hilfe?" Die Gestalt ließ das Fahrrad auf die Piste fallen und eine weibliche Stimme sprach zu Joy: „Wo wollt Ihr hin? Habt Ihr kein Wasser dabei?"

„Wir wollen in die Stadt. Unser Wasser ist ausgegangen."

Die Frau holte eine Wasserflasche vom Fahrrad. Sie kniete sich neben Ada und steckte ihr den Schnabel in den Mund. Ada begann wie ein Baby zu saugen.

„Langsam! Nicht zu viel. … Sie ist gleich wieder bei sich und Du nimmst auch einen Schluck. Die Stadt ist nicht mehr weit. Ich helfe Euch. Die Rucksäcke werden an mein Fahrrad gehängt und Du stützt Deine Frau oder Du schleppst sie auf Deinem Rücken. Das erste Haus von hier ist meins. Da seid Ihr in Sicherheit."

Joy nahm Ada auf seinen Rücken und trottete neben der Frau her, die das Fahrrad mit dem Gepäck schob: „Ich danke Dir für Deine Hilfe. Warum bist Du so schwarz verkleidet in der Hitze?"

„Ich bin nicht verkleidet. Ich trage - wie alle Frauen - den Tschador."

„Wie kommst Du an das Fahrrad in der Wüste?"

„Mein Pascha hat mich einmal mit nach Europa genommen. Dort habe ich es gesehen, es mir gewünscht und er hat es mir gekauft."

Sie legten noch eine kurze Trinkpause ein. Auch Ada nahm einen Schluck auf, aber sie hatte die Augen geschlossen und bewegte sich nur unkontrolliert. Dann kam das kleine unscheinbare Haus in Sicht.

Ada wurde auf einen Diwan gelegt und die Frau wusch ihr Gesicht und benetzte immer wieder ihre Lippen mit Wasser. „Sie ist total dehydriert. Wahrscheinlich wird sie auch schlafen wollen. In einer Stunde ist sie wieder da. ... Was wollt Ihr eigentlich in dieser verlassenen Gegend?"

Die Frage war durchaus berechtigt: Unfreundliche Menschen empfingen sie an einem Grenzübergang mitten in der Wüste. Es gab keine Vegetation. In einem Zelt wurde Wasser verteilt. Militärfahrzeuge standen für irgendeinen Einsatz bereit.

„Wir sind Touristen und wollen nur Erfahrungen machen, wie die Menschen, besonders die Frauen hier leben. Ada-Reede schreibt darüber Berichte. Ich bin übrigens Joy Sun und habe sie während ihrer Reise durch die Welt kennengelernt."

„Darüber sprecht Ihr besser nicht, sonst werdet Ihr noch als Spione verdächtigt."

Joy wurde stutzig: „Ada schreibt für ein Magazin, was sie bzw. wir erleben. Du kennst die Schriften von Ada-Reede, der Eskimofrau nicht? Vielleicht kann ich in der Stadt das Magazin kaufen oder Ada gibt dem Verleger Deine Adresse, damit er Dir eins schickt."

„Nein das lassen wir besser. Wir dürfen nur das haben, was es bei uns gibt. Ich bin übrigens Minu. Mein Pascha hat mir dieses Häuschen geschenkt."

Joy trank gierig das kühle Wasser und merkte allmählich, dass seine Stimme wieder klar wurde: „Wir sind am Grenzübergang losgelaufen mit der Stadt als Ziel. Die Beamten wussten es und haben uns nicht aufgefordert, mehr Wasser mitzunehmen."

„Ihr seid als Touristen für diese Männer uninteressant und suspekt gewesen."

Minu hatte inzwischen den schwarzen Umhang abgelegt. Darunter wurde eine hübsche junge Dame in sportlichem Dress sichtbar: „Unsere Religionsführer sehen alle Fremden als gefährliche Ungläubige an.

Und die Menschen werden schon als Kinder in dieser Richtung erzogen. Ihr werdet es also nicht leicht haben bei uns."

„Du hast uns doch geholfen. Dann können wir doch nicht Deine Feinde sein?!"

„Das seid Ihr auch nicht. Mein Pascha und ich haben andere Menschen im Ausland kennengelernt, die uns auch freundlich begegnet sind. Aber wir gehören hierher und passen uns der Gesellschaft an."

Ada hob den Kopf und griff nach Joy, der neben ihr saß: „Wo sind wir?"

„Schatz, wir sind in Sicherheit. Du wirst Dich nach und nach erholen. Minu hat uns gefunden. Stell Dir vor, sie ist uns auf dem Fahrrad in der Wüste begegnet."

„Wieso mit dem Fahrrad?"

Minu lachte und erklärte: „Mit dem Fahrrad halte ich mich auf der Piste fit für meinen Pascha."

Ada-Reede lächelte, trank noch einen Schluck und dämmerte dann aber wieder weg.

„Joy, wenn Du unbehelligt bei uns bleiben willst, solltest Du mindestens das Kopftuch und den geflochtenen Wollring tragen und für Ada habe ich einen Tschador."

„Minu, Du sprichst immer von Deinem Pascha. Ist das Dein Ehemann?"

„Oh ja. Er hat mich schon als Kind geheiratet. Er ist ein wohlhabender Geschäftsmann und hat mittlerweile zehn Frauen. Die Religionsführer lassen das zu, wenn der Pascha alle ernähren kann. Er kommt nie hierher. Mein Haus bietet ihm zu wenig Komfort. Wenn er mich braucht, dann schickt er nach mir und ich diene ihm dann für eine oder zwei Nächte. Er gibt mir alles, was ich brauche. Ich kenne hier einige wenige Frauen. Manche leben auch in solchen Häuschen, andere gehören zu Familien. Die Männer arbeiten in der Stadt oder treiben sich dort herum. Die Kinder besuchen Religionsschulen oder spielen auf den Straßen. ...

Mein Haupthobby ist neben dem Fahrradfahren das Knüpfen edler Teppiche."

Die Lebensgeister kehrten in Adas Körper zurück und sie lauschte noch einen Moment dem Gespräch, ehe sie sich beteiligte: „Minu, fühlst Du Dich nicht manchmal einsam, wenn Dein Pascha sich so wenig um Dich kümmert?"

„Man gewöhnt sich daran. Manchmal möchte ich schon mit einem Mann schlafen, aber das wäre eine Todsünde in den Augen der Religionsführer. Für uns Frauen wird hier im Land gesorgt und es geht uns gut dabei, aber wir haben keine Rechte."

„Du sagst, Du bist schon als Kind verheiratet worden. Wie geht das?"

„Ja. Für meine Eltern war das ein Segen. Mein Pascha hat mich praktisch mit einer großzügigen Mitgift gekauft. Dann lernte ich in seinem Haus lesen, schreiben und rechnen. Als ich dann eine Frau war, brachte er mir bei, dass der Mann mit seinem Penis in die Frau eindringt und mit seinem Samen ein Kind zeugt. Die Frau bringt es dann auf die Welt und schenkt es dem Mann. Wir Frauen sind nur dazu da, dem Mann Freude zu bereiten. Alle Frauen hier sind verheiratet. Deswegen suchen die Männer schon bei den kleinen Mädchen. Die Männer sehen die Frauen oft erst nach der Hochzeit. Ihr könnt Euch vorstellen, dass es da manchmal Überraschungen gibt, die von den Frauen ertragen werden müssen. Arme Eltern werden oft nur durch Verheiratung eines Mädchens vor dem Ruin bewahrt."

„Was geschieht mit den Frauen, wenn sie zu alt sind, um ihre Männer zu befriedigen?"

Minu lächelte tiefgründig: „So alt werden die Frauen bei uns sicher nicht!"

„Ada, hast Du ein Exemplar vom Magazin in Deinem Gepäck für Minu?"

„Wenn wir in der Stadt sind, dann suchen wir unter den Zeitschriften danach."

„Joy hat mich neugierig gemacht. Wenn Ihr es nicht findet, dann darf ich es nicht haben. Aber Du könntest mir doch davon erzählen. Ich hoffe, Ihr bleibt eine Zeit lang hier."

„Ja. Jetzt müssen wir uns erst einmal um eine Unterkunft kümmern."

„Zwei Straßen weiter gibt es ein Hotel, das auch Ausländer aufnimmt. Dann habt Ihr es nicht weit, wenn Ihr mich besuchen wollt. Aber denkt daran, Ihr dürft als Unverheiratete kein Doppelzimmer beanspruchen. Jetzt ziehe ich Euch erst richtig an, bevor Ihr geht."

Ada und Joy amüsierten sich über ihre Verkleidung. Nur an ihrem Gesicht war ihre Weiblichkeit zu erkennen und Joy kam sich vor wie ein Beduine. Das Hotel machte auf sie keinen gepflegten Eindruck. Es gab einige Bedienstete. Ansonsten sahen sie nur Einheimische. An einer

Wand hing ein überlebensgroßes Bild des fürstlich geschmückten, örtlichen Religionsführers. Sie bekamen zwei Zimmer zugewiesen. Joy im ersten Stock, Ada im zweiten, hielten sich dort jedoch nicht lange auf, sondern verabredeten sich zu einem Erkundungsspaziergang. Ada ging immer ein paar Schritte hinter Joy. Entsprechen laut war ihre Unterhaltung. Als sie merkten, dass sie auffielen, sprachen sie nur noch, wenn sie sich - wie zufällig - näherkamen.

Sie betrachteten die Auslagen der Geschäfte. Offensichtlich gab es alles zu kaufen: Lebensmittel, Werkzeuge, Möbel, Teppiche, Haushaltsgeräte … in den Bekleidungsgeschäften dominierte der Tschador. Männer drängten sich in Kaffee- oder Teehäuser, Frauen unterhielten sich in Gruppen oder gingen einkaufen. Auf den Straßen fuhren viele Autos, auch Taxis. Mit Kisten, Säcken und Getreide beladene Karren wurden von Eseln gezogen.

Ada und Joy betraten ein Restaurant. Frauen und Männer wurden getrennt in zwei Sälen bedient. Joy versuchte vergeblich, ein Bier zu bestellen. Aber er bekam Tee und Kaffee und dazu ungesüßtes Gebäck. Joy versuchte von den Gesprächen um ihn herum etwas mitzukriegen. Die Männer sprachen schnell, als wären sie in Eile. Dabei schauten sie sich häufig um. Ähnlich ging es auch Ada. Sie fühlten sich beide nicht besonders wohl und trafen sich auch bald wieder auf der Straße.

Plötzlich erschraken sie, als eine Männerstimme über Lautsprecher von mehreren Türmen erscholl. Männer breiteten überall einen Teppich aus, fielen auf die Knie und beteten. Viele Männer strömten in Gebetshäuser. Frauen zogen sich zurück. Joy hatte ja keinen Gebetsteppich. Er wollte aber nicht auffallen. Er schaute nach rechts und links und kniete sich wie die Einheimischen mit den Verbeugungen nach Osten. Ada versteckte sich in einer Gasse.

Auf ihrem Weg durch die Stadt suchten Ada und Joy jeweils getrennt Zeitschriften- und Buchhandlungen auf, um nach dem Magazin zu fragen. Sie waren erfolglos. Joy veranlasste sogar einen Verkäufer, bei seinem Lieferanten nachzufragen und erhielt die Antwort: „So etwas darf hier nicht verkauft werden!"

Traurig und enttäuscht wanderten die beiden Touristen wieder zurück zu ihrem Hotel.

„Ada, wie lange wollen wir uns das noch antun? Was ist das für ein Land, wo die Menschen so gehorsam und dennoch zufrieden in Unfreiheit leben?!"

„Du hast recht. Hier muss man doch Angst kriegen, wenn man irgendwo anders herkommt.

Lass uns mit Minu reden, ob wir daran etwas ändern können."

Sie kamen vor dem Haus von Minu an, als diese sich gerade auf ihr Fahrrad setzen wollte.

„Minu, wir möchten mit Dir reden."

„Klar doch. Ich kann Euch allerdings nicht hereinbitten."

„Wir waren doch gestern schon bei Dir im Haus. Hat sich etwas geändert?"

„Nein. Ich darf keine Besuche empfangen. Gestern war es ein Notfall. Das kann ich so argumentieren, wenn ich gefragt werde."

„Also gut. Gibt es hier kein internationales Hotel, wo wir uns wohlfühlen könnten?"

„Bestimmt in unserer Hauptstadt, aber die ist hunderte Kilometer entfernt. Dahin gibt es eine Zugverbindung."

„Dann werden wir uns am Bahnhof danach erkundigen. Dorthin kommen wir bestimmt mit einem Taxi. Übrigens haben wir leider kein Exemplar meines Magazins gefunden."

„Dann ist das halt hier verboten. Ich habe einen Vorschlag. Wenn es dunkel ist, kommen ein paar Freundinnen zu mir. Wenn Dich niemand sieht, kannst Du dazukommen. Für Joy wird es leider zu gefährlich. Was hältst Du davon? Dann hätten wir wenigstens noch etwas von Dir erfahren, ehe Ihr abreist."

„Gut. Ich komme. Joy wartest Du auf mich im Hotel?"

„Muss ich auch keine Angst um Dich haben? Ada, Du weißt, wir haben es auch schon anders erlebt, wo Frauen keine Rechte haben."

„Mach dir keine Sorgen. Im Dunkeln ist kaum jemand auf den Straßen."

Nicht einmal der Mond schien, als Ada sich auf den Weg machte. Sie orientierte sich an den Silhouetten der Häuser und an der spärlichen Straßenbeleuchtung. Sie achtete aber auch darauf, dass sie nicht gesehen wurde. Sie klopfte an die Tür. Auch im Flur war es dunkel, als Minu sie eintreten ließ.

Im Wohnzimmer saßen fünf Mädels, die bereits ihre Tschadors abgelegt hatten. Sie waren noch zurückhaltend bei der Begrüßung, aber danach überschütteten sie Ada mit Fragen, denn Minu hatte sie bereits auf die Eskimofrau vorbereitet. Die Mädels waren auch Ehefrauen von Paschas, die sich ähnlich wenig um sie kümmerten, wie Ada es von Minu gehört hatte. Gebannt hörten sie zu, wie Ada über ihre Erlebnisse und Erfahrungen in anderen Ländern berichtete. Die Mädels tranken ein Glas Reiswein und kauten dazu getrocknete süße Früchte, um keinen Alkoholgeruch entstehen zu lassen.

Als Ada zu vorgerückter Stunde über natürliche Rechte aller Menschen sprach, über Gleichberechtigung, Gleichstellung, über Aufgaben und Fähigkeiten der Frau, wurden die Mädels immer stiller. Sie konnten es nicht fassen, dass es so etwas überhaupt gab, denn sie lebten ja in absoluter Abhängigkeit von den Männern. Die Männer versorgten sie und sie hatten ihnen mit totalem Gehorsam dafür dankbar zu sein. Den Ausdruck Frauenrechte gab es nicht in ihrem Sprachgebrauch. Wenn Frauen sich anders verhielten, mussten sie mit empfindlichen Strafen rechnen, bei denen die Männer von den Religionsführern bestärkt wurden.

Ada erzählte von dem Grenzübergang, den noch keins der Mädels gesehen hatte: „Die unfreundlichen Männer wollten uns erst gar nicht ins Land einreisen lassen. Wir durchquerten eine sehr große und hohe Halle mit riesigen Portraits von Männern mit Turbanen und Kopftüchern. Waren das alles Religionsführer oder auch Politiker?"

„Das waren sicher nur Religionsführer. Die Männer mit den Kopftüchern haben ähnliche Positionen in verschiedenen Volksstämmen. Aber sie gehören alle derselben Religion an. Es wird uns sogar beigebracht, dass es nur eine Religion gibt. Angehörige anderer Auffassungen werden allgemein als Ungläubige betrachtet, die es gilt auszumerzen."

„Gibt es denn keine Gesetze, die das Volk hier durch Bildung dieser Gesellschaft aufstellt und die durch Politiker durchgesetzt werden?"

„Unsere Gesetze stammen von unserem Propheten und sie werden von den Religionsführern durchgesetzt. Und sie haben darum eine unangreifbare Macht über das Volk. Ich habe einmal gehört, wie ein Mann sagte, dass die Politiker nur die Marionetten der Religionsführer sind."

„Wenn Ihr nur dieses Leben kennt, dann könnt Ihr mit den Begriffen Demokratie und Diktatur auch nichts anfangen. Aber Ihr seid glücklich und zufrieden, weil Ihr kein anderes Leben kennt, wie z.B. in Unabhängigkeit und Selbständigkeit. Wahrscheinlich hat man Euch auch beigebracht, dass Ihr außer Eurer ständigen Bereitschaft zum Vögeln und zum Kinderkriegen keine Fähigkeiten habt. Ihr glaubt das, weil die Religionsführer Euch davon mit Androhung von Strafen überzeugen und weil Eure Männer Euch verwöhnen und damit zwingen, sie zu befriedigen."

Es war sehr schwer für die Mädels, Ada zu verstehen. Sie kicherten verschämt oder schüttelten die Köpfe. Minu ergriff einmal das Wort: „Wenn ich etwas tue, bin ich doch fähig dazu. Ich knüpfe z.b. sehr schöne Teppiche, die verkauft werden können. Also habe ich doch zusätzlich zum Vögeln und zum Kinderkriegen eine andere Fähigkeit."

„Das ist ein Anfang, Minu. Interessant wird es, wenn Du weiterdenkst und Dich fragst: Was kann ich noch? Wozu bin ich fähig? Am Ende wirst Du feststellen, dass es grundsätzlich keine Aufgabe im Leben gibt, die Du nicht auch wie die Männer erlernen und damit erfüllen könntest. Überlege doch mal: Warum sollten Männer nützlicher sein als Frauen? Es liegt an den fehlenden Chancen, an den Chancen, die Männer den Frauen verweigern."

„Wenn viele von uns so denken würden, dann gäbe es vielleicht einen Aufruhr oder eine Revolution", warf ein anderes Mädel ein. „Nein, nein! Wer einer jahrtausendealten Tradition mit Gewalt begegnet, kommt darin um, weil Profiteure mit Intrigen ihren eigenen Vorteil darin erkennen. Wir Frauen müssen uns unserer weiblichen Macht bewusstwerden und sie mit Geduld den Männern so präsentieren, dass sie davon überzeugt sind und sie in ihr eigenes Machtgefüge einbauen. Erst dann werden sie begreifen, wie wichtig wir für sie als gleichwertige Partner sind. Diese Vorsicht ist deshalb geboten, weil die mit größerer Macht auftretenden Männer bei diesem Umdenken ihr Gesicht nicht verlieren dürfen. Es ist unsere Pflicht, das Ansehen unserer Männer zu achten und zu schützen, damit unsere eigene Macht wachsen kann, denn nur bei gleichen Machtverhältnissen ist eine Partnerschaft möglich!"

Sie diskutierten noch bis spät in die Nacht hinein und Ada konnte dennoch nicht sicher sein, ob die Mädels bereit sein würden, ihre eigene Situation zu erfassen. Dann daran etwas ändern zu wollen, wäre der schwierigere, zweite Schritt, der Geduld, Kraft und Zivilcourage erforderte.

Nach und nach verließen die Mädels die Gesprächsrunde und suchten heimlich ihre eigenen Wohnungen auf. Ada-Reede wollte auch gehen, aber Minu hielt sie zurück: „In der Dunkelheit verläufst Du Dich und erregst vielleicht unangenehme Aufmerksamkeit der Leute. Bleib hier bis zum ersten Tageslicht und misch Dich dann wieder unter die Menschen.“

Ada war müde und genervt von den vielen Fragen der teilweise verständnislosen Mädels. Sie wollte nur noch schlafen.

Joy empfing sie vor dem Hotel und war erleichtert. Er hatte sich Sorgen gemacht, weil Ada die ganze Nacht nicht zurückgekommen war: „Schlafe Dich erst einmal aus. Ich gehe spazieren und bleibe aber in der Nähe. Später gehen wir zusammmen zum Bahnhof.“

Gegen Mittag fuhr ein Polizeifahrzeug vor das Hotel. Vier Uniformierte stiegen aus und fragten am Empfang nach der Zimmernummer von Ada-Reede. Joy hörte es zufällig, erschrak und sprach die Beamten an: „Was wollt Ihr von meiner Freundin? Sie schläft noch?“

Die Männer gaben keine Antwort und drängten ihn beiseite. Einer versuchte noch Joy zu beruhigen, da führten die anderen schon Ada in Handschellen die Treppe herunter.

„Was macht Ihr mit Ihr? Ada, was ist los? Wo bringt Ihr sie hin?“

Die Polizisten wurden ungeduldig, drängten ihn ab und einer sagte noch: „Ins Präsidium!“

Hilflos musste Joy mit ansehen, wie die Polizisten Ada unsanft ins Auto stießen und wegfuhren. Er erkundigte sich, wo das Präsidium war und rannte hinterher.

Er erreichte ein mächtiges Haus mit einem Portal oberhalb einer breiten Treppe. Innen passierte er eine Wache und fragte sich durch viele Gänge und Büros, bis er endlich einen Beamten fand, der ihm Auskunft geben konnte: „Ada-Reede? Sie ist verhaftet worden, wegen einer Anzeige. Sie wird heute noch dem Richter vorgeführt. Die Verhandlung findet im Gerichtssaal statt. Du darfst als Zuschauer dort zuhören.“

Der Saal füllte sich allmählich mit schwarzvermummten Frauen auf den hinteren Bänken und zahlreichen Männern im Zuschauerraum. Sie warteten. Die Zuschauer wollten wohl ungeduldig ein Spektakel erleben. Joy versuchte sich durch Nachdenken zu beruhigen.

… Es ist sicher nur ein Missverständnis, eine Verwechslung. Was sollte sich meine Ada zu Schulden kommen lassen? Sie hatte doch nur eine Freundin besucht. Wer sollte sie anzeigen? Außer Minu kennt sie doch niemanden. …

Nach einer Stunde kam das Richterkollegium auf die Tribüne. Ein Mann in schwarzer Robe und Turban saß in der Mitte. Rechts und links nahmen zwei Männer Platz, die aussahen wie die Portraits in der Halle am Grenzübergang. … Aha, der in der Mitte ist der Richter, die beiden anderen sind wohl abkommandierte Aufpasser der Religionsführer. … Die Menschen erhoben sich von ihren Plätzen und setzten sich gespannt wieder hin. Polizisten führten Minu und Ada auf die Anklagebank.

Der Richter verlas die Anklageschrift: „Angeklagt ist Ada-Reede wegen Spionage und Volksverhetzung und Minu wegen Unzucht mit einer Frau!"

Joy wurde blass und brüllte: „Was soll der Unfug? Ada-Reede und ich sind Touristen und haben Freunde besucht!"

„Junger Mann, Zuschauer haben hier kein Mitspracherecht. Wenn Du Dich ungebührlich benimmst, wirst Du des Saales verwiesen! … Ada-Reede hat sechs Frauen ausgehorcht und beabsichtigte, die Ergebnisse im Ausland zu veröffentlichen. Das ist der Tatbestand der Spionage und des Landesverrats. Minu hat eben diese Ada-Reede in ihrem Haus beherbergt und mit ihr verbotene Unzucht getrieben. Beide Verbrechen ziehen die Todesstrafe nach sich!"

Joy sprang auf und stürmte aufs Podium zu. Er schrie: „Das ist Wahnsinn! Die beiden Frauen sind unschuldig! Die Anklage ist eine Verletzung der Menschenrechte! Ist das Gericht etwa ein diktatorisches Tribunal? …" Weiter kam er nicht, denn die Ordnungskräfte hatten ihn bereits gepackt und unsanft aus dem Saal geschleppt.

Ada konnte ihm nur noch hinterherrufen: „Mein geliebter Joy!"

Der Richter schaute sie böse an. Die beiden Aufpasser schüttelten den Kopf und gaben ihm ein Zeichen. Es kehrte wieder Ruhe ein und der Richter fuhr fort: „Da die Angeklagte Ada-Reede Ausländerin ist und wir das Verbrechen noch rechtzeitig verhindern konnten, lassen wir Gnade walten. Sie wird zu einem Monat Kerker mit viermal vier Stockhieben verurteilt. Sie wohnt außerdem dem Urteilsvollzug von Minu bei und wird nach Verbüßung ihrer Strafe des Landes verwiesen. … Die Bürgerin Minu hat sich nicht nur des Ehebruchs schuldig gemacht, sie hat auch noch Unzucht mit der verurteilten Ada-Reede betrieben. Sie kann keine Gnade erwarten. Sie wird auf dem Marktplatz öffentlich gesteinigt. Die Urteile sind sofort zu vollstrecken! … Die Sitzung ist geschlossen."

Die beiden Frauen brachen schluchzend zusammen und wurden aus dem Saal geführt.

In der Mitte des Marktplatzes wurde ein Kreis abgestreut. Minu kannte wohl die harten Strafen und die Ungerechtigkeiten der Gesetzgebung. Sie war gefasst und ging aufrecht zwischen zwei Polizisten auf die Mitte zu. Dort wurden ihre Füße und die Hände an einen Pfahl gekettet, der ihr bis zur Hüfte reichte. Die Polizisten zerrissen ihr Kleid. Sie hatten ihre Arbeit getan und verließen den Kreis. Eine Menge Menschen hatte sich bereits auf dem Platz versammelt. Die Leute bedachten Minu mit Beleidigungen und Schmährufen. Faule Eier und verdorbenes Gemüse wurden auf Minu geworfen. Eine Frau im Tschador schleuderte eine Schippe voll Pferdeäpfel.

Ada war entsetzt. Sie konnte es nicht fassen, was sie hier erleben musste. … Wo bin ich hingeraten? Vielleicht in die Hölle oder doch in einen grausamen Film? Träume ich das nur? Sind das Menschen um mich herum? … Sie erinnerte sich an das Internat und die Bücher, die sie in der Bibliothek gelesen hatte: Die Hexenverbrennungen im Mittelalter. … Sind die Menschen immer noch so sensationsgierig und grausam? Haben sie nichts dazugelernt? An was für einen Gott, was für eine Religion glauben die hier? … Sie dachte an die Natur, ihre Herkunft.

… So brutal und grausam gehen die Lebewesen in der Natur nicht miteinander um, obwohl ihr Gehirn weniger ausgebildet ist als beim Menschen. Sie töten, um zu fressen oder die auch schon mal, wenn es um die Herrschaft in einer Herde geht und der Widersacher sich nicht vertreiben lässt. Hier ist nicht nur das Töten ein Schauspiel, sondern auch die Qual des Delinquenten. Die Menschen ergötzen sich am Leid eines anderen. …

Minu ertrug die Schmach und den Spott der Menschen mit erhobenem Haupt. Sie war fast nackt und mittlerweile mit Schmutz und Kot besudelt. Sie versuchte, keine Miene zu verziehen. Dann kam ein Stein geflogen, der sie am Kopf streifte. Blut rann ihr über das Gesicht. Die Menge stöhnte auf. Ein zweiter Stein traf sie an der Brust. Ada glaubte, ein Lächeln auf Minus Gesicht zu erkennen. Die Menschen hatten plötzlich alle Steine in den Händen und Werfer bemühten sich um die besten Treffer, die von den anderen bejubelt wurden. In einem Steinhagel verlor Minu die Besinnung und viel auf die Knie. Selbst als sie dort an dem Pfahl schon leblos hing, wurden noch Steine geworfen. Ihr Leichnam war nahezu mit Steinen bedeckt, als die Menge des Schauspiels überdrüssig wurde und sich auflöste. Die Ordnungskräfte brachten Joy in einen separaten Raum, damit er sich dort beruhigen sollte. Er tobte, schrie, brüllte und schlug um sich. Dabei verletzte er einige Beamte, die ihn dann mit Knüppeln und Fäusten traktierten. Er stürzte auf den Steinboden. Blut floss aus seinen Wunden. Er wurde mit Füßen getreten, bis er schließlich still und verkrümmt und besinnungslos vor den Schlägern auf dem Boden liegenblieb.

„Was machen wir mit ihm?", fragte ein Beamter den Hauptmann.

Der antwortete im Befehlston: „Ihr fahrt ihn nach Norden und bringt ihn über die Grenze. Aber beeilt Euch. Es ist ein Sandsturm in der Wüste angesagt! Ein Arzt soll vorher feststellen, ob er noch lebt!"

Sie luden ihn unbemerkt auf einen Planwagen und fuhren los.

Ada-Reede wurden die Fesseln abgenommen. Dann musste sie ihre Kleidung ablegen. Stattdessen bekam sie einen Jutesack mit Ausschnitt für den Kopf und die Arme übergezogen. Man führte sie in eine dunkle und kalte Zelle. Die schwere Eisentür fiel hinter ihr ins Schloss. Unter der Decke kam durch eine kleine Lucke etwas Tageslicht herein. Sie fand eine Liege und einen Eimer für ihre Notdurft. Ada ging ruhelos und barfuß auf dem Steinfußboden herum. Sie versuchte, Ihre Gedanken zu ordnen. ... Minu ist tot! Warum? Haben wir etwas Schlimmes getan? Wenn ja, was war schlimm? Eine Anzeige? Nur die Mädels und Joy wussten von dem Treffen. Wir haben uns doch nur unterhalten. Wo ist Joy? ... Ada brüllte, so laut sie konnte: „Joy! Joy, wenn Du mich hörst, ich bin hier. In dreißig Tagen komme ich wieder raus, dann fahren wir mit dem Zug weiter!"

Joy Sun erwachte aus dem Koma, in das die Polizisten ihn geprügelt hatten. Das Geräusch eines gewaltigen Sturms musste ihn geweckt haben. Er versuchte die Augen zu öffnen, doch die waren mit Blut verklebt. Als sich seine Lider endlich bewegten, sah er trotzdem nichts. Es war dunkel. ... Wo bin ich? ... Er bewegte seine Finger und bemerkte, dass er wohl im Sand liegen musste. Er versuchte seine Gliedmaßen zu bewegen, aber die reagierten nur mit Höllenschmerzen, sodass er wieder die Besinnung verlor. Wenig später erinnerte er sich an den Guru im Park. ... Konzentriere Dich auf Deinen Verstand. Er löst sich vom Körper. Wo ist eigentlich Ada? Sie ist bestimmt in Sicherheit und kommt gleich wieder. Konzentriere Dich auf Deinen Verstand. Ja. Er strebt zum Licht. Das Licht in dem Tunnel. Er bewegt sich mit steigender Beschleunigung durch das schwarze Rohr. Der Guru sagte, der Verstand kann das Licht nicht erreichen. Aber die Geschwindigkeit ist so hoch, wer will ihn denn aufhalten?

Schneller Verstand zeig es dem Guru. Du schaffst es. Verstand nimm den Körper mit. Er gehört doch zu Dir. Verstand, wenn Du den Körper nicht mitnimmst, wer sind wir dann? Was machen wir dann ohne Körper? Was machen wir ohne Ada? Hey Verstand, Du drehst Dich wie eine Kugel in einem Gewehrlauf. Du wirst ja noch schneller. Guru wir schaffen es. Wir sind gleich da. Der schwarze Kreis wird dünner. Das Licht wird heller. Schneller, schneller! Ich sehe das totale Licht. Wir haben es geschafft! ...

Ruhelos wälzte sich Ada auf der Pritsche hin und her. Kein Laut von außen drang an ihre Ohren. Sie war sich selbst überlassen. Manchmal übermannte sie die Müdigkeit. Doch der Schlaf war nicht erholsam, denn die schweren Gedanken ließen sie auch in ihren Träumen nicht los. In der Stille und der Düsternis verlor sie jegliches Zeitgefühl. ... Wenn ein Mensch lebendig in einem Sarg liegt, muss er Ähnliches erleben wie ich. ... Sie scheute sich den Eimer zu benutzen. Einmal sprang sie von der Pritsche hoch, donnerte mit den Fäusten gegen die Stahltür, warf den Eimer dagegen und brüllte: „Hey, wollt Ihr mich verhungern lassen. Lasst mich raus. Ich muss auf die Toilette!!!"

Endlich kam ein Geräusch näher. An der Zellentür wurde der Riegel bewegt. Die Tür öffnete sich und eine Männergestalt kam auf sie zu. Sie spürte einen Schlag an die Brust, torkelte zurück und schlug mit dem Kopf auf dem Boden auf. Der Mann lachte und die Tür wurde wieder von außen verriegelt. Wutentbrannt brüllte Ada: „Arschloch!"

„Beim zehnten Schimpfwort komme ich rein und hau Dir auf die Schnauze!"

Ihr Schädel brummte. Ada-Reede war wieder sich selbst überlassen. Sie ging in der Zelle auf und ab, um wenigstens ihren Kreislauf in Bewegung zu halten. Dabei zwang sie sich, nicht mehr an die bösen Erlebnisse zu denken. Ihr natürlicher Egoismus drängte sich in den Vordergrund. ... Meine Situation ist mir bewusst. Ich muss sie akzeptieren und meine Schlüsse daraus ziehen: Man hat mich eingesperrt, um mich gefügig zu machen. Wenn ich geduldig bin und lange genug ruhig bleibe, werden sie nachsehen, ob ich noch lebe und mir vielleicht etwas zu trinken und zu essen geben. Ich stelle mir vor, ich bin mit Vater auf der Jagd und warte darauf, dass eine Wildkatze sich nähert. ... Dann pinkelte sie in den Eimer und legte sich hin.

Sie wusste nicht, wie lange sie sich still verhalten hatte, als sich plötzlich der Türriegel wieder bewegte. Der Wächter stellte eine Art Tablett auf den Boden und schloss die Tür wieder.

Ada erkannte einen Becher und einen Teller. Sie stürzte sich darauf. Die Flüssigkeit in dem Holzbecher erkannte sie als Wasser, aber es schmeckte abscheulich. ... Ich muss trinken! ...

Auf dem Holzteller schwappte ein Brei. Sie tauchte den Finger hinein und lutschte ihn ab. Der Hirsebrei schmeckte zwar nach nichts, aber ihr Magen bedankte sich mit einem Knurren.

Aus Sicherheitsgründen hat man wohl auf einen Löffel verzichtet.

Möglicherweise war wieder ein Tag vergangen, bis die Szene wiederholt wurde. Es wurde kein Wort gesprochen. Ada fror und bekam Durchfall von der zweifelhaften Nahrung. Sie stellte den Eimer neben das Geschirr an der Tür. Dann hörte sie Schritte von mehreren Personen vor der Tür. Der Wächter und drei Gehilfen erschienen in der Tür: „Raus da!"

Sie packten Ada und zerrten sie in einen anderen Raum: Schmucklose kalte Wände, Decke und Fußboden. An der Decke baumelte eine Lampe. In der Mitte des Raums stand ein Holzgestell. Die Männer packten sie und legten sie bäuchlings auf ein Brett. Ihr Kopf ragte ab dem Hals darüber hinaus. Die Arme wurden neben dem Körper angeschnallt. Um die Füße schlossen sich zwei Holzteile so fest, dass sie sich nicht mehr bewegen konnte. Einer der Männer ließ den Stock pfeifend durch die Luft gleiten. Der Stock war ein federnder Peitschenstil, der mit scharfen Drähten besonders präpariert worden war. Die Gehilfen gingen zur Seite.

„Gleich geht's los, Du ungläubige Sünderin. Denk an Deine schandbaren Verbrechen! Wir treiben Dir Deine gotteslästerlichen Gedanken und Handlungen schon aus!"

Der Mann wollte wohl Adas Erwartungsangst steigern. Dann klatschte der Stock mit einem gewaltigen Hieb auf Adas Fußsohlen, sodass sie erschrocken aufschrie. Der Schmerz kam so überraschend und heftig, als würde die Haut aufgerissen und Nägel in ihre Füße getrieben. Wieder kreiste der Stock drohend pfeifend durch die Luft über ihrem Kopf. Dann folgte der zweite Schlag auf die Fußsohlen. Ada heulte vor Schmerz auf und verlor das Bewusstsein. Die Wächter merkten es und schütten ihr einen Eimer kaltes Wasser über den Kopf, bis Ada den Schmerz wieder fühlte. Die nächsten beiden Schläge kamen mit gleicher Wucht und Ada wurde wieder aus der Bewusstlosigkeit geholt.

Dann ließen die Wächter von ihr ab. Sie befreiten sie von den Fesseln und legten ihr zwei Tücher um die blutenden Füße. Ada sollte sich aufstellen, aber dazu kam es nicht. Sie brach bewusstlos zusammen und stürzte auf den Boden. Die Wächter fluchten, packten sie an Armen und Beinen, trugen sie in die Zelle und warfen sie auf die Liege. Sie leerten den Eimer und stellten das Tablett mit dem gefüllten Becher und dem Teller neben die Tür. Dann schoben sie den Riegel an der Tür wieder vor.

Nach Stunden erwachte Ada und verspürte den Schmerz an den Füßen nicht mehr so heftig wie unmittelbar durch die Hiebe. Sie kontrollierte die Tücher um ihre Füße und versuchte vorsichtig aufzustehen, denn Durst und Hunger waren kaum noch zu ertragen. Kaum berührte sie aber den Boden fiel sie wieder zurück in einen langen Schlaf. Als sie nach langer Zeit aufwachte, wusste sie nicht, ob der Wächter nach ihr geschaut hatte, aber ihr Körper verlangte Flüssigkeit. Sie setzte die Füße nicht auf den Boden, sondern sie ließ sich auf die Knie fallen und robbte zur Tür, um etwas zu trinken und zu essen. Die Prozedur war zwar äußerst mühsam und schmerzhaft, aber sie schöpfte etwas Kraft. Dann blieb sie einfach auf dem Boden liegen. Ada träumte davon, wie die Männer sie in die Folterkammer schleppten und schrie. Der Wächter hatte sich einen Gehilfen geholt und die beiden Männer hoben sie hoch und legten sie wieder auf die Pritsche.

In der gesamten Zeit ihrer Einkerkerung erlebte Ada die Höllenqualen viele tausendmal in ihren Albträumen. Sie verlor jegliches Gefühl für Schlaf und Wachsein, für Helligkeit und Dunkelheit, für Hunger und Durst. Sie taumelte von einer Folter in die nächste. Sie schrie auf, wenn sie meinte wach zu sein und sie drohte wahnsinnig zu werden, denn mit den Qualen wurde ihr Körper zusehends schwächer und ihr Verstand drehte ihr Bewusstsein im Kreis.

Nach vielen Tagen und der vierten Folterung lag Ada wieder bewusstlos auf der Pritsche. Irgendwann wurde sie von einer Männerstimme geweckt und sie schrie auf: „Nein! Nicht schon wieder!"

Der Wächter hatte einen Arzt mitgebracht. Jetzt wurde ein Licht entzündet und der Arzt sprach beruhigend auf Ada ein: „Du hast es geschafft. Bleib noch ein paar Tage liegen, bis Deine Wunden verschorft sind. Dann lege ich Dir einen Verband an und Du versuchst vorsichtig aufzustehen. Dann wirst Du entlassen."

Der Arzt hielt ihr sogar einen Becher mit frischem Wasser an die Lippen und ließ sie in einen Zwieback beißen. Dann wurde es wieder dunkel und Ada dämmerte vor sich hin. Sie wusste nicht mehr, ob sie geträumt hatte oder ob sie tatsächlich eine freundliche Stimme gehört hatte. Erst als sie den Geschmack des restlichen Zwiebacks auf der Zunge spürte, kam das Bedürfnis und die Hoffnung wieder in ihr auf, an etwas anderes zu denken, als an die erlebten Höllenqualen. ... Sollte ich das wirklich überstanden haben?! Vielleicht gehört die freundliche Stimme zu der Foltermethode dieser barbarischen Menschen. Ich werde es erst dann wissen, wenn ich auf meinen Füßen durch das Gefängnistor gehe und frische Luft atmen kann. Werden sich der Richter und die Religionsführer über die Bestrafung einer Sünderin freuen?!

Vielleicht wartet ja Joy draußen auf mich. Wir werden das teuerste Hotel aufsuchen und ein gutes Bier trinken und ein Steak essen. Und dazu trinken wir eine Flasche Whiskey. ...

Die Tage vergingen. Ada hatte mittlerweile eine Decke bekommen. Der Wächter brachte ihr Milch und Brot. Einmal kam auch eine warme Suppe. Der Arzt kam noch zweimal und versorgte ihre Wunden mit Salben und einem Verband. Am letzten Tag kam der Arzt noch einmal: „So Ada-Reede, setz Dich vorsichtig auf und lass die Füße nach unten hängen. Erschrecke nicht. Es wird noch sehr wehtun, bis das Blut wieder zirkuliert."

Ada-Reede hatte aufschreien wollen, aber sie biss die Zähne zusammen. Langsam wurde es besser. Die Schmerzen in den Waden ließen nach, aber das Stechen und Ziehen in den Fußsohlen war sehr heftig. Der Arzt hatte Geduld mit ihr und drängte sie nicht: „Ada, Du musst es von innen heraus spüren, dass Du aufstehen willst und kannst. Die Wunden sind gut verschorft und ich habe den Verband weich gepolstert. Wenn Du stehen kannst, werde ich Dich stützen und dann versuchen wir den ersten Schritt. Du willst doch sicher so schnell wie möglich hier raus?!"

Ganz so schnell ging es nicht, aber am Abend konnte Ada mit einer Krücke gehen. Endlich war sie wieder frei. Sie wusste noch nicht, wie sie zum Hotel kommen sollte. Das war auch noch nebensächlich. Ihre Klamotten hatte sie wieder an, sogar das Kopftuch umrahmte ihr schmalgewordenes Gesicht. Am Tor erwartete sie der Arzt, der ihr mit viel Geduld wieder auf die Beine geholfen hatte: „Hallo schöne Eskimofrau, hier ist Dein Taxi."

„Danke Doc, nicht nur meine Füße sind noch langsam, sondern auch meine Gedanken für das neue Leben. Ohne Fahrzeug hätte ich das doch nie geschafft bis zum Hotel."

„Und ich sehe meinen Job mit Dir noch nicht als beendet an."

„Darfst Du überhaupt Kontakt zu mir, einer entlassenen, ungläubigen Verbrecherin haben?"

„Dein Sarkasmus ist berechtigt. Ich darf."

Im Hotel humpelte sie zum Empfang und wurde ernst aber freundlich begrüßt: „Ada-Reede, es tut mir leid, was Du erdulden musstest. Der Prozess wurde in der Bevölkerung heimlich diskutiert. Wir haben Dein Zimmer selbstverständlich freigehalten."

„Danke. Ist mein Freund, Joy Sun im Haus?"

„Nein. Er ist am selben Tag verschwunden, an dem Du verurteilt wurdest. Wir haben sein Zimmer für eine Woche freigehalten, dann mussten wir es wieder belegen. Seine Sachen haben wir aufbewahrt."

„Keine Nachricht?"

„Nein. Wir hofften, Du wüsstest etwas Näheres. In Deinem Zimmer ist alles unverändert."

„Ich übernehme alle Kosten!"

Der Arzt hatte von der Lobby aus das Gespräch mit angehört und bat Ada zu sich.

„Ada, ich habe gezögert, weil ich Dich nicht zusätzlich belasten wollte. Jetzt ist es an der Zeit, Dir alles zu erzählen: Joy Sun sollte nur aus dem Gerichtssaal entfernt werden. Er hat getobt, geschimpft und um sich geschlagen. Einige Polizisten wurden verletzt. Er wurde in einem separaten Raum verprügelt. Der Hauptmann ließ mich rufen, als Joy bewusstlos am Boden lag. Ich sollte feststellen, ob er lebt. Er lag da mit einem ausgekugelten Arm, das rechte Bein war am Knie nach außen geknickt. Er hatte mehrere Wunden am Kopf und im Gesicht mit Blut überströmt und er hat geröchelt. Der Hauptmann ließ ihn auf ein Auto verladen und nach Norden zum Grenzübergang bringen. Später hörte ich, dass der Wagen dort nicht ankam. Ein schwerer Sandsturm zog über die Wüste. Ein Suchtrupp hat am nächsten Tag das Autowrack in der Wüste gefunden mit einem schwerverletzten Polizisten, der wenig später verstarb. Der konnte noch berichten, dass der Sturm das Auto durch die Luft gewirbelt hatte. Dabei sind alle Insassen rausgeschleudert worden. Der Wüstensand hat sie alle wohl spurlos verschluckt."

Ada schlug die Hände vors Gesicht und schluchzte heftig: „Der arme, tapfere Joy! Wir hatten uns verliebt und er wollte mich ewig beschützen. Diese Barbaren haben ihn umgebracht. ..."

„Ada, Du hast mich gefragt, ob ich Kontakt zu Dir halten darf. Nicht nur das darf ich. Die schlechte Nachricht dazu ist: Ich habe Befehl, Dich innerhalb von zwei Tagen außer Landes zu bringen. D.h. ich fahre Dich zum Flughafen! ... Du wirst sicher jetzt alleine sein wollen. Ich komme morgen wieder und wir fahren los, sobald Du fertig bist."

Ada-Reede nickte nur und humpelte tränenüberströmt zu ihrem Zimmer. Stunden lang wälzte sie sich auf dem Bett hin und her und hatte das Bild ihres Freundes vor Augen. ... Du verdammter Narr, hast Dich in mich verliebt. Jetzt bist Du durch meine Schuld gestorben. Warum warst Du nicht vernünftig und hast mich ziehen lassen? Mein geliebter Joy! Du hast Dich sogar in meine Ideen hineingefunden. Das war Scheiße! Du hattest ein angenehmes Leben und es waren meine verdammten Ideen. Ich habe Dich verführt! Nicht nur die ganze Zivilisation ist verflucht, sondern vor allem diese machtgierigen Barbaren. Aber die gehören doch zur Zivilisation. Was hat sie nur so abscheulich werden lassen. Sie sind ihrer Religion ausgeliefert, ihrem Glauben, ihrem Gott. Wie kann dieses Arschloch so etwas zulassen. Was haben die Menschen verbrochen, dass er sie so bestraft? Aber nein das ist es nicht. Sie bestrafen sich doch selbst. Sie maßen sich an, zu wissen, was gottgefällig ist. Sie sind sich sogar uneinig darüber, ob der Gott, an den sie glauben, gnädig oder rachsüchtig ist. Wie widerwärtig ist die Vorstellung, dass in antiken Völkern wunderschöne Jungfrauen einem Gott geopfert wurden, den die Menschen doch gar nicht kannten?! Wie irre ist der Glaube, dass mit einem Opfer an einen Gott die Ernte im nächsten Jahr besser ausfallen würde?! Wer hat den dummen Menschen diesen Schwachsinn eingeimpft?! Wie kann es sein, dass viele Menschen immer noch dem Glauben den Vorrang vor dem Wissen einräumen?! Der Mensch besteht aus Materie und einer Ansammlung von Erfahrungen, die er im Gehirn speichert und anwendet. Wenn ihm die nicht reichen, erforscht er neue Erfahrungen und zieht seine Schlussfolgerungen daraus. Zugegeben gibt es Menschen, die damit glücklich sind, wenn sie ihr Nichtwissen hinter dem Glauben verdrängen wollen und können. So gesehen sind die selbsternannten Propheten doch Scharlatane, die sich anmaßen Gottes Wort gehört zu haben und sich damit selbst zu Gottgleichen machen. Die Religionsführer haben immer recht, weil sie sich auf die Propheten berufen. Warum reicht es den Menschen nicht, eine Gesellschaft zu gründen, in der z.B. das Gesetz herrscht: Du sollst nicht töten und wer es trotzdem tut - in dieser Gesellschaft - wird ausgeschieden? Weil die Kontrolleure der Durchführung von Gesetzen rechtsprechen und damit schon eine

Macht repräsentieren. Dabei sind die Mächtigen keinen Deut besser als die dummen Menschen. Und deshalb sind die Religionsführer in diesem Land nicht besser, nicht religiöser, nicht gläubiger als andere Menschen, aber sie haben mehr Wissen, wie sie das Volk mit ihrer Macht unterdrücken können. Sie versteifen sich sogar in den Wahn, unter sich einen Stellvertreter Gottes auf Erden wählen zu dürfen oder sogar zu müssen, einen Stellvertreter von etwas Unbekanntem, von nichts. Das ist Anmaßung, Blasphemie an Menschen!

Wie kann es sein, dass Mächtige sich hämisch die Hände reiben und behaupten, Religion sei Opium fürs Volk? Haben die vielleicht auch noch recht mit der Begründung: Wir sagen den dummen Menschen, was sie glauben sollen! Seit dem Urknall, wo Materie und Energie auf einander getroffen sind und damit die Zellteilung angestoßen haben ist außer der Entwicklung in der Natur und den Einflüssen des menschlichen Verstandes nichts mehr passiert. Wo ist denn da noch Platz für ein plausibles Wesen, das über dem Menschen steht? Die Mächtigen stehen über den übrigen Menschen! Joy, ich drehe mich im Kreis. Joy hilf mir. Joy!!! ...

Ada schreckte hoch. Sie wurde wohl von ihrem eigenen Schrei geweckt. Sie lag nassgeschwitzt in den Kissen und versuchte sich zu orientieren. ... Ich bin nicht verrückt und ich werde auch nicht verrückt! Ich werde meine Gedanken analysieren und ordnen. Die Erlebnisse der letzten Wochen waren zu heftig. Es ist sinnlos, jetzt schon an Odiman zu schreiben.

Ich muss erst selbst meine Situation als Faktum begreifen, ehe ich sie als Basis für meine Aufgabe verwenden kann. ...

Sie stand mühsam auf, setzte sich auf einen Stuhl vor den Laptop und stellte sich selbst Fragen, die sie sofort beantworten konnte: Meine Füße schmerzen. Ich kann keine Schuhe anziehen. Filzpantoffeln, in die ich mit dem Verband hineinkomme, würden mir helfen. Der Doc wird mir helfen, einen Schumacher zu finden.

Es ist sinnlos, mich über das Unrecht, das Joy, Minu und mir widerfahren ist zu klagen. Ich kann jedes Unrecht verdammen, aber ich kann es nicht mehr ändern. Ich muss es akzeptieren, weil es in der Gesellschaft möglich ist. Ändern kann ich nur vorher etwas, aber dazu ist es jetzt zu spät.

Ich muss meine Sachen packen, das Zimmer räumen und auschecken. Auf dem Konto habe ich noch genug Geld. Der Doc bringt mich zum

Flughafen. Kann ich meinen Rucksack schleppen oder brauche ich einen Helfer? Wo fliege ich hin? Nach Afrika. Afrika ist groß. Was mache ich dort, wenn die Schmerzen nicht nachlassen? Ich hatte doch vor, in einer Klinik im Busch die Schwestern zu unterstützen. Vielleicht ist dort ein Arzt, der mir helfen kann. ...

Ada-Reede schrieb so lange, bis sie begann, sich wieder in der Welt zurechtzufinden. Dann zwangen sie die Schmerzen und die Erschöpfung, sich wieder hinzulegen, und sie fiel sofort in einen tiefen, erholsamen Schlaf bis zum nächsten Morgen. Nach dem Frühstück bat sie am Empfang, ihren Rucksack holen zu lassen: „Die Sachen von Joy Sun schickt Ihr bitte an die von mir vorgegebene Adresse. Und jetzt warte ich in der Lobby auf die Gesamtrechnung, die ich dann sofort bezahle. Wenn der Doc kommt, verlasse ich das Hotel."

Alles lief, wie Ada es geplant hatte. Der Arzt kam, sie fanden einen Schuhmacher, der Filzpantoffeln verkaufte. Jetzt fühlte Ada sich schon wieder sicherer auf ihren Füßen. Es dauerte fast den ganzen Tag, bis sie den Flughafen erreichten.

„Doc, hilfst Du mir mit dem Rucksack?"

„Ja. Wir gehen zum Schalter. Dort kaufst Du ein Ticket und wir geben Deinen Rucksack auf. Dann suchen wir noch die Krankenstation im Flughafen und ich schaue noch einmal nach Deinen Füßen. Ich kann nicht zufrieden sein mit meiner dilettantischen Versorgung. Die Narben sind so breit, dass Deine Behinderung bleiben wird, auch wenn die Schmerzen nachlassen. Ich bleibe noch bei Dir bis zum Abflug."

Die Angestellten der Fluggesellschaft fanden sogar noch einen freien Liegeplatz in der ersten Klasse. Ihr Rucksack wurde als Handgepäck deklariert und vom Personal an ihren Platz im Flieger gestellt. Die zuständige Flugbegleiterin kümmerte sich besonders um sie, wegen ihrer Behinderung und weil sie ihren natürlichen und freundlichen Charme zeigte. Erst beobachtete sie noch die anderen Passagiere und hörte die Ansagen des Kapitäns, nachdem der Flieger seine Flughöhe erreicht hatte. Ada-Reede ließ sich Zeitschriften bringen.

Sie staunte, als sie in dem Stapel tatsächlich ihr Magazin fand. Die Flugbegleiterin bekam mit, dass Ada während des Blätterns lachte: „Haben Sie schon einmal etwas gelesen von dieser tapferen Eskimofrau? Ich bin gespannt darauf, was sie uns Frauen …" Sie stockte, als sie Ada ansah und blickte vergleichend auf das Bild in der Broschüre. „Sie sind Ada-Reede! So ein Zufall! Ich freue mich, und meine Kolleginnen lesen alle Ihre Berichte. Der Käpten zieht uns manchmal damit auf, wenn er unseren Gesprächen über Sie zuhört. … Was ist Ihnen passiert? Hatten Sie einen Unfall?"

Die Frau war fast euphorisch, dann wurde ihr Gesichtsausdruck mitfühlend. Ada lachte sie an und antwortete: „Ein Unfall war das nicht, eher ein Unglück. Ich bin bei meinen Recherchen den Religionsführern zum Opfer gefallen und habe einen Monat im Gefängnis verbracht. In der nächsten Ausgabe des Magazins werde ich darüber berichten und ich beginne noch während dieses Fluges mit dem Schreiben."

„Bitte melden Sie sich, wenn Sie irgendetwas brauchen. Ich werde Ihnen den Flug so angenehm wie möglich machen. Darf ich mich, wenn ich Zeit habe, mit Ihnen noch unterhalten? Es ist so spannend, wie Sie das Verhalten von Mann und Frau in den verschiedenen Ländern und Kulturen schildern."

„Ich danke Ihnen für das Kompliment. Es gibt mir Kraft nach den letzten Erlebnissen. Ich hoffe der Käpten hat nichts dagegen, wenn ich während des Fluges den Laptop benutze."

„Ich werde es ihm sagen, aber ich glaube nicht, dass der Laptop unsere Elektronik stört."

Ada lehnte sich zurück. Sie schloss die Augen und dachte an zu Hause, an Odiman, an die Eltern, an Tyler und an ihren geliebten Joy Sun. Sie fühlte sich nicht mehr schuldig. Ein paar Tränchen kamen wohl durch die wehmütigen Erinnerungen an die schönen Erlebnisse. … Ich werde jetzt erst einmal eine Mail an Joys Chef schicken, damit er informiert ist. … Dabei fiel ihr auf, dass sie nicht einmal Joys Freunde kennengelernt hatte, so sehr waren er und sie miteinander beschäftigt. Sie hatten sich nicht nur geliebt, er war auch ihr Partner und er wollte sie immer beschützen. Diese Aufgabe hat ihn umgebracht. … Joy ich habe mich immer wohl und sicher bei Dir gefühlt. Nur die Gewalt gegen Deine Person konnte Dich aufhalten. …

Dem Chef in der Bank schilderte sie jedes Detail des traurigen Erlebnisses. Sie wusste, dass der Mann ihre Schriften im Magazin lesen würde, sie wusste aber auch, dass sie einige Dinge im Magazin nicht so hart formulieren durfte, wie sie der Wahrheit bzw. ihren Emotionen entsprachen, um Provokationen zu verhindern. Er würde sicher darüber sprechen, aber er würde ihr - schon im Andenken an Joy - niemals schaden.

Die Flugbegleiterin sah häufiger nach ihrer prominenten Passagierin. So merkte sie auch, wenn Ada Tränen über die Wangen liefen: „Ada-Reede, haben Sie Schmerzen?"

„Schmerzen schon, aber die belästigen mich in Ruhe weniger. Ich versuche mich auf eine Nachricht zu konzentrieren. Da kommen doch schmerzliche Erinnerungen hoch."

Dabei versuchte sie schon wieder zu lächeln, und die Flugbegleiterin zog sich mitfühlend zurück.

Einmal kam eine Kollegin mit zwei Exemplaren des Magazins zu ihr: „Ada-Reede, meine Kollegin hat uns informiert, dass wir Sie an Bord haben. Sie sind nicht nur heute das Thema für uns. Würden Sie mir bitte auf die beiden Exemplare Ihr Autogramm schreiben?"

„Nanu, ich bin doch nicht etwa berühmt wie ein Star?!"

„Vielleicht nicht so, wie es den Anschein hat. Wir kommen durch unseren Beruf in viele Länder. Überall finden wir Frauen, die sich über Sie unterhalten. Manchen haben Ihre Schriften die Augen geöffnet. Die Frauen überdenken ihr Selbstwertgefühl. Mir haben auch schon Männer gesagt, dass ihre gedachte Vormachtstellung kritisch zu betrachten ist. Einseitige Belastungen in Beruf und Haushalt einerseits und traditionelle Selbstverständlichkeiten gemischt mit Interesselosigkeit andererseits, verhelfen den Menschen nicht zum ersehnten Glück. Häusliche Gewalt und Vergewaltigungen passen nicht zu Menschen mit gleichen, natürlichen Rechten. Ich bin schon der Meinung, dass Sie berühmt sind wegen Ihrer großen Leserschaft. Es geht ja nicht alleine darum, dass wir Sie bewundern, sondern Ihre Schriften sind wie ein Weckruf, über den Wert eines jeden Menschen nachzudenken und die Rechte und Pflichten, die für alle gelten."

„Ich danke Ihnen, aber Sie machen mich ganz schön verlegen."

Während des langen Fluges hatte Ada-Reede viel Zeit und fand auch die Ruhe, ihren Bericht für Odiman fertigzustellen. Sie hatte den Laptop auf ihrem Schoss und hämmerte ihre Erlebnisse über die Tastatur in den Computer. Immer wieder las sie die fertigen Seiten, überprüfte ihre Formulierungen auf Verständlichkeit und die Reihenfolge der Ereignisse. Sie wollte alles wie immer so korrekt machen, dass der Text weiterverarbeitet werden konnte. Manchmal beruhigte sie sich damit, dass der kritische Odiman schließlich das letzte Wort hatte. Er und seine Leute würden schon die letzten Korrekturen anbringen, denn sie waren ja nicht so emotionsgeladen wie zwangsläufig die Autorin.

Die Stunden vergingen. Ada fühlte sich mehr und mehr wohl auf ihrem bequemen Liegesitz. Die Schmerzen an den Füßen klangen in der Ruhe weiter ab. Sie schrieb und dachte zwischendurch ungestört nach. Erst mit der Durchsage des Kapitäns merkte sie, dass der Flug bald beendet sein würde. Ihre Flugbegleiterin kam und sprach Ada auf ihr Reiseziel an: „Ich sehe, dass es Ihnen wesentlich besser geht. In der Stadt gibt es eine gute Klinik, da wird Ihnen sicher geholfen. Ich habe mir ausgedacht, einen Rollstuhl am Flughafen anzufordern. Dann werden Sie zu einem Taxi gebracht, dass Sie direkt in die Klinik bringt. Ich rufe jetzt einen Taxifahrer an, der zu einer befreundeten Familie gehört."

„Das ist sehr liebenswürdig, aber ich kann auch selbst gehen. Ich habe fast keine Schmerzen mehr."

„Sie können doch nicht Ihren Rucksack zusätzlich schleppen. Sie sind doch schon mit der Krücke unsicher. Nein, es ist besser, Sie hören jetzt auf mich und lassen sich in der Klinik wieder ganz gesundmachen."

So geschah es dann auch. Die Flugbegleiterin hatte sich die Erlaubnis vom Käpten geholt und fuhr den Rollstuhl mit Ada und ihrem Rucksack zum Ausgang, wo der schwarze Taxifahrer bereits wartete: „Hallo meine Damen, ich stehe zu Ihrer Verfügung." Er lachte dabei und zeigte seine strahlendweißen Zähne: „Ich habe schon gehört, Sie sind Ada-Reede, die Eskimofrau. Sie kommen aus der Kälte. Ich heiße Sie willkommen in unserer Hitze. ... Jetzt wollen wir Sie erst einmal vorsichtig in meine Luxuslimousine setzen, und dann verfügen Sie über mich."

„Ada, ich werde Ihre Schriften noch aufmerksamer lesen. Vielleicht schreibe ich Ihnen meine Reaktion oder ich höre eine Meinung, die mir zugetragen wird, um Sie zu motivieren."

„Das würde mich sehr freuen. Ich danke Ihnen für Ihre Liebenswürdigkeit. Wir wissen beide, dass auch diese keine Selbstverständlichkeit ist."

„Alles Gute für Sie. Joh wird auf Sie aufpassen."

Die Stadt erschien Ada unendlich groß. Schnurgerade Straßen führten an Hochhäusern und vielen Geschäften vorbei. Der Verkehr war dicht, aber es gab kaum Aufenthalte, da er durch Ampeln geregelt war.

Manchmal stand auch auf der Kreuzung ein schwarzer Polizist auf einem Podest, der mit freundlichem Lächeln und weißen Handschuhen winkte und die Durchfahrt regelte.

„Joh, wo fahren Sie hin, sind wir bald da?"

„Die Klink liegt mitten in der Stadt. Wir sind gleich da."

Ada blätterte in ihren Unterlagen: „Ich habe eine andere Information. Die Klinik sollte außerhalb der Stadt in der Savannenlandschaft liegen."

„Oh ja. Das ist aber keine Klinik, sondern eine Krankenstation von der Klinik, in der hauptsächlich die schwarze Landbevölkerung versorgt wird."

„Genau da möchte ich hin!"

„Ich bin nicht sicher, ob man Ihnen dort helfen kann. Außerdem ist es noch ein weiter Weg bis dahin."

„Joh, ich habe genug Geld. Bringen Sie mich dorthin. Soll ich Sie im Voraus bezahlen?"

„Der Betrag ist zwar hoch, aber wir rechnen am Ziel ab. Ich werde dort auch auf Sie warten, wenn die Ärzte Sie nicht aufnehmen. Ich bringe Sie dann wieder in die Stadt."

Er freute sich schon auf den Umsatz und erzählte Ada etwas über die Landschaft und die wilden Tiere. Zwischendurch brachte er auch einen Witz an und hielt Ada so bei Laune, dass sie beide herzlich lachen konnten.

Es war eine lange Fahrt. Sie hatten mittlerweile die Stadt verlassen und fuhren auf einer staubigen Straße in die Savanne. In einiger Entfernung war rechts und links der Urwald zu erkennen. Endlich erreichten sie die Station, die aus einem ehemaligen Farmerhaus mit einigen Anbauten und mehreren stabilen Zelten bestand, zwischen denen Menschen in weißen Kitteln hin und her liefen. Joh hielt vor dem Haupthaus. Er stieg aus und sprach mit einem Schwarzen.

Plötzlich zerriss ein entsetzlicher spitzer Schrei die Stille und die Menschen verharrten in ihren Bewegungen. Joh schaute auf sein Taxi. Ada saß nicht mehr darin. Er rannte auf die andere Seite. Da lag Ada bewusstlos im Sand. Sofort kamen zwei Schwarze mit einer fahrbaren Liege aus dem Haus gerannt. Sie legten Ada behutsam darauf und rannten wieder ins Haus.

Ein Arzt wurde am Eingang informiert: „Sie ist an den Füßen verletzt.

Wahrscheinlich hat sie der Schmerz überrascht beim Aussteigen aus dem Taxi."

„Bringt sie in den Schockraum zu Schwester Ann!"

Der erschrockene Taxifahrer hängte sich den Rucksack um und ging zur Anmeldung: „Ich habe die Frau hierher chauffiert. Schwester, behaltet Ihr die Patientin hier oder soll ich warten, bis sie wieder transportfähig ist?"

„Du musst nicht warten. Wenn wir sie nicht behandeln können, transportieren wir sie selbst in die Klinik."

„Die Frau hat gesagt, sie hat genug Geld und wollte mich im Voraus bezahlen. Das habe ich abgelehnt. Könnt Ihr die Kosten vorschießen und den Rucksack an Euch nehmen?"

Die Schwester winkte einen Arzt zu sich, der gerade vorbeikam: „Da haben wir ein Problem."

Der Arzt dachte nicht lange nach: „Joh, schreib Deinen Namen, die Taxinummer und den Namen Deines Fahrgastes auf Deine Quittung. Die Schwester gibt Dir das Geld und Du kannst fahren. Kennst Du den Namen der Frau?"

„Sie heißt Ada-Reede. Man nennt sie auch die Eskimofrau."

Der Arzt war weg, Joh saß schon wieder im Taxi und die Schwester sprach mit ihrer Kollegin: „Schau mal, wer bei uns ist. Fällt Dir zu dem Namen etwas ein?"

„Ada-Reede, die Eskimofrau … Von der habe ich doch erst kürzlich etwas gelesen."

Ada lag bewusstlos im Schockraum und war schon Gesprächsthema geworden. Die schwarze, erfahrene Krankenschwester hatte sie bereits ausgezogen, eine Infusion mit schmerzlinderndem Mittel angehängt, den Blutdruck gemessen und sie legte die Unterschenkel bei angewinkelten Beinen auf ein Gestell. Jetzt tätschelte sie Adas Wangen: „Aufwachen Kindchen. Du hast keine Schmerzen mehr. Aufwachen!"

Ada durchlebte einen Albtraum im Gefängnis: „Nein, nein! Nicht schon wieder!" Dann schreckte sie plötzlich hoch und schaute sich ungläubig um: „Wo bin ich?"

„Ganz ruhig, Kindchen. Du bist hier bei uns in Sicherheit. Wir sind eine Krankenstation der Klinik und bei uns arbeiten die Besten der Ärzte ohne Grenzen. Mit Dir ist alles in Ordnung bis auf Deine Füße. Wenn

Du nicht bequem liegst, sagst Du es mir. Ansonsten bleibst Du ganz ruhig liegen. Ich bin Schwester Ann und werde jetzt die Verbände an Deinen Füßen abnehmen, damit die Ärzte Dich untersuchen können. Hab keine Angst. Ich bin ganz vorsichtig."

Ann ging äußerst behutsam an die Arbeit, obwohl sie ja wusste, dass Ada keine Schmerzen mehr haben konnte. Als sie den linken Fuß freigelegt hatte, erschrak sie heftig: „Was ist Dir bloß passiert?"

„Das waren Folterknechte im Gefängnis!"

„Egal was Du angestellt hast, das waren Unmenschen! Der Chef wird entsetzt sein, aber die Ärzte kriegen Dich wieder hin."

Die Krankenschwester hatte schon viel gesehen, aber jetzt schüttelte sie den Kopf und ging zur Tür. Da kam auch schon der Chef mit einem Kollegen herein: „Na Ann, hast Du unsere Patientin schon zurückgeholt?"

„Sie ist ok, bis auf die Füße. Schaut sie Euch an, dann wisst Ihr, warum ich erschüttert bin."

Der Chef richtete die Lampe auf die Fußsohlen von Ada und schaute mit dem zweiten Blick seinen Kollegen an: „Mach bitte mal ein Foto."

Dann wandte er sich lächelnd an die Patientin: „Liegst Du bequem? Hast Du Schmerzen? Fühlst Du Dich ansonsten wohl?"

Dann ließ er sich erzählen, wie die Verletzungen entstanden sind und was bisher daran gemacht worden ist. Ada lobte den Arzt, der ihr geholfen hatte. Sie beendete ihren Bericht mit der Frage, warum sie plötzlich bewusstlos war.

„Nach der langen Ruhephase im Flugzeug und im Taxi hat Dich der plötzliche Schmerz beim Aussteigen aus dem Auto überrascht. Es war eine natürliche Reaktion Deines Körpers darauf, Dir die Besinnung zu nehmen. Schwester Ann wird bei Dir bleiben, meine Kollegen und ich beraten, was zu tun ist. Dann besprechen wir mit Dir, was wir tun müssen. Es wäre doch gelacht, wenn wir Dich nicht wieder hinkriegen würde."

Die Ärzte lächelten Ada beruhigt zu und zogen sich zurück. Im Besprechungsraum wurde das Foto an eine große Leinwand projiziert. Mehrere Ärzte standen davor und machten bedenkliche Gesichter.

„Ich bin dafür, wir trauen uns das zu, und zwar sofort", sagte der Chef. „Wenn sie später gekommen wäre, wäre eine Amputation nicht mehr zu verhindern gewesen."

Die Ärzte machten noch detaillierte Angaben, wie sie vorgehen würden und ordneten an, den Operationsraum klarzumachen. Dann ging der Chef mit dem Anästhesisten zu Ada, um sie vorzubereiten.

„Die Wunden sind breit und sind schon teils mit ungeschütztem Fleisch verwachsen. Wenn wir Haut transplantieren müssen, nehmen wir sie von Deinen Oberschenkeln. Unser Narkosearzt wird Dir noch Fragen stellen, dann schläfst Du fest ein. Wenn Du wieder aufwachst, haben wir Deine Wunden verschlossen. Denk an etwas Schönes, Ada-Reede. Morgen lachen wir wieder gemeinsam. Schwester Ann, schaut uns auf die Finger, dass wir keine Fehler machen. Sie bleibt ständig in Deiner Nähe."

„Aber Chef, so schlimm bin ich doch gar nicht. ..."

Die Ärzte lächelten sie dankbar an und der Chef klopfte ihr auf die Schulter: „Aber wichtig!"

Das Bett wurde in den Nebenraum des OP geschoben und der Anästhesist erklärte Ada, welche Mittel er verwendete und welche Wirkung jetzt auf ihren Körper zukommen würde.

„Schwester Ann, wir können. Willst Du der Patientin noch etwas sagen?"

„Kindchen, Du hast schon so viel Schlimmes mitgemacht, dann wirst Du diese groben Handwerker auch noch überstehen. Schlaf gut!"

Alle drei lachten schallend und Ada-Reede schlief ein.

Am nächsten Morgen schlug Ada die Augen auf und blickte in das strahlende Gesicht der Krankenschwester Ann: „Na Kindchen hast Du gut geschlafen? ... Bevorzugst Du meine Muttermilch oder soll ich Dir doch lieber einen Tee servieren?"

Die Patientin versuchte ein Lächeln, brachte aber noch keinen Ton über ihre Lippen.

„Alles ist gutgegangen. Die Ärzte brauchten viel Zeit, aber sie mussten nicht einmal die Haut von Deinen schönen Oberschenkeln abziehen. Ich sage dem Chef, dass Du wieder da bist. Der wird sich freuen."

Der Chef kam mit seinen Kollegen zur Visite: „Ada-Reede, wie schön, dass Du wieder bei uns bist. Meine Kollegen haben gute Arbeit geleistet. Wir sind alle sehr zufrieden mit Dir. Ann, hat sich am Blutdruck etwas geändert?"

„Alles bestens, Chef. Unsere Patientin braucht jetzt dringend etwas zu essen und zu trinken."

Die Krankenschwester Ann hielt Adas linke Hand. Die Ärzte standen um ihr Bett herum. Ihnen allen war die Müdigkeit von der Anstrengung der letzten Nacht anzusehen, aber sie lächelten glücklich. Ada suchte die Hand des Chefarztes. Sie schaute in die Runde und flüsterte: „Danke! Wo ist Joy?"

„Du brauchst noch viel Ruhe. In zehn Tagen, werden wir die ersten Gehversuche starten. ... Ich habe so etwas in Erinnerung, dass Du uns dann helfen wolltest?!"

Die Patientin antwortete nicht mehr, denn sie schlief schon wieder. Schwester Ann organisierte alle Arbeiten in der Station, die von den Ärzten auf die Mitarbeiter übertragen wurden. Sie hatte zwar alle Hände voll zu tun, aber sie wachte sorgsam über Ada-Reede. Die Infusion stellte die Patientin ruhig und der Körper fand endlich Ruhe, um die Erschöpfung abzubauen. Nach einem weiteren Tag war Ada hell wach. Sie lächelte, denn die Schmerzen nahm sie kaum noch wahr. Sie suchte das Gespräch mit Schwester Ann, denn natürliche Bedürfnisse des Körpers meldeten sich an. Essen und Trinken machten keine Schwierigkeiten, aber die Folgen waren zu organisieren: „Wage es ja nicht, alleine aufzustehen. Wenn Du auf den Kackstuhl musst, rufst Du mich und ich komme dann mit einem Pfleger. Wir setzen Dich dann vorsichtig auf den Stuhl, ohne dass Deine Füße den Boden berühren. Das muss sein! Wir versuchen heute, Deine Beine von dem Gestell herunterzulegen. Das könnte noch wehtun, wenn das Blut wieder in die Füße hineinschießt, aber die Wunden haben wir kontrolliert. Sie sind zu und trocken. Ich habe Deine Füße auch schon eingesalbt, während Du schliefst. Die Ärzte und ich sind gut zufrieden mit Dir."

Jedes Mal bei der Visite wurde der Verband von den Füßen abgenommen, und die Ärzte prüften durch vorsichtige Berührung den Fortgang der Heilung. Die Patientin wurde ungeduldig: „Herr Doktor, wann darf ich endlich aufstehen? Ich habe keine Schmerzen mehr. Ich will doch in der Station mitarbeiten!"

„Übe Dich in Geduld und besprich alles mit Schwester Ann. ... Bewege mal die Zehen ... jetzt strecke den Fuß vorsichtig ... und jetzt hole die Zehen zu Dir. Das klappt recht gut. Schwester Ann, hast Du schon leichte Übungen mit ihr gemacht?"

„Damit beginne ich heute!"

Ada-Reede war wieder alleine, hatte ihren Laptop auf dem Schoss und schrieb an ihrem Bericht. Ab und zu kam eine Kollegin von Ann ins Zimmer: „Hallo Ada, wir freuen uns alle, dass es Dir schon bessergeht."

Schwester Ann war es lieber, wenn Ada in Ruhe gelassen wurde. Entsprechend barsch waren dann auch ihre Bemerkungen: „Nun hast Du Deinen Krankenbesuch gemacht. Jetzt kannst Du wieder an Deine Arbeit gehen!"

Die Schwestern kannten ihre Chefin und nahmen ihr nichts übel. Ann war wie eine Mutter für ihre Kolleginnen.

„Kindchen, die haben Dich alle ins Herz geschlossen. Inzwischen habe ich auch alle Deine Schriften gelesen. Es ist schon manchmal hart wie in den Ländern und Kulturen mit den Frauen umgegangen wird, obwohl mich das nicht verwundert. Wir Frauen waren schon immer nur fürs Kinderkriegen und den Haushalt zuständig, und die Herren waren schon immer die Helden."

„Schwester Ann, meinst Du, ich werde immer verstanden? Ich will keinen Aufstand!"

„Deine Gedanken sind richtig. Ich verstehe Dich. Das hast Du sicher auch daran gemerkt, wie der Chef und ich miteinander umgehen. Deinen Fans musst Du aber immer wieder einbläuen, wie Du die Dinge siehst und was Du willst. Ihre radikale Reaktion liegt nahe, aber sie dürfen gar nicht erst auf die Idee kommen, Dich falsch verstehen zu wollen."

„Bei meinen ersten Schreibversuchen glaubte ich auch, radikal sein zu müssen. Aber die Gefahr, dass eine gute Sache durch Gewalt zum Gegenteil wird, ist zu groß. Ich hatte nur im Sinn, die ganze Zivilisation zu verdammen."

„Du schreibst, dass Du Land und Leute kennenlernen willst, um darüber zu berichten. Warum willst Du dann ausgerechnet bei uns arbeiten?"

„Weil ich von den Menschen hier nichts weiß, außer dass Ihr alle liebenswürdig zu mir seid."

„Dann kann ich ja schon mal anfangen, Dir etwas zu erzählen: Der Chef ist der einzige Angestellte der Klinik. Er wurde als Chefarzt hierher abkommandiert und hat die Station aufgebaut. Er ist es gewohnt, dass er von uns allen und von den Patienten als Chef angesprochen und geachtet wird. Die Ärzte ohne Grenzen wechseln. Sie kommen aus sozialen Gründen hierher, oder sie wollen etwas lernen. Wir schwarzen

Schwestern wurden alle vom Chef in den Dörfern angeheuert. Er hat uns zur Schule geschickt und uns ausgebildet. Wir werden total verpflegt und wohnen alle in der Station. Wir bekommen für unsere Arbeit ein Taschengeld. Das mag sich für Dich schlimm anhören, stell Dir aber vor, was unser Status hier für ein gewaltiger sozialer Aufstieg ist. Wir sind hier glücklich und der Chef ist für uns der Größte!

Einige gute Mädels wurden auch schon in die Klinik berufen, sind dort fest angestellt und haben Familien gegründet. Ab und zu kriegen wir von der Klinik auch Pfleger zur Ausbildung. Unsere Patienten sind fast ausschließlich Schwarze aus den Dörfern. Manchmal kriegen wir auch Jagdunfälle herein oder unvorsichtige Touristen. ... Und jetzt frage ich Dich noch einmal, warum Du bei uns arbeiten willst."

„Danke, dass Du mir so viel erzählt hast, aber das reicht mir nicht. Ich möchte in der Praxis sehen, hören und spüren, wie die Menschen hier leben und welche Vergangenheit sie beeinflusst. Nur so werden meine Erlebnisse zu Erfahrungen, die ich als echt wiedergeben kann. Meine Leser sollen erkennen, dass ich nicht nur aus Büchern gelernt habe, sondern von den Menschen, die mir begegnen, Informationen bekomme."

„Na schön. Dann werden wir Dir einen weißen Kittel anziehen und dann wechselst Du mal einen Verband oder putzt einem Verletzten den Hintern ab."

Ada antwortete: „Ja!" Dann schlug sie die Decke zurück und wollte aufspringen.

„Liegen bleiben!! Ich treffe hier die Entscheidungen und sie gelten, wenn der Chef sie gutheißt!"

Die beiden Frauen lachten sich an und sie wussten beide, dass sie verstanden und respektiert wurden.

Am elften Tag kam der Chef mit seinem Gefolge ins Krankenzimmer. Die Beine lagen bereits ohne Verband an den Füßen auf dem Gestell: „Schwester Ann, ist die Patientin bereit?"

„Bereit wie ein Opferlamm!"

„Und? Was sagst Du zu den neuen Sohlen?"

„Die sind perfekt wie bei neuen Schuhen. ... Naja, bei dem Schuster! ..."

„Schwester Ann", reagierte der Chef ernst. „Wolltest Du mir vielleicht ein Kompliment machen?! ... Ada-Reede, wir ziehen jetzt die Fäden und lösen die Klammern. ... Das Werkzeug!"

„Liegt schon alles auf dem Tablett."

„Ann, pass auf, dass die Patientin mich nicht mit einem Reflex stört!"

In dieser lockeren Atmosphäre bekam Ada gar nicht richtig mit, wie konzentriert der Chef an ihren Füßen arbeitete. Die Fäden waren gezogen, die Klammer fielen in eine Schale und der Chef sagte: „Fertig! Die Sohlen sehen doch aus wie neu."

Ein neuer Arzt war zum ersten Mal in der Visite dabei und meinte anerkennend: „Chef, das haben Sie ohne Transplantation hingekriegt?! Kompliment!"

„Ja, Kollege. Die schönen Oberschenkel der Patientin waren mir zu schade dafür."

„Darf ich jetzt wieder aufstehen?"

„Nein Kindchen. Noch einen Tag Geduld. Da kommt jetzt noch ein Salbenverband drauf und morgen bei der Visite machst Du Deine ersten Schritte. Der Chef will doch dabei sein. Oder?"

„Richtig, Schwester Ann. Die Haut an den Füßen ist zwar widerstandsfähig, aber auch sehr zart. Wir gehen kein Risiko ein."

„Chef, ich bin Dir sehr dankbar. Ich habe auch schon mit Schwester Ann gesprochen."

„Gut, gut! Darüber reden wir, wenn diese Arbeit abgeschlossen ist!"

Die Visite war zu Ende und Ann legte den leichten Salbenverband auf: „Schwester Ann, was meinte der Chef mit seiner letzten Bemerkung?"

„Unser Chef ist sehr gewissenhaft. Er will erst sehen, wie Du mit Deinen Füßen umgehst und ob Dein Körper alles mitmacht. Überlege mal, wie lange Du nicht auf den Füßen gestanden hast. Auch wenn Du wieder richtig gehen kannst, werden wir Deine Füße täglich pflegen. Für heute begnügen wir uns noch mit den Übungen."

Ada ließ die Unterschenkel über die Bettkante baumeln, sie bewegte Zehen und Füße und sie strampelte in Rückenlage, als säße sie auf einem Fahrrad. Danach lag sie wieder flach auf dem Bett: „Du hast recht. Meine Beine sind müde."

„Ich massiere Dir jetzt Kampfersalbe in die Beine und dann machen wir die Übung noch einmal. Du wirst sehen, sie erholen sich schnell."

Am nächsten Tag hatte sie es geschafft. Erst lief Schwester Ann noch neben ihr her, dann bewegte sie sich alleine im Zimmer. Der Chef gab noch Anweisungen: „Setze die Füße flach auf, geh langsam, achte darauf, dass Du abrollst. Stell Dir vor, Dein Verstand verlangt von Deinen Füßen zu gehen. Er weiß aber nicht, ob die schon bereit sind. Also wirst Du Deine Füße langsam wieder an ihre Aufgabe heranführen. Nimm Dir die Zeit. ... Schwester Ann, was hast Du mit ihr vor?"

„Ada-Reede wird fleißig spazieren gehen, wir werden die Füße täglich pflegen und sobald sie ganz sicher geht, ziehe ich ihr einen weißen Kittel an, damit sie die Pflegerinnen unterstützt. Sie will die Menschen in unserer Station kennenlernen."

„Und was hast Du vor Ada-Reede?"

„Ich danke Euch, dass ich noch hierbleiben darf. Mein Aufenthalt bei Euch ist aber nur der Beginn meiner Arbeit in Eurem Land."

Dank der guten Pflege von Schwester Ann und der Disziplin und dem Willen von Ada-Reede machte die Genesung der Patientin erfreuliche Fortschritte, sodass sie bald in der üblichen Arbeitstracht bei den Pflegerinnen im Besprechungszimmer auftauchte. Die Mädels nahmen sie auf, als wären sie schon ewig mit ihnen befreundet. Sie freuten sich mit ihr und die Sprecherin teilte sie zu ihrem ersten Einsatz ein. Die Mädels waren alles ausgebildete Krankenschwestern. Den Pflegedienst nahmen sie im Wechsel mit den anderen ein. Ada und ihre Kollegin sahen in einem der stabilen Zelte auf dem Hof nach Sauberkeit und Ordnung. Hier waren Patienten untergebracht, die sich bewegen konnten. Die Betten waren meistens leer. Die Wäsche wurde gewechselt, Müll und Schmutz wurde entfernt, sie sahen nach, ob an der Technik etwas verändert werden musste und sie sorgten für gute Laune bei den Patienten, auch wenn die manchmal über Schmerzen klagten. Die Pflegerinnen nahmen sich auch für ein persönliches Wort mit den Patienten Zeit und vermieden damit das Aufkommen von Hast und Stress. Die Männer schätzten den Dienst der Mädels und begegneten ihnen meist höflich. Es gab aber auch solche, die mit Schmerzen kämpften und Trost brauchten. Die Frauen konnten meistens nicht lesen, aber sie bekamen aus den Gesprächen mit den Schwestern mit, wer Ada-Reede war und was sie mit ihren Schriften bewirkte. Sie wurde auch mit Fragen konfrontiert: „Mein Alter schlägt mich grundlos. Was kann ich tun?" Oder: „Mein Mann ist hinter meiner Tochter her. Soll ich ihn anzeigen?"

Ada war selbstverständlich nicht in der Lage, eine Therapie auf die Schnelle vorzunehmen, aber sie konnte doch in einem kurzen Gespräch von Frau zu Frau aus ihren Erlebnissen Beispiele zitieren, wie andere Menschen Missständen begegneten.

Ein Mann mittleren Alters, der bei einem Jagdunfall einen Fuß verloren hatte stöhnte: „Ich kann mich noch nicht lange auf den Krücken halten. Die Phantomschmerzen machen mir zu schaffen. Sie sind eine tapfere Frau. Schreiben Sie nur auf, wie scheußlich sich Frauen und Männer manchmal zueinander verhalten. Vielleicht verändern Sie etwas damit."

In der Küche schälte sie Kartoffeln und schmeckte Suppen ab. Sie half beim Servieren der Portionen im Speiseraum und sie half mit aufzulisten, was eingekauft werden musste.

Wenn die Mädels sich im Pausenraum trafen, besprachen sie auch dienstliche Dinge, aber meistens war es ein Geschnatter wie im Hühnerstall: Alle sprachen durcheinander. Oft amüsierten sie sich über sexuelle Erlebnisse oder sie beurteilten gegenseitig ihr reizvolles Aussehen. Nur wenn eine Frage an Ada herangetragen wurde, dann erwarteten sie von ihr eine brauchbare Antwort. Ada wäre dann bestimmt verlegen gewesen, hätte sie nicht auf ihren Erfahrungsschatz zurückgreifen können. Manchmal rettete sie sich auch, indem sie sagte: „Schau mal in meinen Bericht von vor zwei Monaten. Da habe ich einen ähnlichen Fall beschrieben."

Ada-Reede merkte mehr und mehr, dass mit ihrem Bekanntheitsgrad auch eine Verantwortung verbunden war, die sie eigentlich nie übernehmen wollte. Die Menschen erwarteten von ihr die Lösung ihrer Schwierigkeiten. Dann zweifelte sie an sich selbst. ... Verstehen die Leser mich nicht? Wollen sie mich nicht verstehen? Ich beschreibe doch nur Fakten und Erlebnisse. Ich schreibe doch kein Lehrbuch. Die müssen doch begreifen, dass sie nur beispielhaft ihre eigenen Schlüsse aus meinen Worten ziehen können. ...

Als Assistentin einer Krankenschwester durfte sie auch ab und zu unter Aufsicht eine Wunde versorgen. Sie half auch mit, einen Patienten auf den Kackstuhl zu setzen und putzte ihm den Hintern ab.

Hatte Schwester Ann Ada als Patientin intensiv und liebevoll gepflegt, so waren die beiden Frauen mittlerweile Freundinnen geworden. Ada zögerte keinen Moment, wenn sie den Rat der erfahrenen Krankenschwester brauchte, oder wenn sie bei ihren Gedanken in eine Ecke geraten war. Anns Vorteil war, die Lösung in der Anwendung des Offensichtlichen zu finden.

Manchmal arbeitete Ann wie Ada. Sie präsentierte nicht die Lösung, sondern sie sagte: „Hast Du daran gedacht? Was passiert, wenn Du das so machst? Hast Du nicht schon einmal so etwas beschrieben? Soll ich Dich zitieren oder erinnerst Du Dich?"

Schwester Ann war auch Hebamme in der Station. Ada wunderte sich nicht, als sie das Gespräch auf den Kreissaal lenkte: Warst Du schon einmal dabei? Manchmal ist es harte Arbeit, aber meistens ist der ganze Raum plötzlich mit so viel Glück ausgefüllt, dass jeder Anwesende davon ergriffen wird. Der Chef ist zwar immer dabei, aber er lässt mir freie Hand. Nur wenn eine Operation nicht zu vermeiden ist, entscheiden wir beide spontan und dann hat er das Sagen. Heute Mittag habe ich eine Geburt. Du kannst mir assistieren."

Ada erinnerte sich an die Geburt von Ajst im freien Feld und erzählte Ann davon.

„Ja, richtig. Das habe ich gelesen. Das war in Indien in der Nähe einer Teeplantage. Na, Frau Kollegin, dann werden wir wohl keine Schwierigkeiten haben."

„Aber Du sagst mir genau, was ich tun muss, damit ich keine Fehler mache."

„Auf jetzt! Es ist gleich so weit. Die werdende Mutter liegt schon in den letzten Wehen."

Die üblichen Wehschreie drangen aus dem Kreissaal, als die beiden dort ankamen. Schnell wurden Haube, Maske, Kittel und Handschuhe angezogen. Alles war vorbereitet. Die schwarze Frau lag auf dem Tisch.

„Ada, Du gehst ans Kopfende, tupfst ihr den Schweiß aus dem Gesicht, streichelst sie über die Schultern und Arme, hältst sie aber behutsam fest, beruhigst sie und erinnerst sie immer wieder daran, ruhig zu atmen und zu drücken. Sobald ich das Kind habe, brauche ich Dich."

Schwester Ann taste noch einmal den Bauch ab: „Hervorragend! Dann wollen wir mal drücken! Nochmal! Weiter, ich sehe bereits den Kopf."

Die Mutter drückte mit letzter Kraft und Ann zog das Neugeborene aus der Scheide der Mutter. Sie legte das Baby in ein Tuch auf ihrem Arm und rief nach Ada: „Die beiden Klammern legst Du hier an, eine Handbreite auseinander. Gut! Jetzt schneidest Du die Nabelschnur durch und ich schließe die Öffnung beim Kind. Jetzt kannst Du die Klammern abnehmen."

Nun hatte Ada das Kind auf dem Arm wischte ihm das Gesichtchen sauber. Es schlug die Augen auf und schrie. Schwester Ann kontrollierte die Nachgeburt, und Ada legte das Baby in die Arme der glücklich strahlenden Mutter.

„Herzlichen Glückwunsch!", ertönte die Stimme des Chefs aus dem Hintergrund. „Das habt Ihr beide mit der Mutter zusammen gutgemacht."

Ann hatte recht gehabt: Augenblicklich verbreitete sich die reinste Freude in dem Raum. Der Kleine schmatzte schon an der Brust der strahlenden Mutter, alle Schmerzen waren vergessen, die Schwestern lächelten und bereiteten die nächsten Behandlungsschritte vor. Der Chef schaute auf Schwester Ann. Er brauchte nichts zu sagen. Ann nickte: „Alles klar, Chef. Wir brauchen Dich hier nicht mehr. Den Bericht über die Untersuchungen bringe ich Dir."

Als sie wieder alleine waren sagte Ann: „So etwas nennt man eine Spontangeburt. Leider ist es nicht immer so leicht. Wenn das Kind z.B. nicht richtig liegt, dann muss der Arzt sich für einen Kaiserschnitt entscheiden. Ich kenne Griffe von außen oder meine Finger dringen in die Scheide ein, um das Kind zu drehen. Manchmal muss auch der Damm aufgeschnitten werden. Der Chef vertraut mir. Er weiß, dass ich mich nicht von falschem Ehrgeiz leiten lasse. Und ich vertraue ihm auch, dass er sofort zugreift, wenn ich nicht mehr weiterkomme. Immerhin könnte die Mutter während der Geburt ja auch ein anderer Schaden treffen. … Mutter und Kind werden jetzt ins Wöchnerinnenzimmer geschoben. Dann kommt noch eine Spezialistin für die ersten Untersuchungen. Wir bleiben noch dabei."

„Ann, jetzt weiß ich, wo Du Deine Selbstsicherheit und Deinen Humor hernimmst. Du erlebst oft das höchste Glück, das eine Frau je erleben kann."

„Ja. Mich macht es jedes Mal glücklich und ein wenig stolz, wenn ich einem Kind ins Leben helfen kann. Leider läuft das nicht immer so. In der Stadt habe ich schon erleben müssen, dass die Mutter das Kind nicht haben wollte, oder sie hat das Kind schon während der Geburt verflucht. Dann merke ich, wie der Körper sich weigert, das Kind freizugeben. Das sind dann sehr unglückliche Frauen, und wer weiß schon, was aus solchen Kindern wird!"

Bei einer Tasse Kaffee fachsimpelten die beiden Frauen noch weiter in Anns Zimmer.

„Ada, Du hast jetzt schon einiges bei uns gesehen. Eine OP fehlt Dir noch."

„Nicht schon wieder!"

„Das hast Du doch schon einmal gebrüllt … und was hat es auf sich mit Joy?"

„Ich habe manchmal Albträume. Dann holen die Kerle mich zur Folter. Joy war meine große Liebe. Die Barbaren haben ihn umgebracht!"

„Kindchen, das wird schon wieder. … Wir haben morgen einen Blinddarm. Ich assistiere dem Chef auch. Andere Ärzte werden dabei sein. Ich habe schon mit dem Chef gesprochen. Du darfst zuschauen. Während der OP sind alle anderen Geräusche zu vermeiden. Wir Schwestern und die Ärzte arbeiten mit höchster Konzentration. Nimm die Erfahrung ruhig mit."

„Ann, wenn Du dabei bist, bin ich auch dabei. … Hast Du eigentlich noch Verbindungen zu dem Dorf, in dem Du früher gelebt hast?"

„Ja, ich kenne den Häuptling, und der Medizinmann hilft mir manchmal, wenn ich etwas Besonderes suche."

„Kannst Du mich dahin bringen? Ich möchte ein paar Tage dort leben."

„Natürlich kann ich das. Der Chef gibt uns sicher ein Auto. Aber leben kannst Du dort nicht."

„Lässt das der Häuptling nicht zu?"

„Der Häuptling ist nicht das Problem. Willst Du etwa in einer Laubhütte auf dem Boden schlafen? Im Schlaf laufen Dir Insekten übers Gesicht. Gegessen und getrunken wird nur, was der Wald hergibt. Alle laufen nackt herum."

„Ann, Du weißt, was ich mache. Und Du weißt auch, dass meine Schriften auf Erlebnissen basieren. Ich will dorthin."

Schwester Ann schüttelte unwillig den Kopf: „Kindchen, Du bist verrückt. … Na gut. Dann werde ich Dich mal mit dem Nötigsten ausstatten, und dann spreche ich mit dem Chef. Der wird Augen machen!"

Ada bekam Lederhosen, Stiefel, einen Hut und ein Bowiemesser. Dann saßen die beiden beim Chef im Büro: „Ihr seid wohl verrückt geworden. Was denkt Ihr Euch dabei. Wir leben hier halbwegs in der Zivilisation. Dort ist das Leben schon am Anfang stehengeblieben. Stell Dir mal vor, an deinen Füßen passiert irgendetwas. Kein Mensch kann Dir helfen!"

„Chef, wenn Du uns ein Auto gibst, könnte ich bei der Gelegenheit ein paar Sachen vom Medizinmann besorgen."

„Ihr seid also beide fest entschlossen?!"

Der Chef machte eine lange Pause und stützte nachdenklich das Kinn in seine große Hand.

„Also gut. Wenn man Euch Frauen den kleinen Finger gibt ... Ann Du fährst Ada-Reede hin, Ihr bleibt maximal zwei Tage, Du passt auf sie auf und dann kommt Ihr beide wohlbehalten zurück. Wehe nicht, dann schneide ich Euch beiden die Haare ab!"

Ann steuerte den Jeep lange Zeit auf einer geraden und ebenen Strecke durch die Savannenlandschaft. Ada hatte das Fernglas in der Hand und nahm alles fragend auf, was ihr unbekannt war: „Hier ist alles staubig. Wir fahren durch Sand, hier steht kaum ein Baum. Links in der Ferne das ist wohl der Urwald. Aber rechts weit weg erkenne ich eine Büffelherde im Grasland und drum herum sind auch kleinere Tiere. Sind das Hunde oder Raubtiere?"

„Das sind Hyänen auf der Jagd. Die suchen sich kranke oder schwache Tiere aus. Schau mal, was die einen Respekt vor den Büffeln haben. Die Büffelherde lässt einzelne Tiere nämlich nicht im Stich. Meistens endet es in einer Auseinandersetzung zwischen listiger Treibjagd und der geballten Kraft der Büffel. Oft gewinnt dabei die List der Jäger, die große Ausdauer haben, bis sie ungestört an das Beutetier herankommen. Dann ist die Jagd vorbei. Die Hyänen müssen sich aber beeilen, denn der König der Tiere, der Löwe lauert schon auf die Beute der Hyänen. Und wenn alle satt sind, kommen die Geier und sorgen dafür, dass nichts übrigbleibt. So ist die Natur."

Nach guten zwei Stunden versperrte ihnen der Urwald den Weg. Die Mädels ließen den Wagen stehen, packten sich die Rucksäcke auf den Rücken und flohen vor den brennenden Sonnenstrahlen in den Wald. Hier waren die Temperaturen zwar genau so hoch wie in der Savanne, aber die hohe Luftfeuchtigkeit milderte die Hitze in eine erträgliche Schwüle. Sie folgten ziemlich lange einem ausgetretenen Pfad und Ann erklärte: „Unsere Stiefel schützen uns vor Schlangen. Aber wir müssen trotzdem aufmerksam bleiben, denn in dem dichten Busch lauern überall Gefahren, die uns überraschen könnten."

Ada erschien der Weg endlos lang. Sie hatte ständig das Gefühl, von allen Seiten in Bäume und Buschwerk eingeschlossen zu sein. Endlich erreichten sie eine große Lichtung, in deren Mitte mehrere Hütten zu einem Kral um einen Dorfplatz angeordnet waren. Spielende Kinder nahmen kaum Notiz von ihnen. Wahrscheinlich kannten sie Ann: „Hallo, ist jemand zu Hause? Ann ist da."

Aus einer Hütte kam ein kleiner alter Mann heraus. Er stützte sich auf einen starken Ast und strahlte über sein faltiges Gesicht. Der Besuch schien den Medizinmann zu beleben: „Ann, Du machst mir eine große Freude. Eigentlich müsste ich mit Dir böse sein, weil Du so selten zu uns kommst. Du hast eine Freundin mitgebracht. Sei mir willkommen. Du bist hübsch, aber Du bist eine Abart der Weißen. Setzt Euch zu mir und genießt meinen berauschenden Tee."

„Kong, Vorsicht! Nur einen Schluck! Meine Freundin ist Deine Medizin nicht gewöhnt."

Der Medizinmann kicherte und schenkte einen Sud ein, der verführerisch duftete und süß schmeckte. Als Ada der erste Schluck durch die Kehle rann, glaubte sie, keine Luft mehr zu kriegen. Sie verdrehte die Augen.

Kong lachte verschmitzt: „Keine Angst. Das ist kein Gift, sondern ein belebendes Getränk. Mein Geheimnis, das ich mit viel Eukalyptus angereichert habe."

„Egal was da drin ist, es schmeckt gut, riecht gut, aber es besteht aus konzentriertem Alkohol und wirft sicher auch den stärksten Mann um!"

„Naja, der Alkohol entsteht, wenn der Sud länger steht. Manche meinen, das Getränk wird mit der Zeit besser. Nimm einen Schluck Wasser in Deinen Becher, aber nicht zu viel!"

Ann lachte, weil sie wusste, wie ihr Freund Kong sich selbst am Leben erhielt.

„Wo sind denn alle?"

„Der Häuptling ist mit seinen Kriegern auf der Jagd. Sie kommen noch vor der Dunkelheit zurück. Die Frauen sind mit ihren Krügen noch unterwegs zum Wasserloch. Sie werden bei der Hitze etwas länger baden."

„Und wo sind die alten Frauen und die Mädchen?"

„Du weißt doch ... das jährliche Ritual", murmelte der alte Mann mit einem traurigen Blick.

Ada-Reede wurde neugierig, weil sie sich unter einem Ritual alles Mögliche aber nichts Konkretes vorstellen konnte: „Von welchem Ritual ist die Rede, Ann?"

„Unser Stamm pflegt den Brauch, dass alle Mädchen kurz vor der Pubertät beschnitten werden."

Ada erschrak und wurde blass im Gesicht. Sie trank noch einen Schluck von dem Tee: „Das hört sich für mich gefährlich und schlimm an. Sag mir, was es bedeutet."

„Den Mädels wird die Klitoris abgeschnitten. Das tut sehr weh. Sie schreien und weinen. Deshalb schleppen die alten Frauen sie tief in den Wald und halten sie während der Prozedur fest. Sie schneiden mit Glasscherben und anderen scharfen Gegenständen. Wenn sie später zurückkommen, haben sich die Mädels beruhigt."

„Ist denn so etwas nicht verboten? Müssen wir es nicht anzeigen?"

„Ada, wir sind hier Gäste. Der Brauch ist uralt und niemand kann etwas dagegen machen. Die Behörden könnten zwar feststellen, dass die Mädels beschnitten wurden, aber wer es getan hat, ist nicht nachzuweisen. Ich erzähle Dir nachher mehr darüber. … Kong, meinst Du, wir dürften eine Nacht bei euch bleiben? Meine Freundin Ada-Reede möchte euch hier kennenlernen."

„Der Häuptling hat bestimmt nichts dagegen. Nehmt meine zweite Hütte nebenan. Dann bleibe ich in meiner Küche. Brauchst Du noch Medizin von mir?"

„Ja. Ich würde gerne ein Sortiment Deiner Salben mitnehmen."

„Ich stelle Dir etwas zusammen und erkläre Dir dann die Wirkungen, wenn Du sie nicht kennst. … Wie geht es in der Station?"

„Wir haben zu tun. Unsere Patienten kommen aus allen umliegenden Dörfern. Von euch sind zurzeit drei Personen bei uns. Die Frau mit der Infektion erholt sich ganz gut. Der Chef rätselt immer noch, was und wo sie damit infiziert wurde. Die zweite Frau hat eine Blutvergiftung am Fuß, die noch ausgeheilt werden muss, und der Mann mit der Speerspitze in der Brust ist kritisch. Ist hier bei euch eine Fehde ausgebrochen?"

„Du weißt ja, wie das ist. Es geht meistens um die Frauen. Wenn ein Stamm zu wenige Frauen hat, dann werden sie beim Nachbarn gesucht. Dabei fließt häufig Blut."

Ada wurde schwindelig. Sie wusste nicht, ob die seltsamen Informationen sie verwirrten, oder ob der Alkohol des Tees seine Wirkung zeigte. Ann führte sie in die Nachbarhütte, wo Ada sofort in tiefen

Schlaf fiel.

Am frühen Nachmittag waren alle Dorfbewohner wieder zurück. Die alten Frauen mit den tränenverschmierten Mädels, die Frauen vom Wasserloch, und die Krieger hatten ein Warzenschwein erlegt. Sofort wurde ein Feuer entzündet und die Jagdbeute geschlachtet und gegrillt. Kong hatte genügend Vorrat von seinem Tee, es gab reichlich zu essen, und alle hatten von ihren Taten zu erzählen. Ann unterhielt sich meistens mit ihren Altersgenossinnen. Ada bekam von all dem lustigen Treiben nichts mit. Erst gegen Morgen wachte sie auf und weckte Ann: „Mir ist schlecht!"

„Das vergeht wieder. Schlaf noch weiter. Wir gehen nachher mit den Frauen zum Wasserloch."

Zum Frühstück gab es ein Hirsegebäck, kaltes Fleisch, Obst und dazu wurde Wasser getrunken. Ada-Reede war wieder guter Dinge. Die Frauen unterhielten sich mit ihr. Danach setzten die jungen Frauen ihre Tonkrüge auf den Kopf und machten sich bereit, zum Wasserloch aufzubrechen. Ann und Ada begleiteten die Karawane.

Nach etwa einer Stunde kamen sie mitten im Urwald auf eine Lichtung mit dem Wasserloch.

Die Wasserfläche war etwa halb so groß wie die Lichtung. Das Ufer des kleinen Sees war mit Schilf bewachsen. Spuren rundum zeugten davon, dass Tiere und Menschen hier ihren Durst stillten. Die größeren Tiere ließen sich verscheuchen, die kleineren versteckten sich im Uferbereich, Enten flogen hoch und kamen wieder zurück, und in den Bäumen schimpften die Affen über die Störung.

Die Frauen füllten ihre Krüge und stellten sie in den Schatten der Bäume. Anschließend sprangen sie alle in das frische Wasser, wuschen sich und trieben ihre Späße. Der kleine See war nur einen Meter tief. Ada und Ann taten es den Frauen gleich und genossen die angenehme feuchte Kühlung. Zwischendurch lagen sie auch im hohen Gras hinter dem Schilf.

„Ann, Du wolltest mir etwas erzählen. Musstest Du auch unter der Beschneidung leiden?"

„Der Chef war zu der Zeit beim Häuptling und verhandelte mit ihm über Werkzeuge und Naturprodukte, als die Alten mich mit anderen Spielkameradinnen in den Wald führten. Wir wurden eine nach der anderen auf den Boden gedrückt und festgehalten. Dann wurden die Beine gespreizt und eine Frau machte sich mit einer Glasscherbe an meiner Klitoris zu schaffen. Ich hatte ja keine Ahnung, was auf mich zukam, und das Geschrei rundum gab es immer, wenn Kinder am Spielen waren. Ich erschrak durch den heftigen Schmerz an meiner empfindlichsten Körperstelle und fing an zu zappeln. Sie mussten auf mir knien, so heftig habe ich mich gewehrt. Dadurch gab es noch zusätzliche Verletzungen. Die Frau war endlich fertig. Man ließ mich los, da sprang ich schreiend auf und rannte in den Wald. Ich hörte sie noch nach mir rufen und nach mir suchen, aber ich rannte weiter, immer weiter weg von diesem grausamen Ort. Ich blutete stark und hielt meine Hände auf die Wunden. Die Schmerzen waren kaum zu ertragen. Irgendwann muss ich ohnmächtig geworden sein und blieb in einem Gebüsch liegen. Furchtbare Träume quälten mich. Manchmal wurde ich wach von meinen Schreien und versank sofort wieder in ruhelosen Schlaf. Einmal schrak ich hoch und sah ein weißes Männergesicht vor mir. Ich schloss die Augen wieder. Der Mann sprach beruhigend auf mich ein: Was haben diese Weiber mit Dir bloß gemacht, Kind?!

Er schaute nach meinen Wunden und merkte, dass ich viel Blut verloren hatte und nickte.

Dann zog er sein Hemd aus und legte mir damit einen Notverband zwischen meinen Beinen an. Er half mir auf, aber gehen konnte ich nicht. Also schleppte er mich auf dem Pfad aus dem Wald bis zu seinem Auto. Ich hatte noch nie ein Auto gesehen, aber mich hat überhaupt nichts mehr interessiert. Ich war wohl apathisch.

Auf der Fahrt erzählte er mir, dass er Arzt in der neuen Station sei, dass er mich zufällig gefunden hatte auf seinem Rückweg vom Dorf und dass er mir helfen wolle. Ich muss bewusstlos gewesen sein, als er mich ins Haus trug. Jedenfalls erwachte ich in einem weichen Bett und blickte nichts verstehend um mich. Der weiße Mann lächelte mich an, hielt zärtlich meine Hand und begann zu erzählen: Wir haben Dich betäubt und Deine Wunden gereinigt und verschlossen. Du hast etwas Furchtbares erlebt, aber hier bist Du in Sicherheit. In ein paar Tagen hat Dein Körper den Blutverlust ausgeglichen, aber an Deiner Weiblichkeit konnten wir nicht mehr viel retten. Wenn Du ganz ausgeschlafen hast, bekommst Du etwas zu essen und zu trinken. Ich schaue immer wieder nach Dir. … Das war unser Chef! Er hat mich später zur Schule geschickt und mich zur Krankenschwester ausgebildet. Seitdem bin ich hier bei diesem wunderbaren Mann."

„Und was konnten sie denn bei Dir retten ... ich meine an Deiner Weiblichkeit?"

Ann grinste: „Nichts! Aber ich kann vögeln ohne Schmerzen. Nur empfinde ich keinen Spaß mehr daran."

„Arme Ann! Ist das bei allen Stämmen heute noch üblich?"

„Es kommt darauf an, wie weit die Stämme von der Zivilisation entfernt leben. Übrigens, ich darf mich nicht beschweren. Fast alle unserer Frauen haben Schmerzen beim Vögeln. Die müssen sie aber ertragen, wenn sie Kinder kriegen wollen, oder wenn ein Mann sie zum Verkehr zwingt. Die Männer merken auch, dass sie nur ertragen werden und haben kaum Lust zum Vögeln.

Wenn eine Frau nicht mehr arbeiten kann oder keine Kinder auf die Welt bringt, dann ist sie für die Männer uninteressant. D.h. sie leben dann am Rande der Dorfbevölkerung. Wenn der Mann keine Verwendung mehr für eine Frau hat, dann sucht er sich eine neue."

Die Frauen machten sich allmählich fertig für die Rückkehr zum Dorf. Sie setzten sich die vollen Krüge auf den Kopf. Sie balancierten den schweren Wasserkrug wie leichtes Gepäck auf dem schmalen Pfad durch den Wald und zwar in einer auffallend stolz aufgerichteten Körperhaltung. Ada-Reede flüsterte Ann bewundernd zu: „Schau Dir doch das beeindruckende Bild an. Wie ist das möglich, mit der Belastung auf dem Kopf eine so elegante Haltung beizubehalten? Immerhin kommt ja auch noch der weite Weg hinzu."

„Ja ich bewundere die Frauen auch. Sie beginnen schon in der Jugend, dieses Können zu trainieren. Es ist ihr Privileg, ihre Aufgabe geworden. Die Männer haben dafür weder Talent, noch würden sie sich mit dieser niederen Arbeit belasten."

„Meinst Du, es wäre nicht nur das Können, sondern eher eine geheime Kraft, die in den Frauen steckt. Frauen ertragen ja auch die Geburtsschmerzen, an denen die Männer sicher zugrunde gehen würden."

„Wenn wir diesen Gedanken weiterspinnen würden, dann kämen die Frauen bei unserer Beurteilung ihrer Wertigkeiten gegenüber den Männern ganz gut weg. Aber wir müssen schon fair bleiben, denn die Männer haben auch privilegierte Fähigkeiten."

Sie zuckten zusammen, als plötzlich ein Schmerzschrei die konzentrierte Stille der marschierenden Gruppe unterbrach. Eine der Frauen war über einen Ast gestolpert und lag stöhnend auf dem Pfad.

Ihr Krug war in ein Gebüsch gekippt. Alle blieben stehen, hoben die Krüge von ihren Köpfen und liefen an der Unfallstelle zusammen. Ann drängte sich in den Vordergrund: „Wo hast Du Dir wehgetan?"

„Mein Bein! Wo ist mein Krug?"

Ann kniete sich neben die Frau, betrachtete das nackte Bein und ertastete vorsichtig die verletzte Stelle: „Dein Krug ist leer, aber Deine Wade ist gebrochen. Du kannst nicht weiterlaufen. ... Mädels, ich bin die Älteste von uns und ich habe Erfahrung mit manchen Verletzungen. Ich übernehme jetzt mal das Kommando: Das Bein ist gebrochen. Wenn wir sie hier zurücklassen, ist sie verloren. Zwei von Euch gehen in den Wald und suchen zwei glatte, stabile Äste so lang wie ein Bein und einen Ast mit einer Gabel. Nehmt das Messer von Ada mit. Eine von Euch kniet sich mit Ada hinter den Kopf der Verletzten. ... Und Du Mädel beißt jetzt die Zähne zusammen. Die beiden halten Dich fest und ich ziehe kurz aber heftig an Deinem Bein in der Hoffnung, dass der Knochen wieder an die richtige Stelle zurückspringt. ... Eine von Euch geht zurück und füllt den Krug wieder."

Bei der letzten Anweisung zog Ann unerwartet heftig an dem verletzten Bein. Die Frau schrie auf, entspannte sich aber sofort wieder. Ann war zufrieden.

Die Mädels kamen bereits wieder aus dem Wald zurück und hatten die geforderten Äste dabei. Sie hatten strapazierfähigen Bambus gefunden. Ann legte die beiden kurzen Teile rechts und links vom Bein an. Dann zog sie ihr Hemd aus, schnitt die langen Ärmel ab und begann mit dem Anlegen der Bandage: „Ada, das reicht nicht. Ich brauche Deine Ärmel."

Damit waren die Stützen an vier Stellen an dem verletzten Bein fixiert. Alle atmeten erleichtert auf, denn die Schmerzen schienen etwas abzuklingen. Mittlerweile kam die Frau mit dem gefüllten Krug zurück. Ann tauchte ihr Hemd in das noch kühle Wasser und legte den Verband um die verletzte Stelle. - Sie zeigte keine Hemmungen halbnackt zu sein. -

„So jetzt müssen wir überlegen, wie wir alle gemeinsam zurück ins Dorf kommen. Das Bein darf nicht belastet werden. Ada wird sie auf einer Seite stützen und auf der anderen Seite hat sie die Krücke. Das könnte mit entsprechenden Pausen gehen. Ich nehme den vollen Krug auf den Arm."

Die Frauen grinsten und murrten: „Ann, das schaffst Du nicht."

„Die Verletzte muss mit dem vollen Krug im Dorf ankommen, sonst läuft sie Gefahr, von ihrem Mann verstoßen zu werden."

„Das ist alles richtig, was Du sagst, nur Du schaffst den Krug auf den Armen nicht bis ins Dorf.

Du bist genauso stark wie wir. Nimm ihn auf Deinen Kopf!"

„Nein, das habe ich nicht gelernt. Das kann ich nicht wie Ihr. ... Dann muss die Verletzte alleine humpeln und Ada und ich schleppen den Krug gemeinsam."

„Das geht nicht, weil er Euch aus den Händen rutscht. ... Du bist eine von uns und hast damit die Fähigkeit geerbt. Also helfen wir Dir, sie zu aktivieren."

Zwei Frauen setzten Ann den Krug auf den Kopf.

„Wenn Ihr loslasst, fällt er herunter. Ich kann doch nicht balancieren. Außerdem drückt er gewaltig auf meinen Schädel."

Ann streckte beide Arme nach oben und legte ihre Hände an den Krug.

„Komm, wir gehen jetzt ein paar Schritte. Wir lassen erst los, wenn Du sicher bist."

Während die Frauen noch mit Ann übten, hoben die anderen die Verletzte auf das gesunde Bein, gaben ihr die Krücke, Ada stützte sie, und dann versuchten sie, einen Schritt nach dem andern zu tun. Es ging aber sehr langsam. Ann hielt ihre Hände fest an dem Krug, der schmerzhaft auf ihren Schädel drückte. Langsam setzte sich die Karawane in Bewegung.

Sie mussten durchhalten. Die schnelleren Frauen setzten unterwegs ihre Krüge ab und kamen zurück, um die anderen abzulösen.

Als sie schließlich im Dorf ankamen, waren die Verletzte, Ann und Ada am Ende ihrer Kräfte.

Der Medizinmann schaute sich die Verletzte an und brachte ihr einen Becher seines Tees, den sie dankbar annahm.

Ann erholte sich bald und übernahm wieder die Initiative. Sie sprach mit dem Häuptling: „Der Bruch kann hier nicht ausheilen. Ich schlage vor, wir nehmen sie mit in die Station."

„Willst Du Dir wirklich die Arbeit machen?"

„Wenn wir sie hierlassen, wird sie zum Krüppel und nützt euch gar nichts mehr!"

„Gut. Meine Krieger werden eine Trage bauen und sie bis zu Eurem Auto schleppen."

Die Frauen kümmerten sich um die Verletzte Ann und Ada. Ein Schluck vom Tee des Medizinmanns wirkte Wunder. Kong hatte schon die Sachen für Ann zusammengepackt. Ann und Ada schulterten ihre Rucksäcke, die Männer schleppten die Verletzte auf der Trage über den Pfad bis zum Auto und halfen noch, die Frau auf dem Rücksitz zu platzieren. Ada räumte ihren Rucksack aus und schob ihn unter das verletzte Bein, um die Erschütterungen beim Fahren zu mildern. Die Verletzte hatte einen zweiten Becher Tee bekommen und schlief bereits.

Ann bemühte sich ganz vorsichtig zu fahren, und Ada ließ die Frau nicht aus den Augen.

So kamen sie noch bei Anbruch der Dunkelheit in der Station an.

Die beiden Trägerinnen grinsten, als sie Ann halbnackt aus dem Jeep steigen sahen. Auch der Chef hatte die Ankunft mitbekommen. Als er aus dem Fenster sah, lächelte auch er und rannte nach draußen: „Oh, Ihr habt eine Patientin mitgebracht. ... Ann, Du warst schon immer eine Schönheit, aber jetzt ziehst Du Dir dieses Hemd über! ... So jetzt bist Du wieder Schwester Ann!"

Alle lachten und freuten sich über die Rückkehr von Ann und Ada. Schwester Ann gab schon wieder Anweisungen: „Bringt sie zum Röntgen und dann in den Behandlungsraum. Chef, ich vermute, wir müssen nicht operieren."

„Wie ich sehe, habt Ihr alles richtiggemacht. Schauen wir uns nachher die Bilder an. ... Ada geht es Dir gut?"

„Danke, mir fehlt nichts. Ich habe viel gelernt und sehe die Menschen da draußen nüchterner als in den vielen Büchern beschrieben. Und ... Ann ist eine wunderbare Frau!"

„Ich weiß, ich weiß ... unsere Station lebt mit ihr."

Die Bruchflächen des Wadenbeins saßen exakt aufeinander. Der Bluterguss wurde von den Ärzten sofort behandelt und dann war nur noch eine professionelle Bandage erforderlich und eine schmerzlindernde Infusion.

Schwester Ann tröstete die Verletzte: „Ist das nicht ein schönes weiches Bett?"

„So etwas habe ich noch nie erleben dürfen. Ich wusste gar nicht, dass es so etwas gibt."

„Du bleibst jetzt so lange darin liegen, bis ich Dir sage, dass Du aufstehen sollst. Meine Kolleginnen und ich behalten Dich ständig im Auge. Wir erfüllen Dir jeden Wunsch, aber wage es nicht, das Bein zu bewegen, sonst gibt es Ärger!"

„Schwester Ann, ich habe Hunger und Durst."

„Das glaube ich Dir. Wir versorgen Dich gleich."

Der Chef rief Ann in sein Büro: „Meinst Du, sie könnte bei uns bleiben? Könnten wir sie brauchen?"

„Chef, bei uns ist jede hilfreiche Hand wichtig. Ob sie für uns geeignet ist und ob sie überhaupt bei uns bleiben will, werden wir erst nach der Genesung feststellen. Wir müssen bedenken, dass sie keine Schulbildung hat und das in dem Alter nachzuholen, würde bestimmt schwierig sein. Wir müssen auch daran denken, dass sie sich bei uns einsam fühlen könnte."

„Warten wir es ab. … Wie geht es Kong?"

„Man sieht ihm sein Alter an. Aber sein Charme und sein Wissen sind hellwach. Er hat uns mehrere seiner Salben und Kräuter mitgegeben. Er braucht unbedingt Töpfchen und Gläschen zum Abfüllen und Aufbewahren."

„Bei nächster Gelegenheit sollten wir für ihn etwas Gutes tun."

„Chef, Kong würde sich bestimmt sehr freuen, wenn Du ihn besuchen würdest."

„Ja. Ich habe keine Zeit, um in den Urwald zu fahren."

„Du warst nicht mehr im Dorf, seit Du mich gefunden hast und seitdem Du weißt, dass der Brauch der Beschneidung in dem Dorf gepflegt wird."

„Ja! Und daran hat sich nichts geändert. Das ist ein unnötiger und abscheulicher Eingriff in die Natur und in die Individualität der Menschen!"

„Kong ist auch traurig darüber."

„Du kannst ja gelegentlich dorthin fahren. Es ist immerhin Dein Dorf, Dein Volk. Und eins sage ich Dir: Wenn die Dir ein Haar krümmen, dann rücke ich mit einer Armee dort an und versohle denen so den Arsch, dass sie nie wieder sitzen können. … Übrigens, die beiden Frauen können wir nächste Woche entlassen. Der Mann mit der Speerspitze ist gestorben. Die Lunge war perforiert."

„Wir sollten sie nicht von hieraus loslaufen lassen. Es würde aber reichen, wenn wir sie bis zum Pfad bringen. Oder ich fahre und schaue nach Kong."

„Das können wir noch entscheiden. ... Ist Ada noch irgendetwas beim Gehen anzumerken? Ist sie unsicher oder hinkt sie bei bestimmten Belastungen?"

„Nichts weist mehr auf ihre schweren Verletzungen hin. Sie ist kräftig und zeigt eine gute Kondition, wenn Belastungen auf sie zukommen."

„Die Kollegen, wollen mit Euch heute Abend ein wenig feiern und etwas über Eure Erlebnisse im Urwald hören. Du siehst, überall leben Menschen von den Erfahrungen anderer."

Ada-Reede zog sich stundenweise von den praktischen Arbeiten in der Krankenstation zurück. Sie hatte ein kleines Zimmer bezogen und schrieb an ihrem Bericht. Sie wollte verhindern, dass sie irgendetwas vergas. Manchmal holte sie Ann dazu und ergänzte so, was sie noch nicht hinterfragt hatte. Als sie schließlich geendet hatte, ging sie zum Chef, um ihm zu erklären, dass sie nun wieder in Aufbruchsstimmung war: „Chef hast Du die Nummer des Taxibetriebes. Ich möchte von Joh zum Flughafen abgeholt werden."

Der Chef schaute Ada traurig an: „Das kannst Du nicht machen!"

„Irgendwann muss es sein."

„Einmal im Jahr veranstaltet die Oberbürgermeisterin einen großen Ball. Schwester Ann ist auch eingeladen, und ich weiß auch warum. Du kannst es ihr nicht antun zu fehlen!"

„Du machst mich nachdenklich. Wann soll das denn sein?"

„Samstag. Wir machen uns einen schönen Tag in der Stadt. Ich bringe Euch beide in eine Boutique, wo Ihr Euch ordentlich anzieht und ich erscheine mit den beiden hübschesten Mädels auf dem Ball. Wir bleiben über Nacht im Hotel und sind sonntags wieder hier."

„Chef, Du hast recht. Das kann ich Dir und Ann nicht antun. Ich bleibe noch. Aber dann sagst Du bitte Joh Bescheid."

Am Samstagvormittag war Ann überhaupt nicht begeistert darüber, ein Kleid anzuprobieren. Ada-Reede hielt zwar auch nicht viel davon, aber sie wusste zumindest, dass sie nicht drum herumkommen würden. Wie das eben bei Frauen so üblich ist, war das Thema mit dem Besuch einer Boutique nicht erledigt. Der Chef ließ die beiden bald alleine und zog sich in ein Café zurück. Nach Stunden wurde er ungeduldig. Er hatte bereits die Zimmer im Hotel gebucht und wartete, bis sich endlich die Tür des Lokals öffnete und zwei völlig neue, hübsche Mädels hereinschwebten. Die Männer im Lokal drehten sich lächelnd nach ihnen um und waren dann enttäuscht, als sie sich zum Chef an den Tisch setzten. „Nun Chef, nimmst Du uns so mit?"

„Ihr macht mich sprachlos! Da müssen Künstler am Werk gewesen sein."

Am Abend fielen der Chef und die hübschen Mädels nicht auf, denn die Gäste trugen alle festliche Kleidung. Ada-Reede wirkte etwas zierlich verglichen mit der etwas größeren und kräftigen Ann. Sie bekamen Plätze zugewiesen an einem Sechsertisch, an dem schon zwei Männer und eine Dame saßen. Es gab Drinks und Häppchen, und die Konversation blieb oberflächlich. Auf der großen Bühne des festlich geschmückten Ballsaales war das Stadtorchester aufgebaut. In der Mitte davor stand ein Rednerpult mit Mikrofon. Die Oberbürgermeisterin war eine schwarze Frau mit stolzer Körperhaltung. Sie trug ein weißes Ballkleid und ihr schwarzes, langes Haar umspielte ihr hübsches Gesicht und teilte sich auf ihren Schultern. Mit lockeren Gesten und Worten und einem umwerfenden Lachen eröffnete sie den Ball.

Das Orchester begann mit einem Potpourri aus Porgy & Bess von George Gershwin. Dann folgten offizielle Reden von Politikern und anderen wichtigen Personen. Auch Dankesreden über großzügige Spenden für öffentliche Einrichtungen, wofür die Sponsoren geehrt wurden. Die hübsche Oberbürgermeisterin führte durchs Programm und wurde nicht müde, jeden einzelnen Redner mit ihrem Charme und entsprechender Würde anzukündigen. Das Orchester spielte zwischen den Programmpunkten.

Dann war sie selbst die Rednerin: „Meine Damen und Herren, wir haben eine Heldin in unserer Stadt, die sie jetzt kennenlernen werden. Wir alle wissen, es gibt viele Frauen, die sich um die menschliche Gesellschaft verdient gemacht haben, sei es, weil sie zu Heldinnen gemacht wurden, sei es, weil sie dafür gekämpft oder gearbeitet haben. Viele Heldentaten geschehen täglich im Stillen und werden ebenso wieder vergessen. Wir sollten immer daran denken, dass Persönlichkeiten auch durch Zivilcourage und beherztes Eintreten für eine Sache entstehen. Vergessen wir nicht die spontanen, heilsamen Reaktionen von Menschen, für die es selbstverständlich ist, im Falle einer Not zuzupacken." … Sie winkte in den Saal. …

„Komm bitte zu mir herauf. … Begrüßen Sie mit mir Grit Goldman!"

Ein kleines Mädchen von etwa zehn Jahren mit einem bunten Kleid, Turnschuhen und blonden Zöpfen ging mutig die Treppe zur Bühne hinauf. Der Beifall machte die junge Dame verlegen. Die Bürgermeisterin ging lachend mit ausgebreiteten Armen auf das Mädchen zu: „Grit, hast Du jemals so viel Beifall für Dich bekommen? Du hast ihn Dir verdient. … Jetzt wollen wir den Menschen im Saal erzählen, wie alles passiert ist. … Du warst also auf dem Heimweg von der Schule."

„Ja. Ich sah eine Frau, die einen Kinderwagen schob, auf dem Bürgersteig. Sie wollte an der Ampel über die Straße. Plötzlich fiel sie hin und blieb liegen. Der Wagen rollte auf die Straße. Ich packte das Baby, drückte es an mich und ließ mich rückwärts in die wartenden Menschen fallen. Ich hörte quietschende Reifen und Krach. Als ich mit dem Baby wieder hochkam, war der Kinderwagen weg und ein riesiger LKW stand vor uns."

Die Gäste sparten nicht mit Beifall. Es dauerte einen Moment, bis sie wieder ruhig wurden.

„Grit, das war sehr mutig von Dir und gefährlich für Dich. Hast Du keine Angst gehabt? Hast Du überhaupt in dem Moment daran gedacht?"

„Daran kann ich mich nicht mehr erinnern, aber ich hatte Angst um das Baby."

„Was war denn mit der Mutter passiert?"

„Ich habe gehört, sie hat sich den Knöchel verstaucht. Ich habe sie erst wiedergesehen, als sie vor uns kniete und mich mit dem Baby umarmte und küsste."

Die Gäste waren begeistert, und die Oberbürgermeisterin zerdrückte auch eine Träne in ihrem lachenden Gesicht: „Grit, ich habe bereits mit Deiner Mama und Deinem Papa über Dich und Deine Zukunft gesprochen. Wenn Du mich ihm Rathaus besuchst, kommst Du an einer Wand vorbei, wo ein großes Portrait von Dir hängt mit der Aufschrift: Grit, die Heldin unserer Stadt. Ich bedanke mich bei Dir im Namen aller Menschen, denen Du mit Deiner Tat Glück gebracht hast."

Das Orchester spielte wieder und anschließend sprach die Oberbürgermeisterin: „Meine Damen und Herren, nun widme ich mich einer Person, die nicht spektakulär, aber dennoch nachhaltig für Wissende in Erscheinung tritt. Ich muss noch vorausschicken. Ich habe einen äußerst fähigen Mitarbeiterstab, der aus weißen und schwarzen Männern und Frauen besteht, die mir und dem Magistrat bei der Arbeit helfen. ... Ich danke Euch, Leute! ...

Diese Mitarbeiter informieren mich auch dankenswerterweise über Dinge, die ich nicht in meinem täglichen Gesichtsfeld habe. Schwester Ann kommen Sie doch bitte zu mir."

Ann schaute den Chef an: „Ich? Wieso ich?"

Der Chef grinste breit und deutete ihr, sich zu erheben. Wenn Ann helle Haut gehabt hätte, hätte sich ihre Gesichtsfarbe in blass oder rot verändert.

„Die Stadtverwaltung hat die Krankstation in der Savanne gegründet, um eine Verbindung zwischen den Menschen in den Dörfern und der Stadtklinik zu haben, denn der Weg ist für die Leute dort draußen bis zur Klinik meist sehr lang und beschwerlich. Die Station hat mittlerweile eine Schwerpunktfunktion erlangt. Der Aufschwung fällt mit der Zeit zusammen, seitdem Sie dort arbeiten. Schwester Ann, Ihre Kolleginnen und die gesamte Ärzteschaft nennen Ihren Namen im gleichen Atemzug wie die Station selbst: Im Zweifel wird Schwester Ann gefragt! Sagen Sie uns bitte, wie Sie als Kind aus einem der Dörfer zu diesem Ansehen kamen."

„Frau Oberbürgermeisterin, ich bin verwundert über das Interesse an meiner Person. Der Chef hat mich als Kind im Urwald zufällig gefunden und in die Savanne geschleppt. ... Ich war damals noch etwas leichter." ... Die Gäste lachten amüsiert. ... „Damit hat er mein Leben gerettet. Ich wäre sonst verblutet. Er schickte mich zur Schule und bildete mich zur medizinisch-technischen Assistentin aus. Die Station ist zu meiner Heimat geworden. Der Chef erkannte, dass er sich immer auf mich verlassen konnte und so wuchs ich in sein Team hinein."

„Soweit könnte man Ihre Aktivitäten als dankbare Gesten auffassen. Meine Damen und Herren, Schwester Ann betreut und pflegt nicht nur Patienten. Sie steuert die Logistik sämtlichen Materials für die Station, sie spricht mit dem Chef technische Neuerungen ab, sie bildet Jungschwestern aus, sie setzt Ihr Können als Hebamme ein und sie unterstützt den Chef und seine Ärzte als OP-Schwester. Da kommt eine Menge geballte Erfahrung, Wissen und Können zusammen, sodass der Chef, den sie sehr achtet, und die Klinikverwaltung dankbar und stolz sein dürfen, Schwester Ann in ihrer Mitte zu haben.

Bitte erlauben Sie mir den profanen Vergleich: In der Technik, also in der EDV würde sie als unverzichtbare Datenbank bezeichnet und als Nachschlagewerk für jeden erforderlichen medizinischen Eingriff. Ihre direkte Art und Weise gemeinsam mit dem Chef getroffene Entscheidungen durchzusetzen, ist in Kollegenkreisen und bei den Patienten bekannt."

Die Gäste hörten aufmerksam und zugleich amüsiert zu.

„In Ihrer ganzen Laufbahn ist noch nie eine Beschwerde gegen Sie bekannt geworden. Wir zollen Ihnen höchste Anerkennung. Die Klinikverwaltung, der Magistrat und ich haben beschlossen, Sie heute mit dem höchsten Verdienstorden der Stadt, dem goldenen Löwen am blauen Band, auszuzeichnen."

Während des brausenden Beifalls kam ein Bediensteter von der Seite, brachte den Orden auf einem Samtkissen und die Oberbürgermeisterin hängte Ann den Löwen um. Die beiden Frauen umarmten sich gerührt. Ann bedankte sich und wollte etwas verlegen die Bühne verlassen.

„Schwester Ann, ich bin noch nicht fertig", die Oberbürgermeisterin flüsterte zwar, aber die Gäste bekamen es über das Mikrofon mit und verstummten. Dann hielt sie aber doch das Mikrofon zu: „Holen Sie bitte Ihre Freundin und kommen mit ihr auf die Bühne.

„Meine Damen und Herren, ich komme immer wieder auf meine Mitarbeiter. Die haben mir nämlich gesteckt, dass zurzeit eine noch wenig bekannte, aber schon berühmte Persönlichkeit in der Krankenstation beherbergt wird, die als Patientin ankam und nach der Genesung dort mitgearbeitet hat. Begrüßen Sie mit mir Ada-Reede, die Eskimofrau!"

Das Publikum spendete verhaltenen Beifall, weil die meisten Leute wohl mit dem Namen alleine nichts anfangen konnten.

„Ada-Reede, ich heiße Sie willkommen in unserer Stadt. Sie haben sicher auch den höflichen Beifall unserer Gäste bemerkt, deshalb stelle ich Sie erst einmal vor. …"

Die Oberbürgermeisterin wurde durch Zwischenrufe unterbrochen. Einige Frauen erhoben sich kurz, winkten zur Bühne und riefen: „Hallo Ada-Reede! Hallo Ada! Hallo Eskimofrau!"

„Damit habe ich mit meiner Ankündigung wohl recht gehabt. Man hat Sie erkannt. Ihre Fans, Ihre Leser gibt es auch hier bei uns schon. Ada-Reede, die oft wegen ihrer Herkunft auch als Eskimofrau angesprochen wird, bereist die Länder der Welt und spürt die Umgangsformen zwischen Männern und Frauen in den verschiedenen Völkern und Kulturen auf. Ihre Erkenntnisse gibt sie in einem Magazin - ich betone - wertfrei wieder. Auch ich gehöre, seit man mich auf Sie aufmerksam gemacht hat, zu Ihren eifrigen Lesern und sehe z.B. meinen eigenen Status in unserem Land mit anderen Augen, seit mir bewusst wurde, wie es anderen Frauen geht. …"

Jetzt wurde der Beifall mit Zwischenrufen lauter.

„Ada-Reede, ich bin sicher, dass Sie von vielen Frauen - selbstverständlich auch Männern - verstanden werden, je länger man Ihre Schriften liest. Ich habe für mich zwischen Ihren Zeilen eine Kern-Ideologie erkannt: Männer und Frauen sind natürliche Lebewesen der Spezies Mensch! Sie leben nach den gleichen natürlichen Gesetzen mit Rechten und Pflichten. In den Gesellschaften werden Rechte und Pflichten unnötigerweise konstruiert, die diesem Grundsatz widersprechen. Diese Willkür bietet den Nährboden für den Unfrieden in unserer Welt!"

Die Menschen im Saal hatten mit der Einladung zum Ball damit gerechnet, dass sie unterhalten würden und unbeschwert feiern dürften. Jetzt konfrontierte die Oberbürgermeisterin sie mit philosophischen Ergüssen. Die Stimmung wurde zwangsläufig etwas ernster und es dauerte eine kurze Zeit, bis bei den Leuten der Groschen fiel. Frauen und Männer an den Tischen diskutierten bereits, und die Oberbürgermeisterin musste sich etwas einfallen lassen: „Meine Damen und Herren, bitte lassen Sie mich noch einen Satz für die Zukunft der Menschheit ergänzen: Religionsführer, Politiker und Juristen hätten es bestimmt leichter, wenn sie die Natur des Menschen in ihre Arbeit mit einbeziehen würden. … Ada-Reede, vielen Dank für Ihren Besuch. Ich hoffe, Sie können Ihrer Linie treublেiben. Lassen Sie sich nicht in eine Ecke drängen, wo sie willkürlich ausgenutzt und falschverstanden werden."

Die Oberbürgermeisterin gab dem Kapellmeister ein Zeichen, aber bevor dieser die Musik beginnen konnte brandete ein anerkennender Beifall auf.

Ann und Ada saßen längst wieder am Tisch und wurden oft mit bewundernden Blicken und Lächeln bedacht. Immer wieder kamen einzelne Personen auf ein anerkennendes Wort an den Tisch: „Ada-Reede, ich möchte Ihnen wenigstens einmal die Hand drücken!"

Auch die Oberbürgermeisterin kam noch auf ein Gläschen Sekt an Adas

Tisch. Der Chef holte einen freien Stuhl vom Nachbartisch, damit sie sich dazu setzen konnte.

Ada drückte ihre Bedenken aus: „Meinen Sie nicht, es wäre besser gewesen, mich nicht zu erwähnen?"

„Ganz und gar nicht. Jede gute Sache braucht ihre Zeit. Unser Verstand bietet uns Erfahrungen als Gewohnheiten an und kein Mensch lässt sich gerne seine Gewohnheiten nehmen, denn die meisten Gewohnheiten sind aus einer guten Sache entstanden. Wenn Sie auf der Bühne gesprochen hätten, dann wären die Leute mit einer Diskussion über Sie hergefallen. Das wäre u. U. unfair geworden, weil Sie darauf ja nicht vorbereitet waren. Wir wollten Sie ja überraschen."

„Das ist Ihnen und Euch auch gelungen. Ich war ganz schön verlegen auf der Bühne. Meine Freunde zu Hause haben mir schon prophezeit, dass ich nicht nur schreiben soll, sondern mit den Leuten reden muss. Das scheint auch zu stimmen, denn meine Angst falsch verstanden zu werden beschäftigt mich."

„Zu der Zeit, die eine gute Sache braucht, gehört auch die Wiederholung. Wiederholung ist nicht nur wichtig bei der Kindererziehung, sondern bei allem Neuen in der Entwicklung. Nehmen Sie Schwester Ann als Beispiel. Sie stammt aus einem Dorf und hat in ihrem Chef einen Gönner gefunden. Das alleine hätte ihr nichts genützt, wenn sie ihr Können und Wissen nicht permanent für sich und andere wiederholt hätte. Ihre heute erreichte Entwicklungsstufe ist zunächst abgeschlossen. Meine Familie stammt ebenfalls aus einem Dorf. Das liegt aber schon zwei Generationen zurück. Ich hatte es einfacher als Ann, aber in mir, in meiner Entwicklung, musste die gute Sache - nennen wir es Ausbildung - durch meine Eltern ständig wiederholt werden.

Bei mir waren die Eltern eher aktiv als ich. Ann musste selbst aktiv werden. Bei mir ist die Entwicklungsstufe aber nicht abgeschlossen. Ich kann Karriere machen, wenn ich das will. Doc, wie sieht das bei Ihnen aus? Ich meine, wenn Sie einmal nicht mehr an Anns Seite arbeiten, dann ist sie alleine."

„Sie haben schon recht. Bei Schwester Ann ist es schwieriger, zumal sie in ihrer Arbeit und in der Station so verhaftet ist, dass sie wohl nie irgendwo anders heimisch werden könnte. Aber auch ich bediene mich der Technik - wie Sie so schön sagen - der Wiederholung. Sie wird nach mir die Leitung der Krankenstation übernehmen. Daran arbeite ich jeden Tag."

„Chef! Tu mir das bloß nicht an!"

Die Oberbürgermeisterin verabschiedete sich lachend und schaute Ada-Reede noch einmal direkt an: „Bleiben Sie stark und verfolgen Sie Ihren Weg selbstbewusst und ehrlich. Sie wissen ja, ich kriege alles mit, weil ich Ihre Schriften lese!"

„So Chef, jetzt wird getanzt. Ich fange mit Dir an!"

„Aber Mädels, ich kann doch nicht … Ich habe das doch längst verlernt."

„Du musst. Und wenn Du meine Füße zertrampelt hast, dann ist Ann dran!"

Sie hatten noch eine Menge Spaß, ehe sie am frühen Morgen bei bester Stimmung ins Hotel wankte. „Taxi zur Krankenstation!", meldete der Page.

ADA, Ann und der Chef stiegen ein.

„Ach, Ihr seid das! Guten Morgen", stellte Joh fest. „Warum wusste ich davon nichts?"

„Der Empfangschef hat für uns das Taxi bestellt. Warum hätten wir Dich belästigen sollen?"

„Weil ich mich dann früher auf Euch gefreut hätte."

„Ada, ich glaube, der Kerl ist in Dich verliebt!"

„Ihr Frauen denkt immer nur an das EINE."

„Ooooh. Du armer Joh!"

„Joh, bleib cool. Frauen sind ebenso."

„Männer!"

„Männer!"

„Joh, wir haben einen schönen Abend auf dem Empfang erlebt und wir sind immer noch gut drauf."

„Es waren bestimmt viele Leute da. Ich bin jedenfalls die ganze Nacht gefahren."

„Du weißt, dass wir eine gute Freundschaft pflegen, zu der Du mittlerweile ja auch gehörst. Nächstes Mal rufen wir Dich direkt an."

„Das will ich auch hoffen. Wehe, Ihr vergesst mich wieder!"

Der Chef wurde ernsthaft, denn die Gelegenheit war günstig: „Ada, Du willst uns also wieder verlassen. Hast Du schon etwas geplant?"

„Ich brauche noch etwas Zeit, um meinen schon fertigen Bericht mit dem Abend zu beenden. In spätestens drei Tagen sollte ich in der Luft sein."

„Joh, Du hast es gehört …"

„Ja. Und jetzt bin ich traurig!"

„Mir fällt es auch nicht leicht, Euch zurückzulassen. Aber irgendwann muss es wohl sein."

„Joh, wenn Du Adas Karte hast und eine Vollmacht, dann könntest Du am Airport den richtigen Flug buchen, das Ticket kaufen und uns anrufen, wann Du Ada abholst. Was meinst Du?"

„Das mache ich Chef, wenn Ada einverstanden ist."

„Jetzt fällt es mir wieder heiß ein. Joh, ich muss Dir ja noch eine Rechnung bezahlen von der Fahrt damals, als Du mich in die Station gebracht hast."

„Nee. Ich habe mein Geld schon gleich bekommen."

„Wieso? Ich war doch bewusstlos."

„Kindchen, das hat die Verwaltung übernommen. Du bist uns in der Zeit noch viel wertvoller geworden!"

Die Patienten, die Ärzte und die Schwestern hatten die Ehrung ihrer geschätzten Kollegin am Fernseher live mitbekommen. Sie feierten an dem Tag ihre Schwester Ann und auch die Eskimofrau, Ada-Reede, die ihrer Freundin nicht von der Seite wich. Der Chef brauchte sich nicht um die Visite zu kümmern und genoss die freie Zeit mit den beiden Damen und seinen Mitarbeitern. Er erzählte Geschichten aus der Anfangszeit der Krankenstation, und es wurden auch Pläne für die Zukunft geschmiedet. Die Station war nicht mehr nur ein Ableger, eine Außenstelle der Klinik. Die Anerkennung der Oberbürgermeisterin hatte sie zur Institution gemacht. Die Mitarbeiter waren stolz darauf, hier arbeiten zu dürfen. Das merkten selbstverständlich auch die Patienten, die gerne mit anpackten, wenn es ihr Zustand zuließ.

Ann half ihrer Freundin beim Packen und überschüttete sie mit Ratschlägen. Es war ihre Art, mit dem Abschiedsschmerz fertigzuwerden: „Pass auf Dich auf in der Wildnis. Denk immer daran, dass Du unterwegs genug Wasser dabeihast. Lass die Wilden nicht zu nah an Dich heran. Die wissen nicht, wer Du bist. Du lachst Dir am besten einen Kerl an, der Dich begleitet. Sag in der Polizeistation Bescheid, wo Du hingehst. Die Polizisten haben Erfahrung mit der Urbevölkerung."

„Ja Ann. Ich werde immer an Dich denken und an alles, was Du mir gesagt hast. Ich weiß aber noch nicht einmal, was auf mich zukommt, wenn ich die Menschen dort erreiche. Wir werden bestimmt nicht überall Kontakt zueinander aufnehmen können, aber ich melde mich, wenn ich eine Gelegenheit finde. Verdammt … ich werde Euch auch vermissen!"

———————————

Im Flugzeug erinnerte sie sich an jede einzelne Person. Sie lächelte oft still vor sich hin und schaute aus der Luke in die Wolken. … Wenn Joh mit seinem Taxi mich begleiten würde, hätte ich immer einen Freund an meiner Seite. … Wehmütig dachte sie auch an Joy Sun. … Wenn die Barbaren ihn nicht umgebracht hätten, wären wir bestimmt schon verheiratet. … Auf dem Bildschirm verfolgte sie die Flugroute und sie ließ sich von den Flugbegleiterinnen bedienen.

Am frühen Morgen landete der Flieger und Ada-Reede wanderte zunächst ziellos durch die Straßen der fremden Stadt. Sie fiel mit ihrem Lederhut und dem Rucksack gar nicht auf, denn es bewegten sich viele Touristen in der Menschenmenge. Den dichten Autoverkehr und den Lärm nahm sie als selbstverständlich hin. Sie kam auch in Nebenstraßen, wo es ruhiger war. Die Sonne spendete schon eine enorme Hitze. Die Menschen wedelten oft mit den Händen vor dem Gesicht. Ada merkte bald, dass die störenden Fliegen die Ursache waren. Im Straßengraben verlegten Arbeiter irgendwelche Rohre. Die waren nicht etwa leicht bekleidet wegen der Hitze, sondern schützten sich mit Arbeitsklamotten vor der Sonne und den Fliegen. Das sah schon kurios aus, wenn direkt neben der Baustelle, Menschen unter den Sonnenschirmen der Straßencafés ihre kühlen Drinks genossen.

Plötzlich hörte Ada aus einem offenen Fenster: „Gaudeamus igitur …!" Sie hatte das Lied schon einmal gehört und wusste, dass es bei Studenten beliebt und verbreitet gesungen wurde. … Studenten in einer Brauerei? Das hört sich gut an. Durst habe ich auch. … Die Studenten besetzten alle Tische, tranken Bier und sangen ihre Lieder.

„Darf ich mich zu Euch setzen?"

Die zwei Studenten, die von ihr Notiz nahmen, rutschten zur Seite: „Immer zu. Schöne Mädels finden bei uns immer einen freien Platz. Du bist neu hier? Du siehst aus, als kämst Du aus einer kalten Gegend. Kannst Du auch singen?"

Ada nahm einen Schluck aus dem Bierkrug, den ihr der Wirt sofort servierte und lächelte: „Das ist richtig ... und singen? ... Naja."

Die anderen Studenten hatten die Begrüßung mitbekommen und skandierten sofort: „Mädels müssen singen! Mädels müssen singen! "

Ada legte ihre Schüchternheit ab, grinste und begann mit fester Stimme: „Kameraden, wir haben die Welt gesehn, Paris und das heilige Rom. Wir haben unsere Seelen ins Meer gekotzt, bei Australien da schwimmen sie schon ..."

Die Studenten waren sofort begeistert und grölten mit. Es gab keine Berührungsängste. Ada gehörte dazu. Die Studenten waren genauso neugierig wie Ada-Reede auch: „Gibt es einen Grund, warum Ihr feiert?"

„Ja. Das Wintersemester ist zu Ende. Wir haben unsere Scheine in der Tasche. Die meisten von uns fahren in ihre Heimatorte, und wir genießen erst einmal unsere Ferien. ... Bist Du auch Studentin und gehst jetzt als Backpacker durch unser Land?"

„Ich will die Aborigines kennenlernen. Ich habe aber noch keinen gesehen."

„Da hast Du Dir ein schwieriges Thema vorgenommen. Geschätzt werden ungefähr fünfhunderttausend Ureinwohner. Es gibt also nur noch wenige. Im Northern Territory leben noch etwa dreißig Prozent. Das ist im Outback. In den anderen Landesteilen gibt es noch etwa zwei Prozent Ureinwohner. Viele haben in den Städten Jobs gefunden und leben zurückgezogen. Wenn Du in einer Kneipe einen siehst, machst Du besser einen großen Bogen um ihn herum. Die Jungs können mit Alkohol nicht umgehen."

„Vielleicht könnte einer unserer Professoren der Ada helfen", meldete sich ein anderer Student. „Meinst Du wirklich, die würden sich die notwendige Zeit nehmen für das Thema?! Doch eher nicht. Die Profs verdienen in den Semesterferien ihr Geld."

„Ada-Reede, ich bin Charles und wohne in der Stadt. Ich könnte Dich mit einem meiner Lehrer vom Gymnasium bekannt machen. Ich meine, der hätte sogar ein Buch über die Aborigines geschrieben."

Die anderen stimmten zu und Ada nickte.

„Gute Idee. Von dem Mann habe ich auch schon gehört. Der konnte immer stundenlang erzählen. Zumindest weiß der mehr als andere. Wenn mich nicht alles täuscht ist er schon Rentner."

„Ada, hast Du schon ein Hotel? ... Dann bringe ich Dich in ein Youth Hostel. Da bist Du für eine Zeit lang gut und preiswert aufgehoben. Wenn Du einverstanden bist, gehen wir heute Nachmittag los und machen alles klar für Dich."

So viel spontane Hilfe hatte Ada wirklich nicht erwartet, aber Charles hatte wohl Gefallen an der resoluten jungen Frau gefunden, dass er sich über sein eigenes Engagement selbst freute. Das Youth Hostel war eine einfache Unterkunft für junge Leute mit unberechenbarer Mobilität. Es gab ordentliche Schlafräume und einen Speisesaal. Vom Betreiber wurden nicht viele Fragen gestellt. Nachdem Ada ein Zimmer belegt hatte, führte Charles seine Begleiterin in eine noble Gegend mit ländlichen Häusern, die meistens mit einem bescheidenen Garten umgeben waren. Mister Moon, der pensionierte Lehrer, öffnete selbst die Tür. Er erkannte seinen ehemaligen Schüler sofort wieder: „Na, mein Junge. Du brauchst sicher meine Hilfe. Hast Du etwas angestellt?"

„Nein, Mister Moon. Ich bin ordentlicher Student. Wir haben bei Meiers das Ende des Semesters gefeiert, als sich plötzlich diese junge Dame, namens Ada-Reede, zu uns an den Tisch setzte. Sie braucht Ihre Hilfe für ein schwieriges Thema. Sie sind mir als kompetenter Fachmann eingefallen, weil ich in meiner Schulzeit Ihnen so oft zuhören durfte."

„Oh, wie ich merke, hast Du etwas dazugelernt: Ein gutes Gespräch beginnt man mit einem Kompliment! Dann komm mal rein. Junge Dame, Du hast Dir einen meiner besten Schüler als Fürsprecher an Land gezogen. Er war zwar oft ein Rüpel, aber wenn es ernst wurde und etwas zu lernen gab, hat er die Ohren gespitzt. Was ist Dein Thema?"

„Vielen Dank Mister Moon, dass Sie mir zuhören wollen. Ich ziehe seit Monaten durch die Länder der Welt und spüre die unterschiedlichen, guten und schlechten Verhaltensweisen von Männern und Frauen zueinander auf. Meine Erkenntnisse fasse ich in Berichten zusammen, die ich einem Verleger für ein Magazin schicke. Ich hoffe, bei den Ureinwohnern des Landes originelle Erfahrungen zu machen."

Seine Frau Grete brachte den Tee und begrüßte die Gäste freundlich. Sie war eine kleine Frau im Alter wie ihr Mann, die sich jugendlich kleidete und einen sportlichen Eindruck machte.

„Grete, wenn Du wieder einkaufst, gehst Du bitte bei unserem Zeitschriftenhändler vorbei und bringst das Magazin mit, wovon Ada-

Reede gerade gesprochen hat."

„Charles, Du siehst, Dein alter Lehrer ist immer noch so konzentriert, dass er seine Umwelt manchmal vergisst. Mein lieber Mann, wenn Du Dich für meine Literatur interessieren würdest, wäre Dir das Magazin im Zeitungskorb längst aufgefallen. Ada-Reede Sie sehen, ich bin Ihre Leserin und auch Ihr Fan. Sie sind sehr mutig, und Ihre Schriften fesseln nicht nur uns Frauen, sondern auch die Männer, wenn sie erst einmal angefangen haben zu lesen."

Sie legte die Serie der Ausgaben des Magazins auf den Tisch: „Wir haben Ada-Reede, die Eskimofrau zu Gast!"

„Geliebte Grete, Du erstaunst mich noch im hohen Alter immer wieder."

Ada lächelte verlegen und schaute überrascht Grete an: „Frau Moon, ich danke Ihnen. Ich bin bemüht den Umgang von Männern und Frauen zueinander in den verschiedenen Kulturen zu beschreiben und mir ist auch bewusst, dass ich nicht unmittelbar etwas verändern kann. Es steht mir auch nicht zu, eine neue Emanzipationsbewegung ins Leben zu rufen."

„Dennoch wird sich etwas verändern, wenn erst allen Frauen und Männern die Augen geöffnet worden sind! Der Verstand der Menschen wird irgendwann soweit entwickelt sein, dass er erkennt, wie schädlich überholte, uralte Traditionen für den Fortbestand und das Glück der Menschheit sein können."

„Frau Moon, Sie drücken es richtig aus. Leider muss ich damit rechnen, dass ich falsch verstanden werde. Eine spontane Idee könnte hilfreich sein: Wie wäre es, wenn Sie Ihre Meinung dazu an meinen Freund Odiman, den Verleger schicken? Vielleicht eröffnen wir damit eine Diskussion."

„Da ich Sie jetzt persönlich kenne, scheint mir der Gedanke sinnvoll zu sein."

Charles wusste noch nicht, worum es eigentlich geht, aber er lächelte und freute sich, die Stimme seines Lehrers und dessen Frau zu hören.

„Nun sollten wir der jungen Frau aber auch helfen. Mit Geschwätz kommen wir nicht weiter. Zunächst muss Ada-Reede etwas über die Aborigines wissen, dann muss sie wissen, wo sie noch in ihren alten Bräuchen anzutreffen sind. Zuletzt brauchen wir einen Plan, wie sie dahinkommt. Ich darf doch weiter Du sagen, hoffe ich. Ich bin es so gewöhnt von meinen Schülern, die Förmlichkeit durch Direktheit zu ersetzen."

Moon erzählte, dass die Ureinwohner vor fünfzigtausend Jahren den Kontinent besiedelt haben. Dafür wären seetaugliche Schiffe nötig gewesen, deshalb gingen andere Wissenschaftler vom Landweg über Asien aus. An Götter glaubten sie nicht, dafür zogen sie ihre Kraft aus dem Erlebnis der Traumzeit, in der sie sich mit den Dämonen der verstorbenen Angehörigen identifizierten bzw. sie zu Rate zogen.

Die Ureinwohner lebten in organisierten Familienverbänden, in Clans zusammen. Die Schwestern der Mutter wurden auch als Mütter bezeichnet und die Brüder des Vaters als Väter. Sie mussten die Gefahren des Inzests gekannt haben, denn heiraten war nur über den Clan hinaus möglich. Sie lebten als Nomaden von der Jagd und vom Sammeln der Früchte. Dabei durfte nicht vergessen werden, dass die Art des Lebens der Ureinwohner so vielfältig war, wie die Anzahl der Clans. Als die weiterentwickelten Weißen auf dem Kontinent erschienen, wurde den Ureinwohnern das Land streitig gemacht. Sie wurden unterjocht, vertrieben und in blutigen Schlachten dahingemetzelt. Die Weißen drückten ihnen ihre Rechte und Gesetze auf. Sie hatten nur noch die Möglichkeit, sich unterzuordnen oder unbewohnte und unfruchtbare Gegenden, wie z.B. das Northern Territory zu besiedeln. Das Gebiet am Ayers Rock, dem heiligen Berg gehörte auch dazu. Dort werden heute noch die weißen Touristen nur als notwendiges Übel gesehen. Die Aborigines verdienen Geld mit gezielten Führungen: „Ich habe über diese Dinge ein Buch geschrieben. Das jetzt zu lesen, würde Dich zu sehr aufhalten. Deswegen stehe ich Dir gerne zur Verfügung, um Deine Fragen zu beantworten. Wenn Du dort hinreisen willst, musst Du in die Nähe fliegen oder mit dem Greyhound fahren oder ein Geländefahrzeug mieten. Es wird für Dich schwer werden in einen Clan hineinzukommen. Das sicherste wäre für Dich einen weißen Jäger oder Buschläufer als Führer zu engagieren, weil diese Leute auch in der Natur leben und bei den Aborigines bekannt sind."

„Ich schließe daraus, dass die Anpassung bzw. die Vermischung der Ureinwohner mit den Weißen kaum erfolgt ist, und dass das Aufeinandertreffen von Angehörigen der beiden Völker nicht immer friedlich endet."

„Davon müssen wir leider ausgehen. Die Wunden sind noch lange nicht verheilt. Ein Weißer kommt bei den Ureinwohnern nur an, wenn er sich als Gast verhält und wenn die Einheimischen einen Nutzen von ihm erwarten. … Charles, wie geht es Dir bezüglich Deines Studiums? Ich gehe davon aus, dass ich mir keine Sorgen um Dich machen muss!"

„Mister Moon, ich habe mich im ersten Semester auf der Uni gut zurechtgefunden. Es sieht so aus, dass ich bei meiner Entscheidung für Pädagogik, Physik und Sport bleibe. Im zweiten Semester habe ich alle Scheine geschafft."

„Sehr schön, Du wirst also Kollege. Dann werden wir sicher bald mehr miteinander zu tun haben. Hast Du schon eine Idee für die Diplomarbeit?"

„Noch nicht konkret. Ich will erst Vorschläge des Professors abwarten."

„Übrigens hast Du es richtig entschieden, mich in das Gespräch mit Ada-Reede einzubeziehen. Ada, ich gebe Dir mein Buch mit. Blättere darin. Du wirst Fragen haben. Du besuchst mich in den nächsten Tagen, damit wir darüber sprechen. In der Zwischenzeit sehe ich den Polizeichef der Stadt beim Stammtisch und werde mit ihm eine Möglichkeit suchen, Dich bei Deinem Vorhaben zu unterstützen. Bis zu Deiner Abreise wird Charles auf Dich aufpassen, dass Du Dich in unserer Stadt nicht verirrst. … Also, an die Arbeit, Freunde!"

Mister Moon gehörte zu einem illustren Kreis von Honoratioren der Stadt. Die Herren tauschten regelmäßig Erfahrungen und wichtige Neuigkeiten aus, wobei auch die Politik nicht zu kurz kam. Obwohl die Erforschung des Outback für viele Menschen abgeschlossen war, kamen immer wieder neue interessante Erkenntnisse bezüglich der Aborigines auf den Tisch.

Vornehmlich das Alkoholproblem der Ureinwohner und die Krankheiten beschäftigten die Menschen, wenn Aborigines in die Gesellschaft der weißen Bevölkerung eingegliedert werden sollten.

Mister Moon trug dem Polizeichef Simson das Anliegen von Ada-Reede vor. Die Mitglieder der Runde spitzten die Ohren und es kamen sofort bedenkliche Kommentare: „Unmöglich!"

„Eine unerfahrene Frau alleine im Outback. Nein!"

„Die Gefahr ist zu groß."

„Niemand kann die Verantwortung übernehmen."

„Nicht nur die Aborigines sind eine Gefahr für die Frau. Alleine schon im Outback hat sie keine Überlebenschance."

„Ich sehe nur eine Möglichkeit: Sie müsste körperlich fit und bereit sein, die Strapazen im Outback zu ertragen, dann könnte sie einem meiner Leute folgen. Moon, wir müssen sie mit allen Schwierigkeiten, die wir kennen, verbal konfrontieren. Wenn sie dann immer noch das Risiko auf sich nehmen will, würde ich mich mit meinen Außenstellen abstimmen. Vielleicht ist einer der Buschläufer bereit, sie mitzunehmen. Es gibt Buschläufer, die Freundschaften mit den Aborigines pflegen und gute Verbindungen aufgebaut haben. ... Macht Deine Grete noch den guten Streuselkuchen? Übermorgen könnte ich mir Zeit nehmen, Euch zum Tee zu besuchen und das Mädel kennenzulernen.“

Ada war fleißig. Sie hatte schon am nächsten Tag das Buch von Moon quergelesen und sich mehrere Fragen notiert, die sie beim nächsten Besuch mit dem Autor diskutierte. Sie überraschte Mister Moon mit ihrer schnellen Auffassungsgabe. Nach dem Gespräch konnte Moon mit ihr zufrieden sein, denn das grundsätzliche Wissen, das im Outback unbedingt erforderlich war, hatte sie sich zu eigen gemacht.

Der großgewachsene Polizeichef Simson mit seinen braunen Haaren, dem Oberlippenbart und den grünen Augen erschien in Uniform pünktlich zum Tee. Grete freute sich über seinen Besuch und empfing ihn mit einem lachenden Gesicht, während er sie strahlend in die Arme nahm. Mister Moon saß bereits gemütlich mit Ada-Reede im Wohnzimmer.

„Sie sind also die Eskimofrau Ada-Reede, die Weltreisende mit dem Vorhaben, die Aborigines kennenzulernen. Meine Hochachtung vor Ihrem Willen und Ihrem Mut. Die Zeitschrift hier auf dem Tisch ist wohl das Magazin, von dem Du gesprochen hast, Moon. Ich muss es unbedingt meiner Frau empfehlen. Es scheint eine Bildungslücke zu sein, die Schriften von Ada-Reede nicht zu kennen.“

„Sie machen mich verlegen, Mister Simson. Bleiben Sie bitte beim Du wie Mister Moon, sonst komme ich vielleicht durcheinander.“

Grete setzte sich auch dazu. Dann gab es erst einmal Tee und Streuselkuchen. Der Polizeichef verdrehte die Augen: „Grete, Du backst nicht nur den besten Streuselkuchen, Du bist damit auch die köstlichste Versuchung ... zumindest für mich!“

Schon bald danach ergriff Mister Moon in bester Laune das Wort: „Ada, ich habe meinen Freund Simson hinzugezogen, weil er weiß und kann, was uns für Dein Projekt noch fehlt.“

„Soweit seid Ihr schon? Ich dachte, wir wollten Ada von ihrem Vorhaben abbringen."

„Simson, wenn Du Dich erst davon überzeugt hast, was Ada bereits kann und weiß, wirst Du einsehen, dass es sich lohnt, erst alle Informationen zusammenzutragen, ehe wir gemeinsam eine Entscheidung fällen."

„Ich bin bereit. Außerdem weißt Du, dass ich Ada nicht brüskieren wollte."

„Mister Simson, gestatten Sie mir bitte ein paar Sätze zu mir und meinem Projekt. Ich bin unter Eskimos aufgewachsen, habe die Schule besucht und anschließend nicht studiert, weil ich die Zivilisation mit ihren schändlichen Abarten des Lebens verabscheue. Dennoch haben mich meine Freunde bei meinem Ehrgeiz gepackt, alles aus der Praxis lernen zu wollen. Das Leben in der Zivilisation ist eine unerschöpfliche Praxis für mich geworden. Darin interessiert mich besonders die Umgangsweise von Männern und Frauen in den verschiedenen Kulturen und Völkern. Vieles habe ich erlebt und bereits beschrieben. Von den Aborigines, weiß ich, was Mister Moon geschrieben und mir geschildert hat. Ich will erleben, ob sie sich achten oder verachten."

„Ich entnehme Deinen Worten, dass Du auch Enttäuschungen erlebt hast."

„Leider ja. Mehr verrate ich aber nicht, sonst verlieren Sie den Spaß, meine Schriften zu lesen."

„Aha. Unsere Eskimofrau ist also auch Geschäftsfrau!"

Der Polizeichef bemühte sich darum, den Humor nicht abreißen zu lassen, und Mister Moon ergänzte: „Simson, Du kannst Ada examinieren. Dann wirst Du den Eindruck gewinnen, sie sei schon im Outback gewesen."

„Unser Land ist groß und bietet dem Menschen alles, was er zum Leben braucht. Unsere Vorfahren haben die Aborigines zwar vertrieben, aber sie konnten sie nicht ausrotten, weil die Ureinwohner wussten, dass sie im Outback nicht verfolgt würden. Dieser Teil des Kontinents ist lebensfeindlich. Er besteht über viele Meilen aus Wüsten. Bestenfalls erreicht man auch Savannenlandschaften und Urwälder. Es gibt einige mutige Farmer und Ranger, die karge Weideplätze für die Schafzucht nutzen. Wer ins Outback geht muss gut ausgebildet und noch besser ausgerüstet sein. Wer sich verirrt, ist verloren. Es gibt zwar keine Raubtiere wie in Afrika, aber viele Spinnenarten und einige

Schlangen, die den Menschen vergiften können. Wasserlöcher sind rar. Wenn es einmal regnet, wird alles Leben zerstört. Ausgetrocknete Flusstäler verwandeln sich in kürzester Zeit zu reißenden Strömen. Kurz danach herrscht wieder die heiße und trockene Wüstenlandschaft. Die Aborigines haben gelernt im Outback zu überleben. Sie kennen das Wetter und die Zeichen der Natur. Wir sind viel zu weit weg vom Leben in der Natur. Wer ins Outback geht, ist auf sich selbst gestellt. Es gibt im Ernstfall keine Hilfe.

Wir nennen ein solches Gebiet Niemandsland. Trotzdem gelten dort die Gesetze unserer Regierung. Nur deshalb gibt es die bei jedem Polizisten unbeliebten Außenposten. Die Beamten bleiben meistens in der Station und gehen vereinzelt in Sichtweite ins Land. Von manchen Stationen reiten die Polizisten auf eine begrenzte Patrouille. Es gibt wenige Buschläufer. Das sind schwarze und weiße Polizisten, die im Outback leben. Sie schlafen auf der Erde. Sie holen sich ihren Vorrat in den Stationen oder jagen. Sie wissen, wo sie Wasser finden. Diese Buschläufer haben Polizeigewalt, aber hauptsächlich sind sie die einzige Verbindung zwischen der Zivilisation und den Ureinwohnern.

Hier sind wir an dem Punkt angelangt, Ada, wo Deine einzige Möglichkeit beginnt, Dein Vorhaben zu realisieren: Ich kann veranlassen, dass Du zu einem Außenposten transportiert wirst, aber dort musst Du einen Buschläufer, wenn zufällig einer vorbeikommt, davon überzeugen, Dich mit ins Outback zu den Aborigines zu nehmen. Nur er wird entscheiden, ob Du fähig bist, ihm zu folgen. Er kennt die Gefahren und den Weg. Er wird Dich beschützen. Das heißt aber noch nicht, dass Dich eine Familie der Ureinwohner auch aufnimmt."

„Das kann ich mir mittlerweile vorstellen. Das Risiko muss ich wohl eingehen."

„Kannst Du wenigstens reiten und schießen?"

„Ja. Ich war mit meinem Vater auf der Jagd. Geritten bin ich allerdings nur auf Rentieren. Pferde muss ich erst noch kennenlernen."

„Dann wird der Buschläufer seinen Spaß mit Dir haben. Also, übermorgen fährt ein Mannschaftswagen los, um die Teams draußen abzulösen. Da kannst Du mitfahren. Zu meinem Bereich gehören drei Außenposten, die etwa fünfzig Meilen auseinanderliegen. Du fährst mit bis zum letzten. Dort, hoffe ich, wirst Du auf einen Buschläufer treffen, der Dich an Dein Ziel und wieder zurückbringt."

Grete mischte sich ein: „Moon, Du solltest die Zeit nutzen, um Ada noch fit zu machen für die Reise. Ada, ich schlage vor, Du wohnst bis zur Abfahrt bei uns. Simson, wir bringen Dir Ada rechtzeitig in Dein Hauptquartier."

Moon nahm Ada-Reede bald mit in seine Bibliothek, in der sie es sich bequem machten: Unter dem Begriff Aborigines ist kein einheitlich organisiertes Volk zu verstehen. Du weißt schon, dass sie in Familien, in Clans zusammenleben. Was sie alle verbindet, ist ihre Rasse. Sie haben ihr Aussehen und ihren Umgang mit der Natur beibehalten. Aber was in den Familien geschieht, hat Vorrang. Deswegen konnten sie auch keinen wirkungsvollen Widerstand gegen die weißen Unterdrücker aufbringen. Die Ureinwohner lebten auf unserem Kontinent in völlig verschiedenen Gebieten und Landschaften. Die Eigenheiten der Landschaft haben ihre Entwicklung geprägt. Damit ergaben sich auch verschiedene Gesetzmäßigkeiten für die Familien. Nur zum Heiraten überspringen sie die Grenze des Clans und ihre Naturverbundenheit lässt kaum eine abweichende und alle Stämme verbindende Entwicklung z.B. in der Technik zu. Sie brauchten keine Fahrzeuge, denn, was sie brauchten, konnten die Nomaden tragen. Ein einheitliches Wirtschaftssystem mit Handel und Geld, war nicht nötig. Sie blieben da, wo die Natur ihnen alles gab.

Ada-Reede erinnerte sich an ihre letzten Erlebnisse im afrikanischen Dorf bei den Schwarzen. Die waren auch mit einem uralten und von der Natur vorgegebenen Status glücklich und zufrieden. Sie schilderte dem Lehrer ihre Eindrücke.

„Das wundert mich nicht, denn die Herkunft unserer Ureinwohner ist alleine schon durch ihr Aussehen offensichtlich. Du wirst sicher auch Parallelen finden, die zu Deinem Thema, die Bedeutung der Frauen betreffend, passen."

„Ja. Ich muss eine Antwort auf die Frage finden, wie alles begann."

„Genau. Am Anfang lebten die Menschen in der Natur und waren gezwungen deren Regeln zu beachten. Sie hatten Aufgaben zu erfüllen: Das Überleben, die Ernährung und gleichzeitig die eigene Fortpflanzung."

„Die natürlichen Motivationen für diese Aufgaben waren der Hunger und der Sexualtrieb."

„Ada, Du musst Dir das so vorstellen: Die Motivationen äußerten sich in Bedürfnissen, die sie nach Belieben und Gelegenheit befriedigten. Sie hatten auch gar keine andere Möglichkeit. Ihr Körper meldete sich, wenn er etwas brauchte. Bekam er es nicht, war ihr Überleben in der Natur gefährdet. Das hört sich bezüglich des Sexualbedürfnisses vielleicht übertrieben an, ist aber so. Ein nicht befriedigter Trieb verursacht Unwohlsein."

„D.h. Frauen und Männer standen noch gleichwertig nebeneinander. Jeder erfüllte seine Aufgabe und entwickelte dafür Fertigkeiten, die nach und nach als Fähigkeiten, Privilegien von den anderen Mitgliedern der Gesellschaft geachtet und genutzt wurden."

„Das bedeutet aber auch, dass es den wesentlichen Antrieb für die Fortentwicklung der Menschheit noch nicht gab: Die Macht!"

„Das leuchtet ein. Der einzelne Mensch mit besonderen Fähigkeiten, z.B. bei der Jagd, konnte ja oder nein sagen, wenn andere seine Fähigkeiten, seinen Einsatz nutzen wollten. Er hatte eine Machtposition erreicht!"

„So Ada, jetzt interpretierst Du Deine Gedanken auf Dein Thema, das Verhalten von Frauen und Männern zueinander, und kommst zwangsläufig auf den Ursprung des ersten und wichtigsten Machtverhaltens im Leben der Menschheit. Jedes Machtgehabe ist davon abzuleiten oder basiert darauf."

Ada-Reede spielte ihre Gedanken durch und schüttelte immer wieder den Kopf. Moon grinste: „Religionen machen es sich zu Nutze, um ihre Lehren durchzusetzen. Es wurden deswegen Feindschaften und Kriege ausgetragen, Missgunst, Neid, sogar Morde basieren darauf. Du hast es selbst erlebt ... denke an Indien!"

„Mister Moon, Sie haben recht. Ich wage es kaum auszusprechen: Nur die Frau hat die Fähigkeit, ein Kind auf die Welt zu bringen. Damit hat sie die Macht ja oder nein dazu zu sagen. Lehnt sie das Lustbedürfnis des Mannes ab, ist sie in einer Machtposition."

„Die Frau hat nicht nur diese einzigartige, natürliche Aufgabe, sie hat auch einerseits Fähigkeiten entwickelt, den Beischlaf und die Befruchtung abzulehnen, andererseits aber auch, sie zu fördern. Sie kann den Mann motivieren, ihn verführen!"

„Damit ist doch die Frau der wichtigste Teil in der Menschheit."

Moon lachte: „Ganz so ist es nicht, junge Frau, denn der Mann muss schon seinen Samen spenden. Aber es wird kein dauerhaftes Amazonenreich auf der Welt geben. ... Nein Ada, bleibe in Deiner Spur. Du wirst feststellen, dass es in der freien Natur, also bei den wenigen noch existierenden Naturvölkern ein anderes Verhalten gibt, als in unserer zivilisierten Welt. Ich nehme an, Du hast Dir zum Ziel gesetzt, die Unterschiede nachzuweisen. Wenn Du mir folgst, tust Du sonst nichts. Hüte Dich davor die Unterschiede zu bewerten, sonst wirst Du Dich in einem Netz von Kritik verstricken. Alleine schon Wissenschaftler werden Dir Anmaßung und Fehlinterpretationen oder billige Meinungsbildung vorwerfen. Überlasse es Deinen Lesern, sich zu amüsieren und zu informieren. Sie werden Deine Erkenntnisse schon so verstehen, dass sie etwas davon haben."

„Mister Moon, Sie machen mir jetzt aber nicht gerade Mut."

„Nein! Ich will Dich nicht entmutigen. Du schreibst in einem gefälligen Stil. Deine Abenteuer sind spannend. Du beobachtest viele Dinge und zwar nicht oberflächlich, sodass man als Leser Dich miterleben kann. Was Du schreibst klingt unabhängig und echt. Ich will nur verhindern, dass Du als Weltverbesserer hingestellt wirst. Die Welt lässt sich nicht verbessern und schon gar nicht durch einen Schrei. Wir haben eine andere Baustelle: Wir müssen verhindern, dass wir selbst die Natur und die Welt nicht zerstören!"

Ziemlich früh morgens fuhr der Mannschaftswagen vom Hauptquartier los. Ada-Reede saß auf dem Beifahrersitz. Auf der Pritsche machten es sich die fünf Polizisten zwischen der Proviantladung so bequem, wie es nur eben ging. Der Fahrer drosch das Gefährt ohne jede Rücksicht auf Material und Personen in der höchstmöglichen Geschwindigkeit vorwärts ins Outback, als hätte er einen Backstein aufs Gaspedal gelegt. Er kannte zwar den Weg zu den Außenposten, aber er konnte nicht wissen, wie er beschaffen war. Manchmal führte er durch das dürftige Buschland der Savanne, dann wieder über einen Wüstenstreifen, durch ausgetrocknete Flussbetten, die dort Wadis genannt werden. Wälder gab es nur in weiter Entfernung zu sehen. Staub und Hitze belasteten die Menschen zusätzlich. Sie mussten schon geschickt sein, damit es ihnen gelang, während der holprigen Fahrt etwas zu trinken.

Nach etwa vier Stunden hatten sie den nördlichsten Außenposten erreicht. Die Männer begrüßten ungelenk den festen Boden unter ihren Füßen.

Diese Station bestand aus einem flachen geräumigen Blockhaus mit einer Terrasse, einem festen Dach und Fenstern, die man mit Läden aus Balken verschließen konnte. Angeschlossen waren ein Lagerraum und eine überdachte Fläche, in deren Mitte eine Schwengelpumpe stand. Dort hielten sich auch die Pferde auf, wenn sie nicht auf der angrenzenden Koppel das dürftige Gras der Savanne abfraßen.

Die abzulösende Mannschaft stand schon bereit. Der Fahrer gönnte sich eine halbe Stunde, um Flüssigkeit aufzunehmen und etwas auszuruhen. Er wollte bis zum Anbruch der Dunkelheit wieder im Hauptquartier sein.

Ada-Reede schaute sich schon einmal bei den Pferden um. Einer der Polizisten trat neben sie und begann ein Gespräch: „Du willst also reiten?"

„Ich mache mir Gedanken, wie ich überhaupt auf so ein Pferd hochkomme."

„Langsam, soweit sind wir noch nicht. Die Pferde sind hier draußen unsere Partner und sie sind es gewohnt, so behandelt zu werden. Sie hören auf Namen und sie merken es, wenn Du nicht gut zu ihnen bist. Stell Dir immer vor, wir sind hier Gast in einem lebensfeindlichen Land. Das gilt für die Pferde ebenso wie für uns. Der kleine Fritz dahinten könnte für dich passen. Rufe ihn einfach mal her und gib ihm ein Stück Zucker."

Ada bemühte sich um ihre sympathische Stimme und Fritz kam zu ihr. Sie hielt ihm das Stück Zucker auf die flache Hand, er nahm es mit seinen zarten Lippen und nickte Ada zu. Sie streichelte das Pferd und sprach mit ruhiger Stimme: „Fritz, ich muss lernen, auf Dir zu reiten. Wenn Du mich abwirfst, tut es mir bestimmt weh. Ob wir es wohl schaffen, ein Team zu werden?"

Fritz genoss die Streicheleinheiten und hörte auf Adas Stimme. Dann hob er den Kopf, wieherte und ging zur Traufe, um Wasser zu saufen.

„Verbringe viel Zeit mit ihm. Er wird sich an Dich gewöhnen. Morgen legen wir einen Sattel auf und dann versuchst Du oben zu bleiben. Denk dann immer daran, Fritz ist zwar Dein Partner, aber Du bist der Chef!"

Am nächsten Morgen ging Ada auf den Hof. Sie rief: „Fritz!"

Das Pferd hob den Kopf, wieherte und holte sich von Ada eine Karotte ab. Dabei knurrte er zufrieden. Ada streichelte ihn und flüsterte ihm ins Ohr: „Du bist ein wunderschöner Hengst und ich habe keine Erfahrung. Du wirst mir bestimmt helfen."

Der Polizist, der ihr gestern geholfen hatte, gab Ada Anweisungen und achtete darauf, dass sie keinen Fehler machte: „Zuerst das Zaumzeug.

Du siehst, er weiß Bescheid und öffnet das Maul. Du darfst ihm nie wehtun, sonst ist er verärgert wie ein Mensch. Im Busch bist Du auf ihn angewiesen, manchmal sogar von ihm abhängig. Draußen geht es ums Überleben!"

Ada legte die Decke auf und den Sattel. Achte immer darauf, dass der Brustgurt festsitzt, sonst hat der Sattel keinen Halt. Das Aufsitzen musst Du üben. Ich beruhige Fritz."

Wie sollte sie einen Fuß in den Steigbügel bringen?! Sie war doch keine Turnerin.

„Greif mal mit der linken Hand an den Knauf und mit der rechten hinten an den Sattel. So, jetzt kommen drei Bewegungen gleichzeitig: Aus der leichten Hocke springst Du mit beiden Beinen hoch, ziehst Dich mit den Händen ganz hoch und wirfst das rechte Bein über den Sattel."

Nach dem ersten Versuch lag Ada unter dem Pferd. Der Polizist lachte nicht, aber er grinste: „Zweiter Versuch! Das Ganze hat schon etwas zu tun mit dem Turnen. Du hast sicher schon gesehen, wie Akrobaten im Zirkus mit einem Satz von hinten in den Sattel springen. Manche Menschen haben lange Beine und können den linken Fuß in den Steigbügel setzen. Es gibt auch Leute, die über ein Gestell in den Sattel steigen. Hier im Busch haben wir keine Hilfsmittel. Also bleibt uns nur das Training. Also los!"

Das Pferd blieb geduldig und nach einigen Versuchen hatte Ada-Reede es geschafft.

„Das Pferd reagiert auf den Druck Deiner Knie und die Stiefelabsätze in die weichen Teile vor der Hinterhand. Wenn Du den Zügel mit der linken Hand leicht anziehst, bleibt es stehen. Deine verbalen Kommandos merkt sich das Pferd, wenn Du sie wiederholst. Du stehst mehr in den Steigbügeln, als dass Du im Sattel sitzt. Dein Oberkörper ist aufrecht, außer beim Galopp und wenn das Pferd vorne hochgeht. Mit den Knien steuerst Du rechts und links, wenn Du die Füße leicht auf den Bauch schlägst geht das Pferd los, wenn Du die Absätze vor die Hinterhand drückst, galoppiert das Pferd. So, Du weißt alles. Dreh mal eine Runde mit Deinem Fritz!"

Ada bekam Spaß am Reiten, der Polizist war zufrieden und gab noch zusätzliche Anweisungen. Fritz gehorchte den Kommandos von Ada.

„So jetzt machst Du eine Pause, steigst ab und versorgst immer zuerst Dein Pferd: Absatteln und Schweiß abreiben. Fritz ist immer dankbar, wenn Du mit ihm sprichst und vor allen Dingen, wenn Du ihn lobst.

Vergiss das nicht!"

Mehrmals am Tag trainierte Ada mit Fritz. Der Polizist ritt auch mit ihr durch die nähere Umgebung. Sie begann sich sicher zu fühlen.

„Wann kommt denn der Buschläufer?"

„Du erfährst es, wenn er da ist."

An den nächsten Tagen verbrachte Ada Zeit mit Fritz. Sie trainierte ihn oder pflegte ihn. Einmal nahmen die Männer sie mit zu einem Erkundungsritt. Ein ganzer Tag im Sattel kostete Kraft und Ada musste lernen, den Muskelkater zu überwinden.

An einem Nachmittag näherte sich ein einzelner Reiter der Polizeistation. Der Reiter und das Pferd schienen müde zu sein. Er trug einen Ledermantel und einen Hut. Seine Klamotten waren verdreckt und das Pferd war mit Schweißschaum bedeckt. Das Gesicht des Mannes verdeckte ein ungepflegter Bart. Er führte das Pferd auf die Koppel, rieb es trocken und kam ins Haus. Ohne ein Wort zu sagen hielt man ihm einen Becher Bier hin, den er mit einem Schluck leerte. Dann sagte er: „Hey!" Er setzte sich zu den Polizisten.

„Was gibt es Neues?", wollte der Chef wissen.

„Alles ruhig."

„Warst Du bei den Aborigines?"

„Ja, im Northern Territory."

Die Polizisten werteten seine Wortkargheit nicht als Unhöflichkeit. Sie ließen ihm Zeit. Nach ein paar Bechern Bier begann er zu berichten: „Ein paar goldsuchende Idioten treiben sich draußen herum. Ich habe sofort gemerkt, dass sie Greenhorns sind und habe ihnen gesagt, sie sollten nach Hause gehen. Sie sind schon ziemlich abgemagert. Ich bin gespannt, wer sie einsammelt. Bei den Aborigines steht eine Hochzeit an. Außerdem sind zwei krank. Ich muss Medikamente mitnehmen. Habt Ihr etwas zu essen da? Ich werde wohl bald einschlafen."

Erst am nächsten Tag um die Mittagszeit erwachte der Buschläufer von seinem erholsamen Schlaf. Er ging nackt zum Brunnen, um sich zu waschen. Ada war gerade mit Fritz auf der Koppel beschäftigt. Der Mann erschrak durch den ungewohnten Anblick und rannte zurück ins Haus: „Seid Ihr bekloppt. Da draußen ist eine Frau und Ihr sagt mir nichts!"

„Zieh Dir halt eine Hose an."

„Wenn ich meinen Körper wasche - das kommt selten genug vor -, dann ganz von oben bis unten. Ich fahre mir hier doch nicht mit feuchten Fingerspitzen über die Augen."

Der Chef antwortete amüsiert: „Nun mach schon hin. Ich erkläre Dir gleich alles. Außerdem siehst Du so schlecht nicht aus, wenn Du Dich erst einmal rasiert hast."

Das Gelächter der anderen Polizisten begleitete den muskulösen Mann, der sein Aussehen nun in eine zivilisierte Form brachte.

„So, Chef. Jetzt Butter bei dem Fisch! Wieso habt Ihr hier eine Frau?"

„Bei Deinem nächsten Ritt ins Outback sollst Du die junge Frau mitnehmen und zu den Aborigines bringen."

„Das ist doch bescheuert! Ich bin doch kein Fremdenführer ... und dann auch noch ein Greenhorn ... zu dem auch noch eine Frau! Was soll der Unfug?"

„Die Frau ist so etwas wie eine Forscherin oder Journalistin ... und ja sie ist im Outback ein Greenhorn. Deshalb sollst Du sie führen."

„Ich habe mit mir genug zu tun. Wie soll ich die Verantwortung für eine Frau zusätzlich übernehmen?"

„Sie kann reiten und schießen. Du bist da draußen der Fachmann. Sie will zu den Aborigines."

„Wer hat sich denn so einen Schwachsinn ausgedacht?"

„Anweisung von unserem Hauptmann im Hauptquartier!"

„Dann soll der doch den Job übernehmen!"

„Jetzt beruhige Dich erst einmal und nach Deinem Frühstück stelle ich Dich der Eskimofrau, Ada-Reede, vor."

Der Buschläufer lachte: „Auch noch eine Eskimofrau! Sie kommt aus der Kälte in unsere Wüstenhölle. Wie soll sie da überleben?!'"

Eine halbe Stunde später saßen Georg, der Chef und Knut, der Buschläufer, mit Ada-Reede zusammen im Büro.

„Gute Frau, was treibt Sie eigentlich zu der Wahnsinnsidee an, im Outback die Aborigines zu besuchen?"

„Ich untersuche das Zusammenleben von Mann und Frau in unterschiedlichen Völkern und Kulturen."

„Können Sie das nicht in Büchern nachlesen?"

„Ja. Es gibt eine Menge Literatur. Ich will aber keine Meinungen hören oder lesen, sondern Erfahrungen machen, damit mir eine glaubhafte

Darstellung der Verhältnisse gelingt. ... Übrigens habe ich schon gelernt, dass die Menschen sich hier alle mit Du ansprechen. Ich mache keine Ausnahme. Ich will für mich überhauptkeine Ausnahme, z.B. weil ich eine Frau bin."

„Hat Dich irgendjemand vorbereitet auf das, was auf Dich zukommt, wenn wir zusammen reiten sollten?"

„Mister Moon hat mir tagelang über das Outback und das Schicksal der Ureinwohner Vorträge gehalten und der Polizeichef Simson hat mein Wissen überprüft. Mir fehlt die Praxis und die hoffe ich von Dir zu erfahren."

„Den Moon kenne ich. Der ist Realist und unser Chef ist ein zivilisierter Abenteurer. ... Wenn zwei Menschen alleine im Busch sind, können sie nur überleben, wenn sie sich blind vertrauen können. Vertrauen ist kein oberflächliches Geschwätz, sondern Vertrauen wächst oder nicht! Ich bin noch zwei Tage hier. Solange hast Du Zeit, mich zu überzeugen!"

Ada hatte den Eindruck gewonnen, das Eis sei gebrochen. Sie trainierte fleißig mit Fritz und sie stellte Knut immer wieder Fragen, die er ihr bereitwillig beantwortete.

„Knut, ich habe mit meinem Vater Eisbären gejagt. Dafür brauchten wir Gewehre. Ich kann damit also umgehen, wenn Du es sehen willst. Du trägst eine Pistole am Gürtel. Ich nehme an, die brauche ich auch, aber davon habe ich noch keine Ahnung. Bringst Du mir diese Art zu schießen bei?"

„OK. Sag Georg Bescheid, dass Du Waffen brauchst. In einer Stunde reiten wir ein Stück raus und machen Schießübungen."

Ada gewöhnte sich an den unbequemen Pistolengürtel, sie sattelte die Pferde und hatte auch den typischen Allwettermantel erhalten. Dazu trug sie den Lederhut und sie saß bereits auf, als Knut aus dem Blockhaus kam: „Du hast schon gesattelt! Kompliment. Den Ledermantel brauchen wir bei der Hitze nicht."

„Ich gewöhne mich daran, ihn zu tragen."

Sie ritten eine Meile in allen drei Gangarten bis Knut eine Stelle festlegte, wo ein paar Steine als Ziel herumlagen. In mehr als hundert Metern Entfernung stand ein Felsen.

„Nimm Dein Gewehr und zeig mir, was Du kannst. Hast Du Deinen Fritz angebunden?"

„Ja. Ich habe den Zügel an einen Felsen festgemacht."

Knut nahm ein Fernglas zu Hilfe. Ada zielte nicht lange und traf den Felsen ziemlich mittig.

„Treffer! Nächster Schuss links und dann auch noch rechts! … Sehr gut. Jetzt bringst Du das Gewehr wieder weg. Vergiss nicht, es zu sichern und halte immer die Augen offen wegen der Schlangen. Wir machen dann mit dem Revolver weiter."

Knut erklärte Ada die einzelnen Teile des Trommelrevolvers, das Nachladen, das Sichern und ließ sie den Druckpunkt spüren. Dann setzte er einen kleineren Stein auf einen größeren.

Ada zielte, sie traf aber den kleinen Stein nicht, sondern der Lauf ging hoch.

„Erstens hält man den Revolver nur mit einer Hand. Weil er schwer ist, zielst Du nicht lange, sondern führst die Mündung ins Ziel und feuerst. Zweitens dauert die Kraftanstrengung für den Abzugsfinger nur einen Bruchteil einer Sekunde. Der Rest Deiner Kraft bleibt in der Hand, die den Lauf auch nach dem Schuss im Ziel hält. … Zweiter Versuch! … Schon besser. Der kleinere Stein ist heruntergefallen. Siehst Du ihn noch? … Treffe ihn!"

Der Stein zersprang in kleine Teilchen.

„Wie viele Kugeln hast Du noch zur Verfügung?"

„Vier!"

„Gut, Du darfst nie vergessen mitzuzählen. Jetzt schießt Du Deine Trommel leer auf den größeren Stein und zwar so schnell wie Du kannst."

„Donnerwetter! Für einen Anfänger bist Du sehr gut. Wir machen noch eine letzte Übung: Wir nehmen einen Stein und schießen abwechselnd darauf, bis beide Trommeln leer sind."

Das hörte sich an wie Trommelfeuer und die Pferde, die eigentlich schussfest waren, spitzten die Ohren.

„Jetzt gehen wir erst zu den Pferden und dann üben wir noch an der Handhabung der Waffe."

Die Pferde knurrten oder schnaubten zufrieden, als sie gestreichelt wurden. Dann zeigte Knut noch, wie Ada die Waffe schnell ziehen und auf das Ziel richten sollte. Das konnte sie aber jederzeit alleine und überall üben.

„Wenn Du nachher das Schießen im Sattel auch noch so gut hinkriegst, dann bin ich für heute zufrieden."

Gegen Abend kamen die beiden in guter Stimmung in der Station an und saßen bald, nachdem sie die Pferde versorgt hatten, gemeinsam am Biertisch. Georg gesellte sich zu ihnen: „Na Knut, bist Du zufrieden mit Deinem Schützling?"

„Du weißt ganz genau, dass ich mit einem Schützling nichts anfangen kann. Ada geht mit mir als Partnerin!"

Sie lachten zufrieden und erleichtert und genossen den Abend mit einigen Bechern Bier. Ada erzählte, wie sie damals das eiskalte Bier mit zusätzlichen Eiswürfeln bei vierzig Grad in dem Hafenrestaurant getrunken hatte. Dabei schweiften ihre Gedanken ab zu ihrem geliebten Joy Sun. ... Was würde er wohl sagen, wenn er bei mir sein könnte?! ...

„Ada, morgen versorgen wir uns mit Proviant. Ich zeige Dir, was in die Satteltaschen gehört. Nach einem Drei-Tages-Ritt kommen wir zu einer Farm ..."

„Was, eine Farm im Outback?"

„Ja, Die Meier Farm. Der Farmer hat vor vielen Jahren ein Stück Grünland von seinen Eltern geerbt mit richtigen Gebäuden drauf. Er und seine zwei Frauen züchten Schafe. Er hat im Moment ein paar Schwierigkeiten mit Schlangen, die seine Tiere angreifen. Ich nehme ein Mittel mit, das ihm vielleicht helfen kann."

„Zwei Frauen?!"

„Ja. Im Outback herrschen andere Gesetze. Die sind alle drei im Outback aufgewachsen."

„Wie ich informiert bin, ist die Farm schon seit vier Generationen im Familienbesitz. Die Meiers hatten auch niemals Schwierigkeiten mit den Ureinwohnern. Die haben sich immer gegenseitig geachtet. Sie sind die rühmliche Ausnahme unserer siegreichen, weißen Rasse!"

„Naja, ich habe auch Freunde bei den Aborigines. Die wissen, dass ich sie nie betrügen würde." Die Nacht war noch nicht ganz dem Sonnenaufgang gewichen, als Ada und Knut bereits im Sattel saßen. Die unheimliche Stille wurde nur durch das Schnauben der Pferde unterbrochen. Ada war gespannt darauf, was Knut ihr weiter erklären würde, aber er schwieg und achtete nur darauf, dass die Pferde die korrekte Richtung einhielten. ... Woher weiß er die Richtung? Er wird sich wohl nach dem Stand der aufgehenden Sonne richten. Die haben wir zurzeit von rechts. Also reiten wir nach Norden. …

„Es wird warm. Wir lassen die Pferde galoppieren. Wenn sie keine Lust mehr haben, dann machen sie von selbst langsam. Heute Abend erreichen wir ein Wasserloch. Dort campieren wir über die Nacht. Wenn die Pferde langsam gehen, kannst Du mir Fragen stellen."

Das waren lange Zeit die einzigen Worte, die gesprochen wurden. … Langweilig! Na gut. Ich nehme so viele Bilder in mich auf und lasse sie auf mich einwirken, dass mir später Fragen dazu einfallen werden. …

Ab und zu hielten sie an, um etwas zu trinken. Manchmal gingen sie auch ein Stück des Weges neben den Pferden. Das Buschwerk der Savanne wurde dichter. Vereinzelt standen Bäume in der Landschaft. Dann erreichten sie einen Waldrand.

„Im Wald könnten wir Schatten finden, aber der ist so dicht, dass wir nicht hindurchkämen. Urwald! Wir reiten noch zwei Stunden nach Westen. Dann schlagen wir unser Lager auf."

„Knut, gibt es denn hier keine Tiere?"

„Viele ziehen sich bei der Hitze in den Wald zurück. Vor Schlangen und Spinnen müssen wir uns in Acht nehmen. Wenn wir jagen wollen, müssen wir ohne die Pferde wie die Aborigines in den Wald gehen."

Als die Sonne wie ein glühender Ball den Horizont berührte, erreichten sie eine Baumgruppe.

Im Schatten wuchs saftiges Gras: Eine Oase, das Wasserloch! Die Pferde wieherten. Wahrscheinlich rochen sie das Wasser und freuten sich darauf.

„Hier machen wir es uns gemütlich, wenn wir die Pferde versorgt haben."

Vogelstimmen waren von den Baumkronen zu hören. Auch das Rascheln im Gras und in den Büschen deutete darauf hin, dass hier Tiere wohnten.

Knut zeigte Ada, wie man ein kleines Lagerfeuer gefahrlos entzündete: „Funken dürfen nicht entstehen. Sie könnten einen Brand verursachen. Das Feuer dient uns dazu, etwas zum Essen zu machen, und heute Nacht hält es störende Besucher fern."

Sie unterhielten sich noch eine Weile, dann krochen sie in ihre Schlafsäcke. In der Nacht kühlte es zwar ab, aber davon merkten die beiden Reiter nichts. Die Morgentoilette fiel nur notdürftig aus. Knut sorgte dafür, dass alle Wasserbehälter gefüllt wurden.

„Die nächsten zwei Tage haben wir etwas Schatten, aber wir kriegen erst wieder auf der Farm frisches Wasser. Wir reiten am Rand des Urwalds entlang. Jetzt kannst Du nach Tieren Ausschau halten. Manchmal kommen sie neugierig aus dem Busch und ziehen sich dann wieder in ihre Deckung zurück. Morgen versuche ich, ein Buschhuhn zu jagen."

„Knut schau mal. Das sieht aus wie ein Ast, aber es bewegt sich."

„Das ist ein Waran. Der kann auch seine Farbe verändern wie ein Chamäleon. Das sind lustige Echsen. Ich habe mal beobachtet, wie sich einer zum Fotografieren in Positur gesetzt hat."

Knut wusste genau, wann die Pferde Durst hatten. Dann setzte er seinen Hut ab, füllte ihn mit Wasser und das Pferd schlürfte den Hut leer. Ada fand das erst lustig, kam aber sofort seinem Beispiel nach. Fritz nickte, wahrscheinlich dankbar.

Irgendwann hielt Knut plötzlich im Busch sein Pferd an und deutete auch Ada anzuhalten und ruhig zu sein. Er spähte durch sein Fernglas und steckte es mit langsamen Bewegungen wieder weg. Genauso langsam brachte er sein Gewehr in Anschlag und drückte ab. Der Schuss brach wie ein Donner in die harmonische Stille der Natur. Ein Schwarm Vögel stob auseinander und entfloh in die Luft. Dann galoppierte das Pferd durch den Busch. Knuth sprang aus dem Sattel und hielt triumphierend ein erlegtes Buschhuhn in die Höhe. Er zückte sein Bowiemesser und ließ es ausbluten. Dann packte er es in seine Satteltasche, damit die Fliegen nicht drankamen. Schließlich am dritten Tag gegen Abend hielt Knut unvermittelt an.

„Ada, siehst Du etwas oder hörst Du etwas?"

„Wenn überhaupt, dann sind es Geräusche des Waldes, z.B. ein schimpfender Papagei. Dein Pferd hat geschnaubt."

„Umso mehr wirst Du bald staunen. Wir sitzen jetzt ab und führen unsere Pferde etwa zweihundert Meter durch den dichten Wald. Mein Pferd kennt den Weg. Es könnte auch vor uns herlaufen."

Das war ein schwieriges Stück Arbeit, die Enge zwischen den Bäumen und Büschen zu überwinden. Man konnte zwar ahnen, dass es ein Pfad war, dem sie folgten, aber teilweise mussten die Reiter erst Äste und Dornen entfernen, damit die Pferde sich nicht verletzten. Als der Wald nach fast einer Stunde lichter wurde und sie ihn verließen, tat sich vor ihren Augen eine riesige Lichtung auf. Umgeben von saftigen Wiesen lagen die Gebäude der Farm an einem schmalen Bach, der einen kleinen angestauten See speiste. Hunderte Schafe und ein paar Pferde grasten auf den Weiden. Knuts Pferd wieherte und bekam Antwort aus der Herde.

Blitzschnell saßen sie auf und die Pferde galoppierten von alleine auf die Farm zu. Auf dem Hof wurde abgesattelt und Ada fiel auf: „Warum sind die Pferde so ungeduldig?"

Knut grinste: „Das wirst Du bald sehen: „Oli hat Freunde hier!"

Die Pferde warteten nicht darauf, abgerieben zu werden. Mit ihrer ganzen befreiten Wildheit stürmten sie auf die Herde zu.

Der Farmer und seine beiden Frauen kamen aus dem Haus und lachten: „Na die zwei werden ihren Spaß haben."

„Kommt erst einmal rein und macht es Euch bequem. Babs hat schon den Begrüßungsschluck eingeschenkt."

Der freundliche Empfang und die Vorstellung der Personen zogen sich mit dem ersten und zweiten Schluck noch eine Weile hin. Der Farmer wurde Alf genannt und seine zweite Frau war die Fredi. Ada-Reede konnte noch nicht über jeden Spaß mitlachen, so sehr war sie beeindruckt von der unerwarteten Umgebung: „Ich bin überwältigt von der paradiesischen Idylle mitten im lebensfeindlichen Outback! Ich hatte schon mitgekriegt, dass man sich als Greenhorn verlaufen kann, aber das Outback bietet viele Überraschungen."

„Ja. Der Mensch muss sich an die Natur anpassen wie z.B. Knut. Tut er es nicht, lehrt ihn die Natur ihre Kraft!"

„Ada, Du willst also unsere Freunde besuchen. Bis dahin habt Ihr noch eine Woche Outback vor Euch. Jetzt ruht Ihr Euch erst einmal bei uns aus."

„Ich habe ein Buschhuhn erwischt. Wäre das etwas für uns heute Abend?"

Der Vorschlag wurde mit Begeisterung angenommen. Die Männer genossen Alfs Whisky und sprachen über die Schafzucht und die Geschäfte. Knut holte das Gift gegen die Schlangen aus der Tasche: „Du legst präparierte Köder aus. Ich habe im Süden einen Farmer getroffen, der damit Erfolg hatte. In der Stadt wurde es von einem Apotheker zubereitet."

In der Küche wurde Ada wieder überrascht. Dort fehlte es an nichts, was in einem Haushalt in der Zivilisation gebraucht wurde. Alf hatte sogar eine Photovoltaik-Anlage auf dem Dach. Dann wurde das Huhn gerupft, ausgenommen und gebraten. Kartoffeln und Gemüse aus dem eigenen Garten komplettierten das Festmahl. Die Frauen arbeiteten Hand in Hand und unterhielten sich dabei. Babs und Fredi wollten wissen, wie es in der Stadt zugeht. Sie fragten sogar nach der Mode. Sie lachten und kicherten über Späße und Ideen, die Frauen mehr interessierten, als es bei den Männern üblich war.

„Babs und Fredi, darf ich mal etwas ganz Persönliches fragen? ... Ihr seid hier draußen zwei Frauen und ein Mann?! ... Ich sehe, Ihr seid beide schwanger."

Die beiden Frauen schauten sich an und grinsten: „Für Dich muss das fremd sein. Wir kennen es nicht anders. Wir achten einander, sind tolerant und niemals eifersüchtig. Das gilt auch für Alf. Vielleicht hat es von den Aborigines auf uns abgefärbt. Unsere Kinder werden ziemlich gleichzeitig auf die Welt kommen. Wir freuen uns alle drei darauf. Stell Dir mal vor, die Kinder sind Geschwister und haben jedes zwei Mütter. Das kann für sie nur ein Vorteil sein."

„Ich bewundere Euren Mut."

„Für uns ist es selbstverständlich. Immerhin leben wir im Paradies. Und noch eins musst Du wissen: So wie wir uns lieben, arbeiten wir auch zusammen. Das Alf mit Knut zusammensitzt, während wir in der Küche arbeiten, ist eine Ausnahme. Wir können alles und tun alles gemeinsam oder nach Aufgaben verteilt."

Auch das Esszimmer war komfortabel eingerichtet. Am Tisch war Platz für fünf zusätzliche Gäste. Überall waren kleine Kunstwerke der Aborigines und eigene Kreationen der beiden Frauen liebevoll angeordnet. Zu dem wunderbaren Essen gönnten sich die Frauen ein Glas Wein, während die beiden Männer eher dem Bier zusprachen. Alf machte den Vorschlag, den Abend auf der Terrasse zu verbringen. Sie saßen gemütlich in Rattansesseln, genossen ihre Getränke und niemand wunderte sich, dass die Gesprächsthemen geradezu hin und her flogen, denn es gab hier draußen sonst keinen Informationsfluss.

Zur vorgerückten Stunde erzählte Alf, wie es zur Entstehung dieser Farm kam: „Mein Urahne war Mediziner und suchte das Abenteuer in der Natur. Vielleicht war er damals der erste Einwanderer. Während seiner Streifzüge durch den Urwald des Outback traf er zufällig auf eine

Gruppe Jäger der Ureinwohner. Einer von ihnen hatte ein Bein gebrochen. Die Eingeborenen wollten ihn schon sich selbst überlassen, aber der weiße Mann bedeutete mit Gesten, dass er helfen wollte. Das Bein wurde gerichtet, mit Stöcken und Bändern bandagiert und der Mann ins Lager geschleppt. Dort gab es einen Medizinmann, mit dem sich mein Urahne über Gesten verständigte. Nach mehreren Tagen konnte der Verletzte humpeln und später wieder ohne Schwierigkeiten gehen.

Die Eingeborenen glaubten an ein Wunder und behandelten den weißen Mann entsprechend. Es entstand eine Freundschaft und mein Urahne zog mit den Nomaden durchs Land. Er beherrschte mittlerweile die fremde Sprache und kam zufällig zu diesem wunderschönen Land. Der Clanchef konnte ihm keine Auskunft darüber geben, wer Anspruch darauf erhob. Es gab ja zu der Zeit keine Behörden. Viel später kam der Clan wieder zurück in die Gegend und der weiße Mann fasste den Entschluss, hier zu siedeln. Er hatte die Liebe zu einer Eingeborenenfrau gefunden, die ihm aus dem Nomadenleben in die Sesshaftigkeit folgen wollte. Der Clan war einverstanden, die Männer halfen beim Bau der ersten Blockhütte. Der Kontakt zu den Ureinwohnern riss nie ab. Die Kinder wuchsen mit den Kindern des Clans auf. Sie waren teils weiß, teils braun. Niemand störte sich daran. Der Vater unterrichtete sie und baute allmählich eine Schafherde auf. Dann überfielen die Weißen das Land und vertrieben die Aborigines, wie sie die Ureinwohner nannten. Die kleine Familie setzte sich nach beiden Seiten durch, weil die Freundschaft zu den Schwarzen bestehen blieb und die Weißen kein Interesse an dem Land hatten. Die jungen Männer suchten sich Frauen bei den weißen Siedlern und bauten die Farm und die Schafzucht weiter aus. Nach den Wirren des Krieges wurde der Familie das Eigentum an dem Land hier verbrieft.

Auch ich wuchs mit den Aborigines auf, obwohl ich eine Schule besuchte. Mein Vater hatte die Handelsbeziehungen zu den weißen Siedlern und zu den Aborigines bereits so gefestigt, dass die Farm sichtbar erblühte. Als meine Eltern und Geschwister an einer eingeschleppten Krankheit, durch die auch viele Aborigines umkamen, verstarben, war ich schon ein jugendlicher Arzt. Babs und Fredi waren als Findelkinder bei dem Clan hängengeblieben. Wir spielten schon zusammen mit den Kindern des Clans im Busch und gehörten wie selbstverständlich dazu. Der Clanchef erlaubte, dass wir drei auf die Farm ziehen durften. Seitdem leben und arbeiten wir hier. Wir pflegen den Kontakt zum Clan, wenn die Leute in der Gegend sind. Der Medizinmann und der Chef sind beste Freunde zu uns.

Seitdem wir eine Kuh im Stall haben und jährlich ein Schwein schlachten, leben wir hier fast autark. Wenn wir etwas aus der Stadt brauchen, ist das umständlich, weil wir immer einen Tag Fahrzeit mit dem Rover einplanen müssen. Einzig die Viehhändler für die Schafe und die Wollaufkäufer besuchen uns mit großen Fahrzeugen. ... Übrigens müssen wir morgen die diesjährige Schur abschließen."

„Können Ada und ich nicht dabei helfen?"

„Das wäre natürlich super. Wir hätten dann Zeit, abends noch gemütlich ein paar Lammsteaks zu grillen."

„Alf, wir kennen uns jetzt schon Jahre. Wieso habe ich bisher weder von den Aborigines, noch von Dir diese Geschichte gehört?"

„Du wirst sicher nie danach gefragt haben. Vielleicht hätte ich Dich auch nur gelangweilt, weil wir immer etwas Wichtigeres zu besprechen hatten. Aber Ada kann mit diesen Informationen bestimmt etwas anfangen, denn immerhin betrifft sie nicht nur mich, sondern genauso Babs und Fredi."

„Du hast recht Alf. Diese wunderbare Geschichte ist für meine Erfahrungen nicht alltäglich. Sie klingt fast fantastisch, wie ein Märchen. ... Übrigens, habe ich noch nie ein Schaf geschworen. Ich bestehe darauf, es morgen von Euch zu lernen. Ihr habt bestimmt ein Gerät dafür. Mit Kamm und Schere kann ich mir das nicht vorstellen."

Knut wollte, dass Alf noch etwas zum Nomadenleben der Aborigines erzählte, damit Ada sich den Zusammenhalt mit den Bewohnern der Farm erklären konnte: „Alf, Du hast gesagt, dass Ihr Kontakt zu den Aborigines habt, wenn die mal wieder in der Gegend sind."

„Nicht alle Clans haben die gleichen Gewohnheiten, weil unser Kontinent ihnen auch unterschiedliche Lebensmöglichkeiten bietet. Es gibt Clans, die sich an einer Stelle angesiedelt haben und längere Zeit dort lagern. Was sollen sie z.B. im Urwald, wenn sie vom Fischfang leben?! Andere ziehen ruhelos von einem Ort zum anderen. Hier kommen auch schon mal andere Clans vorbei. Seltsamerweise wissen sie, obwohl wir sie nicht kennen, dass wir Freunde sind. Die Aborigines benutzen ein natürliches Kommunikationssystem. Vielleicht hat unser Clan irgendwo ein Zeichen gesetzt, das wir nicht kennen. Wenn unsere Leute kommen, dann geht die Farm in einem Riesenpalaver unter. Sie akzeptieren auch, dass wir Bier nur in begrenzter Menge ausschenken, weil ihr Körper den Alkohol nicht verträgt. Die Aborigines jagen dann eine Weile hier in den Wäldern und im Busch. Solange lagern sie an immer der gleichen Stelle und plötzlich ist der ganze Clan wieder spurlos verschwunden. Ich bezweifle, dass sie selbst einen Zeitplan für ihre Mobilität haben."

Am nächsten Morgen begannen sie sehr früh mit der Schur. Die Hunde trieben die Schafe auf vier Gatter zu, in denen die drei Frauen und Knut sie behandelten. Alf stopfte die Wolle in Säcke und transportierte sie zum Haupthaus. Kaum waren sie am Mittag fertig, als ein Hupsignal die Ankunft des LKW meldete. Der Fahrer bat um Hilfe beim Verladen der Säcke auf die Pritsche. Alle packten mit an und so konnte der vollgestopfte LKW in kürzester Zeit wieder in der Savanne verschwinden. Der Fahrer wollte noch bis abends wieder in der Stadt sein.

Ada-Reede und Knut verlebten noch einen gemütlichen Abend mit den drei Farmern auf der Terrasse und bereiteten sich auf den langen Ritt zu den Aborigines vor. Alf gab ihnen noch zwei Felle für den Medizinmann mit. Alle Wasserflaschen wurden gefüllt. Fritz und Oli reagierten zwar widerwillig, als sie gerufen wurden, aber sie trennten sich dann doch von der Herde. Die beiden Reiter Ada und Knut waren bald wieder alleine mit ihren Pferden im Busch und kämpften mit dem Staub und der Hitze. Am dritten Nachmittag lahmte Oli, das Pferd von Knut. Ein langer Dorn war in den linken Vorderhuf von Oli eingedrungen. Knut hatte für solche Fälle eine Zange dabei, mit der er das Pferd von der Behinderung befreite.

Plötzlich schrie Knut auf und ein Schuss peitsche durch die Stille. Ada und die Pferde erschraken: „Knut, was ist los?"

„Eine Schlange hat mich gebissen. Sie ist aus einem Busch geschnellt. Ich habe sie erschossen. Ada, Du musst mir helfen. Ich komme nicht an meinen Oberarm."

Die Zügel der Pferde wurden an einem Busch festgebunden.

„Was muss ich tun?"

„Nimm Dein Bowiemesser, schneide meinen Ärmel auf und dann siehst Du die Bisswunde. Du musst genau da hineinschneiden. … Gut! Noch tiefer!"

Knut biss die Zähne zusammen. Ada merkte, dass sie ihm zusätzliche Schmerzen bereitete. „So, jetzt saugst Du das Gift heraus. Stell Dir vor, Du bist ein Vampir. … So, jetzt schütte etwas Wasser darüber und sauge weiter! … Das ist genug. Jetzt binden wir einen feuchten Lappen darum und dann geht's weiter. In etwa zwei Stunden campieren wir am Wasserloch."

Das Wasserloch war ein Tümpel von etwa fünf Metern Durchmesser, verborgen in Büschen. Offensichtlich wurde er mit klarem Wasser von einer unterirdischen Quelle gespeist. Sie versorgten die Pferde und legten ihre Schlafsäcke zurecht.

„Hast Du Schmerzen?"

„Ja. Du musst noch einmal Saugen. Vielleicht kriegst Du noch etwas raus."

Nachdem sie ein kleines Feuer gemacht hatten, aßen und tranken sie von den Proviantvorräten. Knut legte sich bald in seinen Schlafsack. Es ging ihm nicht gut. Ada kühlte permanent seine Wunde. In der Nacht schlief Knut unruhig. Er fantasierte und sprach, ohne es zu wissen. Ada bewachte ihn und kühlte ständig weiter. Gegen Morgen wurde er vom Schüttelfrost geplagt. Ada deckte Knut mit den Schaffellen zu, legte noch Holz aufs Feuer und kuschelte sich mit ihrem Schlafsack dicht an ihn. Mit der aufgehenden Sonne hofften beide auf Linderung von Knuts Schmerzen.

„Wir haben noch zwei Tage bis zum Ziel. Umkehren können wir nicht. Also müssen wir uns beeilen. Die Wunde wir sich entzünden."

Ada verzurrte die Schlafsäcke und die Felle an den Sätteln. Dann füllte sie die leeren Wasserflaschen. Sie galoppierten eine Zeitlang durch den Busch. Am Abend war Knut trotz seiner enormen Körperkraft angeschlagen und kroch sofort in seinen Schlafsack. Ada versorgte ihn und die Pferde. An der Wunde hatte sich bereits ein roter Hof gebildet. Knut fieberte bereits. Ada befeuchtete ständig die Wunde und sein Gesicht. Mit dem Frühstück hielten sie sich nicht lange auf. Sie tranken Wasser. Knut kam mühsam in den Sattel.

„Wir müssen durchhalten. Heute am Mittag erreichen wir den Eingang in den Urwald. Von dort ist es nicht mehr weit bis zum Wasserloch der Aborigines. Der Medizinmann wird die Entzündung heilen."

Es war ein qualvoller Ritt für Knut: Schmerzen, der Arm wurde dick. Dazu kam das Fieber. Er hatte Mühe, die Richtung beizubehalten. Im Urwald kam wenigstens etwas Erleichterung durch die schattenspendenden Bäume.

„Ada, zieh Deinen Revolver und schieße dreimal kurz hintereinander in die Luft. Vielleicht sind die Jungs auf der Jagd und werden auf uns aufmerksam."

Knut hatte recht. Es dauerte nicht lang, als plötzlich ein Ureinwohner mit seinem Speer vor ihnen auf dem Weg erschien. Knut versuchte ihn anzusprechen, aber es kam nur ein Lallen aus seinem Mund. Ada erklärte, was passiert war. Auf einmal kamen die anderen Jäger aus dem Gebüsch. Sie betrachteten Knut. Sie kannten ihn und sahen, dass er sich nur noch mit Mühe im Sattel halten konnte. Sie berieten sich kurz. Dann packten ihn sechs Mann und luden ihn auf ihre Schultern. Auf Kommando rannten sie los. Einer fragte Ada: „Kannst Du ihnen folgen mit den Pferden?"

Ada-Reede hatte den Zügel von Oli längst in der Hand und jagte hinter der Gruppe her.

Im Lager war der Medizinmann bereits informiert worden und ließ den bewusstlosen Knut in seine Hütte bringen. Ada sprang aus dem Sattel und stürmte in die Hütte des Medizinmanns.

Sie erzählte ihm, was passiert war und was sie gemacht hatte.

„Das war alles richtig. Du hast gut geschnitten. Was für eine Schlange hat ihn gebissen?"

„Das weiß ich nicht, aber es war kein Taipan!"

„Halte mal seinen Mund offen. Er bekommt einen kleinen Schluck Medizin. So, die Wunde droht schon sich durch Schorf zu verschließen. Ich werde sie wieder öffnen. Jetzt musst Du mich alleine lassen. Ich habe zu tun. Mach Dir keine Sorgen. Ich kriege den Jungen schon wieder hin."

Ada sattelte die Pferde ab und rieb sie trocken. Dann füllte sie etwas Hafer in ihren Hut und ließ die beiden daraus fressen, ehe sich die Pferde wie selbstverständlich zum Wasserloch hinbewegten.

Das Lager der Aborigines war fast wie eine Siedlung angelegt. Die Hütten bauten die Bewohner mit geflochtenen Ästen, Blättern und Lehm weitläufig um das Wasserloch herum.

Die spielenden Kinder nahmen kaum Notiz von den für sie alltäglichen Vorgängen. Die Männer kümmerten sich mit einigen Frauen um die Jagdbeute. Ada saß am Wasserloch auf dem Boden und stützte ihren Kopf in die Hände. Sie versuchte, sich auf einen Plan zu konzentrieren, denn obwohl sie ein paar Tränen vergoss, wollte sie von Trauer nichts wissen. ... Was kann ich als Nächstes tun? Nichts! Der Medizinmann wird sein Bestes geben. Und dann? ... Ihre Gedanken wurden unerwartet unterbrochen durch eine zarte Berührung ihrer Schulter. Eine Frau setzte sich zu ihr. „Hab keine Angst. Unser Medizinmann ist der Beste und der Buschläufer Knut ist sehr stark."

Die stattliche Frau war nackt bis auf einen Lendenschurz und lächelte sie mit ihrem breiten Mund und ihren wunderbar weißleuchtenden Zähnen an. ... Eine exotische Schönheit! ... Ada dankte ihr ebenfalls mit einem Lächeln für ihre Anteilnahme.

„Bist Du seine Freundin? Wir wundern uns darüber, dass dieser ewig einsame Mann Dich mit in den Busch genommen hat."

„Es kostete mich ziemliche Überredungskunst und die Fürsprache einiger Freunde, die ich in der Stadt gefunden hatte."

„Kompliment! Du hast Dich durchgesetzt. Es ist aber schwer zu verstehen, dass Du Dich den Gefahren des Outback aussetzt."

„Ich will Euch, die Ureinwohner kennenlernen und will in der Praxis erkennen, wie Frauen und Männer in der Wildnis miteinander umgehen."

„Und was hast Du davon, wenn Du es weißt?"

„Ich schreibe darüber und informiere so die Frauen in anderen Völkern und Kulturen mit."

„Willst Du damit etwas verändern?"

„Nein, das sehe ich nicht als meine Aufgabe. Über Veränderungen müssen andere Menschen nachdenken. Ich teile den Menschen nur mit, was sie für sich als gut oder schlecht bewerten können."

„Ich kann mir vorstellen, was Du vorhast. Ich habe lange mit Babs und Fredi zusammengelebt. Auch als die zur Schule gingen. Die haben mir erzählt, wie das Leben in der Zivilisation sich abspielt. Die haben vieles von unserer Lebensart angenommen. Unser Leben ist die Familie. Was für die Familie gut ist, das ist auch für jedes einzelne Mitglied gut."

Der Medizinmann rief vom Eingang seiner Hütte aus: „Marlee, komm bitte zu mir und bring die Freundin von Knut mit!"

Die beiden Mädels rannten sofort los. Der Medizinmann empfing sie mit einem Lächeln.

„Koa, kannst Du uns etwas Gutes sagen?"

„Meine Damen, unser Freund Knut ist ein Naturbursche. Sein Körper hat meine Kräuterextrakte sofort aufgenommen. In ihm tobt gerade ein Kampf zwischen Gift und Gegengift. Das Fieber sinkt, die Schwellung am Arm wird nicht größer und die Schmerzen scheinen weniger zu werden, denn er schläft jetzt tief und fest. Ich behalte ihn unter meiner Beobachtung. Wenn Ihr mich mal ablösen sollt, dann rufe ich Euch. Jetzt freut Euch darauf, dass er bald wieder bei uns sein wird. Marlee, Du solltest unseren Clanchef besuchen und ihm Knuts Freundin vorstellen."

Ein dankbares Lächeln huschte über die Gesichter der beiden Frauen, die sich sofort auf den Weg zu einer entfernteren Hütte machten: „Großvater Monti, Du hast mitbekommen, dass wir Gäste haben. Unser Freund Knut wurde von einer Schlange gebissen. Koa kümmert sich um ihn und hat ihn wohl bald wiederhergestellt. Mit ihm ist Ada-Reede gekommen, die ihn auf seinem Ritt durchs Outback begleitet."

„Dann heiße ich die mutige junge Frau willkommen. Marlee kümmert sich um Dich. Es soll Dir bei uns an nichts fehlen, Ada. … Ist auf Alfs Farm alles in Ordnung?"

„Ja sie sind alle drei gesund. Wir haben vor fünf Tages noch geholfen, die Schafe zu scheren. Außer den Grüßen der drei darf ich Dir noch die freudige Hoffnung mitteilen: Babs und Fredi sind beide schwanger und werden fast gleichzeitig in drei Monaten ihre Kinder kriegen."

„Dann haben wir etwas zu feiern, wenn wir sie demnächst besuchen. … Unsere Jagd war heute erfolgreich. Heute Abend werden wir gut essen und trinken. Lasst es Euch ein Genuss sein."

Die Aborigines legten auf die Schulbildung der Weißen keinen großen Wert. Was die Kinder lernen mussten, erfuhren sie von den Alten und den Eltern. Der Lehrmeister der Ureinwohner war die Natur, die ihnen alles gab, was sie zum Leben brauchten. Etwa im Alter von zehn Jahren wurden die Kinder von den Müttern getrennt und lernten ihren eigenen Traumpfad kennen. In der Zeit - einige Wochen - durften sie weder sprechen, noch angesprochen werden. Mit sechzehn Jahren wurden sie durch Ritze in der Haut gekennzeichnet. Damit waren sie heiratsfähig. Die Traditionen der Ureinwohner, der Zusammenhalt innerhalb der Familie, ihr Ahnenkult, aus dem sie ihr Wissen schöpften und das Bewusstsein, nur von der Natur abhängig zu sein, machten sie für Götterreligionen unberührbar.

Die Frauen scharten sich um Ada-Reede. Sie suchten in den Gesprächen nach Schönem und Neuem in der Zivilisation und Ada nach unterschiedlichen Wertigkeiten von Männern und Frauen. Ada konnte vieles erzählen, aber für ihr Thema wurde sie nicht fündig, denn die Frauen standen hier selbstbewusst neben den Männern. Ihre Beobachtungen des Verhaltens von Frauen und Männern zueinander bestätigten dies. Die Menschen nutzten das unterschiedliche Können und Wissen gegenseitig und selbstverständlich. Es gab keine Abstufungen, wie sie es in anderen Kulturen schon erlebt hatte. Marlee formulierte es so: „Jeder Mensch hat unterschiedliche Fähigkeiten. Wo sie gebraucht werden, stehen sie jedem zur Verfügung. Weil wir Frauen Kinder auf die Welt bringen, nehmen wir eine natürliche Sonderstellung ein. Diese wird von den Männern geachtet und sie sind deshalb gut zu uns. Die Frauen bedanken sich dafür bei den Männern, indem sie gut zu ihnen sind. Für uns ist das selbstverständlich. Die Weißen nennen es Liebe, aber sie diskutieren darüber, was Liebe ist."

Knut schlief fast zwei Tage am Stück. Der Medizinmann hob ein Lid von Knuts Auge an, um seine Reaktion zu testen. In einem Reflex packte Knuts Faust die ihn berührende Hand: „Koa! Was machst Du mit mir?"

„Guten Morgen! Haben der Herr gut geschlafen? Es wird Zeit fürs Frühstück. Außerdem warten einige Damen und Herren darauf, dass Du endlich aufstehst."

„Wieso bin ich hier bei Dir?"

„Na Du wolltest dem Emu seine Eier klauen. Dabei hat Dich eine Schlange gebissen."

„Quatsch! Ich habe meinem Gaul einen Dorn aus dem Huf gezogen."

„Ah, Du beginnst Dich zu erinnern."

„Wie kam ich dann zu Dir?"

„Na, eine äußerst mutige junge Eskimofrau hat unsere Krieger gerufen."

„Stimmt. Da waren drei Pistolenschüsse."

„Ja, Du Witzbold. Die Jungs haben Dich im Laufschritt zu mir gebracht. Es war schon später als fünf vor zwölf. Du denkst wohl, ich könnte Wunder vollbringen. Demnächst kommst Du früher!"

„Danke Koa. Ich scheine wieder fit zu sein."

„Langsam, mein Freund. Jetzt trinkst Du erst noch einen Schluck Spezialsaft und dann gibt's Frühstück."

„Willst Du mich doch noch umbringen? Das schmeckt ja scheußlich!"

„Übrigens bist Du rechtzeitig aufgewacht. Heute beginnt die Hochzeit. ... Ada und Marlee! Ihr könnt reinkommen und den Neugeborenen begrüßen. "

Die beiden Mädels stürmten lachend in die Hütte und fassten Knut an, als wollten sie ihn mit sich fortführen: „Du hast uns Sorgen gemacht. Gut, dass es Koa gibt."

„Mädels gebt ihm noch ein paar Minuten Zeit. Er muss erst etwas essen und trinken. Dann könnt Ihr ihn haben. ... Übrigens, sag Alf, dass ich mich sehr gefreut habe über die beiden Felle."

Ada-Reede schaute Knut glücklich an und streichelte sein Gesicht, aus dem sie bisher nur versucht hatte, dass Fieber wegzuwischen. Dann schaute sie auf die Bisswunde: „Koa, wie hast Du das gemacht? Die Wunde ist total verheilt."

Knut war gerührt. Diese Zärtlichkeit kannte er nicht: „Ada habe ich Dir viele Schwierigkeiten gemacht? Wenn Du nicht gewesen wärst, dann hätten mich wohl die Aasgeier schon geholt."

„Du hast doch gesagt: Im Outback sind zwei Menschen Partner oder sie überleben nicht."

Der Medizinmann zeigte ein Fläschchen: „Was hast Du da für eine Medizin mitgebracht, Knut?"

„Das ist Penizillin. Wenn Du wieder eine schwere Entzündung hast, bei der Du nicht weiterkommst, nimmst Du das Zeug. Aber sei kritisch. Das ist ein Hammer!"

Wenig später nahm Knut Ada an die Hand und besuchte den Clanchef, um ihm zu zeigen, dass er wieder gesund war und ihm Fragen zu Neuigkeiten in der Zivilisation zu beantworten.

„Hallo Knut! Deine mutige Begleiterin hat wohl dazu beigetragen, dass unser Medizinmann Dich noch einmal retten konnte. Die Eskimofrau, die aus der Kälte kommt, hat sich bei uns in der Hitze bewährt."

„Du hast recht, Monti. Ich werde es ihr nie vergessen. Sie hat Dir auch schon gesagt, warum sie hier ist. Ich hoffe, Du hast nichts dagegen, dass sie den Leuten Fragen stellt."

„Selbstverständlich habe ich nichts dagegen. Immerhin habe ich so viel begriffen, dass ihre Beobachtungen Beispiel sein können für andere Menschen. Das stimmt doch, Ada?!"

„Oh ja! Marlee und ihre Freundinnen haben mir vieles erzählt, worüber in der Zivilisation oft nicht einmal mehr nachgedacht wird. Viele Menschen entfernen sich durch Reichtum und Machtstreben von der Natur. Und wenn sich dann die Natur mal zeigt, sind sie hilflos überrascht."

„Monti, Euer Lager entwickelt sich mehr und mehr zu einer Siedlung. Was habt Ihr in der Zukunft vor?"

„Mir fällt das auch auf, aber ich weiß nicht, ob ich mir darüber Sorgen machen muss. Feststeht, dass einige Mitglieder des Clans für das Nomadenleben zu faul geworden sind. Es gefällt den Menschen hier."

„Warum solltest Du Dir Sorgen machen. Wenn Ihr hier findet, was Ihr braucht, warum solltet Ihr gehen?! Du weißt, dass es in fruchtbaren Ländern Bauern gibt, die für die Ernährung der Menschen sorgen. In den Städten gibt es Gärtnereien. Wo genug Platz ist legen Hausbesitzer Gärten an. Warum probierst Du nicht, Deine Leute dafür zu begeistern. Sie könnten den Boden organisch düngen und ich würde Samen für Gemüse und Obst mitbringen. Ihr könntet die Hütten durch Blockhäuser ersetzen. Ihr würdet etwas komfortabler leben können."

„Du denkst wie ein weißer Mann und das ist richtig. Aber die Traditionen unserer Ahnen bestehen nicht ohne Grund."

„Die Ahnen waren aber auch nie in Eurer Situation. Vielleicht würden sie heute anders entscheiden. Ich würde gerne bei meinem nächsten Besuch - mit Deiner Erlaubnis - den Versuch wagen und mit Deinen Leuten ein paar Samen ausbringen. Denke nur an Alf. Er und seine Frauen sind nicht nur Schafzüchter. Die haben rund um die Gebäude einen schönen Garten angelegt."

„Ich werde darüber nachdenken, mein Freund. ... Riecht Ihr das auch? Der Spießbraten über dem Feuer ist bald fertig. Wir sollten uns jetzt für die Hochzeit vorbereiten."

Mehrere Didgeridoos und eine Trommel gaben einen Rhythmus vor. Männer und Frauen passten sich mit tänzerischen Bewegungen an. Die älteren Mitglieder des Clans hatten sich in Kleidungsstücke gehüllt, die mit kunstvollen Bildern bemalt waren. Die Farben sind durch Vermischen von Asche, Blut und Pflanzensäften entstanden. Zunächst tanzten nur die jüngeren, die nur mit dem Lendenschurz bekleidet ihren muskulösen Körper zeigten.

Die Musiker wurden abgelöst durch Hartholzstöcke und Bumerangs, die gegen einander geschlagen wurden. Nach dem neuen Rhythmus stimmte der Vorsänger einer Männergruppe ein Lied über eine längst vergangene Geschichte an.

Der Rhythmus änderte sich wieder und die Vorsängerin mit einer Frauengruppe trugen eine Geschichte musikalisch vor. Die Menschen tranken keinen Alkohol, aber seltsamerweise stieg die Stimmung. Überall auf Tischen lagen in Haufen seltsame Blätter von Bäumen herum. Die Menschen gingen dort vorbei und kauten die berauschenden Blätter.

Dann wurden die Braut und der Bräutigam auf Hockern in die Mitte des Platzes getragen. Auch die beiden waren in kunstvolle farbige Tücher gekleidet. Der Medizinmann Koa fungierte als Zeremonienmeister. Er forderte einen bestimmten Rhythmus von den Musikern und salbte die Häupter der beiden mit einer Handvoll roter Asche. Dazu sang die Männergruppe ein Lied mit folgendem Inhalt: Ein Mann und eine Frau heirateten. Dann kam der kleine Sohn und fragte, warum Mama und Papa heirateten, obwohl er doch schon da sei.

Der lustige Text und das Kauen der Blätter brachte die ganze Gesellschaft weiter in Hochstimmung. Zwei Gehilfen von Koa brachten noch zwei Hocker auf den Platz. Sie entkleideten das Brautpaar. Braut und Bräutigam wurden jeweils auf die Hocker so ausgestreckt gelegt, dass der Kopf und der Nacken auf der einen Seite und die Füße auf der anderen Seite auflagen. Sie blieben einen Moment in der Stellung, während die Gehilfen einen Schritt zurücktraten und die Musiker einen leiser werdenden und wieder anschwellenden Rhythmus schlugen. Koa machte Zauberbewegungen über den beiden liegenden Körpern.

Die Gehilfen packten die Braut so an Füßen und Oberkörper, dass sie auf ihren Armen zum Stehen kam. Sie trugen die Frau zu dem liegenden Mann und stellten sie auf dessen Bauch. Der Bräutigam knickte nicht ein! - Für Ada war es müßig darüber nachzudenken, ob die beiden in einer Art Hypnose oder Trance waren. - Die Braut wurde vom Bauch des Mannes heruntergehoben. Der Medizinmann klatschte beim anschwellenden Rhythmus in die Hände. Die Musiker verstummten. Als wären die Hochzeiter von einem tiefen Schlaf erwacht, kamen sie auf die Füße, reckten sich und stellten sich neben Koa. Der brüllte laut: „Ihr habt Eure Prüfung bestanden! Jetzt seid Ihr verheiratet!"

Die Frauengruppe und die Männergruppe standen sich gegenüber und sangen ein Lied. Dabei machten sie Bewegungen, als wollte sie miteinander raufen. Am Schluss des Liedes vermischten sich die beiden Gruppen und sangen gemeinsam ein Lied. Alle feierten das Brautpaar mit Musik, Tanz, Essen, Trinken und Blätter kauend bis der Morgen anbrach.

Auch Knut und Ada-Reede waren noch eine Zeit lang berauscht von dem süßlichen Geschmack der Blätter. Später führten sie noch Gespräche mit dem Medizinmann und dem Clanchef, ehe sie sich auf den Heimritt vorbereiteten.

„Knut wie wir Dich kennen, werdet Ihr nicht denselben Weg zurückreiten."

„Ja, ich will noch die südliche Gegend kontrollieren, ehe wir nach Osten reiten. Mein Chef will immer wissen, wie es hierdraußen aussieht."

„In dieser Jahreszeit ist nicht mit einem Sandsturm in der Wüste zu rechnen und die Regenzeit bricht noch nicht an. Nehmt genug Wasser mit, damit Ihr nicht verdurstet bis zum nächsten Wasserloch!"

„Bring doch mal Euren Hauptmann mit. Ich würde mich gerne mit ihm unterhalten", ergänzte Monti noch.

Sie schmunzelten alle. „Die Strapazen wird er nicht auf sich nehmen." Ada und Knut ritten zwei Tage nach Süden durch die Wüste. Die Hitze und der Staub waren für sie beide und die Pferde eine harte Prüfung. Sie kamen an einigen Skeletten verdursteter Tiere vorbei. Für Knut war der Anblick nichts Erschreckendes, aber Ada konnte sich nicht daran gewöhnen. Sie stellte sich vor, welches Schicksal die Lebewesen getroffen hatte.

Als sie an dem Wasserloch ankamen, hatten sie ihre Wasservorräte aufgebraucht. Mensch und Tier stürzten sich ohne zu zögern in den kleinen Tümpel.

Die Sonne stand bereits tief am Horizont. Knut hatte unterwegs ein verirrtes Buschhuhn erlegt. Sie machten ein kleines Feuer und ließen es sich schmecken. Ihre nassen Klamotten trockneten im Sand bei der jetzt angenehmen Temperatur. Sie hatten ihre Schlafsäcke neben der Feuerstelle ausgebreitet. Knut betrachtete die nackte Eskimofrau, die überhaupt keine Scheu vor ihm zeigte. Ada bemerkte seine Erregung.

„Ada, Du bist nicht nur eine sehr mutige und tapfere Frau, Du bist dazu auch noch wunderschön!"

Ada schmiegte sich an den muskulösen Körper des Buschläufers und begann ihn zu streicheln: „Ich fühle mich an Deiner Seite sicher und geborgen."

Er zupfte sie an den Haaren und sie kniff ihn dafür in den Oberschenkel: „Wir sollten vielleicht noch einmal ins Wasser gehen, um uns abzukühlen."

Aber die Abkühlung nützte nichts. Sie tollten in dem knietiefen Wasser herum, stießen sich gegenseitig um und umarmten sich. Knut nahm sie auf seine starken Arme und warf sie wieder ins Wasser. Ada bewarf ihn mit Schlamm, den sie vom Grund aufgenommen hatte.

Bald lagen sie ausgestreckt auf ihren Schlafsäcken. Bis auf den Schein des Feuers umfing sie bereits die Dunkelheit. Knut drehte sich zu Ada und streichelte zärtlich ihre Brust. Ada kuschelte sich an ihn. Sie gaben sich dem verträumten Gefühl hin, alleine auf dieser Welt zu sein und liebten sich in natürlicher Leidenschaft. Sie genossen die berauschende Zärtlichkeit des Partners und gaben sich ihm bedingungslos hin. Schließlich waren sie ermüdet und Ada kroch zu Knut in seinen Schlafsack.

Als sie am Morgen erwachten, war die Zärtlichkeit nicht verflogen, aber Knut musste zum Aufbruch drängen: „Wir reiten noch einen halben Tag nach Süden, damit Du den Ayers Rock wenigstens aus der Ferne sehen kannst.“

Selbst die Pferde freuten sich auf einen Galopp in der noch angenehmen Temperatur. Gegen Mittag flimmerte die Luft schon wieder über dem Wüstensand. Knut hielt an für eine Trinkpause. Auch die Pferde brauchten Wasser. Dann schaute er durchs Fernglas: „Da ist der rote Brocken!“

Ada schaute durch das Glas: „Der ist ja gewaltig, rundherum steil und oben flach. Der einsame, heilige Berg in der Wüste.“

„Da ist kaum noch Wüste. Die Landschaft ist der Busch. Die Aborigines glauben dort die Traumzeit erleben zu können. Eine Welt ohne Raum und Zeit. Der Legende nach sehen sie die Schöpfung des Lebens darin. Deswegen ist ihnen der Berg heilig. Nur wegen des Geldes werden dort oben Touristen auf engbegrenzten Pfaden herumgeführt. Es gibt viele Höhlen im Berg mit uralten Wandmalereien: Jagdszenen, Tiere, auch ihre verehrten Frauen. Ich selbst war noch nie dort und ich beabsichtige auch nicht, dort hinzugehen, weil ich das Heiligtum der Ureinwohner achte.“

„Wie Du das sagst, wird der Berg von den dort lebenden Aborigine Familien bewacht. Selbst die Regierung mit Soldaten und Geschäftsleuten haben dort keinen Zutritt?“

„So ist es! ... Das nächste Wasserloch finden wir morgen von hier aus östlich im Busch.“

„Dann sollten wir uns beeilen. Ich will nicht mehr alleine in meinem Schlafsack schlafen.“

„Das könnte Dir so passen. Du nimmst mir ziemlich viel Platz weg.“

„Du hast selbst Schuld. Du hast mich nämlich hungrig gemacht.“

„Wieso? Wir haben noch genug zu essen. Im Zweifel kann ich auch einen Emu erlegen."

„Du Schwächling. Du weißt genau, was ich meine. Du willst Dich nur drücken!"

„Du hast mich verführt! Ich drücke mich nie vor einer schweren Aufgabe. ... Außerdem müssen wir noch mindestens eine Woche mit unseren Kräften haushalten."

Sie lachten beide und legten in bester Laune Meile um Meile zurück. Ein Tag verging nach dem andern. Ada-Reede konnte nachvollziehen, wie sehr sich der Buschläufer auf die Annehmlichkeiten der Zivilisation freute, wenn er nach einem strapaziösen Ritt durchs Outback wieder zurückkehrte. Sie hatten noch einen Tagesritt vor sich und campten am Rande des Urwalds. Knut hatte sich für ein gemütliches Plätzchen unter einem hohen Baum entschieden. Sie lagen auf ihren Schlafsäcken am Feuer und stärkten sich aus den Proviantkonserven. Sie unterhielten sich über die vergangenen Erlebnisse und gönnten sich noch eine leidenschaftliche Liebesnacht in der freien Natur unter einem klaren Sternenhimmel.

Als der Morgen graute, wurde Knut durch ein ungewohntes Geräusch geweckt. Er küsste Ada und legte ihr den Finger auf die Lippen: „Folge mir lautlos in den Dschungel!"

Ada hörte es jetzt auch: Seltsames und unnatürliches Krächzen und Flügelschlagen von Vögeln.

„Keinen Laut und bleib dicht hinter mir!"

Das geübte Auge von Knut erspähte durch die Büsche eine kleine Lichtung unter einem hohen Baum mit mächtiger Krone. Auf dem Boden torkelten drei Kakadus herum, vielen um, wälzten sich auf dem Boden, schlugen mit den Flügeln, konnten aber nicht fliegen. Dabei krächzten sie, als hätten sie etwas im Hals stecken.

Knut blieb einen Moment stehen: „Ich gehe jetzt raus. Bleib Du in Deckung und beobachte!"

Die Vögel waren hilflos. Knut nahm einen auf und stellte fest, dass er nicht verletzt war, aber er roch nach Alkohol.

„He! Was machst Du da? Das sind meine Kakadus", schimpfte eine Stimme. Eine Frau kam aus dem Gebüsch und griff nach den Vögeln. Sie schleppte einen Sack hinter sich her.

„Was hast Du vor mit den Kakadus?"

„Die habe ich mit Alkohol und Brot geködert."

„Das ist Tierquälerei!"

„Ach was, die erholen sich schon bald wieder. Jetzt sammele ich sie ein und verkaufe sie. Ein Käufer zahlt mir einen guten Preis. Du kannst bei mir einsteigen, wenn Du mir hilfst."

„Die Papageien stehen unter Naturschutz. Ich bin Polizist. Ich nehme Dich jetzt fest!"

Knut entriss ihr den Sack und schüttete ihn aus. Vier Kakadus kugelten heraus. Dann packte er die Frau, die sich mit ihrer ganzen Kraft gegen ihn wehrte. Knut drehte ihr den Arm auf den Rücken und stieß sie vor sich her aus dem Wald. Er stellte ihr ein Bein vor die Füße, sodass sie auf dem Bauch zu liegen kam: „Ada, bring mir ein Seil!"

Sie wurde an Händen und Füßen gefesselt und sich selbst überlassen. Ada und Knut gingen zu ihrem Lagerplatz: „Es ist mir äußerst unangenehm, wenn ich vor dem Frühstück schon arbeiten muss", frotzelte er noch und ging mit Ada zur Feuerstelle.

„Es hätte so ein schöner Tag werden können, wenn wir uns diesen Ballast nicht aufgehalst hätten."

„Die Frau hat also gewildert! Das ist seltsam. Ich hatte mir unter einem Wilderer immer einen Mann vorgestellt."

„Jetzt hast Du einen Beweis dafür erlebt, dass eine Frau zu allem fähig ist, wozu auch ein Mann in der Lage ist."

Nach dem Frühstück fragte Knut die Frau nach ihrem Pferd. Sie war jedoch trotzig und wollte ihm nicht sagen, wo sie es angebunden hatte.

„Wenn Du nicht reiten willst, musst Du den ganzen Weg bis zum Außenposten gehen. Überlege es Dir, es dauert den ganzen Tag."

Die Frau verzog das Gesicht und antwortete dann mit gepresster Stimme: „Hundert Meter von hier bei der nächsten Baumgruppe."

Knut stieg in den Sattel und ritt in die angegebene Richtung. Oli wieherte. Kurz darauf waren sie mit dem fremden Pferd wieder zurück. Ada hatte in der Zwischenzeit die Sachen gepackt. Knut löste die Fußfessel der Frau, half ihr in den Sattel und band ihr die Füße unter dem Bauch des Pferdes zusammen.

„Knut, was passiert jetzt mit ihr?"

„Wir liefern sie im Posten ab, Georg nimmt ein Protokoll auf, das wir beide als Zeugen unterschreiben und sie muss sich in der Stadt für Tier-quälerei und Wilderei verantworten. Vielleicht verlangt der Richter eine Geldbuße, und wenn sie nicht zahlen kann geht sie ins Gefängnis."

Die Frau schimpfte, denn die Hitze im schattenlosen Busch machte auch ihr zu schaffen.

„Wir müssen der Frau etwas zu trinken geben, Knut."

„In einer Stunde erreichen wir eine Baumgruppe. Dort rasten wir. Bis dahin hält sie das schon noch aus."

Sie erreichten die Baumgruppe, sprangen aus dem Sattel und stellten ihre Pferde in den Schatten. Dann löste Knut der Gefangenen die Fuß-fessel. In einem unbedachten Moment holte die Frau mit dem Fuß aus und traf Knut mit der Stiefelspitze am Kinn, sodass er unfreiwillig zu Boden ging. Sie sprang vom Pferd und lief davon. Mit den gefesselten Händen kam sie jedoch nicht weit. Als sie sich einmal umschaute, blickte sie direkt in Adas Augen und erhielt prompt eine saftige Ohr-feige, die sie in den Sand beförderte. Adas Blick ließ keinen Zweifel an ihrer Entschlossenheit aufkommen. Ohne ein Wort zu sagen zog sie den Revolver aus dem Holster und zielte auf die Frau, die plötzlich krei-debleich im Gesicht wurde.

„Ist ja schon gut! Ich ergebe mich."

Zitternd vor Angst erhob sich die Frau und trottete vor Ada zur Baum-gruppe zurück. Knut war eher zornig über seine Unbekümmertheit als über die schmerzlichen Folgen des Fußtritts. Er holte aus ..., aber Ada hielt ihn zurück: „Knut nicht! Ich bezeuge, dass sie Dich - und damit einen Polizisten - tätlich angegriffen hat!"

Knut hielt inne, rieb sich sein Kinn mit der Hand und grinste: „Du machst Dich nicht schlecht als Hilfssheriff."

Alle drei Pferde wurden getränkt und Ada und Knut gönnten sich einen großen Schluck Wasser. Sie grinsten sich an und gaben der Frau ganz zum Schluss auch etwas Wasser. Dann kommandierte er unfreundlich: „In den Sattel! Den Rest der Strecke bleibst Du dort!" Die Fußfessel legte er so an, dass ihre Füße die Steigbügel nicht erreichten.

Während der letzten sechs Stunden machten sie noch Trinkpausen und tränkten die Tiere, aber die Frau musste im Sattel bleiben. Georg empfing sie im Außenposten und rief sofort die Kollegen: „Kümmert Euch um die Pferde. Ich will jetzt von Ada und Knut erst wissen, was los ist. Wenn Ihr fertig seid - aber nicht eher, holt Ihr die Gefangene aus dem Sattel und sperrt sie ein."

Mit schmerzverzerrtem Gesicht schaute die Frau den Männern zu, während Ada, Knut und Georg im Gemeinschaftsraum ein kühles Bier tranken und Georg das Protokoll aufnahm.

„Wann kommt der nächste Wagen mit der neuen Mannschaft?"

„Er ist für übermorgen Mittag angekündigt."

„Dann wirst Du die Kratzbürste ja bald wieder los. Georg nimm ihr die Fesseln nur ab, wenn sie auf die Toilette muss … unter Aufsicht. Die ist gefährlich!"

„Mach Dir keine Sorgen. Wir behandeln sie entsprechend Eures Berichts. … Ada wirst Du mit in die Stadt fahren?"

„Ich denke, das lässt sich nicht anders einrichten. Nimm erst mal Deine Waffen zurück."

„Bis dahin lassen Ada und ich es uns gutgehen", bemerkte Knut eigentlich überflüssig.

Fritz und Oli erholten sich bei den anderen Pferden. Ada brachte ihnen ab und zu eine Karotte oder ein Stück Zucker und dazu gab es Streicheleinheiten.

Wenn Ada und Knut nicht mit den anderen im Haus zusammensaßen, dann nutzten sie die Zeit für kurze Spaziergänge in den Busch. Sie hatten sich wohl doch vieles zu sagen und die Zeit bis zum Abschied verging schnell. Manchmal küssten sie sich leidenschaftlich und lachten miteinander. Sie waren verrückt und neckten sich wie Verliebte. Wenn es Knut danach war, hob er Ada in die Höhe und wirbelte sie um sich, um sie dann wieder in die Arme zu schließen.

„Knut, wie lange willst Du das noch machen? Wie lange willst Du dieses Abenteuerleben im Busch noch durchhalten?"

„Ich habe hier alles, was ich brauche. Ich bin Polizist, zwar nur auf dem Papier oder wenn es dringend sein muss, aber im Busch bin ich selbständig. Keiner macht mir Vorschriften. Ich kenne Freunde, ich liebe die Natur und die Aufgabe, die ich dort erfüllen darf. Die Natur wird es entscheiden, wann ich zum letzten Mal hinausreite. Ich brauche mich also nicht darum zu kümmern."

„Hast Du denn nie das Bedürfnis, sesshaft zu werden und ein Leben in einer Familie zu führen? Vermisst Du die Zivilisation überhaupt nicht?"

„Nun ja. Es gibt schon angenehme Dinge dort: Steinhäuser mit ordentlichen Wohnungen, regelmäßiges Essen, Theater, Bibliotheken, Kneipen, wo man einen guten Whisky bekommt. Ich habe lange genug in der Stadt gelebt, aber eine Familie mit Verpflichtung für Frau und Kinder reizt mich nicht. Es gibt schöne Frauen in der Stadt und die können auch lieb sein, wenn sie wollen. Meistens nehmen sie sich das Recht, einen Mann wie ein Wildpferd einzufangen, weil sie etwas von ihm wollen, z.B. Sex, Ehe, Geld, Sicherheit, Kinder, vielleicht auch Ansehen oder einen Job. Sie setzen dazu ihre Waffen ein, denen wir nicht gewachsen sind.

Und wenn sie dann aber nicht kriegen, was sie sich gedacht haben, weil der Mann ja auch einen eigenen Willen haben könnte, dann heulen sie Rotz und Wasser, werden verletzend frech oder keifen, dass dem Mann nichts anderes übrigbleibt, als zu verschwinden. Warum sonst gehen Ehemänner gerne in Kneipen, wo es ein gutes Bier und einen Whisky gibt?

Frauen nehmen sich oft das Recht zu bestimmen, was Liebe ist. Ich weiß, meine Meinung hört sich schlimm an. Wir beide haben im Busch eine wunderschöne Zeit gemeinsam verbracht. Aber leider gibt es Frauen wie Dich eher selten … Frauen, die Kamerad und Partner sind und gemeinsam mit dem Mann ein Ziel anstreben. Stattdessen meinen sie, weil sie ja Frauen sind, dem Mann mit weiblicher Gewalt klarmachen zu müssen, wo es langgeht, wie er zu funktionieren hat."

„Das hört sich an, als hättest Du Angst vor Frauen. Es gibt auch Männer, die wollen eine dominierende Frau."

„Angst? Nein! Ich habe gelernt, vorsichtig zu sein. In der Natur herrscht das Gesetz, dass der Stärkste entscheidet. In der menschlichen Gesellschaft kann nur Frieden herrschen, wenn Partner gemeinsam entscheiden und zueinanderstehen. … Sollte Deine Frage, wie lange ich noch im Busch leben will, etwa der Anfang von einem Heiratsantrag sein?"

Ada-Reede boxte ihm ein paarmal auf die Brust: „Du bist ganz schön eingebildet! Du bist ein wunderbarer Mann und wir hätten sicher viele Gemeinsamkeiten, aber wegen unserer unterschiedlichen Aufgaben und unserer verschiedenen heimatlichen Lebensbereiche hätte eine Partnerschaft keine ewige Dauer."

Das Gespräch hatte sie beide in eine wehmütige Stimmung gebracht und beide neigten dazu, traurig zu sein. Knut legte Ada seinen Arm um die Schultern und zog sie an sich. Sie blieben stehen und Ada legte ihren Kopf an seine Brust, damit er ihre feuchten Augen nicht sehen konnte: „Hallo, schönste aller Eskimofrauen, ich danke Dir für Deine Liebe und ich werde Dich nie vergessen. In ein paar Stunden werden wir in eine Erinnerung versinken, die immer bleiben und uns gemeinsame Freude bereiten wird. Sollten wir uns einmal wiedersehen, dann werde ich Dich sofort und so leidenschaftlich küssen, wie Du es von mir gewohnt bist. Ich werde dann auch keine Rücksicht darauf nehmen, wer gerade bei Dir ist!"

In der Stadt wurde Ada-Reede vom Polizeichef empfangen: „Hast Du da draußen gefunden, was Du gesucht hast?"

„Ja, Mister Simson, Ihre Leute waren sehr freundlich zu mir."

„Ich bring Dich rüber zu den Moons. Da können wir noch etwas plaudern."

Ada wusste, dass sie ihren drei Gönnern alles erzählen musste, was sie erlebt hatte.

Sie bat schließlich darum, noch einen Tag länger bleiben zu dürfen, um ihren Bericht an Verleger Odiman fertig zu stellen. Mister Moons Frau Grete verwöhnte Ada in der Zeit.

Der Polizeichef brachte sie persönlich zum Flughafen: „Weißt Du, mit dem Polizeiauto komme ich durch jeden Stau. So sind wir sicher, dass Du Deinen Flieger erwischst!"

––––––––––––––––––

Im Flugzeug hatte Ada-Reede genügend Muße, über den letzten Kontinent nachzudenken, zu dem sie bisher noch keinen Kontakt hatte. Sie verfügte über Schulkenntnisse und etwas Wissen aus der Literatur, aber sie hatte noch keinen Plan, wie sie ihr Ziel ansteuern sollte.

Sie machte es sich gemütlich, ließ sich von den Flugbegleiterinnen verwöhnen und versuchte einen Chat über den Laptop mit Odiman, ihrem Freund und Verleger: „Hallo Odiman, ich hoffe, Du hast meinen letzten Bericht erhalten. Jetzt bin ich auf dem Weg zur letzten Etappe."

„Meine Leute streiten sich darüber, wer Deine Berichte zuerst lesen darf."

„Hoffentlich versteht Ihr mich auch. Ich kämpfe ständig damit, meine Gefühle rauszuhalten."

„Ändere Deinen Stiel nicht. Ich passe schon auf Dich auf. Ich habe zweimal die Namen von Deinen Personen gestrichen, weil die Beschreibungen und Positionen ausreichen. Wir wollen doch nicht persönlich werden. Alles ist bestens."

„Du scheinst mit den Geschäften zufrieden zu sein."

„Das bin ich. Du müsstest es an Deinem Spesenkonto merken."

„Danke. Ja, ich muss halt aus dem Vollen schöpfen."

„Es kann sein, dass Du schon bei Deiner Ankunft das Magazin in den Geschäften findest. Ich bin gespannt, wie die Amis darauf reagieren."

„Du bist verdammt schnell."

„Du kennst mich doch. ... Übrigens denk bitte daran, wenn Du Ureinwohner suchst: Nicht Kolumbus hat den Kontinent als Erster entdeckt, sondern unsere Vorfahren, die Wikinger ha, ha, ha! Du wirst aber kaum Spuren von denen finden."

„Bis bald. Der Pilot hat schon den Landeanflug eingeleitet. Grüße an alle!"

Die Menschenmenge strömte auf eine Schleuse zu, an deren Ende an vielen Schaltern meist korpulente schwarze Frauen in schicken Uniformen saßen und jeden Passagier mit einem bösen Blick musterten. Papiere! Kontrollfragen! Dann ein Kopfnicken und endlich ein Lächeln: „Welcome!"

Ziellos lief Ada-Reede in den Flughafengebäuden herum. Alles war technisch so konzipiert, dass sich das Gedränge schnell auflöste. Rolltreppen, Aufzüge, Förderbänder, Geschäfte wie im Zentrum einer Großstadt, Restaurants. Überall achteten Polizisten und Reinigungskräfte auf Ordnung und Sauberkeit. Die Menschen waren modern gekleidet und eilten gezielt irgendwo hin. Ada entdeckte kaum Leute, die sich unterhielten. ... Das ist also die neue Welt! Wo soll ich jetzt hingehen? Ich habe noch kein Ziel. ...

Ada kaufte sich eine Landkarte und setzte sich in einen bequemen Sessel in einer Sitzecke. Die Karte war groß und dementsprechend unübersichtlich. Neben ihr saß eine Frau mit einem Kind auf dem Schoß: „Wo wollen Sie denn hin?", wollte sie wissen, weil sie Adas Verständnislosigkeit bemerkte.

„Ich weiß es selbst noch nicht. Ich möchte die Menschen hier kennenlernen und ich hoffe, noch Ureinwohner zu treffen."

Die Frau blickte sie mitleidig an: „Die Ureinwohner werden Indianer oder Rothäute genannt. Sie wurden von den Siedlern nach Westen vertrieben."

„Aber wohin? Das Land ist sehr groß"

„Ich muss gestehen, Ich weiß gar nicht, ob es noch welche gibt. Halten Sie mich bitte nicht für unhöflich, aber es ist für Sie sicher das Beste, Sie folgen dem Weg der Siedler. Die haben sich von hier aus nach Westen bewegt. … Verzeihung, sind Sie nicht Ada-Reede, die Eskimofrau? Ich habe alle Exemplare Ihres Magazins gelesen und gesammelt. … Jetzt ist also unser Kontinent dran."

Die beiden Frauen lachten und hatten, wie es zu erwarten war, ein längeres Gespräch.

„Ich könnte Ihnen jetzt erzählen, wie ich mit meiner Familie zusammenlebe, aber Sie werden es an vielen anderen Beispielen selbst herausfinden. Sie haben recht, wenn Sie zunächst die Ureinwohner suchen. Die meisten Menschen hier wissen nichts oder nur wenig von denen. Bei vielen regt sich auch ein schlechtes Gewissen, weil ihnen bewusst ist, dass die Weißen am Untergang dieser ursprünglichen Kultur die Schuld tragen. Buchen Sie einfach einen Flug nach Osten. Dort erfahren Sie vielleicht, was aus den Indianern geworden ist."

Das leuchtete Ada ein. Sie saß auch bald in einem Flieger und brauchte fast einen ganzen Tag, bis sie auf der anderen Seite des Kontinents landete. Sie fragte sich durch in Geschäften, in Reisebüros. Überall traf sie auf Nichtwissen der Menschen oder sie hatten weder Lust, noch Zeit, mit ihr über die Indianer zu sprechen. Müde checkte sie bald in einem Hotel ein, aß eine Kleinigkeit und suchte dann die übliche Nachrichtenzentrale für Reisende, die Hotelbar auf.

„Ah, ein neues Gesicht. Ich heiße die Lady willkommen!", wurde sie vom Barkeeper begrüßt. „Ich bin Mike", stellte er sich vor, als er ihr ein Bier auf den Tresen stellte.

„Ich bin Ada-Reede, geben Sie mir bitte einen Whisky dazu."

„Mit Eis, Wasser oder Cola?"

„Nein. Bitte pur."

„Dann haben Sie einen guten Magen."

Endlich konnte Ada wieder entspannt lachen: „In meiner Heimat ist es so kalt, da würde das Zeug dem Whisky nur den Geschmack und die Wirkung nehmen."

„Was hast Du vor, Ada-Reede?"

„Ich will Land und Leute kennenlernen. Darf ich Dir mal verraten, was ich bisher gesehen habe? Also: In den Städten ist vieles technisch perfekt organisiert, aber die Menschen scheinen unpersönlich zu sein. Sie hasten ständig - wie mit Scheuklappen - durch die Straßen. Es sind meistens jüngere oder Leute höchstens im mittleren Alter. Die Männer sind gut und modern gekleidet, die Frauen sind sich ihrer Schönheit bewusst. Sie motzen sich wohl gern etwas sexy auf. Ich kann nicht feststellen, dass die Menschen miteinander reden würden."

„Du hast schon ganz schön genau hingesehen. Ich erzähle Dir mal, wie das Leben bei uns so abläuft: In den Straßen gibt es zunächst einmal die Armen. Die halten sich meist dort auf, wo andere nicht hinsehen. Das sind Individuen, die Gelegenheiten ausspähen, wo sie legal oder illegal etwas zu essen oder einen Job kriegen können. Sie sind schwarz, rot oder weiß. Polizisten achten darauf, dass bessere Leute von ihnen fernbleiben. Die nächste Gruppe sind Handwerker und Serviceleute, die Straßen benutzen, um möglichst schnell von einem Kunden zum anderen zu eilen. Man sieht sie meistens nur in ihren Autos. Dann gibt es die Leute, die es sich erlauben können, einzukaufen oder sich zu verabreden."

„Das klingt so einfach, aber wenn Menschen sich doch begegnen, müssen sie doch Notiz von einander nehmen z.B. mit einem Gruß."

„Das ist so zu erklären: Du hast recht mit Deiner Behauptung, dass die Frauen gerne ihre Schönheit zur Schau stellen. Sie sind aber auch sehr selbstbewusst und rennen dabei eigenständig, gezielt dem nach, was sie vorhaben. Sie sprechen einen Mann nur an, wenn sie etwas von ihm wollen. Allerdings ist die Prostitution in der Öffentlichkeit verpönt. Die Männer sprechen aus Vorsicht die Frauen nicht an, denn wenn sie den weiblichen Reizen verfallen, wird es gefährlich. Jedes falsche Wort, jede Bewegung, jede Berührung kann als sexuelle Belästigung angezeigt werden. Da bei uns wegen jeder Kleinigkeit prozessiert wird und nur der recht bekommt, der den besten Anwalt hat, kann das teuer werden. Selbst hinter verschlossenen Türen sind die Männer nicht sicher davor, in eine solche Falle zu treten."

„Daraus muss ich schließen, dass die Männer Angst vor den Frauen haben. Ich wundere mich, dass es trotzdem Kinder und Familien bei Euch gibt."

„Selbst da muss der Mann aufpassen. Unser Recht ist so zu verstehen, dass Frauen als die schwächeren Wesen vor den männlichen Übergriffen zu schützen sind. Vergessen wird dabei, dass die Frauen damit alle Macht in ihren Händen halten!"

„Das heißt aber doch, dass durch die Emanzipationsbewegung die Frauen über die Männer gestellt wurden und dass jetzt die Männer emanzipiert werden müssen. ... Das ist doch irrsinnig, weil dadurch jede Gemeinsamkeit in Frage gestellt wird."

„Du sagst es. Du weißt jetzt, wieso Du die Unpersönlichkeit beobachten konntest."

„Wie sieht das denn bei den berühmten und schönen Schauspielern und den superreichen Menschen aus?"

„Erstens kennen wir diese Leute nur aus Film, TV und Zeitschriften und zweitens gelten die Gesetze für sie auch. Allerdings können die es sich erlauben, viel Geld hin und her zu schieben, und damit einen Prozess zu vermeiden oder die Folgen zu entschärfen."

„Das heißt, wenn Frau und Mann heiraten wollen, müssen sie sich über das gegenseitige Vertrauen ganz sicher sein. ... Das ist ja nicht schlecht, aber wer weiß schon, wann und woher der Wind in eine Ehe bläst."

„Kommen wir noch einmal zu den Superreichen: Das sind oftmals große Familien mit mehreren Generationen, wo die älteste Frau oder der älteste Mann den Clan führen. Da kommt es schon vor, dass die Grandma z.B. dann letztlich bestimmt, wer Präsident unseres Landes wird. D.h. der Urenkel, Enkel oder Sohn wird schon von Kindesbeinen an mit der besten Ausbildung auf das Amt vorbereitet. Dann wird das Vorhaben den einflussreichen, vielleicht auch abhängigen Freunden schmackhaft gemacht und dann spielt es keine Rolle mehr, wie das Volk darüber denkt."

„Naja, wenn alles gut läuft, keiner der Drahtzieher einen Fehler macht, der angehende Präsident dann eine Gesinnung für das Volk zeigt, statt eigene Geschäfte in den Vordergrund zu stellen und auf die besten Fachberater mit gleicher Gesinnung hört, kann es trotzdem sein, dass der beste Mann oder die beste Frau zur mächtigsten Person der Welt gemacht wird."

Beim nächsten Bier wechselte Ada-Reede das Thema: „Mike, kannst Du mir etwas über die Ureinwohner sagen? Wo finde ich die?"

„Oh, das ist ein großes Thema, das reichlich Stoff bietet für berühmte

Filme und umfangreiche Literatur. Es gibt romantische Heldenge-schichten und traurige Wahrheiten. Wir wissen, dass sie zuerst in die-sem Land lebten und von weißen Siedlern vertrieben und nahezu aus-gerottet wurden. Sie leben nur noch in für den weißen Mann uninte-ressanten Gebieten, in ihnen zugesicherten Reservaten, wo sie ihre ri-tuelle Kultur pflegen."

„Warum konnte ich bis jetzt nicht mehr in den Gesprächen mit den Menschen im Osten erfahren?"

„Das ist einfach zu erklären: Indianer spielen keine Rolle mehr für Wirt-schaft, Technik, Entwicklung, Politik, und obwohl schon lange keine blutigen Schlachten mehr geschlagen wurden, schmerzen die Wunden heute immer noch und zeigen sich in gegenseitiger Ablehnung und Dis-kriminierung. Die Weißen schämen sich in ihrem Unrechtsbewusstsein gegenüber den Rothäuten. Sie versuchen das Thema totzuschweigen. Das gilt besonders im Osten unseres Kontinents. Wir hier im Westen haben noch spärliche Kontakte zu den Indianern. Wenn Du sie kennen-lernen willst, musst Du versuchen in ein solches Reservat eingelassen zu werden, d.h. Du meldest Dich bei einer Polizeistation in der Nähe eines Reservats. Das dient Deiner Sicherheit und dann lassen Dich die Indianer hinein oder auch nicht. Hilfreich wäre für Dich einen Indianer in der Zivilisation zu kontakten. Sprich doch mal mit John Tee, dahinten am Tisch."

Ada-Reede ging auf den einsamen Mann zu, der am Tisch in der hin-tersten Ecke saß. Der Mann war mit Jeans, Flanellhemd, Stiefeln und dem üblichen breitkrempigen Hut bekleidet, war mit seinem Bier be-schäftigt und starrte vor sich hin. Nur die etwas gegerbte, rote Haut in seinem Gesicht ließ darauf schließen, dass er indianischer Abstam-mung war.

„Hey, Mister John Tee ich bin Ada-Reede. Mike sagte mir, ich dürfte Sie ansprechen."

Der Mann blickte auf und griff an seinen Hut: „Bitte, nehmen Sie Platz", sagte er mit einem Lächeln.

„Ich möchte Indianer kennenlernen, um etwas mehr in der Praxis vom Leben der Indianer zu erfahren. Können Sie mir helfen?"

„Indianer leben nicht mehr, sondern sie existieren gerade noch am Rande der menschlichen Gesellschaft."

„Davon habe ich gehört. Ich möchte mein klischeehaftes Wissen an die Realität anpassen und hoffe es wird mir gelingen, für eine kurze Zeit in einem Reservat bei den Indianern zu leben, um ihre Kultur zu verstehen."

„Sie stellen sich also vor, wie ein Tourist eine Zeitreise in die Steinzeit zu machen, um dann bei Ihren Freunden mit realistischen Wahrheiten prahlen zu können!"

„So könnte mein Vorhaben interpretiert werden. Das wäre dann reine Sensationsgier, die mir jedoch nicht anhaftet. Ich möchte mit den Menschen sprechen, ihre Gewohnheiten und ihr Leben mit meinen Sinnen aufnehmen, um sie zu verstehen."

Der Mann lächelte: „Auch, wenn das Ansinnen echt sein sollte, werden Sie kaum einen Ureinwohner finden, der es Ihnen glaubt. Sie müssten es erst beweisen, denn wir Indianer sind heute eher geduldet, aber eigentlich nur arm und unnütz für die Gesellschaft der Weißen."

„Besonders interessiert mich, wie die Menschen im Reservat miteinander umgehen. Ihre Rituale, ihre Kultur will ich erleben. Ich habe Erkenntnisse auf allen Kontinenten gesammelt und beschrieben in der Hoffnung, dass meine Leser sie mit ihrem eigenen Verhalten vergleichen und daraus Schlüsse für sich selbst ziehen."

„Sind Sie etwa so etwas wie eine Missionarin einer bestimmten Religion?"

„Nein! Ich sage den Menschen nicht, dass sie etwas verändern sollen oder gar wie sie etwas verändern sollen. Alle Völker und Rassen auf der Erde bilden die menschliche Gesellschaft, aber die meisten Menschen leben wie auf einem Teller und scheuen sich über den Rand hinauszublicken. Damit isolieren sie sich selbst, werden durch Religionen in ihrem Verhalten bestärkt - um nicht zu sagen begrenzt - und damit unfähig, Menschen in anderen Lebensbereichen zu verstehen."

„Also gut, Ada-Reede. Wir treffen uns morgen hier um die gleiche Zeit. Dann erfahren Sie, ob ich etwas für Sie erreicht habe. Ich lebe im Reservat und bin nur hier, um Geld zu verdienen."

Nachdem John Tee gegangen war kam Ada zum Tresen zurück und Mike fragte, wie das Gespräch gelaufen war.

„Er wollte erst gar nicht, hatte ich den Eindruck. Dann aber versprach er, mir morgen etwas zu sagen."

„Dann kannst Du Dich darauf verlassen. John ist mein Stammgast. Er arbeitet in einer Fabrik, um seine Familie zu ernähren. Er lebt mit seiner Familie im Reservat. Vielleicht kann er beim Häuptling etwas erreichen."

Eigentlich wollte Ada das Gespräch mit dem freundlichen Barkeeper noch fortsetzen, aber der Whisky und das Bier machten ihr zu schaffen. Sie wurde müde und schlief bald in ihrem Zimmer ein.

Als sie am nächsten Tag in die Bar kam, saß John Tee bereits an seinem Tisch und Mike schickte sie gleich zu ihm hin.

„Ada-Reede, ich begrüße Sie", lachte John Tee sie an. „Sie hatten gestern Whisky getrunken."

Ada erschrak: „Habe ich mich danebenbenommen? Ich bitte Sie um Entschuldigung."

„Nein, keine Sorge. Wir nennen den Whisky Feuerwasser. Viele Ureinwohner sind ihm verfallen. Das Zeug schmeckt zwar, bringt den Menschen aber um den Verstand, wenn er nicht damit umgehen kann."

Sie lachten beide und Ada versprach, künftig vorsichtiger zu sein. John beruhigte sie: „Mike ist ein guter Gastgeber. Er hatte Sie beobachtet, und wenn er gemerkt hätte, dass Sie genug haben, hätten Sie von ihm keinen Schluck mehr bekommen."

Ada war hoch erfreut, als sie merkte wie aufgeschlossen der Mann heute ihr gegenüber war.

Sie beschloss, John nicht zu drängen, sondern führte das Gespräch auf seine Person. Sie erfuhr, dass es John relativ gut ging, weil er eine Lehre als Schlosser machen durfte, und dass er sich zu einem wichtigen Mitarbeiter für seinen Chef entwickelt hatte.

Dann berichtete er von einem Gespräch mit seiner Frau Hehewuti und auch mit dem Häuptling Doja. Hehewuti konnte sich an den Namen Ada-Reede erinnern. John hatte ihr einmal ein Magazin aus der Stadt mitgebracht. Der Häuptling nahm nur äußerst selten einen Kontakt zu Weißen wahr. Er hatte aber in seinem langen Leben gelernt, dass ein friedliches Nebeneinander mit den Weißen unumgänglich war für die Existenz seines Stammes. John überzeugte ihn und schlug vor, Ada in seinem Tipi für eine absehbare Zeit unterzubringen und unter die Aufsicht von Hehewuti zu stellen. Am späten Nachmittag holte er Ada ab, erledigte mit ihr die Formalitäten auf der Polizeistation und dann steuerte er seinen uralten Jeep etwa eine Stunde durch die Wüste auf die Berge zu. Dort angekommen, stellte er das Auto zwischen den Felsen ab, schulterte ohne ein weiteres Wort Adas Rucksack und deutete ihr, ihm auf einem schmalen Pfad zu folgen.

Ada erschrak, weil sie vom Bergsteigen keine Ahnung hatte, aber sie stellte bald beruhigt fest, dass es auch nicht nötig war. Der Pfad schlängelte sich durch Felsspalten und eine enge Schlucht bis auf eine Hochebene, die rundum von Bergen eingeschossen war. Es gab hier grüne Wiesen, vereinzelte Bäume und Sandflächen. John grüßte die jungen Männer, die den Eingang zu der Hochebene bewachten. Dann passierten sie ein geräumiges Blockhaus. In unregelmäßigen Abständen standen viele Tipis. Kinder spielten zwischen den Zelten, Frauen saßen an den Eingängen und waren mit Handarbeiten beschäftigt. Einige Männer hatten auf Äckern zu tun. John steuerte auf zwei Tipis zu: „Hier lebt meine Familie. Wir sind hier alle per Du. Ich hoffe Du bist damit einverstanden."

Hehewuti begrüßte sie strahlend ohne jede Scheu vor einem fremden Gast. Sie trug ein leichtes, braunes Leinenkleid ohne Ärmel mit allerlei bunten Farben geschmückt. Ihr schwarzes Haar war zu zwei langen Zöpfen geflochten. Sie war barfuß, Ada fielen die hübschen Ledermokassins aber am Eingang auf, die dort ordentlich aufgereiht lagen. John wollte noch etwas zur Einleitung sagen, aber die beiden Frauen waren sich sofort sympathisch und hatten sich eine Menge zu erzählen, so als wären sie befreundet und hätten sich lange nicht gesehen.

Das Tipi schien innen geräumiger zu sein, als es von außen zu erkennen war. Der Boden bestand aus festgetretener Erde, drei Schlafplätze waren rundum eingerichtet: Dicke Felle, die auf Stroh und Heu lagen. An den schrägen Wänden hingen kleine Jagdtrophäen und kunstvoll gefertigte indianische Traumfänger. In der Mitte stand Essgeschirr um eine kleine Feuerstelle. Feuer konnte im Zelt entfacht werden, da die Planen um die Stangen gelegt waren und die Stangen oben einen Abzug ermöglichten. Im Eingang erschien ein junges Mädchen, das Ebenbild der schönen Mutter: „Das ist Bonita."

John hatte längst seine indianische Lederhose und eine leichte Weste angezogen und ging zu Doja, dem Häuptling, um ihn über die Ankunft von Ada-Reede zu informieren.

„Wo ist Dein Bruder Coahoma?", wollte die Mutter wissen.

„Er ist mit den Kriegern auf der Jagd. Ich gehe mit ein paar Mädels auch in den Wald. Wir wollen noch Beeren sammeln."

„Ihr habt hier auch einen Wald? Wie konnte ich den übersehen?", erkundigte sich Ada.

„Den konntest Du nicht sehen. Am Ende unserer Ebene ist ein Bergvorsprung. Dahinter beginnt ein großer Wald, der sich bis hoch in die Berge zieht. Dort leben viele Tiere, die von unseren Kriegern erlegt werden, wie wir sie brauchen, und wir Frauen sammeln Beeren und Obst. Alles andere, was wir zum Essen brauchen, bauen wir auf unseren Äckern an."

John erschien wieder im Eingang: „Heute Abend sitzen die Männer am Lagerfeuer. Der Medizinmann wird dabei sein und Ada-Reede ist Gast. Ada wird uns berichten, was sie von uns erwartet und welche Absichten sie hat. Dann entscheiden wir, was wir ihr bieten können."

Hehewuti nahm Ada auf die Seite: „An der Wortwahl meines Mannes erkenne ich, dass Dir eine freundliche Stimmung in unserem Lager entgegenschlagen wird. Ich habe die Frauen bereits informiert. Sie sind auch neugierig auf Dich. Wir dürfen zwar nicht mitberaten, aber wir stehen um die Männer herum und hören zu. Ada, ich habe Deinen Bericht von Indien gelesen. Das war spannend. Ich hoffe Du erzählst mir von Deinen anderen Abenteuern. John sagte mir, Du warst auf allen Kontinenten. Ich bin gespannt darauf, was wir noch von Dir erfahren."

Etwas abseits von den Tipis und dem Blockhaus brannte ein Feuer. Um die Feuerstelle waren zwölf Baumstümpfe in die Erde eingelassen, die als Plätze für den Häuptling, den Medizinmann und zehn ältere Krieger frei blieben. Die Dunkelheit hatte sich über die Ebene gelegt. Im Schein der Flammen tanzten die Krieger, um verschiedene Geister gnädig zu stimmen. Trommeln und Sprechgesänge bildeten die akustische Begleitung. Sie hatten ihre Gesichter und die nackten Oberkörper mit weißer Farbe bemalt. Sie trugen Mokassin und lange Lederhosen mit seitlich angebrachten Fransen aus Leinen oder Leder. Der Kopfschmuck war ein Stirnband, das eine lange Vogelfeder am Hinterkopf hielt.

Nach und nach strömten alle Dorfbewohner an den Versammlungsort. Die Ratsmitglieder kamen aus dem Blockhaus. Der Häuptling führte sie zu ihren Plätzen am Feuer. Der Häuptling und der Medizinmann trugen einen bunten Lederumhang, während die anderen ihren Oberkörper mit einer Lederweste bedeckten. Alle außer dem Medizinmann trugen den gefiederten Kopfschmuck, der ihnen bis auf den Rücken reichte und dazu Halsketten aus Tierzähnen und kleinen Knochen. Der Kopfschmuck des Medizinmanns war aus einem Fell und zwei Büffelhörnern gefertigt. Würdevoll nahmen die Ratsmitglieder ihre Plätze ein und die rhythmischen Bewegungen der Krieger gipfelten im Tanz für den Geist der Weisheit. Danach herrschte plötzlich absolute Stille und der Häuptling erhob sich, um zu seinem Stamm zu sprechen: „John Tee hat einen Gast in unser Dorf gebracht. Die Frau heißt Ada-Reede. Sie möge in den Kreis des Rates treten und ihre Absichten erklären."

Ada hatte von Hehewuti ein buntes Leinenkleid bekommen, trug Mokassins und ein Stirnband mit der Feder: „Zum Zeichen der Achtung Eures Stammes trage ich die Feder in meinem Haar. Ich stamme aus den Eisregionen des Nordens und bin in der Natur mit Rentieren aufgewachsen. Obwohl ich die Auswüchse der Zivilisation verachte, besuche ich die Völker der Erde, um das unterschiedliche Verhalten der Menschen zu ergründen. Ich bin hier, um die Art und Weise Eurer Existenz zu erleben und meine Erkenntnisse schriftlich festzuhalten. Ich bitte um Eure Erlaubnis, mich in Eurer Region umschauen zu dürfen und mit einzelnen Frauen, Kindern und Männern zu sprechen. Meine Leser sollen wissen, wer Ihr seid und welche Sitten Ihr nach Eurem erlittenen Schicksal in die heutige Zeit gerettet habt."

Ada durfte sich auf einen Hocker zwischen dem Häuptling und dem Medizinmann setzen. Der Häuptling erhob sich: „Wer Fragen an die Frau aus dem Eis zu stellen wünscht oder Einwände gegen ihr Vorhaben äußern will, möge vortreten!"

John Tee durfte sprechen, obwohl er nicht zum Rat gehörte: „Ada-Reede hat mich durch die Fügung des Geistes der Weisheit kennengelernt und mich von ihrem Vorhaben überzeugt. Ich erkenne keine böse Absicht und Wirkung darin, dass die Menschen in der Zivilisation Kenntnis von uns erhalten."

Einige Ratsmitglieder stimmten ihm zu, andere wiesen auf die daraus entstehenden Gefahren durch den Tourismus hin. Einer sagte: „Was geht es uns an, wie andere Völker über uns denken? Was haben wir davon, wenn sie Kenntnis über uns erhalten? Werden sie unsere Armut lindern? Werden sie uns die Ehre und unserer Freiheit zurückgeben?"

Ada wurde aufgefordert zu antworten: „Die Menschen in anderen Völkern werden für Aktionen nicht mächtig genug sein. Willkürliche Aktionen sind auch nicht nötig, denn wie wir alle wissen, haben sie in der Vergangenheit nur zu kriegerischen Auseinandersetzungen geführt. Es geht mir um das Wissen über die Dinge. Die Klugheit der Menschen hat eine Chance mit dem Wissen zu wachsen. Wenn die Klugheit der Menschen das Böse im Zaum halten kann, wird sich das Verhalten der Menschen zum Frieden und zum persönlichen Glück hin wandeln. Das ist zwar nur eine Logik, aber sie birgt die Hoffnung in sich, das Unglück und die Unzufriedenheit der Menschen in den Völkern zu vermeiden. Der Kampf zwischen Gut und Böse gipfelt in der Macht. Auch die Mächtigen werden durch Wissen beeinflusst und können so für Frieden und das Glück der Menschen sorgen."

Die Diskussion zog sich eine lange Zeit hin, bis der Häuptling schließlich verkündete: „Der Rat zieht sich für eine Entscheidung zurück!"

In der Zwischenzeit tanzten die Krieger wieder mit Trommel und Sprechgesang um das Feuer. Dann führte der Häuptling die Ratsmitglieder wieder auf ihre Plätze. Ruhe kehrte ein und der Häuptling erhob sich: „Der Geist der Weisheit hat aus den Worten von Ada-Reede zu uns gesprochen und der Rat hat beschlossen, den Gedanken der jungen Frau zu folgen. Ada-Reede, Du bist uns ein willkommener Gast und wir werden Dich - während Deiner Zeit bei uns - als Mitglied unseres Stammes achten und behandeln."

Die Versammlung war geschlossen, die Krieger tanzten noch und die Menschen standen in Gruppen zusammen, um sich über Dinge und Folgen zu unterhalten, über die sie bisher nicht nachgedacht hatten. Auch Ada, Hehewuti und John diskutierten noch lange im Tipi.

Am nächsten Tag fuhr John Tee zur Arbeit in die Stadt und Hehewuti ging mit Ada und den anderen Frauen in den Wald, um Beeren und Obst zu sammeln. Die jungen Burschen und die erwachsenen Mädels arbeiteten mit den Erwachsenen auf den Feldern oder übten sich im Umgang mit Pfeil und Bogen.

Später ging Ada zum Tipi des Häuptlings: „Doja, darf ich Dir Fragen stellen?"

„Ich habe sicher aufgrund meines Alters vieles miterlebt, wovon die anderen Stammesmitglieder nur gehört haben. Du bist also bei mir an der richtigen Adresse."

„Wie konnte es überhaupt passieren, dass die Ureinwohner von den weißen Siedlern vertrieben wurden?"

„Unsere Ahnen hatten den südlichen und den nördlichen Teil des Kontinents besiedelt. Im Süden gab es viele Urwälder, von denen die Menschen leben konnten. So entstanden bald Dörfer und Städte. Im Norden bestand die Landschaft aus Bergen, Tälern, Wüste, Prärie und saftigen Wiesen. Die Menschen zogen als Nomaden mit den Büffelherden, die ihnen Nahrung boten. Die Menschen wurden nur im Winter an geschützten Stellen für eine kurze Zeit sesshaft. Aus Familien, wurden Großfamilien, die sich in Gruppen zu Stämmen formierten. Man könnte sagen, die Natur hat die Menschen verwöhnt, indem sie ihnen alles bot, was sie zum Leben brauchten. Sie lebten in Freiheit und Unabhängigkeit. Es entstand kein gemeinsames Volk der Indianer. Die Menschen entwickelten sich nur in die Richtung der Natur weiter. Es gab zwar Raubzüge in kleinerem Umfang und weniger bedeutende Stammesfehden, aber ansonsten herrschte Frieden. Der weiße Mann hatte schon immer Schwierigkeiten zu bewältigen, wegen des Klimas, der Suche nach Nahrung usw. So entstanden Völker, die größer wurden und nach Landbesitz strebten. Sie brauchten Werkzeuge und Waffen. Damit war die technische Entwicklung angestoßen. Als sie zu uns kamen, fanden sie das Land unbewohnt und eigneten es sich an. Die Indianer waren überrascht und hatten den Weißen nichts entgegenzusetzen. So wurden wir letztlich in die für die Siedler uninteressanten Gebiete vertrieben und unsere Freiheit in Reservaten eingeschränkt.

Heute akzeptieren wir die Verfassung und haben teilweise eine eigene Gerichtsbarkeit. Die Verwaltung obliegt meistens den Menschen im Reservat selbst. Die Büffelherden als Nahrungsquelle fielen weg. Armut und Hilflosigkeit verbreiteten sich. Die Indianer waren es nicht gewohnt, unselbständige Arbeiten für Lohn auszuführen. Sie mussten lernen, Früchte und Getreide anzubauen, aber das Land in den Reservaten war oft zu karg. Also mussten sie Nahrung kaufen, aber mit welchem Geld?! In den Reservaten gab es zu wenig Arbeit, mit der Geld zu verdienen war. Im Laufe der Generationen begannen die Indianer, dem weißen Mann als Hilfskraft zu dienen, um sich und die Familien zu ernähren. Sie konnten nur als Hilfskräfte arbeiten, weil ihnen die Schulbildung fehlte.

Der Stolz der Indianer ließ es nicht zu, dass ihnen ihre Traditionen, ihre Riten, ihre Religion genommen wurde. Du hast die Tänze der Krieger, die heute nur noch Jäger sind, gesehen. Wir verehren damit die Geister, die aus der Natur zu uns sprechen. Manitu z.B. ist der Name für die allumfassende große Kraft. Das ist vergleichbar mit dem, was in anderen Religionen Schöpfung genannt wird. Es gibt auch einen Hochgott, namens Ussen. Im weitesten Sinne nennen ihn die Griechen Zeus."

„Doja, die Stämme hatten doch immer Häuptlinge. Wurden die gewählt?"

„Normalerweise ist der Stammesälteste der Häuptling, wie bei uns.

Wenn aber mehrere Kandidaten zur Verfügung standen und wenn besonders die Tapferkeit eine Rolle spielte, gab es auch Wahlen. Aber die bedeutendsten Anführer waren immer die Medizinmänner. Sie sprachen in Formeln zur Heilung, kannten sich mit den Kräften der Natur aus und hatten Intuitionen, die sie als heilige Eingebungen der Geister verkündeten."

„Welche Rolle haben die Frauen in Eurem Leben gespielt?"

„Im Leben der Ureinwohner gab es immer die Arbeitsteilung. Die Männer jagten, bildeten ihren Körper für den Kampf mit der Natur aus oder führten Kriege, z.B. gegen die Weißen.

Die Frauen sorgten für das Leben und das Überleben. Männer und Frauen achteten die Aufgabenteilung und verließen sich aufeinander. So waren Frauen und Männer immer gleichgeachtet. Die Frauen waren immer sicher im Schutz des Mannes. Es gab auch Frauen, die als Krieger mit in die Schlacht gezogen sind. So war es auch möglich, dass Frauen die Position des Häuptlings oder des Medizinmannes übernahmen. Kein Mann wagt es bei uns, eine Frau nicht zu achten."

„John Tee hat eine Schlosserlehre absolviert. Wie macht Ihr das mit der Bildung?"

„Das war das heikelste Thema. Der weiße Mann verlangte von uns, die Kinder in die Schulen zu schicken. Unsere Kinder wurden in der Natur und von den Erwachsenen ausgebildet. Schreiben und Lesen waren unwichtig. Wir hatten Zeichen, die uns Informationen vermittelten. Die Schulversuche im Reservat und außerhalb gingen meistens schief. Es dauerte sehr lange, bis wir einen Nutzen in der Schulbildung sahen. Dann kam aber noch die Schwierigkeit hinzu, die Kinder in die städtische Schule zu bringen. Die Reservate waren verkehrsmäßig nicht angeschlossen. Wir haben die Aufgabe recht günstig gelöst: Einer unserer Erwachsenen wurde zum Lehrer an der Universität ausgebildet. In unserem Blockhaus unterrichtet er zurzeit vierzig Kinder aller Altersstufen. Wenn Prüfungen anstehen, transportieren wir die Kinder in die Stadt und daran anschließend wird entschieden, ob sie eine Lehrstelle finden. Irgendwann werden wir es uns leisten können, einen Bus zu kaufen."

Die Indianer hatten bei den Siedlern gesehen, wie Blockhäuser gebaut werden. Die waren zwar nicht vor Feuer zu schützen, aber sie boten den Menschen, die darin wohnten, Schutz vor Regen, Schnee, Kälte, wilden Tieren und im Kriegsfall vor feindlichen Geschossen. Dennoch war die Errichtung solcher Unterkünfte für die Nomaden zu aufwendig. Seitdem die Indianer durch die Einrichtung von Reservaten zur Sesshaftigkeit gezwungen wurden, machten sie sich die stabile Bauweise zu Nutze. Häuptling Doja hatte weitergedacht. Vorräte konnten besser aufbewahrt werden als in den Tipis, und die Dorfbewohner konnten sich zu jeder Zeit versammeln, auch wenn das Wetter einmal nicht passte. Als Jerome, der Lehrer, aus der Stadt zurückkam und sich anbot, die Kinder zu unterrichten, stand ihm schon ein Schulraum zur Verfügung. Die Männer bauten Stühle und Tische und die Kinder lernten zunächst, auf Ihren Plätzen sitzen zu bleiben und dem Lehrer zuzuhören.

Ada-Reede stellte fest, dass Jerome nicht mehr um Aufmerksamkeit bitten musste. Die Kinder waren begierig Schreiben und Lesen zu lernen. Der Altersunterschied der Kinder kam dem Lehrer zu Hilfe, denn die Älteren nahmen sich der Jüngeren an, wenn sie nicht mitkamen.

Als Ada sich zu den Kindern setzte, war sie sofort Mittelpunkt des Interesses. Jerome stellte sie vor. Die Kinder betrachteten die hübsche Eskimofrau: Sie sah nicht aus wie eine Indianerin, auch nicht wie eine Weiße. Ihre Hautfarbe war etwas dunkler als die der Weißen. Ada musste erklären, dass die Menschen in anderen Völkern wegen ihrer Abstammung und geprägt durch die Klimabedingungen sich anders entwickelten.

„Ada, wenn ich Dich in Deiner Heimat besuche und dort wohne, sehe ich dann auch so aus wie Du?", wollte ein Mädchen wissen.

Jerome räumte Ada Zeit ein, von ihren Abenteuern zu erzählen. Die Kinder waren begeistert und die jungen Burschen ergriffen sofort Partei für Ada, wenn sie einmal - vielleicht auch übertrieben - eine spannende Szene ihrer Reise darstellte.

„Jerome, die Arbeit mit Deinen Schülern macht bestimmt Spaß. Wie kommst Du zurecht mit den Unterschieden des Alters und des Geschlechts?"

„Die Unterrichtung der Kinder ist mir zur Lebensaufgabe geworden und ich habe nicht die geringsten Schwierigkeiten. Du hast sicher mitgekriegt, wie die Erwachsenen mit der Arbeitsteilung umgehen. Genauso verhalten sich die Kinder untereinander. Die Älteren sorgen für die Jüngeren oder sprechen für sie, wenn ich im Stoff deutlicher werden muss. Mädchen und Jungs bis zehn Jahre machen unter sich keinen Unterschied. In der pubertären Entwicklungsstufe sind die Mädchen und Jungs so tolerant zueinander, als hätten sie eine Tanzschule der Weißen besucht. Ich habe mich oft gefragt, warum das bei meinen Kindern so anders ist als bei den Weißen. - Ich habe während meiner Ausbildung viele Auswüchse erlebt. - Dabei sind mir zwei Begründungen aufgefallen: Die Kinder sind hier, trotz der Lebenseinflüsse der Weißen, der Natur verbunden geblieben. Sie leben mit der Abhängigkeit und dem Nutzen von der Natur. Die große Kraft der Natur ist ein Bestandteil ihres Bewusstseins. Darüber hinaus erleben die Kinder die verantwortungsvolle Toleranz im Verhalten der Erwachsenen zueinander täglich mit."

„Wie bist Du Lehrer geworden?"

„Meine Eltern haben sehr bald begriffen, dass die Zeit nicht stillsteht und mein Vater war von der zukunftweisenden technischen und wirtschaftlichen Entwicklung überzeugt, die auf uns zurollte. Sie gaben dem Drängen des weißen Mannes nach und schickten mich zur Schule. Das war für mich am Anfang eine recht abenteuerliche Situation."

„Wurdest Du gleich akzeptiert?"

„Am Anfang ritten mein Vater und ich mit den Ponys in die Stadt und mein Vater holte mich auch wieder ab. Später ritt ich alleine. Ich kam in indianischer Kleidung geschmückt mit Feder und Tomahawk in die Schule und wurde gemobbt. Ich musste mich anpassen. Irgendwann wurde ich akzeptiert. Die Mitschüler sonderten sich nicht mehr von mir ab, aber ich war für sie eben fremd. Ich änderte zu Hause meine indianischen Sitten und Gebräuche nicht und trotz meiner Anpassung an die anderen Schüler blieb ja mein indianisches Aussehen. Meine Eltern hielten mich ausdauernd an, dem Lehrer immer aufmerksam zuzuhören und von ihm zu lernen. Ein weißer Lehrer erkannte bald in mir Fähigkeiten und sorgte dafür, dass ich auf der High-School Pädagogik studieren durfte."

„Jerome, ich bewundere Dich und hoffe für Dich, dass Du bald gleichgesinnte Kollegen haben wirst."

„Danke. Die Erwachsenen im Dorf, sind von mir überzeugt, denn sie unterstützen meine Arbeit nachhaltig. Ich führe viele Gespräche mit ihnen, denn sie erkennen, dass ich trotz aller Bildung einer von ihnen geblieben bin."

Im Dorf entstand plötzlich eine ungewöhnliche Aufregung. Frauen rannten hin und her. Stimmen wurden laut. Sie trugen eine Frau ins

Tipi des Medizinmanns. Ada wurde neugierig und ging auch dorthin. Eine Frau lag auf einem Fell und wandte sich in Schmerzen. Ihr dicker Bauch war etwas verformt und die Geburt eines Kindes stand unmittelbar bevor. Coahoma, der Medizinmann tastete den Bauch ab und schüttelte den Kopf, als er Ada ansah. Er murmelte unverständliche Sprüche vor sich hin.

Ada-Reede fuhr ihn an: „Coahoma, hör bitte auf, die Geister zu beschwören. Die Frau wird sterben, das Kind liegt falsch!"

„Ich kann nichts mehr für sie tun."

„Dann gib ihr etwas gegen die Schmerzen, damit sie sich entkrampft. ... Und Ihr Frauen holt warmes Wasser und saubere Tücher. Hehewuti, Du bleibst hier." ... Ich muss etwas tun! Aber was? Ich war schon einige Male bei Geburten dabei. Erinnere Dich an Deine Freundin, Schwester Ann in Afrika. Was hat sie gesagt? Was hat sie getan? Hilf mir Ann! ...

„Coahoma, Du hältst sie fest und beruhigst sie. Hehewuti, Du hältst ihre Beine gespreizt."

Ada wusch ihre Hände im warmen Wasser und atmete tief ein und aus. Ihr Herz raste vor Anspannung. ... Ganz ruhig bleiben. Alles was Du tust, ist besser, als die Frau sterben zu lassen. Das muss Dir klar sein. ...

Die Scheide war bereits weit geöffnet. Behutsam drang sie mit den Fingern ein, dann mit der Hand. Sie ertastete ein Bein. Drückte es weg. Die Nabelschnur lag frei. ... Wo ist der Kopf? ...

Ich habe ihn! Zieh ihn ganz langsam zu Dir! Nicht zittern, keine Gewalt! Geduld! ...

Ada zog ihre Hand ganz aus der Scheide. Die Schädeldecke lag vor der Scheide: „Jetzt pressen! Tief einatmen und pressen!"

Der Kopf wurde sichtbar. Ada konnte ihn mit beiden Händen anfassen: „Noch einmal pressen!"

Ada hielt den kleinen Indianer in den Händen, bettete ihn in saubere Tücher, durchtrennte die Nabelschnur und legte ihn der glücklichen Mutter an die Brust. Sie achtete noch darauf, dass die Plazenta komplett war, dann musste sie sich hinsetzen. Hehewuti klopfte ihr auf die Schulter: „Du hast mir nicht erzählt, dass Du Hebamme bist."

„Bin ich nicht", antwortete Ada sichtbar erleichtert. „Ich habe so etwas noch nie gemacht."

Der Kleine saugte schon kräftig an der Brust. Die glückliche Mutter lächelte dankbar und mit stolzem Blick auf ihr Baby. Coahoma behielt sie noch eine Weile unter Kontrolle und die beiden Frauen gingen nach draußen. Die Frauen warteten schon auf sie und jubelten ihnen begeistert zu. Der Häuptling kam und drückte Ada die Hand: „Du hast geholfen, einen neuen Krieger für uns auf die Welt zu bringen. Das werden wir Dir nie vergessen!"

Am nächsten Tag war der Alltag schon wieder ins Dorf zurückgekehrt. Der Vater kam mit seinen Jagdgefährten aus dem Wald zurück und bedankte sich mit seinem Sohn auf dem Arm bei Ada. Wie überall auf der Welt wurde die Geburt eines Kindes als ein Wunder betrachtet.

Ada-Reede sprach mit dem Medizinmann: „Was hättest Du gemacht, wenn es schiefgegangen wäre?"

„Ich hätte die Geister beschworen und mit dem Stamm getrauert."

„Warum konntet Ihr nicht einen Arzt oder eine Hebamme rufen? Warum konntet Ihr die Frau nicht früher in eine Klinik bringen?"

„Der Weg in die Stadt ist weit und die Hilfe in der Klinik hätten wir nicht bezahlen können."

„Hättet Ihr mich verurteilt, weil ich eingegriffen und versagt hätte?"

„Einige Menschen vielleicht, aber ich nicht. Du bist sehr mutig und tapfer."

„Darum geht es überhaupt nicht. Ich konnte Eurer Hilflosigkeit nicht zuschauen. Sorge dafür, dass eine der Frauen zur Hebamme ausgebildet wird!"

„Du meinst die Kraft der Geister kann uns nicht helfen?"

„Wie denn? Wo sind sie denn? Wenn Du Kranke oder Verletzte behandelst, dann bist doch Du es und nicht die Geister!"

„Die Menschen hier glauben an die große Kraft der Geister."

„Erkennst Du den großen Unterschied zwischen Indianern und Weißen? Wenn die Weißen vor einer unlösbar erscheinenden Aufgabe stehen, dann tun sie noch irgendetwas, während die Indianer hilflos abwarten und die Schuld den Geistern anlasten."

„Die Natur hat eigene Gesetze und wir leben nun mal in und von der Natur."

„Willst Du damit sagen, wenn die Natur nicht will, dass ein Kind gesund auf die Welt kommt, dann ist das so? Der Wille ist eine Reaktion des menschlichen Verstandes. Geister, die die Natur steuern, sind Fantasiebilder! Wenn Ihr in der Natur leben wollt, dann dürft Ihr Euch nicht nur von ihr mit Essen und Trinken bedienen. Ihr müsst etwas tun. Das beginnt schon mit dem Abholzen des Waldes. Wenn Ihr Holz aus dem Wald braucht, dann müsst Ihr auch dafür sorgen, dass dort wieder Holz wächst ... und das macht Ihr, nicht die Geister! Lass die Menschen glauben, was sie wollen, wenn es ihnen etwas bringt. Aber das Überleben auch in der Natur ist nur möglich, wenn der Mensch sich aktiv um die Natur bemüht. Das ist nicht nur hier so, sondern überall auf der Welt."

„Alle Religionen basieren auf einem Glauben. Menschen glauben so fest an ihre Gottheit, dass sie sich gegenseitig umbringen. Sie führen sogar Kriege zur Ehre ihres Glaubens gegen Ungläubige, weil sie der Meinung sind, sie bringen allen Menschen die göttliche Glückseligkeit."

„Ja, das ist leider so, weil die Religionen den Glauben der Menschen instrumentalisieren.

Sie benutzen ihn, um wirtschaftliche Interessen und Macht zu erlangen. Sie nutzen die natürliche Trägheit und Faulheit der Menschen aus, denn wer fest an eine Sache glaubt, braucht außer beten nichts mehr zu unternehmen. Die Gottheit führt ja das richtige Ergebnis herbei, auch wenn es dem Menschen Unglück oder den Tod bringt."

„Wie können Religionen Unrecht haben, wenn sie Jahrtausende existieren, wenn die Menschen ihren Lehren und Traditionen Jahrtausende folgen?"

„Sie haben nicht Unrecht. Warum soll alles falsch sein, woran die Menschen seit ihrer Existenz glauben?! Die Religionsführer ersetzen das Wissen und das Streben nach Wissen durch den Glauben und stellen damit dem Menschen Angst und Schrecken, auch Glückseligkeit in Aussicht: Egal, was der Mensch tut oder lässt, die Gottheit bestimmt sein Schicksal. Warum soll also der Gläubige irgendetwas tun?! Der Mensch kann es sich sogar aussuchen, welcher Religion er angehören will. Das ist wie das Angebot in einem Kaufhaus: Die eine Religion verspricht die Vergebung der Sünden, die andere aber viele Jungfrauen und das Schlaraffenland im Himmel. Der Mensch kann sogar wählen, ob er glaubt oder nicht: Er kann glauben, sich verwöhnen lassen und das ewige Leben erreichen oder er setzt seinen Verstand ein und leistet fleißig etwas für sich und andere Menschen und stirbt, wenn seine Zeit gekommen ist."

Ada wurde von Hehewuti und John gesucht. Die beiden fanden ihren Gast beim Medizinmann und bekamen die letzten Sätze des interessanten Gesprächs mit: „He, ihr beide versucht wohl, die Welt zu verändern."

„Das werden wir sicher nicht schaffen, aber es lohnt sich darüber nachzudenken. Ada-Reede ist nicht nur mutig und tapfer, sie versteht es auch, ihre Gedanken zu formulieren. Vielleicht sollten wir Doja absetzen und Ada-Reede zu unserem Häuptling wählen."

Jetzt lachten alle und gingen ihrer Wege. Coahoma verschwand in seinem Tipi und die anderen drei bereiteten sich auf einen gemütlichen Abend vor.

„Ada, Du hast es geschafft, in unserem Dorf, in unserem Stamm Freunde zu gewinnen. Die Menschen achten Deine offene und sympathische Art. Sie vertrauen Dir. Wenn Du noch andere Reservate besuchen willst, wirst Du sicher ebenso erfolgreich sein. Welchen Eindruck hast Du von uns gewonnen?"

„Die Naturverbundenheit der Menschen und die tief verwurzelten Traditionen sind die Gründe dafür, dass es die Stämme glücklicherweise immer noch gibt. John, Du hast einmal den Begriff Zeitreise in die Steinzeit geäußert. Die Menschen leben hier immer noch gerne auf der Entwicklungsstufe, die schon vor Jahrhunderten oder Jahrtausenden geherrscht hat. Die Menschen sind glücklich in ihrem Wissen, dass die Natur ihnen alles gibt, was sie zum Leben brauchen. Sie sehen sich als einen Teil der Natur und verehren ihre Ahnen, indem sie deren Kraft als Geister in der Natur erkennen. Da sie eine Macht über andere Menschen ablehnen, bilden sie kein Volk, sondern leben in der Familie, in ihrem Stamm. Völker wie die Weißen haben diese Wurzeln nicht. Sie leben in der Angst, ständig etwas für ihre Vorsorge zum Weiterleben tun zu müssen. Dadurch entsteht zunächst die technische Weiterentwicklung.

Die ist aber nur möglich durch einen ständigen Wettstreit, dem Raffgier und Machtansprüche folgen. Wenn ich nun sagen würde, ich verachte diese Lebensweise, dann würde ich lügen, denn in dieser hochentwickelten Kultur, Technik, Wirtschaft und Wissenschaft muss ich auf viele mir angenehme Dinge nicht verzichten. Z.B. die medizinische Versorgung, die bequeme Mobilität, die Freiheit, nach meinen Fähigkeiten entscheiden zu dürfen. Ihr Indianer seid es gewohnt, in den von der Natur aufgezeigten Grenzen zufrieden zu leben. Der weiße Mann wird immer bestrebt sein, Grenzen niederzureißen. Er wird schon in den ersten Sätzen seiner religiösen Beeinflussung dementsprechend aufgefordert: Gehet hin und mehret Euch!

Es ist sinnlos, darüber zu streiten, was gut und schlecht oder was besser und schlechter ist. Entscheidend ist, dass jeder Mensch zu einer Gesellschaft gehört, die sich Regeln und Gesetze gegeben hat. Es ist seine Aufgabe in dieser Gesellschaft, seine Zufriedenheit, sein Glück zu finden. Allerdings wird er dabei nie darum herumkommen, andere Menschen als Gleiche zu achten."

Hehewuti griff ein: „Ada, Du sprichst große Worte aus. Die Schwierigkeiten liegen im Detail. Der Mensch kann nur in Frieden leben, wenn er sicher sein kann, dass Verstöße gegen die Gesetze als Verbrechen zu ahnden sind."

„Wir haben dafür ein lustiges und zutreffendes Sprichwort: Es kann der Beste nicht in Frieden leben, wenn es dem bösen Nachbarn nicht gefällt!"

Alle drei lachten und nickten zustimmend. John kam noch einmal auf die Reservate zurück. „Wir sind hier vermutlich das kleinste Reservat. Es gibt andere Reservate, in denen größere Stämme leben. Dort findet man sicher auch Geschäfte, Händler und Handwerker. Das heißt die Art des weißen Mannes, sein Leben zu gestalten, beeinflusst das Leben der Indianer. Bald wird es auch eine medizinische Versorgung geben. In unserem Dorf stößt der Medizinmann an seine Grenzen und die Dorfbewohner sind damit einverstanden. Wir haben erlebt, wie Du die gebärende Mutter und ihr Kind gerettet hast. Wäre sie gestorben, hätten die Menschen im Dorf das als natürlich hingenommen."

„Aber ganz bestimmt nicht die Mutter. Auch wenn sie keine Chance mehr sieht, würde sie ihr Leben für das des Kindes geben."

„Da hat Ada unbedingt recht", ergänzte Hehewuti.

„Betrachten wir noch einmal das Recht des einzelnen Menschen und die Gesetze der Gesellschaft. In der Verfassung steht: Die Würde des Menschen ist unantastbar!"

„Das hört sich doch an, als stünde das Recht des einzelnen Menschen über dem Gesetz der Gemeinschaft."

„Ja! Das kann damit aber nicht gemeint sein, denn dann bräuchte der Mensch die Gesellschaft nicht. Die Rechte des einzelnen Menschen gelten, solange die Rechte der anderen und die Gesetze der Gesellschaft nicht verletzt werden. Bleiben wir bei dem Beispiel des Medizinmanns. Er besteht darauf, dass seine Kenntnisse ausreichen. Euer Stamm sieht darin aber eine Gefahr und beschließt eine Hebamme zu engagieren. Dann gilt das Recht des Medizinmanns nicht mehr und die Hebamme wird beschafft. Der Medizinmann kann den Beschluss akzeptieren oder er nimmt sein Recht wahr, in einem anderen Stamm arbeiten zu wollen."

„Du hast recht, Ada. Den schlechten Einflüssen des weißen Mannes können wir mit unserer Verbundenheit mit der Natur und dem Festhalten an unseren Traditionen begegnen, aber wir wären dumm, wenn wir die guten Einflüsse nicht erkennen würden."

„Das größte Hindernis für eine positive und friedliche Entwicklung ist die gegenseitige Missachtung."

„Die kann aber überwunden werden durch gemeinsames Wissen und Können und durch gegenseitige Nützlichkeiten."

„Dafür sind Eure Schule und Du, John, beste Beispiele! Allerdings dürfen wir nicht vergessen, dass Vorurteile, die in den historischen Entwicklungen entstanden sind, gleichzeitig abzubauen sind. Nehmen wir unseren kleinen neugeborenen Indianer: Er erlebt seine erste Erziehung durch die Mutter und - sofern die Mutter es zulässt - durch den Vater."

John unterbrach Ada lächelnd: „Mütter sind da manchmal etwas eigen! Zugegeben, sie haben auch einen Vorsprung in der Bewältigung der anstehenden Aufgaben."

„Dann mischen sich andere Menschen in die Erziehung ein: Freunde, Verwandte, die Religionen, Vereine und Schulen folgen. Als Indianer erlernt er den Umgang mit der Natur, das Jagen usw. Der junge Mensch wird mit dem anderen Geschlecht und dem Beruf konfrontiert. Er steht vor einer riesigen Menge an Informationen, Aufgaben und Verpflichtungen, die er selbst als Individuum bewältigen muss. Am Anfang helfen ihm Lehrer und Prediger noch, aber dann entscheidet er selbst, was für sein Leben richtig und wichtig ist. Erst als Erwachsener erkennt er, dass er die gewaltige Leistung - selbständig zu werden - geschafft hat. Er ist fähig und trägt die Verantwortung für jede seiner Entscheidungen. Je mehr er auf seinem Weg gelernt hat, desto leichter fällt ihm diese tägliche, permanente Aufgabe."

Hehewuti grinste Ada an: „Ich habe bisher nur wenig in Deinen Schriften gelesen - John wird mir sicher die anderen Magazine noch beschaffen - und ich denke, dass ich Dich verstanden habe. Du setzt den Hebel noch tiefer an und legst die Verantwortung für mögliche Veränderungen in die Hand jedes einzelnen Menschen."

DER VORTRAG

John Tee brachte Ada-Reede mit seinem klapperigen Jeep in die Stadt. Verstaubt und durstig erreichten sie die Bar von Mike: „Hallo, Ihr zwei. Ada, ich habe Dich eine lange Zeit nicht gesehen. Ihr habt bestimmt eine Menge zu erzählen." Er stellte Bier auf den Tresen: Ich freue mich über Eure glücklichen und verstaubten Gesichter. Die Runde geht auf mich."

John antwortete: „Ja, Mike. Wir sind Freunde geworden und Ada ist eine Heldin!"

„Meine Herren, wenn ich ausgetrunken habe, werde ich ein Zimmer belegen, mich frisch machen und dann erst einmal schreiben. John kommst Du nach der Arbeit noch hier vorbei?"

„Ja. Wir sehen uns noch."

Dann war Ada weg. Sie duschte ausgiebig. Da sie im Reservat indianische Kleidung getragen hatte, konnte sie ihre zivilen Klamotten noch anziehen. Sie bestellte etwas zu essen und zu trinken und dann saß sie auch schon an ihrem Laptop. Sie wollte ihren Bericht noch fertig haben und an Odiman schicken, ehe sie sich um den Heimflug kümmerte. Sie musste sich konzentrieren, damit sie keine interessanten Einzelheiten vergaß. Immerhin hatte sie im Reservat keinen Strom, genau wie im australischen Outback. Also brauchte sie Zeit. Sie hätte sogar das Treffen mit John verpasst, wenn Mike sie nicht angerufen hätte.

„Schau nur John. Die Dame hat sich für uns hübsch gemacht. ... Du bist eigentlich immer hübsch, Ada. Aber Du warst etwas verschmutzt."

„Du alter Schmeichler!"

„Wie weit bist Du gekommen? Willst Du noch etwas von mir wissen?"

„Ich brauche sicher noch einen Tag. Die paar Notizen helfen mir schon. Jetzt habe ich erstmal wieder Durst."

Die drei unterhielten sich an der Theke, machten Späße und lachten. Mike fiel auf, dass John Tee auffallend locker und aufgeschlossen war.

„Naja, wenn ich mit Dir rede, kommt da meistens nicht viel dabei heraus, aber Hehewuti und ich haben die Zeit genossen, wenn Ada sich mit uns unterhielt. Du könntest auch von Ada etwas lernen." Mike schaute staunend von Ada zu John. „Na, Du könntest z.B. ohne Vorurteil mir, einem Indianer, mit Achtung gegenübertreten."

Alle drei bogen sich vor Lachen und prosteten sich zu.

Für John Tee wurde es Zeit. Er hatte noch einen langen Weg vor der Dunkelheit hinter sich zu bringen und er verabschiedete sich: „Ada, ich danke Dir für alles!"

Ada umarmte und küsste ihn: „John, Du bist ein toller Mann und ein guter Indianer. Grüß Deine Familie und die Freunde. Sag bitte dem Medizinmann, er soll sich über mich nicht ärgern, nur nachdenken."

„Lebe wohl Ada-Reede, die Eskimofrau! ... Und Du Mike denk daran, was ich gesagt habe."

Mike machte einen Diener und sagte mit ernstem Gesicht: „Jawohl, der Herr!"

Sie lachten noch lange nachdem John schon losgefahren war.

Auch Ada machte sich gleich wieder an die Arbeit: „Entschuldige Mike. Ich muss mich sputen. Wenn ich Durst habe, komme ich wieder!"

„Vergiss nicht zu schreiben, dass die Indianerinnen auffallende Schönheiten sind."

„Wie kommst Du denn jetzt darauf?"

„Sie sind wunderschön natürlich gewachsen und sie verstehen es, sich mit ihren bescheidenen Mitteln überzeugend reizvoll zurechtzumachen. Das ist Dir als Frau wohl nicht aufgefallen oder?"

„Oh doch, mein lieber Casanova!"

Stunde um Stunde kämpfte Ada gegen die Müdigkeit. Manchmal freute sie sich im Halbschlaf auf die Heimkehr. Sie spürte die Sehnsucht nach ihrer Familie und den Freunden. Odiman hatte bestimmt oft mit ihnen gesprochen. Wenn sie morgen oder übermorgen fliegen könnte, käme sie gewiss noch während des Marktes zu Hause an. Sie hatte den Termin ihrer geplanten Ankunft nicht verraten. Ada wollte sie alle überraschen, damit sie nicht auf die Idee kommen sollten, Ada mit einer Blaskapelle am Bahnhof zu empfangen.

Ab und zu genehmigte sie sich ein schnelles Bier bei Mike, sprach mit ihm ein paar Sätze und verschwand wieder. Er wollte sie auch aufhalten, weil er sich Sorgen machte, dass sie zu viel arbeitete. Auch Mike war ihr ein Freund geworden. Ada brauchte mehr Zeit, als sie sich das vorgestellt hatte. Zu viele, interessante Informationen und Einzelheiten kamen ihr beim Schreiben in den Sinn, sodass sie oft Denkpausen einlegen musste. Als sie es endlich geschafft hatte, buchte sie einen

Direktflug nach Hause und schloss den Laptop. Sie war für niemanden mehr zu erreichen, auch nicht für Odiman, der ihr bestimmt noch Fragen stellen wollte. Draußen war es bereits dunkel. Ada hatte nur noch im Sinn, in aller Ruhe in Mikes Bar ein Bier zu genießen: „Mike, ich bin fertig. Schenke mir bitte zum Bier auch einen Whisky ein."

Der Barkeeper hatte Zeit und kümmerte sich um seinen beliebten Gast: „Ada, ich habe mir überlegt, dass die Indianer im Reservat tatsächlich etwas davon haben, wenn viele Menschen etwas über sie lesen, was aktuell ist. Zumindest werden die Klischees aus der Literatur und den beliebten Westernfilmen mit den weißen Revolverhelden dadurch abgebaut, und ihr hartnäckiger Kampf um den Fortbestand ihrer Lebensart wird in der Zivilisation diskutiert."

„Das ist aber nur ein Nebenprodukt dessen, was meine Leser interessieren soll."

„Das weiß ich ja, aber wenn z.B. der Medizinmann aus Gründen der Armut der Indianer sich weigert, die Erkenntnisse der modernen Medizin wahrzunehmen, dann ist bestimmt eine Reaktion aus der Ärzteschaft zu erwarten."

„Vielleicht hast Du recht. Noch wichtiger ist die Bildung der Kinder und Jugendlichen. Ich wünsche mir, dass die überlieferten Traditionen beibehalten werden und die Jugendlichen trotzdem die gesellschaftlichen Bremsen lösen. Wenn erst einmal Leistungen der Jugendlichen bekannt werden, dann wird auch der letzte weiße Mann seine Vorurteile gegen die Indianer ablegen. Das beste Beispiel sehen wir bei John Tee. … Mike, ich wollte eigentlich auch mit Dir jetzt nicht mehr sachlich diskutieren, sondern nur noch abschalten."

„Du hast recht. Du hast genug gearbeitet. Hast Du schon gepackt? Hoffentlich bringst Du Deinen Freunden indianische Kunst mit. Vielleicht ein Tomahawk?"

„Du kommst vielleicht auf Ideen. Was soll ich denn mit einem Tomahawk? Das kriege ich noch nicht einmal durch die Kontrolle am Flughafen."

„Jetzt trinkst Du Dir erstmal einen kleinen Schwips an und schaust mir bei der Arbeit zu. Wer kann schon wissen, ob wir uns jemals wiedersehen."

Immer mehr Gäste besuchten die Bar. Mike hatte alle Hände voll zu tun, aber Ada ließ er nicht aus den Augen. Sie hatte den Kopf auf den Tresen gelegt und war eingeschlafen. Mike streichelte ihr zart übers

Haar und flüsterte: „Ada, aufwachen!" Sie schreckte hoch und musste sich erst einmal zurechtfinden. „Es wird Zeit für Dich."

Ada lächelte schlaftrunken: „Ach Mike, ich bin glücklich, Dich zum Freund zu haben."

„Ja, ja, ja. Marsch ins Bett jetzt!"

Ada wollte noch etwas sagen, aber Mike nahm sie in den Arm und führte sie sanft zur Tür: „Leb wohl, schönste aller Eskimofrauen!"

Im Flieger kreisten ihre Gedanken um ihre Ankunft und die Menschen zu Hause, die sie seit fast einem Jahr nicht gesehen hatte. ... Werden sie gesund sein. Bestimmt, sonst hätte Odiman schon etwas geschrieben. Ob ich noch rechtzeitig zum Markt komme. Mutter wird sicher schimpfen, weil ich solange weg war. Ob Vater stolz auf mich ist. Ich müsste Tyler informieren, dass er mich abholt. ... Ada schlief immer wieder ein und als die Maschine landete, schien ihr der Flug gar nicht so lang gewesen zu sein.

Im Zug überlegte Ada noch, ob sie für den Rest der Strecke ein Taxi nehmen sollte, entschied sich aber dazu, erst einmal heimatliche Luft zu schnuppern und dann nach dem Bus Ausschau zu halten. Im Zug wurde sie von Menschen seltsam interessiert angeschaut, aber sie steckte es als zufällig weg. Der Bus stand vor dem Bahnhofsgebäude. Ada stieg ein und der Busfahrer grinste sie an. Kaum war der vollbesetzte Bus auf der Strecke zur Stadt, als es im Lautsprecher knackte: „Ada-Reede, ich kann mich noch erinnern, als Du vor einem Jahr weggefahren bist. Willkommen zu Hause!"

Ada lächelte dem Busfahrer in seinem Rückspiegel zu: „Danke!"

An einer Haltestelle ging eine Frau an Ada vorbei, drückte ihr die Hand und sagte: „Danke Ada! Du hast meinem Mann und mir viel gegeben."

Adas Gepäck war der Rucksack. Sie hatte den Weg von Tyler gezeigt bekommen und sie beschloss, durch die Geschäftsstraßen der Stadt zu spazieren und an Tylors Tür zu klingeln.

Ihr Lehrer war zu Hause, öffnete die Tür und brachte keinen Ton heraus. Wortlos nahm er seine Musterschülerin in die Arme und brauchte einen Moment der Rührung. Die Freude und Dankbarkeit über Adas Unversehrtheit machten den Lehrer überglücklich: „Jetzt begrüßen wir schnell Odiman und dann bring ich Dich zu Deinen Eltern."

Beim Portier meldete sich Ada mit ihrem Namen, um den Chef zu sprechen. Der Mann informierte die Sekretärin. Die gab keine Antwort, sondern legte den Hörer auf und rannte zu Chef: „Ada ist wieder da!"

Odiman brüllte, dass man es im ganzen Haus hörte: „Was??? Ada-Reede ist wieder da!!!"

Überall wurden die Türen aufgerissen. Die Mitarbeiter kamen aus den Büros und klatschten Beifall, als Ada über den Flur Odiman entgegenging.

Wer Zeit hatte und einen Platz fand drückte sich in den überfüllten Konferenzraum. Hände schütteln, Umarmungen, freundliche Worte … dann saß Ada mit den Freunden am Tisch. Die Sekretärin ließ ein paar Sektflaschen öffnen. Man hieß sie willkommen und prostete ihr zu. Unverhofft schleppten zwei Redakteure einen Wäschekorb herein und kippten den Inhalt vor Ada auf den Tisch. Sie erschrak: „Was soll das? Was ist das?"

„Das ist Deine Fanpost! Die Menschen schreiben Dir aus der ganzen Welt. Du wirst Dir Zeit nehmen müssen, sie zu lesen und zu beantworten."

Die Freunde und die Mitarbeiter freuten sich und lachten über die gelungene Überraschung.

„Du lieber Himmel, dafür brauche ich ja ein ganzes Jahr."

„Vielleicht musst Du sogar einen Dolmetscher einstellen."

„Warum hast Du nicht angekündigt, wann Du zurückkommst? Wir hätten Dich am Flughafen abgeholt."

„Das habe ich mir gedacht, aber ich wollte Euch überraschen und Euch den Aufwand ersparen."

Der Chefredakteur blickte Ada streng an und zuckte mit den Schultern: „Der Chef zahlt doch sowieso alles!"

Das Gelächter der Mitarbeiter und des Chefs brachte die Empfangsstimmung auf den Höhepunkt: „Und jetzt liebe Ada, zieh Leine! Deine Eltern wissen bestimmt schon, dass Du hier bist und wollen Dich sehen. Ich erwarte Dich morgen oder übermorgen zum Rapport. Deine Karriere ist noch nicht zu Ende."

„Hast Du Dir etwa schon wieder etwas Neues für mich ausgedacht? Tyler bringt mich jetzt zu meinen Eltern und von denen bringt mich so schnell keiner mehr weg!"

Odiman, sein Chefredakteur und die ganze Mitarbeiterschar bogen sich vor Lachen, als wüssten sie es besser.

Wie ein Lauffeuer hatte sich in der Stadt und auf dem Markt Ada-Reedes Ankunft herumgesprochen. Die ganze Familie und die befreundeten Züchter und Händler versammelten sich vor dem Zelt der Eltern. Mutter und Vater weinten mit Ada, als sie die geliebte Tochter lachend in die Arme nahmen. Aller Kummer, alle Angst fiel von ihnen ab. Sie hatten ihre Ada wieder. Nur das zählte für sie.

Als die Nachricht sie erreichte, war die größte Sorge von Alicia-Rose: „Ich muss etwas zu essen machen. Das Kind wird hungrig sein."

Laurenz beruhigte sie lächelnd: „Sie wird sicher keinen Bissen runterkriegen. Wir Männer haben schon Sekt kaltgestellt zur Begrüßung und später gehen wir alle ins Gasthaus. Heute wird gefeiert"

Tyler stand mit Laurenz zusammen. Sie drehten ein Sektglas zwischen den Fingerspitzen: „Laurenz, Du darfst stolz sein auf Deine prächtige Tochter."

„Das bin ich, mein Freund. … Aber Dir gebührt der größte Erfolg. Du hast sie ausgebildet und mich immer wieder beharrlich damit belästigt, sie auf die Schule zu schicken. Du hast nie aufgehört, an ihre Fähigkeiten zu glauben, weil Du es besser wusstest, was in ihr steckt."

Als Mutter und Tochter einen Moment alleine im Zelt waren, sagte Ada: „Mama, ich mag diesen Rummel um meine Person gar nicht!"

„Mein Kind, das ist der Preis für Deine Berühmtheit. Die Menschen lieben Dich, weil Du ihnen etwas gibst oder weil sie durch Dich Geld verdienen. Das musst Du so sehen, als hättest Du es beabsichtigt, was vielleicht ja auch stimmte. Fest steht aber, dass die Menschen mit Deinen Schriften, mit Deinen erlebten Erfahrungen, mit Deinen Beobachtungen in anderen Kulturen etwas anfangen können, wenn sie den Mut haben, sich selbst in Frage zu stellen. Sie können für sich etwas erkennen. Sie sind Dir dankbar dafür, dass Du sie aufgeweckt hast. Einige werden von Dir noch etwas erwarten, was Du ihnen aber nicht geben willst. Dann sind sie enttäuscht, weil sie Dich eben nicht verstehen. Damit musst Du leben, ohne zu verzagen. Bleib Dir treu und denen, die Dich bedingungslos lieben."

„Deswegen ziehe ich auch wieder mit Dir, Papa und der Herde in die Natur! Davon lasse ich mich nicht abbringen!"

Ada-Reede war noch etwas müde vom Empfang auf dem Markt und der anschließenden Feier im Gasthaus, aber sie erschien im Verlag von Odiman. Der Chef hatte eine Sitzung mit den Journalisten anberaumt: „Odiman ich habe alle Belege gesammelt und nach Datum abgeheftet.

Willst Du sie noch sehen, bevor ich sie in die Buchhaltung gebe?"

„Das werde ich wohl müssen, aber jetzt nicht. Wir sind aus einem anderen Grund hier. Chefredakteur, Du hast das Wort."

„Liebe Ada, fast ein Jahr haben wir Deine spannenden Berichte gelesen und bearbeitet. Die Kollegen, der Chef und ich waren erstaunt, wie wenig Zeit wir dafür brauchten, um Deine Schriften druckreif zu machen. Du hast überzeugend recherchiert und Deine Formulierungen sind nicht nur bei uns, sondern auch bei unseren Lesern angekommen. Das bestätigten uns auch die vielen Reaktionen von den Lesern an die Redaktion. Du hast also alles richtiggemacht, wie man es von einem Journalisten erwarten darf. Wir sind der Meinung, dass damit Dein Manko des Dir fehlenden Studiums ausgeglichen ist. Du arbeitest professionell und Du bist damit ein Profi."

Odiman unterbrach seinen Chefredakteur: „Wir haben daher beschlossen, Dich als Journalistin mit den vollen Bezügen einzustellen!"

„Ich danke Euch für Euer Lob und vor allen Dingen Dir Odiman für Dein finanzielles Vertrauen. Ich habe Kosten vermieden, wo es ging, aber ich musste auch auf Überraschungen reagieren."

„Mach Dir mal keine Sorgen über Deine Ausgaben. Die Auflage unseres Magazins wurde so groß, dass wir zusätzliche Leute einstellen mussten. Was sagst Du zu unserem Beschluss, Dich in unser Team aufzunehmen?"

„Ich habe auf meiner Reise Erfahrungen in der Praxis gesucht und verstehe nun viele Dinge in anderen Kulturen, die ich mir nicht vorstellen konnte. D.h. nicht, dass ich sie akzeptiere. Ich vermeide eine anmaßende Beurteilung. Das habt Ihr in meinen Schriften hoffentlich erkannt. Ich würde mich in der Zivilisation bestimmt nie wohlfühlen. In der Natur bin ich auf Dinge, die mir schaden könnten, vorbereitet. Dort kann ich arbeiten und erkenne das Ergebnis meines Tuns. In einer festen Einstellung in der zivilisierten Gesellschaft würde ich nicht glücklich sein."

„Dann wirst Du Dich eben anpassen müssen."

„Warum sollte ich das? Warum übernehmen die Menschen in der Zivilisation nicht die guten Dinge der Natur, statt sie zu zerstören?"

„Ada, Du denkst idealistisch. Idealismus können wir uns allerdings in der auf Profit gerichteten Zeit nicht leisten. Du sagst doch selbst auch, dass Du auf die angenehmen Seiten der Zivilisation nicht verzichten möchtest. Das Leben der Menschen war noch niemals nur schwarz oder weiß. Sie versuchten immer, das Beste für sich selbst zu gewinnen. Es ging ihnen immer um ihren eigenen Profit.", griff der Chefredakteur ein.

„Ja. Es ist nicht die Zeit, sondern das Verhalten der Menschen verändert die Welt. Hätten die Menschen auf Propheten wie z.B. Mohamed und Jesus gehört, statt die Interpretationen deren Lehren den Religionsführern zu überlassen, hätten sie sich viele grausame Schicksale erspart."

„Die Lehren waren nicht allgemein verständlich und sie mussten auch gegen den Willen der Menschen in der jeweiligen Gesellschaft durchgesetzt werden."

„Das gebe ich zu. Aber es geschah zum Vorteil der Wortführer. Die stumpfsinnig oder kritiklos glaubenden Menschen haben es zugelassen, dass diese Verführer damit die Macht über alle Menschen an sich reißen konnten."

„Die täglichen Existenzaufgaben haben sie von der Kommunikation und vom Zuhören abgelenkt. Deshalb musst auch Du mit Deinen Lesern reden", mischte sich Odiman wieder ein. „Odiman, ich bin doch kein Messias, und ich habe ihnen alles gesagt, was ich erlebt habe."

„Das genügt aber nicht. Die Professoren an unserer Universität haben mich angefleht, Dich zu einem Vortrag vor Studenten im Auditorium Maximum zu überreden. Sie überwiesen mir sogar schon das Honorar für Deinen Vortrag."

Ada-Reede schrie es förmlich aus: „Was hast Du gemacht? Du hast mich verkauft! Du weißt genau, dass ich keinen Vortrag halte, weil ich bereits alles gesagt habe, was ich zu meinen Themen weiß!"

Nun entstand aus dem Gespräch ein heftiger Streit zwischen Ada-Reede und dem Verleger Odiman. Ada verließ wutentbrannt die Firma und zog sich zu ihrer Familie zurück. Sie war still geworden und beschäftigte sich mehr mit der Herde als mit den Familienangehörigen.

Laurenz beobachtete mit Sorge seine Tochter und versuchte behutsam mit Worten in ihre Gedankenwelt vorzudringen. Schließlich forderte er eine Antwort: „Nun sag schon, was Dich bedrückt. Du weißt genau, dass ich immer hinter Dir stehe!"

„Vater, Odiman hat mich zu einem Vortrag verkauft. Er benutzt mich und bietet mir sogar eine feste Anstellung an. Das ist alles gegen meinen Willen. Die Freundschaft hat mir bisher geholfen, meinen Weg zu gehen. Jetzt sind wir keine Freunde mehr."

„Du hast recht, meine Tochter. Diese unangenehmen Dinge belasten Dich. Wie ich Dich kenne, wirst Du Dich von Deinem Willen nicht abbringen lassen. Wenn Dir jemand seinen Willen aufzwingen will und Du ablehnst, dann ist das so! Warum quälst Du Dich trotzdem damit?"

„Weil die mir vorgetragenen Argumente auch stimmen. Hier bei Dir und Mama durfte ich lernen, mich entwickeln und wir haben immer einen gemeinsamen Weg gefunden. In der zivilisierten Welt geht es nur darum, dass der Mächtige seinen Vorteil gegenüber den Dummen durchsetzt. Damit kann und will ich nicht leben."

„Odiman ist Dein Freund. Er hatte bestimmt keinen Dir schadenden Hintergedanken. Er ist ein Mensch wie Du und ich; dazu trägt er aber noch die Verantwortung für seinen Verlag. Vergiss einfach Deine dunklen Gedanken und denke sachlich." Dabei nahm Laurenz seine Tochter tröstend in die Arme und drückte sie fest an sich.

Als er endlich merkte, dass sie sich entspannte, holte er einen Flachmann aus der Tasche und Vater und Tochter prosteten sich mit einem heilsamen Schluck und einem Lächeln im Gesicht zu: „Papa, Dein Schnaps schmeckt scheußlich, aber Du bist mit der Mama der aller liebste Mensch auf der Welt!"

Laurenz schmunzelte: „Das ist halt so: Zur liebsten Tochter gehört eben auch ein liebster Vater!"

Der Hörsaal in der Universität war voll besetzt. Unter die Studentinnen mischten sich auch neugierige Professorinnen. Sie freuten sich auf eine spannende Rede der berühmten Eskimofrau, Ada-Reede. Ada hatte sich ausnahmsweise für diese Veranstaltung wieder mit Odiman versöhnt. Nun betrat sie das Podest vor den steilansteigenden Sitzreihen des Audimax. Sie legte einen Ordner aufs Pult. Im Saal herrschte absolute Ruhe. Sie schlug den Ordner auf und sprach mit lauter und fester Stimme: „Männer vögeln Frauen. Frauen kriegen Kinder!" Dann klappte sie demonstrativ den Ordner zu und wandte sich dem Ausgang zu. Ein wütendes Pfeifkonzert ertönte vom Auditorium und viele Zwischenrufe: „Frau Professorin, so geht das nicht!"

„Wir sind doch nicht umsonst hierhergekommen!"

„Wir wollen etwas hören von Ihnen!"

„Was soll der provozierende Auftritt?"

„Wir wollen für die Gleichstellung kämpfen!"

Ada-Reede blieb stehen und kehrte zögernd zum Pult zurück. Dieses Mal legte sie den Ordner ungeöffnet hin: „Erstens meine Damen, nennen Sie mich nicht Frau Professorin. Das bin ich nicht und ich will niemals etwas sein, was ich nicht bin! Zweitens gehe ich davon aus, dass Sie meine Schriften gelesen haben, wenn Sie mich schon hierher rufen. Und drittens vermute ich, dass Sie sich in dem Status befinden, der Ihrer akademischen Ausbildung entspricht: Sie sind hier, um durch hören zu lernen, anstatt nachzudenken und zu verstehen, was Sie sich als Wissen schon angeeignet haben. Sie wollen das lernend vertiefen, was die Professoren von Ihnen als Lehrplan verlangen, damit Sie akademische Fachleute werden. Sie beschäftigen sich aber nicht mit dem Verständnis des Lebens und auch nicht mit der Welt in der Sie leben!" Zögernd klopften einige Frauen mit den Fingerknöcheln auf die Pulte an ihren Plätzen. „Wenn Sie meinen, ich provoziere Sie, dann haben Sie recht. Alles, was ich sagen kann, haben Sie gelesen. Denken Sie nach. Wie könnte ich Ihnen weiterhelfen?"

„Ada-Reede ich akzeptiere, dass unsere akademische Ausbildung manchmal kritikwürdig ist, aber ich habe tatsächlich beim Lesen Ihrer Schriften, ab und zu den Kopf geschüttelt und erhoffe mir von Ihnen entsprechende Aufklärung. Sie dürfen es ruhig mangelndes Verständnis nennen."

„Dann bin ich ja beruhigt. Ich dachte schon Sie verlangen von mir, dass ich meine Schriften vorlese." Jetzt lachten die Frauen im Auditorium. „Nennen Sie mir zehn berühmte Männer aus der Geschichte, der Politik, der Wirtschaft oder der Wissenschaft, die Ihnen spontan einfallen." Ada ging an die Tafel und schrieb mit: Einstein, Cäsar, Augustus, Alexander der Große, J. F. Kennedy, Nanson, Benz, Gershwin, Goethe, Schiller. Ada hatte Mühe so schnell mitzuschreiben, wie die Namen genannt wurden. „Und nun werden Sie sicher genauso spontan zehn Namen von berühmten Frauen nennen können." Ada schrieb wieder mit an die Tafel: Queen Elisabeth, Sissi, Kleopatra, Katarina die Große, Maria ... Schweigen ... „Was ist los, Mädels? Warum nennen Sie nicht Madame Curie, Berta Benz, Florence Nightingale, Jeanne d`Arc? Na ganz einfach, weil sie Ihnen nicht einfielen, aber Männernamen hätten Sie sicher noch viele nennen können. Warum überrascht mich das Ergebnis nicht? Warum ist das so?"

„Sie sprechen sicher unser Bewusstsein an", meldete sich eine Studentin.

„Ich frage Sie rhetorisch: Könnte es sein, dass Ihr Bewusstsein die Berühmtheit der Männer höher einschätzt als die der Frauen?! Schätzen Sie die Bedeutung der Männer höher ein als die der Frauen in der Gesellschaft?! Sind Sie bescheiden oder nicht selbstbewusst?!"

Die Frauen im Hörsaal schwiegen. Offensichtlich waren sie überrascht über die Konfrontation mit ihrer Selbstverständlichkeit und dachten nach. „Betrachten Sie einfach sich selbst und Ihre Position in der Gesellschaft."

Eine Frau meldete sich: „Also, ich habe schon eine kleine Familie. Ich habe mir freigenommen für Ihren Vortrag, aber dann muss ich wieder zurück, um mein Kind zu versorgen, für meinen Mann zu kochen und seine Klamotten zu waschen. Wenn er nicht ordentlich gekleidet zum Dienst erscheint, bekommt er Schwierigkeit, das nötige Geld für die Familie zu verdienen. Meine Familie ist zwar von mir abhängig davon, dass wir alle gut leben können, aber ich bin davon abhängig, dass mein Mann Geld verdient."

„Das hört sich ganz normal an. Es gibt aber auch Familien, in denen das Abhängigkeitsverhältnis umgekehrt ist. Es ist keine neue Erkenntnis, dass Frauen zusätzlich zum Kinderkriegen die gleichen Leistungen wie die Männer erreichen können."

„Schon. Bei uns ist die Aufgabenteilung eben in dieser Art gelöst. Und wenn ich besser oder leichter Geld verdienen könnte, würde mein Mann vielleicht sogar darauf eingehen. Das Ganze scheitert aber an der Frage der Gleichstellung der Frauen zu den Männern. Meiner würde sich vielleicht an einer Gleichstellung nicht stören, aber nicht alle Männer reagieren so. Da hat wohl jeder andere Gründe anzugeben. Vielleicht müsste man das per Gesetz verbindlich regeln."

„Würde Sie das zufriedenstellen, wenn im Anstellungsvertrag stehen würde: Weil ein Gesetz das vorschreibt und weil Sie eine Frau sind, kriegen Sie den Job?"

Eine Kommilitonin widersprach: „Der Unfriede wäre vorprogrammiert. Ein Gesetz sollte nicht auf einer Laune basieren, sondern auf einer Notwendigkeit und einer Zweckmäßigkeit. Ich würde die Leistungsfähigkeit der arbeitswilligen Menschen in den Vordergrund stellen."

Ada-Reede nahm den Ball auf: „Meine Damen, erinnern Sie sich doch an die Zeit, wo die Emanzipationsbewegung der Frauen für Unruhe in der Gesellschaft sorgte. War da auch von Leistungen die Rede oder ging es nur darum: Ich bin eine Frau und deshalb will ich ...? Ich frage Sie: Warum hat es diese Bewegung überhaupt gegeben? Hat unser Leben nicht etwa Jahrtausende gut funktioniert?"

„Hat es eben nicht, weil die Frauen schon immer von den Männern unterdrückt wurden!"

„Wie kann das denn sein, wenn wir als natürliche Lebewesen auch in der menschlichen Gesellschaft mit den gleichen Lebensrechten ausgestattet sind wie die Männer? Die Gleichberechtigung von Frauen und Männern dürfte eigentlich nie diskutiert worden sein. Wie also konnten die Männer die Frauen unterdrücken?"

„Das hört man doch heute noch: Das Kannst Du nicht! Das hast Du nicht gelernt! Du bist zu schwach! Du bist zu doof!"

„Warum setzen wir Frauen nicht gerade da den Hebel an? Wir können lernen, eine Leistung zu bringen. Wir können mutig unsere Leistung zeigen und dadurch unsere Wichtigkeit verdeutlichen. Heute ist das möglich. Konnten die Frauen das vor Jahrtausenden auch?"

„Ich denke schon, dass sie das konnten. Es gab ja auch schon im Altertum bedeutende Frauen. Aber die meisten Frauen waren zu sehr mit dem Kinderkriegen und der Ernährung beschäftigt, während die Männer Kriege führten und nur Forderungen stellten."

Eine andere Frau ergänzte: „In der Natur war wohl zu Beginn die Körperkraft zum Überleben entscheidend. Der Mann hatte sie und die Frau hat sich bei ihm sicher und geborgen gefühlt. Dafür hat sie ihn verpflegt und seine Kinder gehütet. Hier liegt die Ursache für die spätere Unzufriedenheit der Frauen: Sie haben freiwillig - vielleicht auch aus Bequemlichkeit - auf ihre Mitentscheidungsrechte verzichtet, weil sie in der anfänglichen Familie den Männern vertrauten."

Eine kräftige und hübsche Frau schüttelte den Kopf und führte die Diskussion in eine andere Richtung: „Mir ist das alles zu kompliziert. Ich treibe Sport, indem ich regelmäßig meinen Körper trainiere, studiere eifrig, werde bald einen tollen Beruf haben und genieße das Leben. Wenn ich einen Mann brauche, suche ich mir einen Kerl mit einem fleißigen Schwanz und den Rest kriege ich auch noch hin!"

Einige Frauen waren schockiert oder unterdrückten ein Grinsen, andere lachten, aber schließlich zollten sie alle der Sprecherin Beifall. Es dauerte eine Zeit lang, bis wieder Ruhe herrschte im Auditorium. Auch Ada lächelte belustigt, aber nicht erstaunt: „Ihr Lieben merkt Euch bitte dieses Statement. Es wird uns sicher noch begegnen. Irgendwo in meinen Schriften ist die Rede davon, dass Frauen Waffen besitzen, denen die Männer nicht gewachsen sind. Welche Waffen mögen das wohl sein? Ich habe z.B. von einem Volk gehört, wo die Frauen in der Gruppe mit der Zunge und den Lippen einen so fürchterlichen Lärm erzeugen können, dass Männer die Flucht ergreifen."

Eine Zuhörerin meldete sich mit einem zögerlichen Zwischenruf: „Pfefferspray!" Eine andere wurde konkret: „Ich habe mir Fingernägel wachsen lassen, die so scharf sind wie die Krallen meiner Katze. Damit haue ich einem Kerl, wenn er mich belästigt, ins Gesicht. Ich kann auch beißen wie eine Hündin mit zehn Welpen. Notfalls schreie ich so aggressiv, dass der Mann alle Lust verliert und abhaut. Zumindest finde ich durch meine Abwehr eine Gelegenheit zu verschwinden. Das hätte Ihnen, Ada-Reede, in Indien vielleicht auch geholfen."

Ada erinnerte sich angewidert an ihr Erlebnis und ein eiskalter Schauer lief ihr über den Rücken: „Das ist grausam und sicher wirkungsvoll, wie ein Manöver des letzten Augenblicks. Immerhin sind die Folgen einer Notwehr des Opfers gesetzlich geschützt. Ich erinnere mich an eine Frau, die mit dem Moped von rechts - also mit Vorfahrtrecht - in eine Hauptstraße einbog. Sie sah das Fahrzeug mit einem vielleicht unaufmerksamen Fahrer und bremste nicht. Es kam zum Crash, sie war verletzt, das Moped war hin. Der Fahrer wollte Hilfe leisten und bat um Entschuldigung, aber die Frau ging wie eine Furie auf ihn los: Wie können Sie es wagen, auf mich, eine Frau keine Rücksicht zu nehmen?! Sie keifte erbärmlich und beleidigend, bis die Polizei vor Ort war. ... Ja, das Fahrzeug habe ich gesehen. Der Fahrer hätte langsamer fahren müssen. ... Das ist richtig, aber warum haben Sie nicht gebremst, um den Unfall zu verhindern? ... Warum sollte ich?! Ich bin doch im Recht! ... Was hat die Frau damit erreicht? ... Nichts! Im Prozess bekam sie sogar eine Mitschuld angelastet. Sie hat keine Aufgabe gelöst, keinen Frieden gestiftet, kein Verständnis gezeigt, keine Sympathie für sich gewonnen, sondern nur auf ihr Recht gepocht. Bestimmt war die Meinung von Zuschauern: Naja, was kann man von einer Frau anderes erwarten!"

Eine Frau ergänzte: „Ich muss das zu meiner Schande eingestehen, weil ich mich auch schon dabei erwischt habe. Ich war beleidigt oder habe geheult, wenn ich kein Argument mehr fand, bis der Mann endlich weich war. Damit zeigt man keine Stärke, sondern Schwäche. Selbst wenn ich dann nach einem Streit Recht bekomme, ist es nur das

Mitleid des Mannes und er denkt: Auf eine Frau muss man eben Rücksicht nehmen!"

Zustimmendes und ablehnendes Gemurmel auf den Rängen brachte Ada-Reede in eine andere Richtung der Diskussion: „Ich danke Ihnen für Ihr mutiges Eingeständnis. Ich bin davon überzeugt, dass Sie erfolgreich diplomatische Wege finden, um auch eventueller Gewalt zu begegnen und Harmonie im Zusammenleben von Mann und Frau erreichen. ... Meine Damen, Sie sind sicher mit mir einer Meinung, dass wir noch nicht alle sogenannten Waffen der Frau zur Sprache gebracht haben. Denken Sie einfach in der gleichen Richtung weiter."

„Ich stimme Ihnen zu, wenn von Waffen die Rede ist, denken die meisten Menschen sicher auch an Gewalt. Wenn ich mir ins Bewusstsein rufe, dass ich etwas will und dass auch der Mann einen Willen hat, kommt es darauf an, dass ich den Mann motiviere, meinem Willen zu folgen oder ich akzeptiere seinen Willen."

„Oh, da fallen mir eine ganze Menge Möglichkeiten ein", wurde sie ergänzt. „Ich ziehe mir etwas Hübsches, vielleicht auch etwas Reizendes an, gehe zum Friseur, schminke mich und lackiere mir die Fingernägel."

„Und Sie meinen, Männer wollen immer Sex und Sie signalisieren ihm, dass Sie auch Sex wollen.?!" ... Gelächter auf den Rängen. ... „Das hört sich einfach an, und wir begeben uns zur Taktik unserer Schwestern vom waagrechten Gewerbe. Das ist in diesem Fall auch einfach, denn beide können zur Befriedigung ihres Willens kommen. Hier spielt zwar zusätzlich Geld eine Rolle, aber lassen wir das einmal außen vor. Spinnen Sie den Faden weiter."

„Wenn es nur um Sex geht, genügt auch manchmal ein längerer Blick in die Augen, eine zufällig scheinende, zärtliche Berührung oder ich bringe mich in eine körperliche Position, dass der Mann den Eindruck hat, ich zeige ihm meine Möse."

„Schon. Aber wir müssen schon zugeben, der Mann kann sich umgekehrt auch so präsentieren. Da fällt es mir auch nicht immer leicht, der Waffe des Mannes zu widerstehen. Außerhalb eines Bordells sehe ich es eher als ein Spiel an, ein liebevolles Kräftemessen."

„Liebe Kommilitonin, Deine Vorstellung vom Liebesspiel gefällt mir ganz gut. Doch manchmal reicht mir das nicht. Dann brauche ich Sex und ich gehe auf die Jagd bis ich ein Opfer gefunden habe. Danach geht es mir wieder besser!" ... Wieder Gelächter auf den Rängen. ... „Der Gipfel ist natürlich, wenn meine vermeintliche Beute ein Jäger ist.

Dann ist der Sex so etwas wie eine paradiesische Befriedigung ... und dauert auch länger an und ist nachhaltiger."

„Ob wir Frauen alle so mit dem sexuellen Bedürfnis umgehen, müssen wir an dieser Stelle nicht weiter breittreten. Wir wissen, dass einerseits Sex notwendig ist für die Fortpflanzung der Menschheit. Andererseits bietet er uns eine Möglichkeit, den gewünschten Ausgleich für Körper und Seele zu finden. ... Kleopatra hat Marc Aurel z.B. mit ihrer Schönheit verführt.

Wir können nur erahnen, was die Hauptmotivation ihres Handelns war, aber feststeht, dass sie mit ihrem Einfluss auf Marc Aurel am Verlauf der Weltgeschichte gedreht hat. Also ist Sex nicht nur eine Aufgabe und ein Bedürfnis des Menschen, sondern gleichzeitig ein Werkzeug, um bestimmte Dinge zu erreichen. Und das geht oft auch gegen den Willen anderer."

„Ada-Reede, jetzt müssten wir konsequenterweise die Frage beantworten, wer am erfolgreichsten, am besten, am sichersten, am nachhaltigsten mit diesem Werkzeug umzugehen versteht. Die Frau oder der Mann? Dann hätten wir auch eine Erklärung oder Begründung für die Emanzipationsbewegung gefunden."

„Ja! Denken Sie darüber nach. Ich gebe Ihnen noch etwas Zeit. Nehmen Sie sich auch Zeit, wenn Sie alleine darüber nachdenken. Wenn Sie glauben, eine Lösung gefunden zu haben, hüten Sie sich vor einer Verallgemeinerung. Beachten Sie aber die Details, die sie heute gehört und gesagt haben. ... Mir ist auf meiner Reise durch die Welt und einige Kulturen Schönes und Hässliches begegnet. Oft musste ich mit dem Schicksal hadern, weil ich es nicht verstand. Dann habe ich mich gefragt, warum? Ich musste nicht dorthin gehen, ich musste mich nicht in Gefahr begeben. Ich war überall eine Fremde, ein Gast. Und ich habe mir erlaubt, für mich persönlich - also nicht in meinen Schriften - meine eigenen Maßstäbe anzulegen. Als Minu gesteinigt wurde, war ich genauso entsetzt wie Sie wahrscheinlich. Hier ist so etwas Grässliches nicht möglich, dort ist es selbstverständlich. Seit sich die Zivilisation etablierte, hat sie sich in allen Kulturen unterschiedlich entwickelt. Z.B. wurde schon Amerika entdeckt und gleichzeitig war es möglich, billige Arbeiter als Sklaven einzufangen. Ich kann nur für mich persönlich Rückständigkeit ablehnen und Sie darüber informieren, dass es sie gibt. Ich kann Sie nicht auffordern, Missstände abzulehnen, aber ich hoffe, Sie tun es, wo Sie es können. ... Nun meine Damen, haben Sie herausgefunden, wer mächtiger ist als wir Frauen?"

„Niemand!", erscholl es aus den Mündern der Frauen im Auditorium. Gleichzeitig lachten sie alle und Ada lachte mit: „Ja, es wäre zu einfach, wenn wir das so stehen lassen könnten. Wir haben heute in unserem Gespräch immer wieder festgestellt, dass auf jedes Argument ein Gegenargument passte. Wir wünschen uns die Gleichstellung von Mann und Frau, aber wir wissen, dass eine gesetzliche Regelung Unfrieden bringt, weil Gesetze die Gefahr in sich bergen, dass ein Leistungsprinzip übergangen wird. Wir kennen die Wichtigkeit des Sex in unserem Leben und wir haben zweimal gehört, dass die Frau darüber entscheidet, wen sie mit ins Bett nimmt. Wenn wir die Fähigkeit, Kinder auf die Welt zu bringen, hinzufügen und die Tatsache, dass die Männer uns aus Angst schon immer unterdrückt haben, könnten wir schon den Anspruch auf die Macht davon ableiten. Da unsere Meinung aber leider nur in Einzelfällen zutrifft, kann sie nicht absolut gelten. Damit ist es müßig, über den Machtanspruch der Frauen oder der Männer in unserer Welt zu streiten. Der Verstand des Menschen lässt es zu, dass er böse oder gut ist. Beachten wir bei der Bewertung von böse und gut unsere Perspektive, unseren Standort, so bleibt uns nur, die Anpassung unseres eigenen Verhaltens im Zusammenleben von Frau und Mann anzustreben. Partnerschaft, Selbstkritik, geprägt durch Toleranz und gegenseitige Achtung mit dem Ziel, Gemeinsames zu erreichen, rücken in den Vordergrund friedlichen und verantwortungsbewussten Denkens und Handelns. Und das schließt die Vermeidung von Eifersucht, Neid und egoistischer Raffsucht mit ein. Wenn Sie in der Partnerschaft in die Situation kommen, mit Ihrer Meinung die stärkere Position innezuhaben, vergessen Sie nie, dass mit der Macht gleichzeitig die Verantwortung für die Folgen auf beiden Seiten der Partnerschaft wächst.

Meine Damen, wir sind fehlbare Menschen, aber wir können mit der ernsthaften Anpassung unseres Verhaltens gegenüber anderen Menschen, unserer Umwelt und der Natur viel, vielleicht sehr viel erreichen. Wenn wir es ernsthaft wollen, können wir den Hass vermeiden und die Liebe, zumindest die Sympathie gewinnen. Dieser schwierige und unendlich lange Weg zum Glück ist unser aller Schicksal."

PERSONENVERZEICHNIS

Alicia-Rose	Mutter von Ada-Reede
Asha und Hari	Tante und Onkel von Sina
Brady	Schulleiter
Daku-Han	Schwester von Alicia-Rose
Debi	Köchin in der indischen Teeplantage
Frau Winter	Organisatorin im Internat
Frya	Schülerin, Chefin im Schlafsaal
Gita	Chefin im Frauenhaus
Indira und Sina	indische Studentinnen
Jaya und Ajst	indische Mutter im Feld, ihr Sohn
Jen	ein Japaner
Joy Sun	ein Passant
Laurenz	Vater von Ada-Reede
Minu	die Frau mit Tschador und Fahrrad
Odiman	Verleger und Freund von Tyler
Ros Nukon	Flugbegleiterin
Tyler	Lehrer im Iglu-Dorf

Weitere Romane des Autors:

"Nur ein Traum ?-?-?"

Die geheime Entwicklung eines neuen, umweltfreundlichen Brennstoffes führt zu kriminellen Machenschaften der Energiemonopolisten. Dieses Spiel um Macht und Geld - eingebettet in autobiographische Geschichten rund um Familie, Freundschaft und Bootfahren - bereitet ein kurzweiliges, spannendes Lesevergnügen.

ISBN 978-3-7526-0915-8
E-book ISBN 978-3-7526-8123-9

"SCHIESSEN"

Alles beginnt mit einer harmlosen Gruppenanmeldung zum örtlichen Schützenfest - ein Naturtalent wird geboren, das blitzartig berühmt wird: Viktor Fuchs. Begeben Sie sich gemeinsam mit ihm und seinen elf Freunden auf eine atemberaubende und abenteuerliche Erfolgsreise in verschiedene Länder. Mit seinem Fan Prinz Yasin und dessen treuen Freund Hasan startet er sein erstes gewaltiges Bauprojekt. Durch seine Erfolge und Popularität im Schießsport, löst er eine Bewegung aus, die sich über die ganze Welt verbreitet.

ISBN 978-3-7526-6005-0
E-book ISBN 978-3-7534-4793-3

"Handball"

Tauchen Sie ein in das Leben von Bernd Berger, der seine Leidenschaft für den Handballsport auf sein Umfeld überträgt und alle begeistert. Mit seinem Esprit und seinen Visionen führt er eine kleinstädtische Amateurmannschaft bis zur Champions League und geht mit ihr auf eine abenteuerliche Weltreise. Schließlich führt sein ausgeprägtes Sozialbewußtsein zur Gründung einer Eliteschule für Handballer. Diese außergewöhnliche Erfolgsgeschichte ist gepflastert mit tragischen Schicksalen und spannenden Erlebnissen. Eine wahre Lesefreude.

ISBN 978-3-7534-6156-4
E-book ISBN 978-3-7534-1506-2

"Chaos"

Kurt Fröhlich freut sich auf den lang ersehnten Urlaub mit seiner Familie. Zusammen reisen sie mit dem Wohnmobil Richtung Süden. Völlig unerwartet steigt der Benzinpreis ins Unbezahlbare. Öl, Gas und Wasser werden knapp und rationiert bis alles aufgebraucht ist. Werden Kurt und seine Familie die dramatischen Auswirkungen durch die weltweite Ausbeutung dieser lebensnotwendigen Ressourcen erleben? Wer wird überleben? Wie rettet eine neue Energiequelle die Menschheit? Greifen die Räder irgendwann ineinander und wird das Leben wieder lebenswert? Ein spannender, futuristisch anmutender Roman.

ISBN 978-3-7534-6220-2
E-book ISBN 978-3-7534-8969-8

"VEREIN"

Chang, der Koreaner, der damals durch die Rückenmarksspende gerettet wurde und mittlerweile in Deutschland lebt, forscht nach einem Stoff, der Wasserrohre nicht mehr rosten lässt. Zusammen mit seinen Handballfreunden Artur und Hans reist er nach Afrika, um nach weiteren Wasserproben zur Lösung des Problems zu suchen. Begleiten Sie die drei Abenteurer in ein Camp in Afrika, in ein Steinzeitdorf im Dschungel und bei der Jagd nach Wilderern in der Savanne. Erleben sie die starke Liebe zwischen Chang und der Häuptlingstochter Abelka, die schließlich ihr Heimatdorf zum ersten Mal verlässt und sich in der Handballgemeinschaft in Deutschland wohlfühlt.

ISBN 978-3-7543-1367-1
E-book ISBN 978-3-7534-9355-8